OBSCURANTISME

OBSCURANTISME

TONI ANDERSON

Traduit par Diane Garo
pour Valentin Translation.

AUTRES LIVRES DE TONI ANDERSON EN FRANÇAIS

Le sommeil des justes

Dans l'ombre de la loi

Par une nuit si froide

Entre chien et loup

L'eau qui dort

En clair-obscur

Comme l'ombre d'un doute

Des agents au secret

Obscurantisme

Une ombre au tableau (Bientôt disponible)

De sang-froid (Bientôt disponible)

Consultez le site web de Toni Anderson pour connaître toutes ses nouvelles parutions en français :

www.toniandersonauthor.com/french-translations

Pour les courageux membres du FBI.
Fidélité, bravoure, intégrité.

CHAPITRE UN

Près de vingt ans plus tôt. Le 22 août

— DEBARRASSE LA table, Theresa Jane.

Theresa Jane poussa un soupir résigné. Depuis que sa sœur, Ellie, avait quitté la maison deux mois plus tôt, c'était toujours à elle de faire la vaisselle. Sa mère lui adressa un regard noir, estimant qu'elle n'obtempérait pas assez vite et elle se leva à la hâte pour commencer à vider les assiettes.

— À quelle heure ton père a dit qu'il rentrait ?

Cette question s'adressait à Walt, l'un des deux frères aînés de Theresa Jane.

Walt avait 17 ans et possédait son propre pick-up.

Theresa Jane n'aimait pas beaucoup Walt. Son autre frère, Eddie, avait un an de plus que Walt. Il était allé en ville avec son père cet après-midi-là pour aller acheter des choses.

Elle n'aimait pas beaucoup Eddie non plus.

— Je ne sais pas vraiment.

Walt s'essuya la bouche avec le dos de sa main et repoussa son assiette.

Sa mère pinça les lèvres. Theresa Jane évita son regard. Une Francis Hines en colère avait tendance à s'en prendre à la première chose qui attirait son attention. Theresa Jane avait appris à ne pas être cette chose.

Elle faisait le tour de la table, vidant les assiettes et ramassant les couverts, essayant d'être aussi invisible que possible. Elle contourna sa mère, Walt, le cousin de sa mère, Jacob et sa petite amie, Lisa.

Son père avait une petite amie, lui aussi, mais elle n'était pas censée le savoir.

Theresa Jane tapota le nez retroussé de son petit frère de cinq mois pendant qu'il écrasait la purée de pommes de terre sur le plateau de sa chaise haute. Bobby gazouilla, et elle lui répondit par un sourire. C'était le bébé le plus heureux du monde, bien que personne ne lui ait jamais accordé beaucoup d'attention.

Ses bras tremblaient sous le poids des assiettes, mais elle savait qu'elle aurait le droit à la ceinture si elle les faisait tomber.

Un crissement de pieds de chaise contre le parquet vint rompre le silence lorsque Kenny Travers se leva. Kenny avait emménagé six mois plus tôt après s'être battu avec son patron. Son père appréciait Kenny parce qu'il était doué avec les chevaux. Sa mère pensait qu'il manigançait quelque chose. Il lui prit la lourde pile d'assiettes des mains et la posa sur la table, ajoutant la sienne sur le dessus avant de récupérer la pile. Elle lui adressa un sourire timide et il lui fit un clin d'œil. Kenny était peut-être un bon à rien, selon sa mère, mais c'était la seule personne à Kodiak qui était gentille avec elle.

Walt avait été gentil avec elle la semaine précédente, pendant environ cinq secondes. Il avait proposé de l'aider à ramasser les œufs du poulailler. Elle aurait dû se douter que c'était un piège. Dès qu'ils étaient arrivés à la grange, il l'avait coincée dans le box des chevaux et avait attrapé une de ses mains, la plaçant contre le devant de son pantalon. Son estomac se noua à ce souvenir et elle le dévisagea tandis qu'il rotait, toujours assis à table.

Il était *dégoûtant*.

Les garçons étaient dégoûtants.

Elle était si heureuse d'être une fille.

Heureusement, un coq avait volé vers la stalle ce jour-là dans la grange, faisant sursauter Walt. Grâce à ce coq, elle avait pu retirer sa main et s'échapper. Elle était tombée sur Kenny qui l'avait attrapée par le bras. À son expression, il avait dû comprendre que quelque chose de grave était arrivé, même si elle n'avait rien dit. Theresa Jane criait généralement dans son for intérieur.

Puis Walt était sorti en ajustant sa fermeture éclair et les yeux de Kenny avaient pris une lueur méchante. Sa voix était devenue très calme quand il lui avait dit de retourner à la cabane et qu'il irait chercher les œufs. Puis il avait traîné Walt dans la grange par la peau du cou, et il avait barré la porte.

Au dîner ce soir-là, Walt avait la lèvre éclatée. Il avait évité de la regarder et avait dit à tout le monde qu'il s'était pris une porte. Il ne l'avait plus cherchée depuis, mais elle ne lui ferait plus confiance.

Kenny Travers était son ange gardien.

Elle ramassa les verres, évitant le pied de Walt quand il essaya de la faire trébucher. Elle suivit Kenny dans la cuisine. Ce dernier posa la pile de vaisselle sur l'égouttoir.

— Merci.

Elle leva la tête pour le regarder. Elle lui arrivait à peine à la taille.

— De rien, Miss.

Il commença à faire couler de l'eau chaude dans la bassine.

— Je m'en occupe.

Elle traîna une chaise pour pouvoir regarder par la fenêtre

pendant qu'elle faisait ses corvées.

Un côté de sa bouche se retroussa et ses yeux bleu vert scintillèrent tandis qu'il l'observait.

— Ça ne me dérange pas d'aider, trésor.

Elle arrivait presque au niveau de ses yeux en se hissant sur la chaise. Son cœur manqua d'exploser lorsqu'elle le regarda. Peut-être que quand elle aurait treize ans, elle pourrait l'épouser lui, et non l'un des amis de son père.

Elle jeta un coup d'œil par-dessus son épaule vers la salle à manger où sa famille entamait l'une de leurs diatribes nocturnes sur le coût du carburant, les taxes gouvernementales, le président et les personnes de couleur. Elle n'avait jamais vu d'homme noir, mais d'après ce que disait sa famille, les noirs pouvaient vous tuer d'un simple regard. Ça n'avait aucun sens, mais elle était assez intelligente pour avoir peur.

La plupart des choses n'avaient pas de sens même si elle avait dix ans maintenant – comme le fait qu'ils avaient tatoué le chiffre quatorze sur son bras gauche. Elle aimait les maths, mais elle n'aimait pas plus le chiffre quatorze que n'importe quel autre. Sa peau était rouge, boursouflée, et la démangeait atrocement. Elle frotta la croûte. Kenny pinça les lèvres jusqu'à ce qu'elles disparaissent presque.

— Désolée.

Elle baissa les yeux.

— Tu n'as pas à être désolée, Theresa Jane.

Sa voix était grave et sonnait bizarrement. Elle était rauque. Profonde. Comme le grognement d'avertissement de son chien Sampson.

Elle soupira en versant du liquide vaisselle dans la bassine d'eau chaude, sachant qu'elle allait se faire réprimander pour avoir fait trop de bulles, mais le faisant quand même.

— Maman dit que si je faisais plus attention à mes leçons, je ne serais pas si bête.

Il déglutit si fort qu'elle crut qu'il avait quelque chose coincé dans le gosier.

— Tout va bien ?

Il hocha la tête et s'éclaircit la gorge.

— Tu es sûre que tu ne veux pas un coup de main pour ces plats, la miss ?

Elle poussa un profond soupir.

— Ils vont s'énerver contre moi et me traiter de paresseuse si je ne fais pas tout. Et je n'aime pas qu'on m'insulte.

Kenny fronça les sourcils et se rapprocha pour murmurer :

— Comment quelqu'un qui reste assis toute la journée à ne rien faire peut-il te traiter de fainéante alors que c'est toi qui fais tout le travail ?

Theresa Jane gloussa. Kenny exprimait toujours ce qu'elle pensait.

— Ça n'a aucun sens pour moi non plus, mais tu les connais.

Kenny secoua la tête et dit à voix basse :

— Tu es une brave fille, Theresa Jane. Ne change jamais.

Puis il hésita, se rapprocha et murmura à son oreille :

— En cas de problème, tu peux me promettre une chose ?

Ses yeux se plantèrent dans les siens et elle hocha la tête.

— Cache-toi dans ton placard ou sous ton lit. Ne sors sous aucun prétexte.

Theresa Jane fit la moue et haussa les sourcils à son tour.

— Quel genre de problèmes ?

Kenny jeta un coup d'œil vers la salle à manger et son regard s'assombrit.

— N'importe quel genre de problèmes. Et verrouille ta

porte la nuit. C'est promis ?

— Très bien. Je te le promets.

Elle hocha la tête avec curiosité, puis les lèvres de Kenny se comprimèrent, son visage se ferma et il fit un pas en arrière. Il tourna les talons et sortit par la porte de derrière.

Des bruits de pas s'approchèrent d'elle tandis qu'elle testait la température de l'eau du bout des doigts.

— Tu as encore utilisé trop de savon, petite idiote.

Theresa Jane détourna volontairement le regard.

— Désolée, m'man.

— Qu'est-ce qu'il t'a dit ?

— Rien, m'man.

Francis Hines vint se placer à côté d'elle devant l'évier.

— Il a dit où il allait ?

Theresa Jane rentra son menton.

— Non. Il est juste parti.

Francis écarta le rideau et elles virent Kenny monter dans son pick-up et descendre le chemin de terre sinueux, soulevant de la poussière derrière lui avant de tourner à gauche sur la route principale vers la ville.

— Peut-être qu'il va retrouver papa ? suggéra Theresa Jan, en espérant que ça rendrait sa mère heureuse.

— Pff. Ton papa n'est pas *perdu*, Theresa Jane. Il est soit ivre, soit…

Sa mère s'interrompit lorsqu'elles entendirent un coup de klaxon et virent le pick-up de son père pénétrer dans la longue allée.

Theresa Jane risqua un regard vers sa mère.

— Il est rentré, dit-elle avec enthousiasme.

— En effet.

Francis pinça les lèvres. Puis elle se retourna et sortit du four le dîner de papa et d'Eddie.

Theresa Jane se crispa lorsque son père entra. Il fronça les sourcils en la voyant debout sur une chaise au-dessus d'un évier rempli de mousse blanche, mais il ne lui cria pas dessus. Eddie entra à sa suite et la poussa pour se servir un verre d'eau au robinet.

— Hé !

Elle faillit perdre l'équilibre et dut s'accrocher à son bras pour se stabiliser. Il retira sa main comme si elle avait la gale. Elle s'accrocha à l'évier à la place.

— Fais attention !

Bon sang, comme il était pénible.

Il s'approcha d'elle jusqu'à la faire loucher.

— Tais-toi, morveuse. Sinon, je t'apprendrai les bonnes manières.

L'odeur âcre de la bière vint la cueillir en pleine face, et son estomac se retourna. Un frisson de dégoût la traversa. Il rit, puis s'éloigna d'une démarche arrogante qui donnait l'impression qu'il avait fait dans son pantalon.

Elle tira la langue dans son dos tandis qu'il s'éloignait.

Depuis que sa sœur aînée, Ellie, avait épousé Harlan Trimble en juin, ses frères avaient commencé à la traiter différemment. Ils étaient plus méchants avec elle.

Elle n'aimait pas ça.

Elle passa l'éponge sur la première assiette et la posa sur l'égouttoir. De la mousse coula sur l'acier inoxydable et dans l'évier.

— Dépêche-toi, Theresa Jane. Le soleil se sera couché quand tu auras fini, à ce rythme, lui reprocha sa mère. Et assure-toi de bien rincer cette mousse.

Theresa Jane frotta plus vite, rêvant de pouvoir partir dans le soleil couchant avec le bon à rien de Kenny Travers.

─────────────

SIX HEURES PLUS tard, une main se plaqua sur la bouche de Theresa Jane, endormie dans son lit, et une voix lui siffla à l'oreille :

— Lève-toi. Les fédéraux arrivent !

Ces mots semèrent la panique dans son esprit alors qu'elle émergeait. Sa mère retira sa main et écarta ses draps. Bien que ce soit l'été, un courant d'air glacial s'insinua à travers son pyjama fin, lui donnant la chair de poule.

— Habille-toi, ordonna sa mère.

Theresa Jane prit ses vêtements de la veille qui gisaient en tas à côté du lit.

— Qu'est-ce qu'ils font là ? Qu'est-ce qu'ils nous veulent ?

Elle avait grandi en entendant parler de la méchanceté du gouvernement fédéral, de la façon dont il voulait contrôler ce qu'ils pensaient et faisaient. Détruire leur mode de vie. Les fédéraux voulaient voler l'argent durement gagné par son père, taxer ses terres et leur retirer leurs armes. Ces armes étaient le seul moyen pour eux de se protéger des méchants.

Theresa Jane ne savait pas exactement qui étaient les méchants, mais ils étaient partout selon ses parents. Et maintenant les fédéraux venaient les chercher.

— Nous n'allons pas les laisser faire, dit sa mère.

Le cœur de Theresa Jane battait la chamade. Elle sentit les larmes lui monter aux yeux.

— J'ai peur, m'man.

L'expression de sa mère s'adoucit pendant un bref instant.

— Je ne les laisserai pas te faire du mal. Je te tuerai moi-même avant de les laisser prendre un seul de mes bébés.

Theresa Jane tressaillit.

— Reste baissée.

Sa mère plaça un lourd pistolet dans sa main. Puis elle courut, courbée, dans le couloir. Theresa Jane la suivit, tenant l'arme à deux mains. Elle savait manier une arme. Elle avait suivi des leçons de tir hebdomadaires depuis l'âge de cinq ans, et battait régulièrement ses frères. Mais l'idée de la pointer sur une vraie personne et d'appuyer sur la gâchette lui donnait envie de pleurer.

Elle courut maladroitement derrière sa mère. Un coup de feu la fit crier si fort qu'elle eut mal aux oreilles.

— Ferme ta gueule, lui grogna Eddie.

Il était accroupi derrière le réfrigérateur, tapi dans l'ombre pour échapper au clair de lune qui brillait à travers les rideaux ouverts. Walt était dans le salon, regardant par la fenêtre orientée au nord.

— Ils ne nous auront pas vivants, déclara sa mère, faisant naître un sentiment de crainte dans les tripes de Theresa Jane.

Des cris déchirèrent l'obscurité. Par la fenêtre, elle vit une lueur orange éclairer le ciel. L'odeur âcre de la fumée flottait dans l'air chaud de la nuit, recouvrant le fond de sa gorge.

Son père entra dans la cuisine par l'arrière de la maison.

— Ils essaient de nous faire brûler.

Oh, mon Dieu.

Son père échangea un long regard avec sa mère.

— Ils ont pris le camp et encerclé la cabane. Stan m'a dit à la radio que Kenny était mort. Il l'a vu se faire tirer dessus près de la grange.

Une douleur aiguë naquit dans la poitrine de Theresa Jane. Kenny ne pouvait pas être mort. Pas son Kenny.

La fureur brûlait dans sa poitrine alors même que son cœur se flétrissait.

— Je les déteste. Je les déteste tous.

Son père l'observa et pour la première fois de sa vie, elle vit une once de respect dans ses yeux.

— Va couvrir la fenêtre de ta chambre. Tire sur toute personne que tu ne reconnais pas.

Theresa Jane hocha la tête et se précipita dans sa chambre. Le cri d'un bébé la fit s'arrêter net devant la porte. Tout le monde avait oublié bébé Bobby qui dormait dans son berceau à côté du lit de ses parents.

Elle entendit d'autres coups de feu en provenance de la cuisine, mais ne savait pas qui tirait. Les cris de Bobby étaient de plus en plus forts, alors elle se précipita pour le sortir du berceau et courut dans sa chambre. Le bébé était chaud contre son corps, mais sa couche était pleine. Son chien Sampson la suivit, en gémissant d'un air inquiet.

Elle enleva la grenouillère et la couche détrempées de Bobby et les jeta par terre. Puis elle posa le bébé sur le lit et l'enveloppa dans une serviette accrochée au dos de sa porte.

Les coups de feu étaient de plus en plus fréquents, tout comme les bruits de verre brisé. Les mots de Kenny plus tôt dans la soirée lui revinrent en mémoire.

« En cas de problème, tu peux me promettre une chose ? Cache-toi dans ton placard ou sous ton lit. Ne sors sous aucun prétexte. »

Comment avait-il su ?

Elle n'en avait aucune idée, mais quelque part, elle était sûre qu'il savait.

Elle regarda l'arme qu'elle avait posée sur le lit, puis le bébé qui lui souriait, sans savoir que faire.

Kenny était mort et elle devait le venger, mais elle ne voulait pas se faire tirer dessus ou mourir. Bobby gazouilla et elle sentit son cœur se serrer. Elle ne voulait pas que Bobby meure non plus.

Elle ne s'autorisa pas à s'inquiéter pour le reste de sa famille. Ils ne l'avaient jamais écoutée de toute façon.

Elle courut jusqu'à la porte de la chambre et la ferma, en tournant la clé discrètement au cas où l'un d'eux l'entendrait et accourrait. Puis elle cala une chaise en bois sous la poignée. Ensuite, elle prit le bébé et le berça contre sa poitrine. Elle saisit l'arme de poing, entra dans son placard, écarta les vieilles chaussures et des jouets, et fit signe à Sampson de les rejoindre. Elle referma la porte, s'allongeant sur le sol exigu à côté du nourrisson. Elle mit l'arme derrière elle pour que Bobby ne puisse pas l'atteindre.

Les coups de feu résonnaient plus fort maintenant, et elle frissonna lorsque le bébé cria, alerté. Les vibrations des balles qui frappaient sa maison se répercutaient sur le bois et sur ses os. Elle se blottit contre le nourrisson et serra le chien dans ses bras, les protégeant tous les deux du mieux qu'elle pouvait.

La fusillade parut durer des heures. Finalement, elle entendit la voix de sa mère, bien que faible derrière les deux portes en bois fermées.

— Theresa Jane ?

La porte de sa chambre bougea violemment dans son cadre.

— Theresa Jane, tu es là ? Ouvre la porte. Theresa Jane ! Ouvre cette satanée porte !

La main de Theresa Jane commença à se diriger vers la porte du placard, puis s'arrêta. Sa mère avait l'air suffisamment en colère pour mettre sa menace à exécution. Theresa Jane était assez intelligente pour être plus terrifiée par Francis que par les balles qui pleuvaient.

— Theresa Jane, je te préviens…

La menace de sa mère fut interrompue par un cri de douleur et un sanglot.

Theresa Jane se redressa.

Oh, mon Dieu. Avait-on tiré sur sa mère ?

— À l'aide. À l'aide.

La voix de sa mère faiblissait.

Le cœur de Theresa Jane était déchiré. Sa mère était blessée. Elle allait se diriger vers elle, mais se figea quand sa mère commença à crier :

— Tu as toujours été une petite salope contrariante. J'aurais dû te noyer à la naissance.

Des larmes chaudes remplirent les yeux de Theresa Jane. Sa gorge serrée l'empêchait de respirer. Bobby commença à s'agiter et elle le serra contre elle alors que Sampson mettait sa truffe entre eux et geignait.

— Tout va bien, Bobby. Je vais m'occuper de toi. Je t'aime, bébé.

Elle embrassa la truffe humide de Sampson.

— Je vais vous protéger tous les deux, pour toujours.

CHAPITRE DEUX

L E MOMENT ETAIT venu. Toutes ces années de planification, de complot, de simulation, allaient prendre fin.

C'était le moment de passer à l'acte.

Les cibles avaient été soigneusement sélectionnées. Chacune enverrait un message fort jusqu'à ce que vienne l'heure de l'ultime démonstration de pouvoir. Le gouvernement serait pris de panique. Il mobiliserait ses ressources et lancerait un millier d'employés stupides à leurs trousses. Ce serait un échec. Il était déjà trop tard. Ils étaient trop lents. Elle était trop intelligente. Le plan était en marche.

L'heure de la vengeance avait sonné.

Il faisait encore sombre ce matin-là. En cette fin du mois de février, l'air était sec et mordant. Elle tira sur son bonnet. L'écharpe de laine noire enroulée autour de son cou, le lourd manteau d'hiver noir remonté jusqu'au menton pour se protéger du froid dissimulaient ses formes, sa féminité. Elle enfonça son nez dans son écharpe et évita de croiser le regard d'un homme portant un costume d'affaires et un pardessus en laine.

Si elle voulait mener à bien sa mission, elle ne pouvait pas se permettre que quelqu'un se souvienne de son visage.

Ses doigts se resserrèrent sur le pistolet qu'elle dissimulait dans la poche profonde de son manteau. C'était une arme quelconque, contenant des balles ordinaires. Le message était clair.

North Cleveland Park était l'une des rares zones de la ville à ne pas être truffée de caméras. Si les gens savaient à quel point le gouvernement espionnait leurs moindres faits et gestes, son organisation compterait plus de membres dans ses rangs. Mais leur club était très sélect'. Ils ne recrutaient que ceux en qui ils pouvaient avoir une totale confiance, ceux qui s'engageaient à *agir* pour résoudre leurs problèmes, plutôt que de se contenter de parler. Gardant la tête baissée, elle tourna à droite et remonta la colline, passant devant de belles maisons centenaires avec des allées verdoyantes et des jardins d'un vert sombre et luxuriant, même en plein hiver.

Trois autres maisons.

Elle ne regarda pas alentour ni n'attira l'attention sur elle alors qu'elle tournait dans l'allée du numéro 44. Elle se faufila par la maison jusqu'à la porte arrière et sortit son pistolet. De sa main gauche gantée, elle actionna avec force le petit heurtoir en fer. Elle regarda autour d'elle. L'arrière de la maison était caché par une haute haie de troènes et une épaisse bande d'arbres de chaque côté, avec une crête boisée derrière. Elle entendit des pas à l'intérieur, une voix qui appelait et une autre qui marmonnait une réponse. L'homme ouvrit la porte, ses sourcils gris et touffus remontant sur son front ridé. Il ouvrit la bouche pour dire quelque chose, probablement un commentaire mordant destiné à la remettre à sa place.

Elle ne lui laissa aucune chance.

Elle appuya sur la gâchette deux fois. Le silencieux rendait l'arme plus lourde que d'habitude, mais elle visa juste. Puis elle enjamba le cadavre et pénétra dans la chaleur de sa maison. Une femme se tenait debout, bouche bée, à côté du réfrigérateur ouvert. Elle pressa la gâchette une nouvelle fois et la femme s'effondra sur le sol en bois dur. Déterminée, la femme essaya de ramper. La messagère s'approcha et mit une balle entre ses yeux noirs terrifiés.

Pas de témoins.

Elle récupéra les douilles.

Pas de preuves.

Elle enjamba le corps de l'homme, évitant la flaque de sang.

Pas de remords.

Elle s'en alla.

CHAPITRE TROIS

C'ÉTAIT LE PREMIER jour de l'agent spécial adjoint responsable Steve McKenzie dans son nouveau poste et il était en avance.

Il venait de terminer sa mission de chef d'équipe d'une unité antiterroriste enquêtant sur l'attentat perpétré en novembre dans un centre commercial du Minnesota. Ce carnage lui faisait encore faire des cauchemars, mais c'était le prix à payer dans ce travail. Empêcher les terroristes de faire du mal aux autres en valait la peine.

Avant le Minnesota, il avait passé deux ans dans la cellule de gestion de crise de Quantico. Il apportait désormais ses compétences au QG – un mal nécessaire si vous vouliez être promu au sein du FBI. Le seul inconvénient était que le cœur des opérations du FBI ressemblait beaucoup à la ligne de touche, et qu'il était plus doué au milieu des tempêtes de merde.

Mais il s'agissait d'un poste important qui ferait appel à toutes ses compétences et il n'était pas question de gâcher cette opportunité. Il avait pour objectif de devenir agent spécial responsable (SAC) et de diriger son propre bureau régional à l'âge de quarante ans. À l'âge mûr de trente-neuf ans, il était en passe d'y arriver.

Il sortit de l'ascenseur au cinquième étage. Un homme

grand et costaud sortit d'un bureau sur la gauche. Mac se dirigea vers lui, passant devant un petit bureau en bois, délimité par une corde de protection, une photographie encadrée de J. Edgar Hoover trônant sur sa surface brillante en acajou.

— ASAC McKenzie ? demanda l'homme.

— Oui, monsieur, acquiesça Mac en tendant la main. La plupart des gens m'appellent Mac.

— J'ai entendu beaucoup de bien sur vous, Mac.

— Que des mensonges, fit Mac sans sourciller. ASC Gerald, je présume ?

L'homme hocha la tête.

— Laissez-moi vous faire visiter le SIOC et vous aider à vous installer.

Gerald passa son badge sur un panneau électronique et ouvrit la porte. Le SIOC (Strategic Information and Operations Center – centre d'informations et d'opérations stratégiques), situé dans les profondeurs du quartier général du FBI, était constitué de plus de 42 000 mètres carrés d'installations ultramodernes qui semblaient tout droit sorties d'un film à la Jason Bourne.

Ils entrèrent dans une vaste pièce où se trouvaient une grande table de conférence et des écrans de télévision fixés au mur. Sur le côté, il y avait une autre suite exécutive plus petite avec une machine à café et une salle de bain.

— C'est là que le directeur et le procureur général se retrouvent tous les matins pour discuter des questions les plus urgentes du jour.

L'ASC consulta une montre qui semblait capable de lancer des fusées. Il fit un signe de tête à une femme qui préparait des rafraîchissements.

— Ils devraient arriver d'un instant à l'autre. La suite dispose de toutes les commodités. Il ne manque qu'un jacuzzi.

Gerald rit de sa propre plaisanterie et se dirigea vers une autre salle de conférence plus grande, faisant de grands gestes pour englober tous les écrans et les horloges au mur indiquant les heures locales du monde entier.

— Nous disposons de six salles pour les cellules de crise, de cinq zones d'opérations à grande échelle, de zones de briefing pour les cadres et de salles de conférence. Nous fonctionnons 24 heures sur 24, 7 jours sur 7, 365 jours par an, avec trois cellules de veille et une unité dédiée aux incidents critiques.

Le travail de Mac était d'agir en tant qu'officier de liaison entre la cellule de crise sur place et celle de Quantico.

Gerald s'arrêta dans l'une des salles des opérations exécutives et resta debout, les mains sur les hanches, regardant autour de lui. Sa fierté était évidente à son sourire et à l'inclinaison de son menton.

— C'est ici que nous gérons les missions spéciales comme l'opération des pirates somaliens.

— Vous avez géré ça d'ici ? demanda Mac, impressionné.

Les yeux bruns profonds de l'ASC brillèrent de satisfaction.

— Chaque seconde.

C'était le genre d'affaires dans lesquelles Mac voulait être impliqué – de quoi lui offrir la bouffée d'adrénaline qu'il recherchait et avoir un aperçu précieux de toutes les capacités du Bureau. Mais il travaillait pour le FBI depuis assez longtemps pour savoir que c'était 95 % de paperasse et 5 % d'action intense. Cette proportion ne faisait qu'augmenter au fur et à mesure que l'on montait dans la hiérarchie.

Chaque bureau régional du FBI avait son propre centre d'opérations, mais à côté du SIOC, la plupart ressemblaient à des salles multimédias de lycée. Depuis cet endroit, ils pouvaient surveiller la position de chaque avion dans l'espace aérien américain, accéder à toutes les caméras des rues de cinq États et connaître le déploiement de tous les moyens nationaux, des démineurs aux unités de surveillance. Il s'agissait d'informations importantes à avoir sous la main et la cellule de gestion de crise devait y avoir accès. Mac sentit l'excitation le gagner tandis qu'il observait son nouvel environnement. Il sentait qu'il était à sa place.

Il y eut de l'agitation et plusieurs agents sortirent en hâte d'une salle d'opération située de l'autre côté du couloir. Une jeune femme aux cheveux bruns raides regarda autour d'elle jusqu'à croiser le regard de Gerald. Elle se dirigea vers eux d'un pas vif, un papier à la main. Il était clair que quelque chose d'important s'était produit.

— Qu'est-ce que tu as là, Hernandez ? demanda Gerald en tendant la main.

— On vient d'apprendre qu'un juge fédéral a été retrouvé assassiné dans sa maison de Washington.

Gerald prit le papier.

— Qu'est-ce qu'on sait ?

— Il s'agit du juge Raine Thomas de la Cour d'appel des États-Unis pour le circuit fédéral. Abattu à North Cleveland Park ce matin avant de partir au travail. Sa femme a également été abattue.

— Ils ont arrêté quelqu'un ?

La femme secoua la tête.

— Les flics locaux étaient les premiers sur place. Mais dès qu'ils ont découvert l'identité de la victime, ils ont appelé les

Fédéraux. Des agents du bureau régional de Washington sont en route.

— ASAC Steve McKenzie, fit-il en désignant Mac de la main droite, je vous présente Libby Hernandez, une analyste de premier plan du SIOC. Mac vient de nous rejoindre depuis la cellule de gestion de crise de Quantico.

Mac serra la main de l'analyste et ne prit pas la peine de corriger Gerald. Ce n'était pas loin de la réalité.

— Le bureau de Washington est en charge de cette affaire ?

Ils se dirigeaient vers le bureau de Gerald, les longues enjambées des hommes obligeant la femme à trottiner pour les suivre. Mac ralentit et lui fit signe de passer devant lui.

— C'est exact.

Elle hocha la tête et sourit avec reconnaissance.

Ils entrèrent dans le bureau de Gerald et l'homme passa derrière son bureau pour prendre le téléphone.

— Je dois informer mon patron.

— J'aimerais voir la scène du crime et parler au responsable. Voir s'ils vont avoir besoin de nos services, dit Mac.

À proprement parler, le chef de section adjoint n'était pas son patron ; il s'agissait toujours du chef du groupe de réaction aux incidents critiques, mais Gerald s'inscrivait dans une longue lignée de supérieurs au sein de la division des services de maintien de l'ordre.

Gerald parut amusé et tapota le combiné du téléphone.

— Vous comprenez que c'est pour ça que nous avons tous ces moniteurs et ces ordinateurs ici, n'est-ce pas ? L'accès à distance.

— Mais il n'y a rien de tel que d'être sur place pour avoir une idée de ce qui s'est passé et de la façon dont ça s'est déroulé. C'est ainsi que les agents ont découvert qu'une femme était impliquée dans l'attaque terroriste du centre commercial du Minnesota.

Mac soutint le regard de Gerald. Ils savaient tous que cette même terroriste avait tenté d'assassiner le président des États-Unis. Ils ne risquaient pas de l'oublier. Il ne savait pas depuis combien de temps Gerald était dans l'administration, ni s'il ressentait toujours ce besoin d'être sur le terrain, mais Mac oui. C'était la seule chose qui allait lui manquer en tant que SAC.

— Avec un meurtre aussi médiatique et aussi proche, je pense que ça vaut la peine de faire une petite visite sur le terrain.

— Ça semble raisonnable, concéda Gerald. Je vais voir qui s'en occupe à Washington et je les préviendrai de votre arrivée.

Il couvrit le combiné avec sa paume.

— Vous avez un moyen de transport ?

— Je vais prendre un taxi.

Cinq minutes plus tard, Mac était de retour dans les rues du centre de Washington, essayant de héler un taxi. Seuls quelques hauts responsables du FBI avaient des places de parking sous le QG et il ne figurait pas sur cette liste. C'était un rappel brutal que, bien qu'il puisse penser qu'il était un cador, ici, il n'était qu'un autre rouage de la mécanique.

TESS FALLON ENTRA dans la maison de son frère et jeta son ordinateur portable sur la table de la cuisine.

— Cole ? lança-t-elle. Tu es là ?

Seul le silence l'accueillit et elle poussa un soupir frustré.

Elle consulta sa montre. Ils étaient censés se retrouver à neuf heures pour examiner ses déclarations d'impôts, mais dire que son frère avait d'autres priorités était un euphémisme.

— Zane, Andy, Dave ?

Elle marqua un temps d'arrêt.

— Joseph ? Il y a quelqu'un ?

Cole avait acheté cette maison avec l'argent qu'il avait hérité de leur mère l'année précédente. Il louait des chambres à trois de ses amis, d'autres membres de l'équipe de football de l'université, et son meilleur ami, Joseph, passait plus de temps là que dans son propre dortoir.

Personne ne lui répondit.

— Et merde.

Elle se débarrassa de son manteau et le posa sur le dossier d'une chaise de la cuisine. Elle essaya d'appeler Cole sur son portable, et poussa un juron quand elle tomba sur la messagerie.

Il avait visiblement oublié qu'elle s'était arrangée pour venir ce matin-là. Elle avait une réunion avec un client à 10 h 30, avec une organisation influente travaillant pour les libertés civiles – sa spécialité – et elle savait plus ou moins où Cole gardait ses dossiers. Elle pouvait attendre et perdre son temps ou bien s'atteler à la tâche.

Elle traversa le salon en désordre avec son parquet poli, son canapé froissé et son énorme télévision à écran plat. Deux bols de petit-déjeuner vides étaient posés sur la table basse, ainsi que deux tasses de café à moitié pleines, ce qui laissait penser que quelqu'un avait pris un petit-déjeuner rapide ici ce matin – ou qu'il n'avait pas fait le ménage dernièrement.

Elle se dirigea vers la tanière qui servait de bureau à Cole. C'était son espace à lui et la seule règle de la maison était que les gars ne devaient pas venir fouiner. Deux PC et un iMac s'alignaient sur un mur et un autre téléviseur à écran plat meublait l'espace vide au-dessus. La paperasse de son frère était empilée de façon désordonnée sur son bureau, à côté de la station d'accueil de son ordinateur portable.

Elle regarda les papiers. Elle lui avait demandé de la mettre en copie de ses reçus électroniques chaque fois qu'il faisait un achat professionnel ou était payé. Mais c'était tout de même un désastre.

Cole s'était inscrit à l'American University avec une bourse d'études de football, mais il s'était cassé le genou à la fin de la première saison. Pendant sa convalescence, il avait commencé à programmer des logiciels. Il s'était avéré qu'il était très doué dans ce domaine.

Tess n'avait pas la moindre idée de ce qu'était la programmation, mais elle savait que s'il ne payait pas ses impôts, il irait en prison. Le point positif, c'était qu'il gagnait à présent plus qu'elle, ce qui était quelque peu démoralisant quand elle pensait à toutes les années qu'elle avait consacrées à sa formation de CPA, mais au moins elle n'avait pas besoin de payer les études ou de rembourser les prêts étudiants de son frère.

— Alors, où as-tu fourré les factures de la maison, le génie ?

Elle feuilleta la pile de papiers sur le bureau, en grinçant des dents. Peu importait le nombre de fois qu'elle lui avait demandé de sortir ces chiffres, il oubliait toujours – et pourtant elle était là, à faire son possible pour lui.

Elle jeta un coup d'œil au tiroir de classement où il conservait la plupart de ses informations personnelles. Il n'aimait pas que les gens fouillent dans ses affaires. Elle ne l'avait jamais fait. Elle n'aimait pas fouiner, mais elle devait gagner sa vie et c'était elle qui rendait service à son frère. Le moins qu'il puisse faire était de lui permettre de l'aider à sa convenance.

Elle ouvrit le tiroir et trouva rapidement les dossiers dont elle avait besoin : Internet, téléphone, chauffage, assurances, prêt immobilier. Elle était sur le point de fermer le tiroir quand un dossier noir brillant attira son attention.

Ses doigts le saisirent avant qu'elle ne réalise ce qu'elle faisait. Apparemment, elle était une fouineuse compulsive, mais si son frère avait été là comme prévu, elle n'aurait pas été obligée de fouiller dans ses affaires. À l'intérieur se trouvait la photo imprimée d'un homme qu'elle ne reconnut pas, ainsi que des informations personnelles comme son nom, son adresse et son numéro de téléphone. Il y avait des pages sur d'autres personnes, aussi. Elle fronça les sourcils en feuilletant rapidement le dossier. Bizarre. Une clé USB violette brillante était également glissée à l'intérieur.

C'étaient peut-être des professeurs, ou des gens qui avaient engagé Cole pour créer des logiciels pour eux. Ou peut-être s'agissait-il d'investisseurs potentiels. Cole avait parlé d'ouvrir sa propre entreprise, mais elle avait insisté pour qu'il obtienne son diplôme avant. Ce qui ne signifiait pas nécessairement qu'il l'avait écoutée.

Avec un grognement, elle glissa le dossier dans le tiroir. Il aurait vingt ans le mois prochain. C'était un adulte capable de prendre ses propres décisions. Ce n'étaient pas ses affaires.

Attrapant les factures, elle se dirigea vers la cuisine offrant plus d'espace pour étaler les documents. Elle écarta les prospectus et les boîtes de céréales. Cole était probablement allé à la bibliothèque. Ou peut-être qu'il n'était pas rentré…

L'été suivant l'obtention de son diplôme d'études secondaires, il avait troqué ses lunettes contre des lentilles et avait commencé à faire de la musculation. Le temps qu'il parte à l'université, il était passé du gamin un peu en surpoids, ringard et mal dans sa peau, à un canon fin et musclé. Le fait qu'elle l'ait toujours trouvé beau ne comptait pas. Aujourd'hui, il n'avait aucun problème pour avoir des rencards, et elle aurait aimé que les filles qui l'avaient ignoré au lycée puissent le voir à présent. Mais penser que son petit frère puisse faire l'amour lui donnait la nausée, et elle chassa cette idée de son esprit.

Elle appuya un doigt aigri sur sa calculatrice. Elle pourrait tout aussi bien avoir quatre-vingts ans vu sa vie amoureuse. La plupart des octogénaires sortaient plus qu'elle. Entre le fait de s'être fait larguer au profit de sa meilleure amie et la création de sa propre entreprise, sa vie amoureuse était davantage de l'ordre de la fiction que de la réalité. Ses lèvres se comprimèrent et elle chassa son apitoiement. La saison des impôts arrivait à grands pas. C'était sa période la plus chargée de l'année et elle n'avait pas le temps d'envisager une relation.

Alors, arrête d'y penser.

Elle se fit un café et alluma la radio pour avoir un bruit de fond. C'était un morceau d'Ed Sheeran. Finis les grands instructeurs de taekwondo, beaux et ténébreux, décida-t-elle. Ce qu'il lui fallait, c'était un adorable roux qui jouait de la guitare.

Elle venait à peine de s'asseoir avec sa tasse de café quand le bulletin d'informations de l'heure commença. Un juge fédéral et sa femme avaient été abattus ce matin-là à quelques kilomètres de là. Une vague d'horreur la glaça lorsque le présentateur mentionna le nom du juge. Raine Thomas – un nom inhabituel. Elle venait de le voir dans un dossier de son frère.

Pourquoi Cole avait-il des informations personnelles sur un juge ? Un juge qu'on avait assassiné ? Ses mains se mirent à trembler, et elle renversa son café. Elle se brûla les doigts et poussa un juron.

Elle se leva avant de se rasseoir.

Il était impensable que Cole soit impliqué dans quelque chose d'aussi méprisable qu'un meurtre. Il *devait* y avoir une explication logique. Devrait-elle lui en parler ? Et lui dire quoi exactement ? *Hé, Cole, où étais-tu ce matin ? En train de commettre un double homicide ?*

Et s'il avait menti ? Pire… Et s'il lui disait qu'il *était* impliqué ? Alors que ferait-elle ?

L'horreur s'empara d'elle, lui tordant les entrailles.

Elle pressa une main sur son estomac. Se pourrait-il que, malgré tous ses efforts, il soit devenu comme leur père ?

Non. Elle refusait d'y croire. Cole était la seule personne au monde en qui elle croyait, et elle n'allait pas sacrifier cette confiance sur la base d'un morceau de papier.

Il était impossible que Cole puisse commettre un meurtre. Peut-être le dossier appartenait-il à l'un de ses amis ?

Devrait-elle appeler la police ?

Bon sang, non. Hors de question. Cela impliquerait de répondre à beaucoup de questions qu'elle ne voulait pas aborder.

Elle savait une chose cependant. Son frère ne devait pas savoir qu'elle avait fouillé dans ses affaires. Elle rassembla ses papiers, se précipita dans le bureau, ouvrit le tiroir de classement et remit chaque papier dans son dossier respectif. Les mains tremblantes, elle sortit le dossier noir et se demanda si elle devait ou non l'emporter.

Et quoi ? *Devenir complice ?* Cette prise de conscience la fit paniquer. La dernière chose dont elle avait besoin était que quelqu'un relie ce dossier à elle. Elle essuya la couverture et les pages qu'elle avait touchées avec son pull et le remit en place avec précaution en utilisant la manche de son cardigan.

Les choses semblaient telles qu'elle les avait trouvées. Elle ferma le tiroir et retourna en courant dans la cuisine où elle essaya de reprendre son souffle. Puis elle entassa ses affaires dans la mallette de son ordinateur portable, lava sa tasse, la sécha, la rangea dans le placard. Elle reconstitua le désordre familier sur la table de la cuisine. Elle enfouit ses bras dans les manches de son manteau, regardant partout pour s'assurer qu'il ne restait aucune trace de sa visite.

Elle inspira. La maison ressemblait en tous points à ce qu'elle était quand elle était entrée, trente minutes plus tôt.

Elle partit, fermant la porte à clé derrière elle, et s'assit dans sa voiture pendant un moment, tremblante, le cœur battant la chamade alors que son monde soigneusement construit s'effondrait.

Puis elle se souvint à qui elle avait affaire. Son frère, qu'elle avait vu faire ses premiers pas, qu'elle avait accompagné au jardin d'enfants, à qui elle avait appris à se défende contre les brutes. Son *frère*, qu'elle connaissait et aimait de toutes les molécules de son être. Pas un connard violent qui aimait les armes à feu ou les combats, mais un démocrate déclaré qui lui achetait des fleurs à la Saint-Valentin quand elle était célibataire et se disait féministe. Pour son anniversaire cette année, il lui avait demandé d'adopter en son nom une espèce en voie de disparition auprès du World Wildlife Fund. Cole ne commettrait jamais un meurtre, mais elle devait savoir ce qui se passait et ce qu'il avait à voir avec ça.

La confiance aveugle était pour les crédules et les idiots.

Elle préférait placer sa foi dans les faits et les données empiriques. Contrairement aux gens, les chiffres ne mentaient jamais.

CHAPITRE QUATRE

M AC SE FRAYA un chemin parmi la foule de curieux rassemblés sur le trottoir et brandit son insigne doré avant de passer sous la bande jaune délimitant la scène de crime.

La maison des victimes se trouvait à North Cleveland Park, à quelques kilomètres au nord-ouest du zoo national. C'était un magnifique bâtiment ancien, qui valait facilement plus d'un million de dollars sur le marché. Quelqu'un aurait pu tuer pour cette seule raison.

Il y avait un agent de la police du Capitole à l'angle de la maison, prenant les noms des gens, et distribuant gants et surchaussures. Mac signa le registre et couvrit ses chaussures.

— Vous avez vu l'agent Ross ? demanda-t-il au type.

L'agent secoua vivement la tête. Il était solidement bâti avec des cheveux gris au niveau des tempes. Sa bouche se comprima, les yeux douloureux.

— Vous étiez le premier sur les lieux ?

— Oui, reconnut-il d'un ton bourru. Je connaissais le juge. C'était un homme bien. Il ne méritait pas ça.

Mac ne posa pas davantage de questions. Cela n'aurait pas dû faire de différence, mais l'ambiance changeait quand quelqu'un connaissait la victime. L'humour noir, si souvent utilisé par les forces de l'ordre et les professionnels de la santé pour se dissocier de la morosité quotidienne de leur travail, était mis de côté. Les victimes devenaient plus humaines. Plus dignes de respect. C'était terrible de penser ainsi, mais naturel.

— Ils sont à l'arrière, dit l'agent avec un signe de tête.

Mac se dirigea dans cette direction. Une BMW noire brillait dans le garage. Une bâche avait été tendue au niveau de l'entrée pour protéger la scène des regards indiscrets. Mac se glissa derrière, et son estomac se retourna.

À présent, il comprenait pourquoi l'officier de patrouille avait une telle mine.

Un homme était allongé sur le seuil. Costume gris, cravate rouge sang tombant en vague sur le perron. Pas de manteau. Pas de chaussures. Mac se rapprocha et étudia le corps.

Deux coups de feu. Une balle dans la poitrine. Une autre dans la tête. Tirées à bout portant.

Un agent apparut. Une vingtaine d'années. Taille moyenne. 75 kg. Enthousiaste plutôt que fatigué, ce qui était bon signe. Il était facile de laisser le travail vous consumer.

— Agent Ross ? demanda Mac.

— Non, monsieur. Agent Atherton. Vous devez être l'ASAC McKenzie ?

Mac acquiesça. Au moins, ils avaient été informés de sa venue.

— Le légiste est arrivé ?

Atherton finit de griffonner dans son carnet et dit d'un air distrait :

— Elle est en route.

— Qu'est-ce que vous avez ?

— Deux victimes.

Atherton fit signe à Mac de le suivre à l'intérieur.

Mac contourna la victime avant de pénétrer dans une

maison propre et bien entretenue. L'odeur âcre du café brûlé emplit l'air, ainsi que l'odeur métallique du sang.

— Le juge Raine Thomas et sa femme depuis plus de trente ans, Kate, dit Atherton. Un meurtre-suicide semble peu probable, car les deux victimes ont été touchées par deux balles, et aucun signe d'arme, à moins que quelqu'un l'ait enlevée avant notre arrivée. La légiste devrait pouvoir nous en dire plus.

D'après l'expérience de Mac, quand les hommes se suicidaient, ils ne commençaient pas par une balle dans la poitrine et une seconde dans la tête. Ils mettaient le pistolet dans leur bouche et se faisaient sauter la cervelle.

Mac entra dans une cuisine au plafond haut qui aurait pu figurer dans un magazine, à l'exception de la tache de sang qui s'était formée à côté du corps d'une femme. Sa mort n'avait pas été rapide ou indolore. Il regrettait de ne pas avoir sauté le petit-déjeuner.

Elle était couchée sur le côté. La blessure à la poitrine indiquait que la balle avait été tirée de plus loin, vraisemblablement de l'entrée. Les brûlures de poudre sur la peau de la victime suggéraient que le deuxième tir avait été effectué à bout portant. Une partie du crâne de la femme avait disparu. Les traces de sang sur le sol indiquaient qu'à un moment donné, elle avait essayé de ramper vers son mari mort.

De l'or et des diamants scintillaient sur son annulaire.

— Des signes d'effraction ? demanda Mac.

— Non.

— Une sécurité ?

— Une alarme basique qui a été désactivée. La trajectoire des balles ayant touché le juge suggère que le tireur se tenait à l'extérieur et a tiré dans l'embrasure de la porte. Aucun signe de lutte. Pas d'appel aux secours. Les voisins n'ont rien entendu.

— Le tireur a utilisé un silencieux ?

Atherton haussa les épaules.

— On dirait bien.

Mac balaya le sol du regard. Pas de marqueurs de preuves pour les douilles.

— Le tireur a ramassé ses douilles ?

Atherton poussa un profond soupir.

— Ouaip. Celui qui a fait ça n'a rien laissé derrière lui, sauf deux balles logées dans chaque victime. Aucun signe de vol, non plus. Le suspect n'a pas pris de bijoux, d'ordinateurs portables, de portefeuilles, de téléphones ou d'argent liquide, qui sont pourtant bien en vue. Aucun signe évident d'agression sexuelle.

— Bon sang, soupira Mac.

Une cafetière pleine était posée sur le comptoir, deux toasts dans le grille-pain, deux assiettes à côté. Un beurrier ouvert et un pot de marmelade se trouvaient à proximité. Ces gens s'adonnaient à leur routine matinale quand quelqu'un était entré et les avait tués.

Ça ressemblait à un contrat.

— Une idée du mobile ? demanda Mac.

— Pas encore.

— Ça pourrait être personnel ? Ou une sorte de vengeance ? Que savez-vous du juge ou de ses affaires ?

Atherton semblait affligé, comme si Mac le ralentissait. C'était probablement le cas.

— C'était un juge du circuit fédéral. Il traitait principalement des affaires de brevets et des affaires des vétérans.

Pas vraiment un foyer de passion ou de vengeance, même

si les vétérans savaient que les armes et les brevets pouvaient valoir des millions.

— Thomas avait déjà reçu des menaces de mort ?

L'homme soupira et son ardeur diminua quelque peu.

— Je suis en train de vérifier. Nous n'en sommes qu'au début.

Mac jeta un coup d'œil autour de lui.

— Qui pouvait bénéficier de la mort du couple ?

Atherton consulta ses notes.

— Ils ont deux enfants adultes. Des agents sont en train de leur parler. Ils ont appris la nouvelle à la télé.

Bon sang. Mac refusait d'imaginer à quel point cela avait dû être horrible.

Atherton poursuivit :

— Nous n'avons pas encore trouvé de testament, mais il y a un coffre. Nous devons aussi trouver le nom de leur avocat.

Mac posa la question évidente :

— Est-ce que ça pourrait être un crime de haine ?

Le juge et sa femme étaient tous les deux noirs.

— C'est un peu tôt pour le dire.

Une nouvelle voix venait d'exprimer ce commentaire.

Mac leva les yeux. Le type qui se tenait dans l'embrasure de la porte avait des cheveux bruns plus longs que ce qui était généralement considéré comme acceptable au FBI, et des yeux vifs qui étaient la norme.

— Vous devez être l'ASAC McKenzie ? Je suis Mark Ross. Qu'est-ce qu'on peut faire pour vous ?

Mac inclina la tête alors qu'ils se serraient la main. Ce type n'aimait pas qu'un supérieur soit sur son territoire.

— J'ai commencé à travailler au SIOC et je voulais voir cette scène de crime par moi-même.

— Je ne vous ai jamais vu dans le coin. Depuis combien de temps êtes-vous au QG ? demanda Ross en le regardant attentivement.

Mac consulta sa montre.

— Deux heures.

Les agents éclatèrent de rire, mais ils regardèrent ensuite d'un air gêné la femme morte gisant sur le sol de sa cuisine.

— C'est à peu près le temps que je tiendrais, moi aussi, lui dit Ross.

Mac mit ses poings sur ses hanches. Ça n'avait rien à voir, mais pourquoi balayer une occasion de créer des liens ?

— Je suis le nouvel agent de liaison de la cellule de gestion de crise du SIOC. Je voulais vous offrir toute l'aide possible.

— Je vous remercie, mais je ne pense pas que nous ayons besoin du SIOC à ce stade, fit-il d'un ton qui frisait la condescendance. Si cela change, nous vous le ferons savoir.

Expédié.

Mac soutint le regard de Ross, mais leur concours de pisse silencieux fut interrompu par des voix à l'extérieur.

— C'est la légiste, déclara Atherton comme un chiot essayant de satisfaire ses deux maîtres. Faites attention où vous mettez les pieds. Elle est pointilleuse sur les éclaboussures de sang et elle me fait peur. Je vous raccompagne.

La dernière fois que Mac s'était senti aussi peu désiré, il avait eu une discussion animée sur la juridiction avec un membre de l'US Marshal Service. Mais comment se sentirait-il si un gros bonnet du siège tentait de s'immiscer dans son enquête ?

Comme un chien qui gardait son os.

— Ne vous inquiétez pas. Je trouverai le chemin tout seul.

Atherton et Ross hochèrent la tête d'un air absent. Ils s'en fichaient visiblement, tant qu'il les laissait faire leur travail. Il traversa la belle maison, avec ses couleurs chaudes et ses meubles de prix, s'arrêta près de la porte d'entrée et examina un portrait du juge dans sa robe. Une autre photo était accrochée à côté, plus informelle, du juge embrassant sa femme.

Ils semblaient plus qu'heureux, ils semblaient amoureux. Ce n'était pas une maladie que Mac était prêt à contracter à nouveau de sitôt.

Il pinça les lèvres. Le meurtre d'un juge fédéral noir serait célébré dans certains milieux. Le sectarisme et le sentiment antigouvernemental étaient bien vivants malgré le fait qu'ils vivaient au XXIe siècle.

Malheureusement, ce n'était pas un crime de haïr les gens à cause de leur travail ou de la couleur de leur peau. C'*était* par contre un crime d'agir en conséquence. Il mit de côté sa vieille colère et son dégoût, et laissa les agents faire leur travail. Il y avait plus qu'assez de crimes pour tout le monde.

CHAPITRE CINQ

— SUPER EMISSION aujourd'hui, Sonja.

L'agent de sécurité du studio de radio dans le centre de Washington lui fit un *high-five* alors qu'elle se dirigeait vers la porte arrière du bâtiment.

— Merci, Tommy.

Elle lui sourit et se glissa dans le froid glacial de février. C'était un jeune homme séduisant et elle savait qu'il avait eu du mal à l'accepter lorsqu'elle avait commencé à travailler ici. Mais elle l'avait conquis.

Elle sourit avec suffisance.

Son but était de convaincre tout le monde, un idiot effrayé, ignorant et mal informé à la fois. Elle s'arrêta pour boutonner sa veste en laine bouillie vert pomme. Il faisait beaucoup plus chaud qu'à quatre heures du matin lorsqu'elle était arrivée au travail, mais, même après six ans aux États-Unis, elle n'était toujours pas habituée au froid. La chaleur de Delhi était comparable à celle d'un rôti vivant sur une broche. Ses parents étaient toujours excités chaque fois qu'elle leur disait qu'il neigeait.

Son sourire s'estompa. Ils voulaient lui rendre visite, mais elle les repoussait sans cesse.

Bien que son émission soit avant tout musicale, elle s'est fait un nom en révélant publiquement qu'elle n'était pas née dans le bon corps. Ce n'était pas plus compliqué que cela. Elle avait toujours su qu'elle était une femme, mais d'une manière ou d'une autre, les gènes s'étaient mélangés et elle s'était retrouvée avec des machins qui pendouillaient. C'était très déroutant quand elle était enfant, mais à un moment donné, elle avait lu un article de magazine sur les personnes transgenres et la transition. Cet article lui avait sauvé la vie. Elle avait alors compris ce qu'elle devait faire.

Ironiquement, la principale raison pour laquelle ses parents étaient heureux qu'elle vive aux États-Unis était que les droits des personnes LGBT étaient plus avancés qu'en Inde. Mais s'ils découvraient le nombre de menaces de viol et de mort qu'elle recevait quotidiennement, ils la kidnapperaient et la ramèneraient chez elle.

Sonja ne voulait pas qu'ils s'inquiètent.

Elle était habituée au déferlement de haine anonyme et d'intolérance sur Internet. Mais elle préférait chérir les messages d'amour qu'elle recevait. Lorsque quelqu'un la contactait et lui disait que son histoire l'avait aidée à comprendre ce qui n'allait pas dans sa vie, tout semblait avoir un sens.

Elle descendit les marches, prenant un raccourci tranquille entre deux bâtiments pour se rendre à la station de métro la plus proche. Elle avait dû travailler tard la veille et n'avait pas fermé l'œil. Mais ça payait son loyer.

L'émission de la matinée avait été très animée. Elle n'aurait probablement pas dû traiter le sénateur de Caroline du Nord de crétin à l'intelligence d'une amibe en direct, mais quand il avait insisté pour l'appeler par son nom de naissance, et non par son nom légal, elle avait perdu son calme.

Ce n'était pas très professionnel, certes. Mais ses fans

avaient adoré. Et ses détracteurs la détesteraient toujours, quoi qu'elle fasse.

Elle remonta son sac à main *Michael Kors* sur son épaule et croisa une femme enveloppée comme si elle était au milieu d'un vortex arctique.

— Bonjour, dit gentiment Sonja.

Sa grand-mère disait toujours que ça ne coûtait rien d'être polie.

L'expression de la passante ne changea pas, mais une lueur brilla dans ses yeux alors qu'elles se croisaient.

Sonja frissonna. C'étaient les yeux les plus froids qu'elle ait jamais vus.

Une seconde plus tard, un éclair de feu lui brûlait le dos et Sonja tombait à genoux. Pendant une seconde, elle crut qu'elle avait reçu un coup de taser. Puis elle vit le sang fleurir sur le devant de son nouveau manteau - le cramoisi transformant le joli vert en un noir affreux - et la douleur explosa.

Elle n'arrivait plus à respirer. Elle mit sa main sur sa blessure et essaya de respirer, mais rien ne se produisit. Ses poumons la lâchaient.

Des pas se rapprochèrent d'elle, ridiculement forts dans le calme de la matinée. La douleur accentuait tout. Elle bascula la tête en arrière lorsque la femme se retourna et se planta devant elle, un imposant pistolet à la main. On aurait dit une arme sortie d'un film, équipée d'un de ces silencieux.

— Pourquoi ? siffla Sonja.

Un liquide chaud bouillonnait dans sa gorge. Du sang. Ce n'était pas bon signe. La femme leva l'arme et la pointa sur son visage. Sonja voulut crier, mais aucun son ne sortit. Elle était sur le point de mourir, réalisa-t-elle. Elle releva le menton. Si cette salope comptait la tuer, elle ne mourrait pas en se recroquevillant.

— Pourquoi ? répéta-t-elle d'une voix rauque.

Mais la femme ne répondit pas. Une lueur froide brillait dans ses yeux quand elle appuya sur la gâchette.

CHAPITRE SIX

I L Y AVAIT un gros inconvénient à son nouveau travail. Mac devait retrouver *cet inconvénient* pour déjeuner.

Il sortit du bâtiment J. Edgar Hoover et tourna vers le nord le long de la 10e rue, passant devant l'imposant monolithe de béton qui abritait le quartier général. Le bâtiment couvrait un pâté de maisons entier et bien qu'il n'y ait travaillé qu'un jour et demi, il s'était déjà perdu trois fois. Pas à cause de son mauvais sens de l'orientation. Celui qui avait construit l'endroit avait inexplicablement placé des murs de briques, apparemment au hasard, pile là où il devait aller.

Le bâtiment était le bébé de Hoover, mais le père du FBI était mort avant la fin de sa construction. Il occupait plus de 260 000 m2 et abritait plus de 7 500 employés. Ils avaient même leur propre Starbucks au rez-de-chaussée.

Il traversa E. Street et s'approcha de la vitrine du Lincoln's Waffle Shop en face du Ford's Theatre.

L'endroit était bondé, mais sa femme était facile à repérer dans la foule.

Ex.

Ex-femme.

Cela faisait deux ans et il avait toujours du mal à trouver la bonne terminologie. C'était le problème avec le fait de dire ce que l'on pensait et de penser ce que l'on disait.

Que faisait-il là ?

Heather Surrey était une petite blonde pétillante qui avait le genre de courbes qui donnaient des démangeaisons aux mains d'un homme. Mais pas lui. Plus maintenant. Elle portait un manteau cramoisi brillant et un bonnet assorti. Cette couleur lui rappelait combien elle l'avait fait saigner pendant la procédure de divorce.

En la regardant, il endurcit sa mâchoire et son cœur. Il était curieux de savoir pourquoi elle voulait lui parler, mais à présent, il ne voulait plus le savoir. Il était sur le point de tourner les talons et de s'enfuir quand elle le repéra, se leva et lui fit signe.

Et merde.

À contrecœur, il entra. Le serveur, un petit homme trapu et pressé, lui demanda où il voulait s'asseoir.

— Malheureusement, je dois retrouver quelqu'un.

Mac désigna une Heather souriante qui lui tendit une chaise – comme s'ils n'avaient pas été de féroces ennemis.

Il *ne* voulait *pas* être là.

Mac se fraya un chemin parmi les touristes et les habitants, tous heureux de s'empiffrer dans ce cadre exigu. Le restaurant était bruyant et surpeuplé, et suffisamment populaire pour qu'il y ait une file d'attente devant la porte pendant le coup de feu du petit-déjeuner.

Ce n'était pas le genre d'endroit qu'Heather fréquentait habituellement. Elle aimait le haut de gamme, le service à table et les serviettes en lin. Il avait choisi ce restaurant pour cette raison précise. En plus, c'était près de son travail.

Elle allait l'embrasser sur la joue, mais il l'évita en se glissant sur son siège. Aussi sexy qu'elle soit, Mac avait du mal à croire qu'ils aient jamais été un couple, et encore moins un couple marié. Il avait dû perdre la raison.

— Tu es venu, dit-elle avec un large sourire comme s'ils étaient de vieux amis.

Techniquement parlant, il supposait qu'ils l'étaient.

Ex.

Ex-amis.

Il n'était peut-être pas le seul à ne pas avoir accepté le changement de statut de leur relation.

Son regard suggérait qu'elle ne pensait pas qu'il viendrait et qu'elle était soulagée qu'il ne lui ait pas posé un lapin. Contrairement à certaines personnes, il tenait toujours ses promesses.

— Qu'est-ce que tu veux, Heather ? demanda-t-il sans préambule.

Son visage se crispa devant son ton peu amical. Elle prit une profonde inspiration et le regarda à travers ses cils.

— Je voulais reprendre contact avec toi maintenant que tu es à Washington.

La géographie n'avait jamais été le problème. Le fait qu'elle fréquente d'autres personnes l'avait été.

Il s'adossa à sa chaise, ses longues jambes dépassant du côté de la petite table pour éviter tout contact accidentel avec les siennes.

— Et qu'en pense Lyle ?

Elle déglutit fortement et reporta son attention sur les prospectus accrochés au mur.

— Lyle est hors-jeu. Je l'ai quitté.

Et tout devint clair comme de l'eau de roche. Il aurait dû se lever et partir, mais son sadisme intérieur faisait manifestement des heures supplémentaires.

Avant Quantico, il était basé à Philadelphie, où Heather

avait rencontré Lyle lorsqu'elle avait accepté un poste d'assistante de ce connard. Lyle était un associé de premier plan dans un cabinet d'avocats avec des bureaux dans tout le pays. Après leur divorce, Lyle et elle s'étaient mariés et installés à Washington, ce qui convenait très bien à Mac jusqu'à la veille.

Mac ne dit rien. Tout ce qu'il dirait serait utilisé contre lui.

Le serveur s'approcha d'eux.

— Qu'est-ce que je vous sers ? demanda l'homme avec brusquerie.

Mac prit le menu, le fixant sans le voir avant de réaliser qu'il avait perdu l'appétit.

— Un café au lait, s'il vous plaît.

— Du pain perdu pour moi.

Heather offrit au type un sourire brillant aussi faux que ses nouveaux seins.

Mac fronça les sourcils. Qu'attendait-elle de lui ? De l'argent ? Il n'en avait pas. Du sang ? Elle l'avait déjà saigné lors du divorce.

Elle combla son silence.

— Je pensais que peut-être…

Ses doigts se rapprochèrent des siens sur la table. *Waouh !* Il retira ses mains, les posant sur ses genoux comme si elle était un cobra sur le point de frapper.

Pas moyen.

Ça ne pouvait pas arriver.

Pas quand tout allait si bien.

Le seul type de femme qu'il voulait dans sa vie personnelle en ce moment était le type de femme prête à utiliser son corps pour quelques heures de gratification sexuelle, et seulement à la condition que cela n'interfère pas avec son travail. L'échange de noms était facultatif. Hors de question d'échanger des numéros de téléphone. Personne ne se mettrait entre ses objectifs et lui.

Son café arriva, Dieu merci. Mac ajouta un sucre, remua le breuvage, en prit une gorgée et reposa sa tasse sur la table, espérant que cela serait une barrière suffisante entre lui et n'importe quel drame qui allait sortir de la bouche de son ex-femme.

Heather continua. Il devait être un salaud insensible, car au lieu de la faire taire, il la laissa s'exprimer.

— Je pensais que peut-être on pourrait, tu sais, se donner une autre chance ?

Elle le regardait avec ses grands yeux bleus et les diamants d'un autre homme aux doigts.

Il se pencha pour ne pas avoir à élever la voix :

— Tu es folle ? Tu m'as traîné devant les tribunaux, tu m'as accusé d'être abusif, tu t'en es pris à ma réputation. Bon sang, tu as même pris le putain de chat, et tu n'aimes même pas les chats. Et maintenant, tu veux qu'on se remette ensemble ?

Heather pinça les lèvres devant son langage grossier, mais il en avait assez de faire semblant d'être ce qu'il n'était pas. Il jurait. Beaucoup. Et il aimait ça, bon sang.

— J'aimais ce chat, rétorqua-t-elle.

Aimais ? Au passé. Donc leur chat était mort et elle n'avait jamais pris la peine de lui dire. Cette femme avait vraiment tout pour plaire.

Elle tendit le bras et posa sa main sur la sienne. Il se força à ne pas ciller.

— J'étais blessée et déchaînée. J'ai dit des choses que je ne pensais pas.

— Heather.

Il retira lentement sa main, soulagé qu'il n'y ait aucune trace de la folie lubrique qui l'avait mis dans le pétrin en premier lieu.

— J'ai découvert que ton travail pour ton patron impliquait que tu sois nue sur son bureau. Qu'est-ce que tu pensais que je ferais quand je le découvrirais, que je vous rejoindrais pour un plan à trois ?

Mac réalisa qu'il parlait trop fort quand la femme à la table d'à côté les regarda avec intérêt.

— Lyle était une erreur, dit Heather avec détermination. Il a utilisé sa position pour me séduire…

— Heather, gronda-t-il.

Elle plissa les yeux.

— Quoi ?

Il ne détourna pas le regard. Elle s'en était tirée toute sa vie parce qu'elle était une enfant pourrie gâtée qui savait se servir de l'ego des hommes comme un espion russe savait se servir d'une caméra cachée.

— Ne te fous pas de moi. Tu adorais le fait qu'il soit blindé…

— J'aimais le fait qu'il soit présent, fit-elle en haussant la voix avant de jeter un regard consterné autour d'elle.

— Eh bien, ça n'a pas changé, chérie, fit-il.

Son téléphone bipa juste à ce moment-là et il consulta ses messages. Il eut un sourire acéré.

— Comme les dames, mon travail passe toujours en premier.

Avec une patience nouvelle, elle se calma plutôt que de s'en prendre à lui comme elle aurait probablement voulu le faire. Elle devait être désespérée. Ses doigts jouaient avec le paquet de sucre devant elle.

— Écoute, Mac, chéri, je t'aime toujours. Je veux réessayer. Tu dois bien admettre qu'on avait quelque chose de spécial. On a été mariés pendant deux ans.

— Pendant lesquels j'ai été fidèle et toi pas, rétorqua-t-il froidement. Ce n'est pas ce que je considère comme un vrai mariage.

Heather jeta un regard furieux à la femme à côté d'elles qui écoutait maintenant ouvertement. Mac adressa un clin d'œil à leur spectatrice. Elle avait facilement soixante ans, peut-être beaucoup plus, et semblait s'amuser. Au moins l'un d'entre eux passait un bon moment.

— J'ai fait une erreur. C'est toi que j'aime. Je veux être avec *toi*.

Il se retint de lever les yeux au ciel devant la scène sur-jouée. Après la façon dont elle l'avait blessé, il s'était dit qu'il aimerait la voir ramper de la sorte, mais cela s'avérait tout aussi décevant que le reste de leur relation. Le vrai problème de leur mariage se résumait au fait qu'elle avait blessé sa fierté, pas son cœur. Ils n'avaient jamais été vraiment amoureux, juste aveuglés par le désir et trop stupides pour voir la différence.

Il termina son café, prit une profonde inspiration et dit doucement :

— C'est fini, Heather. Nous deux, ça n'arrivera plus ja-mais.

— Pourquoi ? On pourrait encore passer du bon temps…

Elle lui donnait mal à la tête. Il serra les dents.

— Parce que je ne peux pas oublier ce que tu as fait der-rière mon dos, que tu as baisé ce connard et que tu m'as menti.

Heather lui répondit, agacée :

— J'ai fait une erreur ! Ce n'est pas l'un de tes mantras sur les criminels ? Parfois, les gens font des erreurs et de mauvais choix, ça ne veut pas dire qu'ils sont mauvais…

— Ça ne veut pas dire que je veux être marié à l'un d'entre eux.

Il respirait difficilement à présent. Il était certain qu'Heather allait utiliser son empathie contre lui.

Il se pencha davantage sur la table alors que d'autres clients commençaient à les fixer. Tout ce qu'il voulait, c'était faire son travail et elle se mettait en travers de son chemin. Il était temps d'être parfaitement clair.

— Tu as trahi notre mariage. Tu as brisé des vœux solennels. Et puis tu m'as traîné devant les tribunaux, tu m'as traité de mauvais mari, tu as pris mon putain de chat, et tu penses que je voudrais un jour me remettre avec toi ?

Puis il comprit.

— Lyle a eu une liaison, n'est-ce pas ?

Il rit, même s'il n'aurait pas dû. C'était le karma.

— Est-ce qu'il baise sa nouvelle assistante ? Peut-être qu'il pense que ça fait partie des missions du poste ?

Il ricana, conscient qu'il se comportait comme un connard, mais désireux de mettre fin à cette mascarade.

Heather récupéra son sac et se leva.

— J'aurais dû savoir que tu ne serais jamais capable de pardonner une petite erreur.

— Ce n'était pas une « petite erreur », chérie. C'était un grand, gros, gigantesque « va te faire foutre » à notre mariage. Et j'ai reçu le message. Cinq sur cinq. Je suis peut-être stupide, mais je ne fais jamais deux fois la même erreur.

Heather le gifla et ses yeux sortirent de leurs orbites. Putain.

— C'était ta dernière chance, et tu l'as gâchée, cracha-t-elle.

Ce serait mal de se réjouir, pas vrai ?

Elle se dirigea vers la porte, sans avoir réglé l'addition.

Du Heather tout craché. Comme au bon vieux temps. Il roula des yeux, jeta un billet de vingt et la suivit dehors dans le froid de l'hiver. Washington traversait une vague de froid, mais ayant grandi dans le Montana, Mac avait connu bien pire.

Il savait qu'il ne pouvait s'attendre à ce qu'elle soit vraiment partie. Où aurait été le drame dans tout ça ? Elle l'attendait sur le trottoir, pas encore satisfaite.

— Tu te crois si important depuis que tu es agent fédéral. Tu te crois si intelligent et digne.

Il faillit rire. Cela n'avait rien de digne de se disputer avec son ex le deuxième jour de son nouveau travail. Il croisa les bras sur son torse et attendit. Il voulait qu'elle vide son sac et qu'elle parte.

— Tu essaies constamment de compenser le fait que tu es un pauvre plouc, mais tu sais quoi, Mac ?

Heather mit ses mains sur ses hanches et se pencha vers lui.

— Tu seras toujours un pauvre plouc.

Il plissa les yeux et garda la bouche fermée. Elle connaissait ses points faibles. Pas question qu'il lui montre que ses mots pouvaient l'affecter.

Énervée de son absence de réaction, elle tourna les talons et partit.

Alléluia.

Un jeune homme d'une vingtaine d'années siffla en la regardant partir.

— Vous étiez marié à ça ?

Il regarda le gars qui, à son tour, regardait le cul en forme de cœur de son ex-femme.

— Crois-moi, mon pote, ça n'en vaut pas la peine.

Le type secoua la tête :

— Je ne sais pas, mec…

Il semblait tenté de la suivre. Pire encore, Mac savait qu'Heather adorerait cette attention.

— Épargne-toi des peines de cœur et trouve-toi un gentil doberman.

Mac mit ses poings sur ses hanches et soupira. Les hommes semblaient dotés d'une stupidité intrinsèque quand il s'agissait de courir après le mauvais type de femme.

— Fais-toi vacciner avant d'échanger des fluides corporels.

Le gars lui adressa un sourire et commença à la suivre. Pauvre enfant.

Deux hommes en costume franchirent le pas de la porte et le regardèrent avec curiosité. Il les avait déjà vus au QG. *Formidable.* Il fixa le trottoir sous ses pieds. Quelques jours à Washington et il faisait déjà forte impression. Il savait également que ce n'était pas parce qu'Heather était partie qu'elle avait abandonné pour autant. Il avait défié à la fois sa féminité et sa fierté.

La bonne nouvelle était qu'elle ne savait pas où il vivait. La mauvaise nouvelle était qu'il allait devoir changer de numéro de portable. C'était soit ça, soit la tuer dans son lit – ce qui risquait de le gêner dans ses aspirations professionnelles.

———————

TESS N'ETAIT PAS faite pour l'espionnage. Après une nuit

blanche, elle avait décidé de suivre son frère et de voir ce que Cole fabriquait, qui il rencontrait. Tout était préférable à rester à la maison à s'inquiéter. Il la repéra à la sortie d'un tourniquet de Metro Center avant même qu'elle ne quitte la station.

— Hé, sœurette, tu vas où ?

Il attendit qu'elle le rattrape et passa son bras autour de son épaule, la serrant fort. Elle avait passé la matinée à travailler sur son ordinateur portable dans un café près de la station de métro locale de Tenleytown. Elle l'avait vu descendre la colline vers 11 h 30. Elle avait rassemblé ses affaires et pensait avoir bien réussi à le suivre sans être vue, jusqu'à maintenant.

— Cole.

Elle se força à adopter un ton léger et lui fit la bise. Elle remarqua qu'il était rasé de près et sentait l'après-rasage. Une partie d'elle aurait voulu lui crier ses questions et le secouer jusqu'à ce qu'il lui dise tout. Une autre part d'elle était malade de culpabilité à l'idée de ne pas faire confiance à ce garçon qu'elle aimait de tout son cœur.

Mais ce n'était plus un garçon, se rappela-t-elle. C'était un adulte grand et beau, qui avait la photo, le nom et l'adresse d'une victime de meurtre dans le tiroir de son bureau. Elle devait comprendre ce qui se passait.

— J'ai une réunion avec un client à 13 h. Je pensais aller voir la nouvelle exposition du musée d'histoire naturelle avant, mentit-elle.

— Tu as toujours été une intello, la taquina-t-il.

— Dit le programmeur.

— Vive les geeks.

Cole lui cogna l'épaule et elle rit.

Son frère n'aurait pas fait de mal à une mouche, et encore

moins à un juge fédéral.

— Où vas-tu ?

Elle s'efforça de paraître décontractée, mais sa voix se brisa légèrement.

— Je vais retrouver quelqu'un.

— Quelqu'un que je connais ?

Il évita son regard, soudain évasif.

— Quelqu'un de l'université.

Il mentait. Elle le voyait à la façon dont ses oreilles rosissaient. Sa bouche s'assécha. Pourquoi mentirait-il à ce sujet, à moins d'avoir quelque chose à cacher ?

Elle détourna le regard avant qu'il ne remarque qu'elle l'avait percé à jour. Il n'avait jamais eu de secrets auparavant – pas qu'elle le sache. Combien d'autres signes avait-elle manqués ?

Ils passèrent devant le Ford's Theatre. De l'autre côté de la route, une femme portant un manteau et un bonnet écarlates réprimandait un grand et bel homme en costume gris.

Il lui semblait vaguement familier.

Elle fronça les sourcils. Qui lui rappelait-il ? Elle n'arrivait pas à le remettre. Peut-être que c'était sa façon de se comporter. Ou son allure confiante qui lui rappelait quelqu'un. Peut-être était-ce le fait qu'elle avait regardé *Jurassic World* ce samedi soir et que Chris Pratt était la vedette de ses récents fantasmes.

— Ils sont en pleine dispute. Ne les embarrasse pas en les fixant, la réprimanda Cole et elle se laissa pousser en avant, presque étourdie de soulagement.

— Il me dit quelque chose.

Comment pouvait-elle penser qu'un garçon qui s'inquiétait de *gêner* quelqu'un pourrait tuer de sang-froid deux personnes dans leur propre maison ?

Cole dit autre chose et fit claquer ses doigts devant son visage.

— Tu m'en veux encore d'avoir oublié que tu venais hier, c'est ça ?

Pff.

— Non.

Il retroussa les lèvres.

— Je ne te crois pas.

— Très bien. J'*étais* en colère, mais je ne le suis plus. C'est une amie que tu retrouves aujourd'hui ? Peut-être celle qui t'a conduit à me poser un lapin hier ?

Elle grimaça devant son manque de subtilité.

Cole s'esclaffa.

— Je ne t'ai pas posé un lapin ! J'ai oublié, d'accord ?

— Comment elle s'appelle ?

Elle était consternée d'avoir besoin de lui soutirer un alibi, mais elle insista tout de même.

Il lui adressa un sourire forcé.

— Je ne suis pas du genre à parler de mes aventures.

Tess grimaça, sachant qu'elle devait laisser tomber avant qu'il ne se doute de quelque chose.

— Eh bien, au moins l'un d'entre nous a une vie amoureuse.

Il fit une grimace.

— Je ne veux pas penser à la vie amoureuse de ma sœur.

— Ton indignation fraternelle est sans objet pour le moment, alors ne t'inquiète pas pour ça.

Il la regarda longuement.

— Jason était un connard. Tu dois passer à autre chose. Tu trouveras quelqu'un mille fois mieux et il sera peut-être assez digne pour te mériter.

Elle sourit. C'était une autre raison pour laquelle elle aimait tant son frère : il croyait en elle alors qu'elle ne croyait pas en elle-même. Elle aurait voulu le confronter directement à propos du dossier dans son bureau. Il y avait sûrement une explication rationnelle. Elle ouvrit la bouche, mais les mots ne venaient pas.

Et s'il avait menti ?

Elle ne s'en remettrait pas.

Même si elle le voulait, elle ne pouvait accorder sa confiance aveuglément. Six mois plus tôt, son petit ami s'était enfui avec sa meilleure amie dans le pire cliché de triangle amoureux. La trahison de Jason et Julie l'avait prise au dépourvu, mais lui avait rappelé toutes les raisons de ne pas prendre les gens pour argent comptant. Pas même son frère. Elle avait besoin de preuves, pas de mots.

— À quelle heure tu finis avec ton client ? demanda Cole.

Elle cligna des yeux bêtement et se souvint de la prétendue raison de sa présence.

— Ça ne durera pas longtemps. Vers 14 heures ? 14 h 30.

Il consulta son téléphone.

— Et si tu m'appelais quand tu as fini et qu'on rentrait chez moi ensemble ? Je vais chercher le reste des infos dont tu as besoin pour mes impôts.

Et elle pourrait accidentellement ou volontairement trouver ce dossier avec la photo à l'intérieur et le confronter directement. Jauger sa réaction.

— Ça me va. Je t'envoie un texto et je te retrouve au métro.

— À plus tard.

Il lui tira légèrement les cheveux et s'éloigna, se perdant dans la foule avant qu'elle ne se rappelle qu'elle était censée le suivre.

Mince.

Elle se retourna et réalisa qu'elle se trouvait à l'angle sud-est du Hoover Building. Elle fut soudain assaillie par une série de souvenirs effrayants et de coïncidences qui semblaient vouloir lui dire quelque chose. Le FBI. Une photo d'un juge mort dans le bureau de son frère. Cole refusant de lui dire qui il retrouvait pour le déjeuner.

Le cauchemar recommençait…

Ou elle était juste paranoïaque, se dit-elle, agacée.

« Ce n'est pas de la paranoïa s'ils en ont vraiment après toi. »

Les mots de son père résonnèrent dans son cerveau avec la force d'une tronçonneuse. La sueur perlait sur sa peau. Elle fit volte-face et commença à marcher rapidement. Elle traversa la grande avenue en courant et tourna dans la même direction que Cole, déterminée à mettre fin à l'incertitude.

Elle le repéra à un demi-bloc de là et se cacha derrière un arbuste géant en pot.

Il ne regardait pas dans sa direction. Cole était entièrement concentré sur la femme dans ses bras, qui semblait être son oxygène personnel. Tess ne pouvait pas voir son visage, mais elle était mince et vêtue d'un élégant tailleur pantalon et d'un manteau en laine noir. Et les mains de son frère devenaient un peu trop familières pour l'heure du déjeuner dans une rue animée de la ville.

Tess s'adossa au pot en terre cuite inflexible, son cœur martelant sa cage thoracique, son souffle faisant des allers-retours dans sa poitrine.

— Merci, merci, merci.

Le froid glacial s'infiltrait dans sa veste et dans la chair de ses épaules, le long de sa colonne vertébrale, mais elle ne bougea pas. Son frère ne venait pas de retrouver un fou furieux qui préparait la prochaine phase de la révolution. Il avait une aventure passionnée et voulait la garder privée.

Elle soupira de soulagement, fit rouler ses épaules, puis jeta un coup d'œil pour voir s'ils étaient toujours là.

La rue était déserte.

Évidemment. C'était un coup de midi, ils n'étaient pas là pour faire du tourisme.

Peut-être que la femme était mariée. C'était une pensée perturbante, mais pas autant que d'imaginer Cole de mèche avec des activistes antigouvernementaux prévoyant des actes de terrorisme national.

Elle était déjà passée par là.

Elle se leva et regarda le ciel, surprise par la trace glacée des larmes sur ses joues. Elle les essuya et sortit de sa cachette, ignorant les regards étranges des passants. Les pires scénarios ne semblaient pas si exagérés quand on avait vécu l'enfer comme elle.

Elle avait beaucoup à faire, et décida de se rendre pour ce faire dans l'un de ses endroits préférés. Elle traversa la rue, monta les marches et passa la sécurité pour entrer dans le musée d'histoire naturelle. Elle avait encore des questions sur cette photo, mais pour l'heure, elle pouvait respirer à nouveau. Cole aurait une explication rationnelle pour justifier la présence de ce dossier dans son tiroir, et elle se sentirait idiote. C'était elle qui allait devoir mentir et prétendre qu'elle ne savait pas ce qu'il avait mangé au déjeuner.

CHAPITRE SEPT

DES L'INSTANT OU il mit les pieds dans le SIOC, Mac sut qu'il se passait quelque chose au vu de l'activité effrénée.

Il se glissa dans la salle des médias où des agents regardaient simultanément cinquante chaînes de télévision différentes et surveillaient les tendances sur les réseaux sociaux. Dans le monde d'aujourd'hui, ce n'étaient plus les reporters qui faisaient l'actualité. Les informations étaient transmises par des témoins oculaires munis de téléphones portables, 24 h sur 24.

— Que se passe-t-il ? demanda-t-il à Libby Hernandez, l'ASC analyste que Gerald lui avait présentée la veille.

Elle leva les yeux vers lui depuis son fauteuil.

— Une DJ locale a été retrouvée assassinée après avoir quitté sa station de radio vers 11 h 30 ce matin.

Mac regarda les écrans. Des foules de journalistes campaient dans une rue située à environ cinq minutes de route.

— Qu'est-ce qu'on sait ?

Gerald apparut derrière son épaule. Le bavardage de l'une des sources sortant des haut-parleurs avait noyé le bruit de l'homme entrant dans la pièce.

Hernandez tapa furieusement sur son clavier et le volume diminua.

— Sonja Shiraz présentait « Sunrise with Sonja » tous les

matins de la semaine sur Radio WDC. Un civil a appelé les secours en disant qu'il avait trouvé un corps dans une allée. Un ambulancier a reconnu la victime.

Le regard de Mac parcourut les moniteurs et le flux d'informations, analysant le buzz. Le meurtre d'une personnalité publique était choquant, mais pas *à ce point*.

— Qu'est-ce que j'ai raté ?

— L'ancien nom de Sonja Shiraz était Sanjay Patel, lui expliqua Hernandez.

— Une transgenre ?

Il sentit ses tripes se tordre.

Hernandez hocha la tête.

— Elle détaillait tout le processus de transition dans son émission et sur son blog. Elle avait une énorme audience.

— Et elle devait recevoir de nombreux messages haineux, je parie.

Le regard de Mac se promena sur les écrans. D'abord un juge fédéral noir, maintenant une DJ transgenre, le tout en deux jours ? Il n'aimait pas ça.

— J'aimerais aller jeter un coup d'œil…

Gerald secoua la tête.

— Je sais ce que vous pensez, mais trois meurtres en deux jours, ce n'est pas si inhabituel.

— Toutes les victimes sont des cibles potentielles de crimes haineux très en vue…

— Aucune preuve ne suggère qu'il s'agisse de crimes haineux, et encore moins que les meurtres soient liés.

— On lui a tiré dessus ? demanda Mac.

Gerald pinça les lèvres.

— Malheureusement, se faire tirer dessus n'est pas si inhabituel non plus. Le bureau de Washington n'était pas ravi que vous vous pointiez sur leur scène de crime hier. J'ai reçu un appel de leur SAC nous disant de nous retirer.

— J'ai proposé mon aide. Je n'ai pas marché sur leurs platebandes.

Mac leva les yeux au ciel. Il détestait la politique.

— Comment vous seriez-vous senti si un ponte du QG s'était immiscé dans une de vos enquêtes ?

— Énervé, mais je ne cherche pas à obtenir un badge d'amitié. Je peux aider à résoudre ces crimes. Je sais comment ces gars-là pensent.

— Le bureau de Washington ? demanda Gerald.

Mac éclata de rire.

— Les extrémistes de droite.

Devant l'expression dubitative de Gerald, Mac poursuivit :

— J'ai passé un an sous couverture lors de l'enquête sur l'organisation des Pionniers de David Hines.

Devant la surprise de Gerald, il ajouta :

— C'était avant que je rejoigne le FBI.

Plusieurs personnes à proximité écoutaient attentivement leur conversation, mais ce n'était pas un secret. Ce n'était simplement pas de notoriété publique.

— C'était au milieu des années 90. Vous portiez encore des couches à cette époque, non ?

Mac se frotta la nuque.

— C'était ma première mission sous couverture. J'étais assez inexpérimenté, je l'admets. C'est pour ça qu'ils m'ont choisi. Les Pionniers n'ont jamais imaginé que je pouvais être un flic sous couverture.

— Vous deviez avoir un sacré CV au moment où vous avez rejoint le FBI.

Il y avait du respect dans le ton de Gerald à présent.

— J'ai eu de la chance de ne pas me faire attraper, répondit Mac en toute honnêteté. Après la fusillade, mon identité a été tenue à l'écart des rapports par crainte de représailles de la part des survivants. Ces trous du cul se sont tous retournés les uns contre les autres de toute façon, donc ils n'avaient pas besoin de mon témoignage.

Mac réfréna son impatience alors que la salle des médias bourdonnait autour d'eux.

— Le truc, c'est que durant le temps que j'ai passé avec eux, David Hines parlait souvent de son « manifeste ». La première chose à faire était de tuer un juge fédéral. La suivante était de tuer un homme noir important.

Il rentra le menton.

— Bien entendu, ils utilisaient un terme plus péjoratif que « noir ».

La bouche de l'ASC Gerald se crispa.

— Évidemment.

— J'ai oublié la formulation exacte, mais je peux la retrouver dans mes notes. Venaient ensuite les personnalités qui sympathisent avec les homosexuels, les juifs, les Mexicains, les Arabes, les avorteurs, puis tous les flics, fonctionnaires fédéraux ou hommes politiques sur lesquels ils pouvaient mettre la main. Pour finir par le président des États-Unis en personne.

Il marqua un temps d'arrêt après la révélation de cette information.

Ces connards étaient prêts à tuer leur président, quelle que soit sa politique ou son idéologie, simplement parce qu'il était l'homme de la Maison-Blanche. Il y avait déjà eu une tentative d'assassinat du Président Hague – Mac était sur place et cela avait été bouleversant. L'idée d'une deuxième tentative le mettait hors de lui.

— Les Pionniers n'étaient pas les seuls à tenir un discours antigouvernemental dans les années 90, et les nationalistes blancs et les groupes extrémistes sont en pleine expansion depuis une dizaine d'années, dit lentement Gerald.

— Ce serait préférable d'avertir les autres agences d'augmenter leur niveau de vigilance.

Gerald balaya les écrans des yeux, puis croisa ses bras sur sa poitrine.

— D'accord, mais je ne peux pas approuver votre implication dans cette affaire. S'il y a un lien entre le juge Thomas et la DJ, la légiste en informera le bureau régional qui s'en occupera. Tant que nous n'avons pas d'indication réelle qu'il s'agit d'un crime haineux, nous ne nous en mêlons pas.

Mac hocha la tête et le suivit hors de la salle des médias dans un couloir plus calme. Il était déçu, mais savait qu'il ne devait pas le montrer.

— La cellule de fusion des otages voulait vous parler des moyens de renforcer le réseau entre négociateurs du comté.

Gerald semblait occupé et distrait. La gestion du SIOC devait être suffisamment compliquée sans qu'un nouveau venu vienne remuer le couteau dans la plaie.

— Je vais m'en occuper.

Ce qui lui prendrait deux heures au maximum. Mac réprima sa frustration, essayant d'étouffer son empressement à s'impliquer dans chaque affaire. Il devait se concentrer sur sa carrière.

Il se dirigea vers les types du groupe d'intervention destiné à la libération d'otages et de la cellule de négociation de crise qui traînaient dans l'une des salles de réunion à l'arrière de la salle de commandement des ressources nationales. Cette pièce était l'endroit où tous les experts se réuniraient si jamais une bombe nucléaire était posée sur le sol américain. Heureusement, elle était calme pour l'heure. Il espérerait que les choses resteraient ainsi.

La salle en elle-même rappelait que le SIOC réunissait la crème de la crème dans un espace restreint. Mais cette attente le rendait fou. L'excitation de mener une enquête lui manquait. *Agent spécial en charge à quarante ans*, se rappela-t-il en cherchant Eban Winters, l'un des meilleurs négociateurs au monde et chef de la cellule de fusion des otages au SIOC.

Le téléphone de Mac bipa. Il baissa les yeux et vit qu'Heather s'était mise à lui envoyer des textos haineux.

Sympa.

Il préférait avoir affaire à une centaine de suprématistes blancs qu'à son ex, ce qui en disait plus long sur lui que sur elle. Elle lui avait fait une faveur en ayant une liaison avec son patron. Il n'était manifestement pas fait pour être le héros romantique d'un conte façon *ils vécurent heureux pour toujours*. Il préférait attraper les méchants.

TESS POSA SON ordinateur portable sur la table de la cuisine et se débarrassa de son manteau. Cole sortait les ordures sur le trottoir, car c'était le jour des poubelles. Elle se dirigea vers sa tanière, déterminée à tomber *accidentellement* sur ce dossier et à obtenir des réponses à ses questions afin d'arrêter de s'inquiéter.

Elle entra en collision avec un corps masculin qui manqua de la faire tomber à la renverse. Joseph, le meilleur ami de son frère, l'attrapa par le haut des bras et la maintint contre lui.

Il lui adressa un sourire.

— Salut, ma belle. Je mets enfin la main sur la charmante Tess.

Joseph se pencha plus près.

— Cole n'est pas là, mais tu peux me tenir compagnie en l'attendant.

Ses mains étaient larges et chaudes, et commencèrent à descendre le long de sa taille vers ses fesses.

Elle se dégagea de sa prise et fit un pas en arrière.

— C'est bon. Ça ira.

— Oh, tu es plus que bonne, Tess. Tu es parfaite. Ça te dirait de venir à ma fête d'anniversaire le week-end prochain ? Il y aura du gâteau au chocolat. Je sais que tu aimes le gâteau au chocolat.

Elle était troublée et déstabilisée, mais elle réalisa qu'une petite partie d'elle était flattée par cette attention. C'était ce qui arrivait quand on sortait avec des losers. Elle ne voulait pas l'encourager. Elle croisa les bras.

— La fête de ton *dix-neuvième* anniversaire.

Elle haussa un sourcil. Elle avait trente ans, pour l'amour de Dieu.

Il réduisit sa voix à un murmure :

— Mais ce n'est que du gâteau, Tess.

Sauf qu'il prononça le mot « gâteau » comme s'il le léchait sur sa peau nue.

La porte s'ouvrit derrière elle.

Joseph se dirigea vers le réfrigérateur.

— Le voilà. Tu veux une bière, Cole ? Tess ?

— Avec plaisir.

Son frère jeta sa veste sur le dos d'une chaise de cuisine.

Tess consulta l'horloge. Il n'était même pas 16 heures.

— Vous savez que vous n'avez pas l'âge légal, n'est-ce pas ?

Joseph tendit une bouteille à Cole, ignorant ses protestations.

— Sérieusement ? On est assez vieux pour aller à la guerre et faire l'amour, dit-il, ses yeux s'attardant sur sa poitrine, mais pas pour boire une bière ? Détends-toi, Tess.

Il lui tendit une bouteille en guise de défi, mais elle n'avait pas subi de pression de la part de ses pairs depuis le lycée, lorsqu'elle avait été surprise en train de tirer sa seule et unique bouffée de cigarette par son professeur de gym préféré.

Elle eut un sourire crispé.

— Non, merci. Certains d'entre nous doivent travailler pour vivre et ont des choses à faire.

— Aoutch, grimaça Joseph. Ta sœur me tue, mec.

Cole rit.

— Elle a ton numéro. Tu es allé en cours aujourd'hui ?

— Trois cours *et* j'ai fini un devoir. Tu étais où ?

— J'avais quelque chose d'important à faire, marmonna Cole de manière évasive, en rougissant.

Il avait séché les cours ? Il ne séchait jamais les cours. Elle l'observa avec anxiété alors qu'il évitait son regard.

Joseph prit une autre longue gorgée de bière.

— Je suis censé avoir un rencard ce soir, mais je vais peut-être la laisser tomber.

— Tu vas faire savoir à la dame en question que tu ne te pointeras pas, ou on doit s'attendre à des textos de colère ? demanda Cole d'un air sardonique.

Joseph regarda Tess d'un air calculateur.

— Je n'ai pas encore décidé. Qu'est-ce que tu en penses, Tess ?

Tess essaya de garder un visage impassible.

— Traite-la avec respect. Si tu ne comptes pas venir, dis-le-lui au moins. Personne n'aime qu'on lui pose un lapin… surtout si elle t'aime assez pour sortir avec toi.

— C'est elle qui m'a demandé.

Son sourire laissait entendre que ça arrivait souvent.

Les femmes le trouvaient attirant.

— Comment te sentirais-tu si elle te posait un lapin ?

Il hocha les épaules comme si c'était sans importance.

— Je trouverais quelqu'un d'autre à ramener à la maison.

Elle poussa un profond soupir. Plus elle découvrait les hommes, moins elle aimait cette espèce.

Des bruits de pas dévalèrent les escaliers. Zane et Dave se joignirent aux réjouissances.

— Salut, Tess.

Zane lui adressa un sourire rusé et Dave rougit. Zane avait des cheveux noirs soyeux et des muscles longs et fins. Il était le capitaine de l'équipe de football et avait l'un de ces visages qui pourraient facilement donner lieu à un contrat de mannequinat. Dave était un rouquin trapu de l'Oklahoma qui se transformait en un défenseur démoniaque sur le terrain.

Leurs regards se dirigèrent vers Cole, dans la cuisine.

— Tu veux jouer à Medal of Honor ? demanda Zane à Cole. On va faire un tournoi.

Son frère semblait sur le point de dire oui.

— Non, intervint-elle. Cole et moi, on doit finir ses impôts.

Joseph cracha dans sa bière.

— Achevez-moi.

— C'est tentant, sourit Tess, mais j'aimerais d'abord finir ça.

Son frère ricana. Zane et Joseph ricanèrent. Les trois

jeunes hommes se disputèrent la meilleure position sur le canapé pendant que Cole et elle passaient au salon. Cole sortit son ordinateur portable de la veille et rougit légèrement devant l'écran de veille représentant une femme aux seins nus.

— Merde. Désolé.

Il entra rapidement son mot de passe. Tess essaya de voir ce que c'était, mais il était bien trop rapide.

Apparemment, son petit frère ringard avait découvert le sexe opposé, et pas qu'à moitié. Ses colocataires n'étaient pas ce qu'on pourrait appeler des timides. Elle n'osait pas imaginer le genre d'ennuis qu'ils pouvaient causer à Cole.

Tant qu'ils ne risquaient pas de se faire arrêter, elle pourrait s'en accommoder.

— Je veux juste le total des factures de la maison pour l'année, lui dit-elle. Les services publics, Internet, le téléphone, l'assurance, les prêts, les frais bancaires et les intérêts. Et les autres dépenses ou revenus que tu aurais pu oublier de mentionner.

Cole ouvrit le meuble de classement et entama une recherche méthodique dans ses dossiers. Son cerveau plein de TOC la démangeait alors qu'il remettait les choses au mauvais endroit. Elle se pencha sur le bureau et jeta un coup d'œil dans le tiroir, le pressant silencieusement de sortir le dossier noir avec la photo du juge pour qu'elle puisse lui demander ce que c'était.

Cole leva les yeux et la regarda d'un air perplexe.

— Tu vas bien, sœurette ?

— Oui, dit-elle avec enthousiasme.

Trop d'enthousiasme.

Il regarda vers la porte et Tess tourna la tête, et vit Joseph qui profitait du spectacle. Bon sang. Elle se redressa.

— Rabat-joie, plaisanta Joseph.

— Va reluquer quelqu'un d'autre, lui dit Cole avec dégoût.

— Excellente idée. Je vais peut-être appeler ta petite amie, dit Joseph. Donne-moi son numéro.

Cole fit un doigt à Joseph.

— Alors comme ça, tu as une petite amie ? demanda Tess.

Joseph ricana et se détourna.

— Non.

Cole ne leva pas les yeux, mais elle vit qu'il ne disait pas la vérité à la façon dont ses oreilles avaient rougi.

— Est-ce que je la connais ? insista-t-elle, sincèrement curieuse de savoir pourquoi il ne voulait rien lui dire.

— Non.

— Qui est-ce ?

— Laisse tomber, Tess, fit-il d'un ton sec.

Elle tressaillit.

Il continua à chercher, ses mouvements saccadés, mais ne sortit pas les dossiers dont elle avait besoin.

Elle tambourinait des doigts avec impatience sur son bureau.

— Tu veux chercher à ma place ?

Cole la regardait, clairement irrité.

Elle ignora sa remarque et en profita pour venir se placer de son côté du bureau et commencer à regarder dans le tiroir.

Il fit reculer son fauteuil de bureau alors qu'elle sortait rapidement des dossiers. La crispation de sa mâchoire lui indiquait qu'il était en colère contre elle, mais lorsqu'elle croisa son regard, son expression s'adoucit.

— Désolé. Je n'aurais pas dû hausser le ton.

— Mais tu ne veux pas parler d'elle, dit doucement Tess.

— Exactement.

— Je n'aurais pas dû insister.

Il leva les yeux vers le plafond, puis se frotta le visage. Il jeta un coup d'œil à ses colocataires et amis qui buvaient des bières devant la PlayStation et soupira.

— Il y a une différence d'âge entre nous. Elle ne veut pas que quelqu'un soit au courant pour nous.

— Elle est plus âgée ?

Tess se demanda si la femme était mariée, mais elle craignait d'aller trop loin en lui posant la question.

Il rentra le menton et la regarda en plissant les yeux.

— Tu crois que je sortirais avec une lycéenne ?

Il avait raison. Il aurait 20 ans le mois prochain. Une fille plus jeune serait un cauchemar absolu et lui rappellerait trop les temps sombres. Il n'était pas le seul à garder des secrets.

— De combien ? demanda-t-elle d'un ton qui se voulait nonchalant.

Il croisa les bras sur sa poitrine.

— Je ne dirai rien d'autre. Je t'ai déjà dit plus que je ne devrais.

Tess l'observa attentivement.

— Fais juste attention, OK ?

— Tu me fais le discours sur le sexe sans risque ? demanda-t-il en haussant les sourcils.

— Je dois vraiment le faire ? gémit-elle.

Il secoua la tête.

— Parfait. Je voulais dire fais attention à ton cœur. Et au sien.

Il plissa les yeux.

— Jason était un vrai crétin. Tu le sais, n'est-ce pas ?

Une boule se forma dans sa gorge et elle retourna aux dossiers pour cacher le fait qu'il avait touché une corde sensible.

— Et je ne veux pas y repenser, ce serait une vraie perte de temps.

— On n'est pas tous des cons, tu sais.

Cole ouvrit sa messagerie et la laissa finir ce qu'elle avait à faire. Ses doigts se déplaçaient rapidement et furieusement, mais le fichier avec la photo du juge mort avait disparu.

Où était-il ?

Elle réexamina tous les dossiers et vérifia qu'il ne s'était pas glissé dans un autre. Il était introuvable. Qu'est-ce que ça voulait dire ?

Un éclair violet attira son attention au fond du tiroir. La clé USB. Une force inconnue la poussa à récupérer l'appareil. Elle s'accroupit.

— Je pense que c'est tout ce dont j'ai besoin. Allons dans la cuisine pour traiter les derniers chiffres et je promets de te laisser tranquille pendant un an de plus.

Cole se ressaisit.

— Combien de temps ça va prendre ?

— Deux heures maximum. Tu as un rencard ?

Il grogna.

— Ça ne te regarde pas.

Ses doigts se crispèrent sur la clé USB.

Cole consulta sa montre et grogna :

— Je déteste les impôts !

Elle grimaça.

— Personne n'*aime* les impôts, Cole.

— Sauf les comptables comme toi. Et le fisc.

Sa bonne humeur revint. Elle se leva, contente de voir qu'il plaisantait. Quand Cole la dépassa, elle glissa la clé USB dans la poche de son pantalon. Quand elle leva les yeux, Dave l'observait d'un œil méfiant.

Elle ramassa la brassée de papiers et suivit son frère dans le salon.

— Ça veut dire que le loyer va augmenter ?

Dave regardait la pile de documents d'un air dubitatif.

Zane éclata de rire, sans détourner le regard de l'écran.

— Cole conçoit une nouvelle application qui va le rendre milliardaire.

— Quel genre d'application ?

Tess observa son frère avec intérêt.

— Rien.

Cole lança un regard furieux à son ami. Manifestement, il était devenu très secret. Puis il se rendit dans la cuisine et commença à débarrasser bruyamment la vaisselle.

— Eh bien, quand il sera milliardaire, il devra quand même payer des impôts, dit Tess d'un ton égal.

— La seule certitude dans la vie, c'est la mort et les impôts, n'est-ce pas ?

Joseph sourit, mais il y avait quelque chose de dur sur son beau visage.

— Vu le nombre de personnes qui essaient de frauder le fisc, je dirais que la seule chose certaine dans la vie est la mort et j'espère l'éviter pour les prochaines décennies au moins.

— Assure-toi de profiter du moment présent, Tess, lui conseilla Joseph. On ne sait jamais combien de temps il nous reste.

Ce conseil venant d'un gars comme lui aurait dû sembler cavalier, mais pour une fois, Joseph semblait remarquablement sombre.

Elle lui adressa un petit sourire.

— Je profiterai dès que la période des impôts sera terminée.

Il reporta son attention sur le jeu vidéo, puis la regarda avec son habituel sourire en coin.

— Je suis disponible si tu as besoin qu'on te masse les épaules.

— J'ai plus de dix ans de plus que toi, rétorqua-t-elle, exaspérée.

Il sourit.

— Une femme qui approche de la fleur de l'âge.

Elle leva les yeux au ciel.

Il se leva soudain, la surplombant.

— Tu as sérieusement un problème avec la différence d'âge ?

Elle avait un problème avec un tas de choses concernant ce jeune homme.

— Je pense simplement que l'idée qu'une trentenaire ait une relation avec un étudiant est assez vulgaire.

— Tu ne cillerais même pas si c'était le gars qui était plus vieux.

Elle cligna des yeux, ne pouvant pas croire qu'elle était en train de se faire sermonner sur l'égalité des sexes par M. Coup d'un soir, mais elle trouverait quand même un peu dégoûtant qu'une trentenaire sorte avec un étudiant de première année. Secouant la tête, elle entra dans la cuisine, juste à temps pour voir la grimace de son frère, une fraction de seconde avant qu'il ne sorte de la maison en claquant la porte.

Bon sang.

Elle posa les dossiers sur la table de la cuisine et leva les yeux au ciel. Comment avait-elle pu être si insensible ? Maintenant, il ne s'ouvrirait jamais à elle au sujet de sa nouvelle petite amie.

Elle jeta un coup d'œil par-dessus son épaule pour voir Joseph debout, appuyé contre le seuil de la porte. Il haussa les épaules comme pour dire « qu'est-ce qu'on peut faire ? », puis reporta son attention sur la télévision.

Tiraillée entre l'idée de poursuivre son frère et celle d'en finir avec la paperasse, Tess s'assit et mit ses écouteurs. Plus vite elle en aurait fini avec les impôts de Cole, plus vite elle pourrait sortir de là et s'occuper de ses clients qui la payaient et n'avaient pas pour but de lui compliquer la vie.

Elle ne voulait pas penser à la photo du juge mort ou à la clé USB dans sa poche. Peut-être avait-elle imaginé l'existence de ce dossier ? Peut-être perdait-elle la tête ? Cela pouvait arriver aux comptables au moment des impôts.

Elle lança son application de radio pour écouter les informations dans l'espoir qu'ils aient attrapé le tueur du juge Thomas et de sa femme. Au lieu de cela, le présentateur commença à parler du meurtre d'une éminente DJ le matin même. On supposait que c'était la même personne qui avait tiré sur le juge.

Malgré le fait qu'une autre personne soit morte, une énorme vague de soulagement l'envahit. Elle suivait Cole dans le métro quand la DJ avait été tuée. Non pas qu'elle croyait vraiment que son frère était impliqué. Pas vraiment. Mais espérer et savoir étaient deux choses différentes.

Elle se mordit la lèvre alors qu'une nouvelle vague de culpabilité l'assaillait. Il était temps de dire à son frère la vérité sur tant de choses, mais peut-être attendrait-elle qu'il soit moins en colère contre elle. Tout ce qu'elle avait fait, elle l'avait fait pour lui, mais à présent, les secrets et les mensonges s'accumulaient et, si elle ne faisait pas attention, ils risquaient d'enterrer l'amour qu'ils avaient toujours eu l'un pour l'autre.

———————

MAC EXPIRA LENTEMENT et régulièrement, et pressa la gâchette comme s'il caressait le point G d'une femme, avec juste assez de pression pour la faire exploser. Il toucha la cible en plein centre, puis à nouveau, quinze fois à vingt-cinq mètres, tirant jusqu'à ce que le chargeur soit vide.

Il alla examiner la cible, satisfait.

Il avait pris l'habitude de se rendre quotidiennement au stand de tir lorsqu'il avait rejoint le Bureau. Non seulement cela lui permettait de se perfectionner – les agents étaient testés avec leur arme du Bureau au moins quatre fois par an et il fallait plus de 80 % de précision pour réussir –, mais c'était aussi le moment idéal pour réfléchir. Ironiquement, c'était là qu'il avait le plus d'illuminations concernant ses affaires.

La méditation par le plomb chaud.

Cette fois, il rechargea son arme de service avec des balles désintégrantes. L'instructeur en armes à feu voulait écouler ses stocks, car le Bureau passait du Glock-22 de calibre 40 au 9 mm. Mac se força à se détendre et à ne pas penser à des enquêtes qui n'étaient même pas les siennes. Ces meurtres le dérangeaient. Ils ne montraient aucune pitié ou compassion pour les victimes, et il avait déjà vu ce genre de haine aveugle auparavant. Seule une espèce spéciale de sociopathe pouvait se livrer à ce genre d'outrage calculé.

Les enquêteurs n'avaient pas grand-chose à se mettre sous la dent. Pas de vidéosurveillance. Pas de mode de transport ni de traces de pneus. Aucun témoin oculaire. Pas de traces. Pas d'ADN.

Mac fit le vide dans son esprit, se concentrant sur la cible. Il se mit à tirer rapidement, mettant la balle en plein dans le mille. Douze fois. Treize. Et son esprit lui imposa soudain la vision d'une jeune fille aux cheveux noirs, soufflant sur le canon de son revolver quelques secondes après avoir essuyé le sol avec ses frères sur leur champ de tir improvisé.

Il tira à côté. *Merde.* Il y avait longtemps qu'il n'avait pas pensé à cette enfant.

L'instructeur le plus proche de lui fronça les sourcils, surpris. Mac ne manquait jamais la cible. La dernière balle alla droit dedans.

— Qu'est-ce qui s'est passé ? demanda le type en enlevant ses protections d'oreilles.

Mac fit la grimace.

— J'ai éternué.

L'instructeur hocha la tête, mais Mac se sentait stupide. Il ne comptait pas admettre que son esprit vagabondait pendant qu'il tirait.

Il se baissa pour nettoyer le champ de tir. D'autres agents faisaient la même chose, ramassant leurs douilles. Il adressa un signe de tête à deux agents qu'il avait vus au SIOC. L'une était une jolie brune aux yeux bleus qui lui adressa un sourire suggérant qu'elle était célibataire.

Alors qu'il faisait de même, le sourire malicieux de la petite fille lui revint à l'esprit. Bon sang, elle était si mignonne. Pure malgré les efforts de sa famille pour l'emmener avec eux dans ce train fou. Il se demandait où elle était à présent.

L'idéologie de David Hines n'avait rien de surprenant ou d'unique. Elle était partagée par des milliers d'autres personnes qui craignaient d'être diminuées d'une manière ou d'une autre par des gens qu'elles ne comprenaient pas. Mais le manifeste lui-même était assez spécifique, se terminant par une attaque de la Maison-Blanche. Les détails du manifeste n'avaient jamais été rendus publics, mais ils étaient connus de tous les membres des Pionniers. Les forces de l'ordre n'avaient jamais retrouvé la version originale du manuscrit de Hines. Un suprématiste blanc était probablement quelque part à se branler dessus comme devant un porno.

Ces derniers meurtres à Washington ne suivaient pas religieusement le plan de Hines. Ils combinaient les groupes cibles et accéléraient le processus. Ou peut-être était-ce une coïncidence.

Ce n'étaient pas ses affaires. On lui avait dit de ne pas s'en mêler. Mais il en savait plus sur les Pionniers que quiconque en dehors du groupe. Autant creuser un peu, au moins pour savoir où les principaux acteurs se trouvaient actuellement. L'idée de résoudre cette affaire le taraudait. Il aurait menti en prétendant le contraire.

La vision du cadavre de la jeune Ellie Hines traversa son esprit comme si souvent au fil des ans. Son « mari » lui avait tiré dans le dos alors qu'elle tentait de s'enfuir de sa cabane pendant la descente. L'autopsie avait révélé qu'elle était enceinte de 16 semaines.

Au moins Theresa Jane et son petit frère avaient survécu.

Elle devait avoir trente ans à présent. Elle était probablement mariée avec ses propres enfants. Cela lui fit un coup de vieux. Et si les hommes étaient le mal incarné, c'étaient les femmes qui lui avaient le plus donné la chair de poule avec des croyances plus extrêmes et un engagement apparemment total pour la cause. Francis Hines lui avait fait penser à un serpent, avec moins de chaleur. Elle ne lui avait jamais fait entièrement confiance et il était certain que si David Hines la gardait près de lui, c'était en partie pour détourner son attention.

Theresa Jane avait-elle grandi comme sa mère, la haine au

cœur, nourrissant un désir de vengeance ? Le bébé, Bobby, avait-il grandi en croyant que sa famille avait été abattue illégalement par les méchants Fédéraux ?

C'était possible.

Il avait perdu la trace des enfants une fois qu'ils avaient été placés en famille d'accueil. Plutôt que de rentrer chez lui, il retournerait au bureau et commencerait à creuser. Il y avait eu beaucoup de survivants. Les seuls morts avaient été ceux de la cabane principale qui avaient déclenché une fusillade, et la pauvre et innocente Ellie. Harlan Trimble avait mis le feu à sa cabane pour tenter de dissimuler son meurtre, mais la police d'État avait compris.

Harlan avait survécu, mais disait à qui voulait l'entendre qu'il avait été piégé par les flics.

Pauvre type.

Mac jeta les douilles dans les poubelles prévues à cet effet, puis rechargea son arme de service avec des balles creuses et se dirigea vers l'ascenseur.

— Joli tir.

La jolie brune le rattrapa et lui sourit quand il retint l'ascenseur. Une autre femme monta avec eux. Elle était blonde et avait l'air si tendue qu'au moindre sourire, son visage risquait de se fissurer. Il tint la porte à deux autres agents. Il aurait aimé trouver l'enthousiasme de partager l'intérêt de la brune.

U can't touch this de MC Hammer résonna dans l'ascenseur et l'un des types sourit. Mac sortit son portable et fit taire la sonnerie sans répondre. Bon sang.

— Je connais ça, dit l'homme. Ex-petite amie ?

Mac fit la grimace.

— Ex-femme.

Il ne voulait pas s'étendre sur sa vie personnelle.

— Vous êtes nouveau au QG ? Je ne vous ai jamais vu dans le coin.

L'homme lui tendit la main.

— Je suis l'ASC Reece Jackson. Contre-espionnage.

Mac se présenta aux agents dans l'ascenseur. La jolie brune, Paula Rice, avait une peau lisse et chaude, et tint sa main un peu trop longtemps.

La blonde le regarda nerveusement. Son nom était Fiona Green et elle était de la Division de la gestion des dossiers. Et les apparences étaient trompeuses, car il l'avait vue toucher une mouche à vingt-cinq mètres.

Jackson donna sa carte à Mac.

— Si vous voulez prendre une bière un jour, appelez-moi.

Le type sortit au troisième étage comme tout le monde sauf la SA Paula Rice.

Il sentit qu'elle le regardait alors qu'ils continuaient jusqu'au cinquième.

— Je suis de l'équipe de jour au SIOC. Je vous ai déjà vu.

Ses yeux étaient d'un bleu marine foncé.

— Je supervise principalement les techniciens informatiques.

Juste avant l'ouverture des portes de l'ascenseur, Paula lui tendit sa carte.

— Comme pour l'ASC Jackson, si vous avez besoin d'une pause-café avec un visage amical, appelez-moi.

La façon dont elle soutenait son regard suggérait qu'elle pouvait être très amicale.

— Merci.

Il glissa sa carte dans sa poche et lui donna la sienne en retour, mais il n'avait pas l'intention de l'appeler.

Sortir avec quelqu'un au travail était une mauvaise idée et, en matière de femmes, il n'était plus ouvert aux mauvaises idées. Rien que du bon temps et une traversée sans heurt en perspective.

Mais bien sûr.

CHAPITRE HUIT

Q UELQUES HEURES PLUS tard, Tess était nue et trempée
quand des appuis insistants et répétés sur la sonnette de
l'entrée la forcèrent à sortir de la douche. Elle avait prévu
d'enfiler son pyjama et de passer la soirée à remplir des
formulaires fiscaux. La sonnette retentit à nouveau et elle se
dépêcha d'attraper son peignoir et d'enrouler le tissu doux
autour de son corps humide, en attachant fermement la
ceinture autour de sa taille. Elle n'attendait personne et les
gens frappaient rarement à sa porte sans l'appeler avant. Elle
pensa immédiatement à une urgence.

Cole.

Elle descendit les escaliers en courant et ouvrit la porte
d'entrée sans regarder par la fenêtre latérale. Elle devint livide
en voyant un étranger de grande taille appuyé contre le mur
extérieur.

— Tu te souviens de moi ? demanda-t-il.

En entendant sa voix, le souvenir lui revint. Vingt ans plus
tôt, elle atteignait à peine son nombril. À présent, ses yeux
étaient au niveau de son menton. Elle s'agrippa à la porte pour
s'empêcher de vaciller.

Kenny Travers.

Elle mit sa main devant sa bouche et ses genoux faiblirent
tandis qu'elle reculait d'un pas.

— Oh, mon Dieu.

Il était toujours aussi maigre, mais ses épaules étaient plus larges qu'à l'époque, et sa mâchoire solide indiquait un homme têtu. Ses yeux s'attardèrent sur une fossette sur son menton dont elle ne se souvenait pas, mais la dernière fois qu'elle l'avait vu, elle n'avait que dix ans.

Elle croisa son regard. Elle avait oublié beaucoup de choses, mais pas ces iris bleu vert, brillants et changeants comme l'océan.

— Je pensais que tu étais mort, parvint-elle à dire.

Il regarda la rue déserte par-dessus son épaule, puis son regard revint vers elle, s'attardant sur ses cheveux humides et son peignoir.

— Tu es seule ?

Sa question la surprit.

— Oui.

— Je peux entrer ?

Elle hésita et resserra son peignoir. Que savait-elle vraiment sur ce type ? Il pourrait être un violeur ou un meurtrier pour ce qu'elle en savait. Son intuition lui disait qu'il n'était rien de tout cela et elle avait appris à faire confiance à son instinct il y avait bien longtemps.

Une portière de voiture claqua dans la rue paisible. Il était un peu plus de 19 heures, et il faisait nuit. Les maisons de ce quartier tranquille appartenaient principalement à de jeunes familles. La dernière chose qu'elle voulait, c'était que quelqu'un découvre qui avaient été ses parents.

Il écarta un pan de sa veste de costume et révéla un insigne doré brillant attaché à sa ceinture et une arme de poing dans un étui d'épaule. Et tout d'un coup, les choses prirent tout leur sens.

C'était un flic.

— On peut faire ça au siège du FBI si tu préfères, Theresa Jane.

Sa voix était plus douce que menaçante, mais elle tressaillit.

Le *siège du FBI* ? Ses cheveux se dressèrent sur sa nuque. Que faisait-il là ? Que voulait-il ? Était-ce à propos de Cole ?

— Personne ne m'a appelée comme ça depuis très longtemps.

Elle fit un pas en arrière. Il prit cela pour une invitation et la dépassa pour entrer dans le couloir. Elle tressaillit en sentant le léger contact de son coude. Elle croisa ses bras sur sa poitrine dans un geste de protection aussi révélateur qu'inefficace. Heureusement, il ne la regardait pas.

Il entra dans la cuisine et regarda les papiers étalés sur la table. Elle avait un bureau à l'étage, mais la table de la cuisine était son endroit préféré pour travailler.

— Tu fais quoi... comptable ?

Il ne chercha pas à masquer son scepticisme.

Toutes les critiques de l'enfance lui revinrent soudain à l'esprit.

— Pourquoi cette question ? Tu ne pensais pas que j'étais capable de compter ?

Un côté de sa bouche se retroussa et des fossettes dont elle ignorait l'existence apparurent.

— Oh, j'ai toujours pensé que tu étais intelligente, trésor, mais on sait tous les deux ce que ton père pensait des impôts.

Il passa une main dans ses cheveux courts.

— Je ne peux pas lui en vouloir pour ça.

Était-ce un test ? La soupçonnait-il de sympathiser avec la philosophie tordue de son père ? Il ne pouvait y avoir qu'une seule raison pour laquelle cet homme s'était présenté sur le pas de sa porte après vingt ans de silence et ce n'était pas pour parler de ses compétences professionnelles.

Était-elle suspecte ?

— Je ne suis pas mon père. Je ne veux pas faire partie de ce monde.

Elle se frotta le haut du bras, ce qu'elle faisait toujours quand elle était nerveuse. Il suivit le mouvement et quelque chose jaillit au fond de ses yeux. *Et merde.* Elle retira sa main.

— Et je crois *fermement* que les gens doivent payer leurs impôts. Peu importe qu'ils soient riches ou pauvres.

Il sourit comme si elle l'amusait, ce qui l'énerva.

— Tu travailles à domicile ? demanda-t-il.

Elle respira un grand coup, réalisant à quel point elle était tendue, ce qui n'était pas surprenant vu les circonstances. Il avait un avantage certain dans cette conversation, surtout qu'elle n'était même pas habillée correctement.

— J'ai essayé de travailler pour une grande entreprise, mais être coincée comme ça me vidait de mon âme.

— Une autre chose que nous avons en commun. Tu as beaucoup de clients ?

Il montra du doigt toute la paperasse soigneusement empilée.

— Je viens de créer ma propre entreprise.

Elle haussa les épaules, se demandant où il voulait en venir. Se demandant s'il allait utiliser son passé pour la faire chanter d'une manière ou d'une autre.

— Mais c'est la période la plus chargée de l'année, non ? Jusqu'à la date limite pour les déclarations d'impôt ?

— Oui. Pourquoi ces questions ? Tu as besoin d'un comptable ?

— Non, ça va.

Il inclina sa tête sur le côté comme un chat jouant avec sa proie.

— Tu as dit que tu pensais que j'étais mort, pourtant tu n'as pas l'air si surprise de me voir.

Elle haussa à nouveau les épaules et il observa son corps. Elle vit le moment exact où il réalisa qu'elle était devenue une femme adulte et non plus une petite fille ignorante. Un élan de satisfaction la traversa, bien qu'il n'y ait aucune chance qu'elle s'engage avec un homme comme lui. Mais ils étaient tous les deux adultes à présent, et ils étaient donc sur un pied d'égalité. Hormis concernant le badge et l'arme.

— Je t'ai vu en ville aujourd'hui, mais je n'ai pas réussi à retrouver qui tu étais, admit-elle. Je déteste les énigmes. Je pense que mon cerveau a inconsciemment essayé de comprendre d'où je te connaissais depuis.

Elle n'avait aucune raison de cacher cette information. Elle ne l'avait pas suivi.

— Tu te disputais dans la rue avec une femme au manteau rouge.

— Tu as vu ça ?

Il la regardait étrangement à présent.

— C'était difficile de faire autrement.

Il poussa un grognement suivi d'une flopée de jurons colorés.

— Je ne serais pas surpris de passer sur CNN ce soir.

— Alors, qui était-ce ? La femme au manteau rouge ?

Tess ne savait pas pourquoi elle se sentait obligée de poser une question aussi personnelle. Sauf que cet homme n'avait jamais demandé la permission de s'introduire dans sa vie. Elle voulait savoir.

— Tu as du café ? demanda-t-il.

Quoi ?

— Du café. C'est une boisson chaude qui constitue quatre-vingt-dix pour cent du sang de la plupart des membres des forces de l'ordre.

Il remplissait déjà la carafe comme s'il était un vieil ami, et non un quasi étranger qu'elle n'avait pas vu depuis vingt ans.

Elle sortit les grains du congélateur et remplit la cafetière, en prenant soin de ne pas s'approcher trop près pendant qu'il remplissait le réservoir d'eau. Le fait qu'il soit flic expliquait bien des choses.

Kenny Travers ne s'était jamais vraiment intégré aux extrémistes de droite avec lesquels elle avait grandi. Il avait toujours été gentil avec elle. Il n'avait jamais fait preuve de haine ou de méchanceté. Bien sûr, il avait fréquenté l'église des Pionniers et les avait imités, mais il ne ressemblait pas au reste des gens de Kodiak Compound. Elle s'était sentie en sécurité avec lui.

— La dame au manteau rouge est mon ex-femme, dit-il finalement, en s'appuyant nonchalamment contre le comptoir pendant qu'ils attendaient que le café infuse.

Elle n'avait pas pensé qu'il lui répondrait honnêtement.

— Elle n'avait pas l'air si ex que ça.

Elle le regarda avec méfiance, ayant besoin de juger de son honnêteté. Besoin de le juger.

La bouche de l'agent se crispa.

— Son second mari vient de la quitter. Elle pense pouvoir se venger de lui en se remettant avec moi.

— Tu n'es pas intéressé ?

Apparemment, elle avait décidé d'être indiscrète.

Il lui jeta un regard.

— J'ai l'habitude de ne pas faire deux fois la même erreur.

Elle lui sourit et battit innocemment des cils.

— Une autre chose que nous avons en commun.

Il éclata de rire et le son produisit une étrange chaleur dans son corps. Il avait toujours eu une voix qui l'apaisait. Elle se souvint qu'il avait calmé un poulain terrifié, peu de temps après avoir commencé à fréquenter Kodiak. Il avait transformé la créature écumante en une bête docile et confiante, et ce cheval l'avait suivi partout jusqu'à ce que son père vende l'animal à un éleveur voisin. En y réfléchissant, elle l'avait suivi partout, elle aussi.

La chaleur lui monta aux joues. Mais cet homme avait été l'un des rares points positifs de son enfance – pourquoi n'aurait-elle pas été attirée par lui ? Elle voulait même l'épouser, à l'époque…

— Eh bien, ton ex est très jolie. Blonde pimpante et parfaitement maquillée.

Tess ne savait pas pourquoi elle insistait sur ce point, mais cela lui indiquait qu'il n'était pas du genre à aimer les brunes longilignes aux cheveux crépus.

— Heather déteste qu'on lui dise qu'elle est *jolie*. Elle trouve que c'est une insulte. Elle préfère élégante ou belle.

Il regarda le visage de Tess et s'arrêta sur sa bouche.

— J'ai toujours eu un faible pour les jolies choses.

Ses regards suggéraient un réel intérêt, mais elle ne pouvait pas se permettre d'oublier pourquoi il était vraiment là, et ce n'était pas pour rattraper le temps perdu autour d'un café. Il se jouait d'elle. Elle le savait, mais son pouls battait tout de même la chamade. Elle sortit deux mugs du placard alors que la cafetière se remplissait.

Il était temps de ramener sur la table ce qui les avait séparés, les événements de cette nuit lointaine.

— Tu t'es vraiment fait tirer dessus pendant la descente ? Mon père a dit que tu avais été tué.

Sa bouche se crispa.

— Non, on ne m'a pas tiré dessus. J'ai fait croire que c'était le cas pour pouvoir ramper à l'arrière de la grange et sortir avant que l'enfer ne se déchaîne.

Un muscle de sa mâchoire se contracta.

— C'étaient mes ordres.

Donc il était certainement un flic sous couverture à l'époque.

La plupart des gens du camp avaient abandonné sans se battre. Malgré leurs belles paroles, les Pionniers s'étaient effondrés comme des châteaux de sable sous la pluie. Tous sauf Harlan Trimble et ses parents.

Les poumons de Tess étaient comme gelés et chaque inspiration formait des fissures dans sa poitrine.

— Tu sais que j'ai failli rejoindre le combat quand on m'a dit que tu avais été tué ? Ma mère m'a donné un pistolet et mon père m'a dit de regarder par la fenêtre et de tirer sur tous ceux que je ne reconnaissais pas.

Un silence dense envahit la cuisine à cet aveu.

— C'est seulement l'avertissement que tu m'as donné avant de partir cette nuit-là qui m'en a empêchée. Au lieu de ça, j'ai pris Bobby et Sampson et je me suis cachée dans le placard de ma chambre.

Ainsi donc, il avait failli la faire tuer, mais il lui avait aussi sauvé la vie. Cet aveu resta suspendu dans l'air entre eux comme une fumée âcre. Il témoignait d'une confiance qui n'existait plus.

Il fit un demi-pas vers elle, puis s'arrêta, grimaçant.

— Je voulais vous faire sortir, toi et ton petit frère, avant la descente, mais mes patrons ne l'ont pas permis. Ils ont dit que ça pourrait alerter les Pionniers de ce qui se passait. Je n'aurais même pas dû dire ce que je t'ai dit.

— Tu m'as sauvé la vie.

— Tu t'es sauvée toi-même en te cachant.

Il avait l'air en colère.

Elle acquiesça. Il avait raison. Elle n'avait que 10 ans et s'était retrouvée dans la ligne de mire lorsque l'enfer s'était déchaîné. C'était accablant de voir énoncée cette réalité de façon aussi crue.

Elle vit de la pitié dans ses yeux.

Elle détestait la pitié. Elle releva le menton d'un cran et passa à l'offensive.

— Et Ellie ?

La cafetière siffla. Il se tourna pour regarder par la fenêtre de la cuisine, et elle vit sa pomme d'Adam monter et descendre dans sa gorge.

— Harlan a tiré sur Ellie.

Il se détourna de la fenêtre.

— Dans le dos. Je l'ai lu dans le journal.

Sa voix devint grave. Elle ne parlait jamais du meurtre de sa sœur. Comment aurait-elle pu sans révéler qui elle était vraiment ?

— Donc, si tu étais un flic à l'époque, ils ont dû savoir qu'elle avait été mariée alors qu'elle n'avait que 13 ans et ils n'ont rien fait, n'est-ce pas ?

Ses yeux étaient sombres et orageux.

— Ce n'était pas illégal. Putain, ce n'est toujours pas illégal.

— C'est dégoûtant, et tu le sais. Et chaque jour, Harlan

Trimble violait ma sœur – malgré ce ridicule morceau de papier, c'était *du viol et de la pédophilie* et les flics étaient au courant, mais n'ont rien fait pour la sauver. Ils ne pensaient pas qu'elle valait la peine d'être sauvée, n'est-ce pas ? Comme Bobby et moi. Aucun de nous ne valait la peine d'être sauvé.

— Ils disaient que ce n'était pas suffisant.

Il déglutit péniblement et ses yeux brillèrent. Mais elle n'avait pas confiance en lui. C'était manifestement un acteur talentueux. Il avait fait semblant de s'intéresser à elle, puis avait laissé des innocents tenter leur chance avec une bande de sociopathes et un millier de balles réelles.

Elle ne prit pas la peine de cacher son amertume ou son dégoût. Il n'en avait rien à faire d'elle ou de son bien-être. C'était trop tard pour ces conneries. Cette visite dans le passé devait lui permettre de faire son travail, quel qu'en soit le prix.

— Tu es là à cause des meurtres, n'est-ce pas ?

———————

— QUE SAIS-TU à propos de ces meurtres ? dit-il, en la regardant attentivement.

— Je ne suis pas stupide, *Kenny*. Nous étions tous deux présents à l'église tous les dimanches lorsque mon père prêchait sur le fait de commettre ce genre d'atrocités.

Elle mordit sa lèvre inférieure généreuse. Elle était nerveuse et ce n'était pas étonnant.

— Vous ne vous déplacez pas en binômes, généralement ?

Une touche de méchanceté apparut dans son ton, ce qui était bien mieux que de laisser transparaître sa douleur.

— Je ne suis pas ici à titre officiel, Theresa Jane. Je ne veux pas t'exposer à des problèmes si tu n'as rien fait de mal. J'ai juste quelques questions.

Sa voix était grave et douce, mais elle tressaillit quand même.

Avant ce soir-là, il avait toujours considéré Theresa Jane comme la gamine insolente aux cheveux ondulés et aux taches de rousseur qui le regardait avec adulation partout où il allait. Le souvenir de la fillette debout sur une chaise près de l'évier de la cuisine, le soleil couchant la faisant briller comme un ange, était une image chère à son cœur qui lui revenait de temps à autre et qui le changeait des cadavres qui le hantaient. Le fait qu'il ait abandonné cette même enfant au milieu d'une fusillade avait laissé une cicatrice indélébile sur sa conscience.

Et elle le savait.

Tess Fallon avait peut-être les mêmes longs cheveux noirs que Theresa Jane Hines, mais elle n'était plus une enfant. Ses yeux étaient du même vert noisette que ceux de sa mère. Mais la ressemblance s'arrêtait là.

Alors que Francis Hines lui avait glacé le sang, la version adulte de Theresa Jane… n'avait pas cet effet.

Son regard noisette clair le suivait toujours, mais il n'était plus rempli d'adulation. Il était plein de suspicion intelligente.

Il fit un demi-pas vers elle, puis s'arrêta. *Et merde.* Il avait été un bon flic, et l'opération avait été considérée comme un succès, mais cela ne faisait pas nécessairement de lui une bonne personne. Tess Fallon était assez intelligente pour comprendre la différence.

— Je vais dire une chose sur ton père. Il faisait de sacrés sermons.

Il fixait la cafetière comme s'il avait pu accélérer le remplissage.

— Je ne suis pas Kenny Travers. Mais l'agent spécial adjoint responsable Steve McKenzie du FBI.

Elle haussa les sourcils.

— Impressionnant.

Mais elle ne semblait clairement pas impressionnée.

— Écossais ?

— Mon arrière-arrière-arrière-grand-père est venu des Highlands pendant la ruée vers l'or de 48.

Le sourire qu'il lui adressa était censé être charmant. Son regard furieux lui indiqua qu'il devait continuer à y travailler.

Le café était enfin prêt et il remplit les deux tasses de café colombien corsé tandis qu'elle prenait du lait dans le réfrigérateur. C'était troublant de voir à quel point il se sentait à l'aise dans sa cuisine. Plus à l'aise qu'en déjeunant avec son ex.

— Le sucre est dans le pot près de la cuisinière.

Il se figea au moment de l'attraper et se retourna pour la fixer.

— Tu te rappelles comment j'aime mon café ?

Elle pinça les lèvres un instant, lui rappelant sa mère.

— Il s'avère que j'ai une mémoire fantastique pour les choses futiles. C'est probablement pour ça que je me suis souvenue de ton visage, dit-elle sèchement.

Aoutch. Il se demanda s'il allait pouvoir s'en servir d'une manière ou d'une autre.

— C'est une des choses qui font de moi une bonne comptable.

Son menton se leva de façon belliqueuse.

Il vit la faille dans son armure, sa fierté meurtrie, et se rappela comment sa famille l'avait traitée. Comme si elle était stupide de ne pas suivre la ligne du parti. C'était l'une des nombreuses raisons pour lesquelles il l'avait tant appréciée.

Était-elle toujours cette drôle de petite fille ? Ou bien les événements de cette horrible nuit, et les vingt ans qui avaient suivi, l'avaient-ils déformée ?

Il lui tendit une tasse et leva la sienne pour porter un toast. Le café était chaud et fort, et donna un coup de fouet à son organisme.

— Il n'y a rien de mal à avoir une bonne mémoire.

— Parfois, si.

Elle émit un petit rire sans humour en portant la tasse à ses lèvres.

Et merde. Il prit une voix douce :

— C'était il y a longtemps.

Elle le regarda comme s'il était fou.

— Il y a des choses qu'on n'oublie pas. Jamais.

Il fit une grimace. Elle n'allait pas le laisser s'en tirer si facilement. Son regard descendit le long du peignoir en éponge humide qui s'accrochait à un corps maigre, avec des courbes aux endroits importants.

— Tu as toujours le tatouage ? demanda-t-il en sirotant nonchalamment sa tasse.

Elle resserra le peignoir, sans se rendre compte que cela lui permettait de mieux voir le contour de son corps. Ou peut-être qu'elle l'avait réalisé et qu'elle se jouait de lui comme d'une corde de guitare prête à être pincée.

Elle se mordit la lèvre, tic nerveux qu'elle avait déjà quand elle était enfant. Cela le ramena à cette époque et le remplit de regrets.

Mais elle avait raison d'être nerveuse.

Si elle était innocente, elle pouvait avoir peur qu'il bouleverse la vie qu'elle s'était construite. Si elle était coupable, et qu'un agent du FBI qu'elle avait connu à Kodiak Compound apparaissait soudainement ? Hum. Il serait nerveux, lui aussi.

— Pourquoi tu veux savoir pour le tatouage ? demanda-t-elle avec un regard perçant.

— Tu sais pourquoi.

Il ne comptait pas lâcher le morceau non plus.

Elle écarquilla les yeux. Ce tatouage prouverait à quel point elle était restée attachée ou non à l'idéologie de son père. Elle posa sa tasse de café sur le comptoir et fit glisser le peignoir au bas de son épaule. Il se surprit à retenir sa respiration. Elle fit glisser sa manche plus bas, en prenant soin de maintenir l'étoffe en plaçant une main entre ses seins.

Il posa la tasse et traversa la pièce dans sa direction elle. Elle se crispa quand il s'approcha et caressa la peau de son bras, lisse comme du velours.

Quand elle avait neuf ans, son père avait pris l'initiative de faire tatouer le chiffre quatorze sur chaque membre des Pionniers. C'était moins évident qu'une croix gammée, mais cela signifiait fondamentalement la même chose pour les nationalistes blancs, du moins. Kenny y avait échappé en prétendant qu'il était allergique à l'encre.

— Pi ? demanda-t-il.

Elle haussa les sourcils, surprise.

— Tu l'as reconnu ?

Il plissa les lèvres. Touché.

— Mon professeur de maths au lycée offrait 10 dollars à celui qui mémorisait le plus de décimales de pi.

— Tu as gagné ?

Il hocha la tête.

— Combien de décimales as-tu mémorisées ?

— Cinquante.

— Parce que tu es compétitif ?

Son sourire devint plus froid.

— Parce que j'avais besoin d'argent.

Elle remonta le peignoir sur son épaule, en ajustant fermement la ceinture. Elle sentait la fraise, et les paumes de Mac le démangeaient furieusement.

Ce n'était *pas* comme ça qu'il avait imaginé réagir en présence de cette femme.

— Modifier le tatouage était l'idée de ma mère adoptive. J'étais déjà une fana de maths.

De près, il y avait de fines traînées d'or au milieu des nuances de brun et de vert de ses iris.

— Je voulais l'enlever avant que les autres enfants de l'école ne le remarquent et ne posent des questions. Elle m'a dit que je pourrais rattraper ce qu'ils m'avaient fait en le faisant mien. J'avais onze ans quand on a fait ça.

Mac la fixait intensément, bien trop près d'elle dans l'exiguïté de sa cuisine.

— Tu veux vérifier si j'en ai d'autres ?

Si elle avait visé le sarcasme, les mots n'étaient pas sortis ainsi.

L'étincelle de chaleur qui crépita entre eux les prit tous deux par surprise. Il s'éloigna avec son café. Le silence entre eux se tendit soudain sous l'effet d'un autre type de tension.

— Tu as toujours été un agent fédéral ? À l'époque, je veux dire… demanda-t-elle après quelques instants gênants.

Il ne répondit rien pendant un moment, puis renversa son verre, vidant la tasse. Puis il la lava dans l'évier, en la plaçant à l'envers sur l'égouttoir.

— J'étais flic dans l'Idaho à l'époque. Kodiak a été ma première mission. J'ai rejoint le Bureau quelques années plus tard.

— Mes parents auraient été livides de découvrir que tu

étais un flic.

Elle parut amusée par cette idée. Peu de gens avaient réussi à tromper David ou Francis Hines.

Il fit le tour de son salon sans y être invité. Sur le papier, elle vivait seule, une femme célibataire sans concubin ni enfants à elle. Mais ça ne voulait rien dire dans le monde réel. Elle pouvait avoir un petit ami de longue date ou autre.

Elle le suivit, tenant sa tasse à deux mains. Réticente à le laisser hors de vue. Franchement, il ne lui en voulait pas.

Il avait été choqué de découvrir qu'elle vivait si près de Washington, dans un quartier résidentiel tranquille de Bethesda. Assez proche pour se rendre en ville et commettre un triple homicide. Il avait décidé de l'interroger par lui-même.

Il n'était pas sûr de ce qu'il cherchait. Des copies cornées des *Carnets de Turner* ou d'autres ouvrages de haine nationaliste blanche ? Peut-être un drapeau confédéré punaisé au mur ?

Il aperçut deux diplômes de grades encadrés avec des caractères argentés. Il regarda de plus près. Tess Fallon était ceinture noire 2e dan en taekwondo. Impressionnant.

— Qui est-ce ? demanda-t-il en montrant une photo encadrée sur la cheminée.

— Ma mère.

Il se tourna vers elle, surpris.

— Sérieusement ? Tu réalises qu'elle est noire, n'est-ce pas ?

— J'ai remarqué, dit-elle d'un air détaché.

Elle le regarda fixement pendant quelques instants, comme pour évaluer ce qu'elle devait dire.

— Personne ne voulait de moi. Bobby oui, mais pas moi. Elle a été la seule personne à nous accepter tous les deux.

Et merde. Une nouvelle dose de culpabilité le frappa. Il y avait toutes sortes de préjugés dans le monde et les enfants issus de milieux d'extrême droite étaient très bas sur l'échelle des gosses mignons. Il n'aimait pas penser à la souffrance qu'elle avait dû ressentir. Il ne pouvait pas se permettre d'être tendre avec elle.

— Elle nous a accueillis pendant un an et a ensuite demandé l'adoption. J'ai grandi à Leesburg.

— C'est Bobby ?

Une photo d'eux trois était également posée sur la cheminée, montrant un adolescent en surpoids avec des cheveux noirs et des lunettes.

Elle acquiesça.

Il présentait une certaine ressemblance avec David Hines. La profondeur de cette ressemblance était ce qui l'intéressait le plus.

— Ta mère et toi, vous êtes proches ? demanda-t-il prudemment.

Son expression se fit pensive, et elle détourna le regard.

— Nous l'étions. Elle est morte. L'année dernière. Crise cardiaque.

Il ajusta délibérément le cadre sur la cheminée, s'éclaircissant la gorge.

— Je dois te demander quelque chose.

Elle se crispa.

Il se força à ignorer sa vulnérabilité, sa douleur et la culpabilité de tout ce qu'elle avait enduré simplement à cause de ce que ses parents avaient été. Il avait un travail à faire. Un travail auquel il avait consacré sa vie. Au lieu de cela, il pensa au juge mort et à sa femme, assassinés alors qu'ils se préparaient pour une journée normale.

— Où étais-tu lundi matin entre sept et huit heures ?

CHAPITRE NEUF

Abel Zingel verrouilla les portes de la synagogue et vérifia qu'elles étaient bien fermées. Il y avait eu une série d'effractions récemment et il ne voulait pas que des vandales puissent entrer parce qu'il n'avait pas fermé à clé. Le rabbin Hirsch ne le lui aurait jamais laissé passer.

Les cors sur les pieds d'Abel le lançaient lorsqu'il entama le long trajet retour. Sa femme prenait toujours la voiture le mardi pour aller à l'épicerie. D'habitude, il aimait marcher, mais c'était nettement moins agréable quand le froid lui brûlait les oreilles. Il abaissa son bonnet et enfonça ses mains dans les poches de son pardessus, essayant de se protéger du vent glacial.

Sa femme préparait des côtes d'agneau et des pommes de terre rôties pour le dîner ce soir-là et son estomac gargouillait rien qu'à cette idée. Sa fille, Ruth, et son fiancé venaient pour discuter de leurs projets de mariage.

Il s'humecta les lèvres. Il sentait déjà le goût de la viande grésillante et succulente. Judith était la meilleure cuisinière qu'il ait jamais connue. Il l'aurait épousée pour cette seule raison, mais elle était aussi belle, dans sa tête et dans son corps, et ils avaient eu quatre merveilleux enfants ensemble. Tous étaient allés à l'université et avaient obtenu des emplois respectables.

C'étaient des enfants géniaux. Il était fier de chacun d'entre eux, mais, il pouvait l'admettre en privé, Ruthie était sa préférée.

Il s'approcha de l'épicerie du coin et décida d'y entrer et d'acheter une bouteille de vin rouge. Il quitta le magasin avec une bonne bouteille de Merlot casher sous le bras et continua à monter la colline jusqu'à la maison qu'il habitait depuis plus de vingt ans. Ils prévoyaient de déménager prochainement, mais Judith et lui aimaient tellement cet endroit qu'aucun d'entre eux n'avait bougé le petit doigt pour chercher quelque chose de plus petit.

Le vent hurlait et les branches des arbres s'entrechoquaient comme des os secs et fragiles. Il faisait nuit. Un côté de la route donnait sur des bois où il avait l'habitude de promener le chien. Leur fidèle compagnon lui manquait. Peut-être qu'ils prendraient un chiot. Quelque chose qui lui permettrait de faire plus d'exercice et qui rassurerait sa femme en son absence.

Il s'arrêta un moment pour reprendre son souffle, puis continua sa progression, traversant la route pour atteindre la rue où il vivait. Le lampadaire à mi-chemin était cassé et il fronça les sourcils, agacé. Il avait déjà appelé la mairie deux fois et ils lui avaient dit qu'ils l'avaient réparé. Il gardait les yeux rivés sur le trottoir irrégulier, car il ne voulait pas trébucher et se tordre la cheville dans le noir.

— Rabbin Zingel ? lança une voix calme, et une ombre sortit d'entre deux voitures garées sur le bord de la route.

Il plissa les yeux, mais ne put distinguer les traits de la personne.

— Je peux vous aider ?

— Vous êtes le rabbin Zingel, n'est-ce pas ?

— Oui. Est-ce que je… ?

La douleur dans sa poitrine fut fulgurante. La bouteille de vin glissa du creux de son bras et se brisa sur le trottoir. Il tomba à genoux et la silhouette se rapprocha. Un éclat de lumière fit briller le canon circulaire d'une arme de poing qui émergeait de l'obscurité et Abel sut qu'il était sur le point de mourir.

— Pourquoi faites-vous ça ? Qu'est-ce que je vous ai fait ?

L'arme se rapprocha de son visage et il pensa à la souffrance que sa femme et ses enfants allaient endurer à cause de cet acte de violence aveugle.

— Dieu de mon peuple, mon Dieu… commença-t-il.

Il ressentit une vague de douleur, puis ce furent les ténèbres.

CHAPITRE DIX

— TU VEUX que je te fournisse un alibi ?

Le sang quitta ses joues.

La tension grésillait dans l'air alors que Mac observait son langage corporel pour voir s'il correspondait à ses mots.

— Tu sais bien que je dois te poser la question.

Elle croisa les bras, tout son corps sur la défensive, pleine de ressentiment.

— Je ne me souviens pas exactement où j'étais lundi matin.

Elle regarda en haut à droite.

Merde. Elle mentait. Les gens mentaient aux flics et aux agents du FBI tout le temps. La question était de savoir ce qu'elle avait à cacher.

— Mais ce matin, quand la DJ a été tuée – elle avait déjà fait le rapprochement avec ce que les flics refusaient officiellement d'admettre –, j'étais dans un café et ensuite dans le métro.

— Des gens peuvent le confirmer ?

Elle lui donna le nom d'un café près de Tenleytown et la station de métro où elle était descendue.

— Ne leur dis pas pourquoi tu leur poses cette question, fit-elle. S'il te plaît.

Il fit une grimace.

Elle prit son front dans sa main et eut l'air de se sentir mal. Qu'allaient penser les gens quand le FBI commencerait à poser des questions sur ses déplacements ? Il se força à continuer. Elle n'était pas son amie ou sa petite amie. Il avait un travail à faire.

— Tu as une idée de qui pourrait avoir commis ces meurtres ?

— Je te l'ai dit. Je ne suis plus en contact avec personne de l'époque.

— Et ton frère ?

Elle laissa échapper un rire dur.

— Eddie ? Je ne veux plus jamais rien avoir à faire avec ce cinglé.

Eddie Hines était toujours incarcéré au centre correctionnel de l'État de l'Idaho. Ils avaient retiré une balle correspondant à son arme de la vertèbre d'un officier du SWAT. Le policier avait eu de la chance de ne pas être paralysé. Pour le prouver, l'agent se présentait dans un fauteuil roulant emprunté et avec une pancarte « toujours là grâce à Dieu » chaque fois qu'il était question de la libération conditionnelle d'Eddie.

— Je voulais dire ton *autre* frère.

Elle tendit le bras pour s'accrocher au dossier du canapé.

— Il n'est au courant de rien.

Mac fronça les sourcils.

— Tu veux parler des meurtres ?

— Non, dit-elle d'un ton sec. Il ne sait rien *du tout*. Concernant les Pionniers. Kodiak Compound. La véritable nature de notre famille. Rien. Et je ne tiens pas à ce que ça change.

Elle serra et desserra les poings.

Comment ça ?

— D'où croit-il venir ?

— Je lui ai dit que nous étions les enfants du cousin au second degré de Trudy, du côté maternel. Que nos parents étaient morts dans l'Oregon et que Trudy nous avait recueillis.

— Tu lui as menti sur ses parents ?

Putain de merde.

Elle mit une main sur sa hanche.

— N'utilisez pas ce ton moralisateur avec moi, agent spécial adjoint responsable *Steve McKenzie.*

— Désolé, *Tess.*

Il s'approcha d'elle jusqu'à ce qu'il n'y ait plus que trente centimètres entre eux.

— Je n'avais pas réalisé que tu avais le monopole du changement d'identité.

Elle tressaillit et cligna des yeux comme si elle luttait contre les larmes.

— Si quelqu'un peut comprendre pourquoi je voulais laisser toute cette laideur derrière moi, c'est bien toi. Tu dois partir. Maintenant.

Comme il ne bougeait pas, elle se dirigea vers la porte d'entrée et l'ouvrit, attendant qu'il saisisse l'allusion. *Et merde.* Il avait tout gâché. Quand il se retrouva face à elle, il ouvrit la bouche pour parler.

Elle le devança.

— Je ne quitte pas la ville, c'est ça ?

L'amertume était visible sur ses traits. À la morsure de son ton.

— J'allais dire que si quelqu'un de Kodiak reprend contact…

— Aucune chance.

— Mais si ça arrive…

— Ça n'arrivera *pas* !

Elle semblait sur le point de pleurer, mais se retenait.

Il avait vu toutes sortes de larmes dans son métier. C'étaient toujours celles qui ne coulaient pas qui l'affectaient le plus.

Il sortit une carte de visite de sa poche, prit la main de Tess et replia ses doigts dessus. Le contact peau contre peau lui fit un effet inattendu. Malgré sa colère, elle le ressentait aussi – il le voyait à la façon dont ses pupilles s'élargissaient et ses lèvres s'écartaient. Elle essaya de s'éloigner, mais il ne la lâcha pas et ne recula pas.

Au lieu de cela, il l'attira vers lui dans une étreinte rigide. Son souffle effleura ses cheveux et il embrassa le sommet de son crâne, comme si elle était toujours la petite fille qu'il avait connue des années plus tôt.

— Je ne suis pas le méchant, Tess, murmura-t-il contre ses cheveux.

Elle gardait la tête baissée, et les yeux fermés, la main pressée comme une marque ardente contre son cœur.

— Moi non plus, mais personne ne semble s'en soucier.

Elle se dégagea et il la laissa faire. Puis il partit comme il l'avait fait près de vingt ans plus tôt.

Il s'assit dans sa voiture, fixant la maison, sachant qu'elle était à l'intérieur et le regardait.

Cette attirance inattendue l'avait pris au dépourvu. Il avait oublié ce que ça faisait de désirer quelqu'un. Mais il ne pouvait pas se permettre de commencer une histoire avec la fille de l'un des leaders suprématistes blancs les plus notoires de l'histoire. Cela aurait fait tache sur son CV.

Cette stupide étreinte l'avait déséquilibré et il se retrouvait assis dans sa voiture comme un vulgaire harceleur. Il avait espéré neutraliser une partie de l'antagonisme que sa venue inattendue avait créé et la garder à ses côtés s'il avait besoin de son aide à l'avenir.

Mais à présent, l'odeur fraîche de son shampoing envahissait ses narines, et la sensation de sa peau douce séduisait ses sens. La voir dans ce peignoir humide – sachant qu'elle était nue en dessous l'avait fortement distrait. Et cette étreinte avait semblé si naturelle.

Il était fort probable qu'elle n'ait rien à voir avec ces meurtres. Il était peu probable qu'une comptable, élevée par une femme de couleur, se mette à tuer des gens sur la base de la doctrine diabolique de son père. Mais on ne savait jamais. Il avait déjà vu des choses plus folles dans sa carrière. Le lendemain, il vérifierait son alibi et la rayerait de la liste.

Dommage.

Et tant pis si ses pensées s'égaraient. Cela ne les mènerait nulle part. Elle était hors limites. Et il contrôlait ses désirs et ses besoins.

Il démarra sa voiture. Ce dont il avait sans doute besoin, c'était d'en savoir plus sur le petit frère. Son dossier était scellé, mais Mac avait un ami au département de la justice qui tâchait d'y remédier. Cela pourrait prendre du temps, et nécessiter un mandat, mais il retrouverait le gamin, ne serait-ce que pour l'exclure de la liste des suspects.

Il pourrait revenir parler à Tess, mais ce n'était pas son affaire. De plus, l'idée de passer plus de temps avec elle était un peu trop attrayante, et il ne comptait pas gâcher sa chance d'obtenir le job de ses rêves pour une femme qu'il connaissait à peine.

Vingt ans plus tôt, les forces de l'ordre fédérales et de l'État de l'Idaho avaient commencé à s'inquiéter de plus en plus des activités du groupe en pleine expansion de David Hines, des nationalistes blancs qui se cachaient sous le couvert d'une fervente église chrétienne réservée aux Blancs.

Apparemment, Jésus-Christ était la seule personne du Moyen-Orient à être né blanc.

Allez comprendre.

Il n'avait jamais reproché à Tess de faire partie de quelque chose qu'elle ne contrôlait pas. Il ne voulait pas qu'elle soit livrée en pâture au public si elle était innocente. C'était la raison pour laquelle il était venu seul, à titre officieux. Mais elle cachait clairement quelque chose et il avait bien l'intention de découvrir ce que c'était.

Les Pionniers avaient été capables de repérer la plupart des informateurs avant même qu'ils ne s'approchent du camp. Mac était nouveau dans l'Idaho, tout juste sorti de l'académie de police, et il avait grandi dans un ranch.

Le cow-boy Kenny Travers s'était mis à travailler dans un ranch près de la ville de Kodiak, dans l'Idaho, traînant dans un bar local pendant son temps libre. Il s'était lié d'amitié avec Eddie Hines. Ils avaient joué au billard, dit des tas de conneries racistes, dragué des filles. Il lui avait fallu quelques mois pour gagner la confiance d'Eddie, puis le gars avait invité Kenny à découvrir sa communauté et à se joindre à eux.

Et la suite était connue de tous.

Eddie avait-il encore des contacts à l'extérieur ? Les nationalistes blancs avaient-ils rendu visite à leurs copains en prison ? Eddie-le-trou du cul savait-il qui était impliqué dans cette nouvelle série de meurtres ? Et pourrait-il troquer cette information contre sa liberté ?

Ou ce tueur n'avait-il rien à voir ?

Aux dernières nouvelles, il n'y avait aucune preuve que les

Pionniers soient impliqués dans ces nouveaux meurtres. Aussi séduisante que soit l'idée de voir le visage laid d'Eddie se contorsionner de rage lorsqu'il découvrirait que Kenny Travers était en réalité un policier sous couverture, Mac avait du travail. Il contacterait le bureau de Boise et demanderait à un agent d'aller interroger Eddie. Histoire de savoir avec qui il communiquait.

Mac pinça les lèvres. Il se souvenait de chaque détail de l'année qu'il avait passée sous couverture dans cette fosse à purin. Chaque salut de la main gauche, chaque insulte raciale que ses lèvres avaient été forcées de prononcer.

Cela avait peut-être prouvé qu'un pauvre garçon du Montana pouvait faire la différence, mais cela avait souillé son âme. Il avait été forcé de rester là et de ne rien faire quand il avait été témoin de choses qui l'avaient rendu physiquement malade, comme une fille forcée à un mariage précoce avec un homme assez vieux pour être le père de Mac.

Son estomac se noua quand il repensa aux enfants. Theresa Jane – *Tess* et les autres avaient été traités comme des domestiques, ou pire. La plupart d'entre eux étaient des sous-fifres ayant subi un lavage de cerveau, mais elle avait toujours eu du cran et riait plus que quiconque dans cet endroit maudit.

Il la revit, debout dans sa cuisine, dans son peignoir blanc. On aurait dit qu'elle ne riait plus beaucoup.

À ce jour, il ne savait pas si Theresa Jane – *Tess, bon sang –* avait été abusée sexuellement ou non. Il n'avait pas été mis au courant de son évaluation psychologique, bien qu'il ait contribué à rédiger les rapports. Le fait que Walt soit mort pendant la fusillade n'avait pas perturbé Mac, mais Ellie…

Certaines nuits, il se réveillait encore avec des sueurs froides en l'entendant crier. Si Mac l'avait épousée comme

David Hines le voulait, elle aurait survécu. Il n'aurait pas eu besoin de coucher avec elle. Elle vivrait sa vie quelque part, peut-être en s'occupant des impôts des gens comme sa sœur.

Il avait supplié sa hiérarchie d'intervenir quand il avait découvert qu'elle avait été mariée à Trimble, mais ils n'avaient pas voulu. Le mariage des mineurs n'était pas illégal tant que les parents donnaient leur permission – c'était vrai dans bien plus d'États que les gens ne le pensaient en Amérique. Les preuves dont ils disposaient à ce moment-là n'étaient pas suffisantes pour arrêter les chefs du réseau et fermer définitivement le camp. Deux mois après le mariage d'Ellie, 13 ans, le benêt de Kenny Travers avait découvert la cachette d'armes à feu volées dans une remorque à chevaux dans l'une des granges. Cela avait été le début de la fin pour les Pionniers. Mais il était trop tard pour la pauvre Ellie.

Il passa lentement, au volant, devant la maison de Tess. Sa silhouette était soulignée par les phares. Elle le regarda partir par la fenêtre. Il était temps de dire au revoir à cette partie de sa vie. Il n'y avait pas de retour en arrière possible.

Quelques secondes plus tard, son portable sonna. C'était le travail – pas Tess qui lui demandait de revenir et de commencer quelque chose qu'ils ne devraient pas.

— McKenzie, répondit-il avec impatience.

— Il y a eu un autre meurtre. Un rabbin sur Munroe Street, lui apprit l'ASC Gerald d'un ton brusque.

Merde.

— Quand ça ? demanda Mac.

— Il y a vingt minutes.

Il poussa un profond soupir. Au moins, il était sûr que Tess avait un alibi pour ce meurtre.

— Le directeur veut qu'on réunisse une équipe spéciale dès

que possible.

L'attention de Mac était focalisée sur les paroles de son interlocuteur.

— J'ai mentionné à mon patron hier vos soupçons de crimes haineux.

Il retint son souffle.

— Ils veulent que vous preniez la tête de l'équipe et que vous la dirigiez depuis le QG.

Il brandit le poing.

— McKenzie ? Vous êtes là ?

— Oui, monsieur. Merci, monsieur.

Il sentit l'excitation le gagner. Comme l'attaque du centre commercial du Minnesota, c'était le genre d'affaire qui permettait de booster une carrière et qui pourrait le propulser directement au rang de SAC.

— Est-ce que je peux choisir ma propre équipe ?

— En partie, céda Gerald. Envoyez-moi une liste des agents que vous voulez. Je vais commencer à contacter la sécurité intérieure, la police du Capitole et le bureau régional de Washington. Pour savoir tout ce qu'ils ont sur les meurtres jusqu'à présent.

— Demandez aux officiers et agents impliqués dans ces enquêtes de rejoindre l'équipe. Ça fera des bottes supplémentaires sur le terrain et ça nous permettra d'accéder plus facilement aux informations qu'ils ont déjà recueillies. Dites à la légiste de ne pas déplacer le corps du rabbin avant mon arrivée.

Il consulta sa montre. Nota l'adresse.

— J'y serai dans trente minutes.

— Entendu.

Gerald raccrocha.

Le cœur de Mac battait la chamade et il appuya sur l'accélérateur.

Quatre meurtres en trente-six heures. Quelqu'un tuait les habitants de cette belle ville sur la base de leurs croyances et de leur couleur de peau. Ce n'était pas le genre d'Amérique dans laquelle il voulait vivre. Il avait déjà mené cette guerre auparavant, mais à présent, la bataille se déroulait sur son terrain et cette fois, c'étaient eux qui se cachaient dans l'ombre. Mais il comprenait la façon dont ces types pensaient ; il comprenait leur haine. Ils commettraient forcément une erreur à un moment donné. Malheureusement, jusqu'à leur premier faux pas, il y avait des milliers, voire des millions de cibles potentielles dans la seule région de Washington.

Et chacune d'entre elles était en danger.

———————

TESS FERMA LA porte et la verrouilla, appuyant son front contre le bois frais. Elle ne pourrait jamais échapper à son enfance, mais elle ne la laisserait pas détruire la seule personne au monde qu'elle aimait. Elle éteignit les lumières et se rendit dans le salon, restant fixer sa rue tranquille longtemps après le départ de Steve McKenzie.

La soupçonnait-il vraiment d'être impliquée ?

Après tout, pourquoi pas ? Sa famille était une bande de fous furieux.

Elle fixa la carte dans sa main. Le symbole du FBI en relief semblait se moquer de ses tentatives de créer une nouvelle vie pour elle et son frère.

ASAC Steve McKenzie. Elle caressa son nom de son pouce.

À dix ans, elle l'aimait plus que ses propres parents, mais cela ne faisait pas de lui son ami. Vingt ans plus tôt, McKenzie et ses collègues l'avaient abandonnée à son sort. Elle avait sauvé sa peau et celle de son frère, et elle n'était pas près de compter sur les flics pour quoi que ce soit, à présent qu'elle était adulte.

Elle ferma les yeux en réalisant qu'elle semblait tout aussi paranoïaque que ses parents. *Ne faire confiance à personne* devait être la devise de la famille.

La visite de McKenzie avait fait remonter tout ça. L'environnement étouffant dans lequel elle avait grandi. La fusillade qui avait marqué la fin de son enfance. Les derniers mots empoisonnés de sa mère.

Les balles avaient enfin cessé de pleuvoir sur la maison de son enfance aux premières lueurs de l'aube. Le silence s'était avéré plus troublant que la fusillade. Chose incroyable, à un moment donné, elle avait dû s'endormir. Elle avait été réveillée par une énorme détonation quand les flics avaient pris d'assaut la cabane. Elle n'avait pas crié lorsque deux hommes masqués avaient ouvert la porte de son placard avec leurs gros pistolets noirs, même si elle était terrifiée. Ils l'avaient trouvée serrant Cole contre sa poitrine et s'accrochant au cou de Sampson quand il leur avait grogné dessus.

Elle avait crié quand ils avaient détaché son frère de ses bras. Un autre homme était arrivé et avait récupéré Sampson. Ils l'avaient fouillée, doucement, mais fermement. Elle avait cru que les hommes au masque noir allaient la tuer. Au lieu de cela, l'un d'eux l'avait enveloppée dans ses bras, avait enfoui son visage contre sa poitrine et lui avait dit de garder les yeux fermés pendant qu'il l'éloignait de là.

Elle se souvenait encore de l'odeur de son uniforme –

fumée, sueur et poudre. Elle avait essayé de garder les yeux fermés, vraiment. Il avait même placé sa main sur ses yeux, mais du coin de l'œil, elle avait aperçu le corps de sa mère devant la porte de sa chambre lorsque l'homme l'avait enjambée. Les yeux de Francis Hines étaient grands ouverts. Tess revoyait ces yeux morts – exactement de la même couleur et la même forme que les siens – dans ses cauchemars. Dans la cuisine, les rayons de l'aube se reflétaient sur les boutons en nacre de la chemise en chambray préférée de son père, qui gisait mort sur le sol de la cuisine. Une tache sombre de sang maculait le tissu bleu pâle.

Son estomac s'était retourné et elle avait pressé son nez contre la poitrine de l'étranger. Il l'avait serrée fort contre lui pour essayer de la réconforter.

Il était l'ennemi, mais à ce moment-là, il avait essayé d'apaiser la douleur et la terreur qui la traversaient comme sa famille ne l'avait jamais fait. Au lieu de lui faire du mal, l'étranger l'avait mise en sécurité et s'était assuré qu'elle n'était pas blessée. C'était alors qu'elle avait réalisé que sa famille lui avait menti pendant toutes ces années. Elle s'était mise à sangloter de façon incontrôlable et il l'avait bercée jusqu'à ce qu'elle s'endorme.

En y repensant, elle se demandait pourquoi elle avait pleuré. Sa famille était composée de monstres qui avaient tenté d'instiller leurs croyances tordues dans son esprit. Ils la rabaissaient et la maltraitaient quand elle les questionnait ou désobéissait à leurs règles. Walt avait essayé de l'agresser sexuellement et elle était sûre qu'il aurait fini par réussir. À treize ans, elle aurait probablement été mariée à l'un des nombreux losers qui affluaient en masse dans la propriété isolée de son père. Si elle s'était rebellée, ils l'auraient tuée par dépit et auraient dit que ce n'était que justice.

Cela n'avait rien à voir avec la justice. C'était de l'abus.

La seule personne qui lui manquait était Ellie.

Un nœud se forma dans la gorge de Tess en pensant à sa mort.

Non, Kenny Travers ne s'était jamais vraiment intégré. Elle se demandait comment il avait réussi à cacher sa véritable nature pendant si longtemps alors qu'il était entouré d'une telle haine.

Le café qu'elle avait bu lui brûlait l'estomac tandis que les souvenirs tourbillonnaient. Une partie d'elle souhaitait pouvoir oublier cette époque et d'où elle venait, mais une autre partie était fière. Elle avait été assez forte pour conserver sa compassion et son humanité malgré tout ce qu'elle avait enduré. Elle avait été assez résiliente pour aller de l'avant, pour grandir, s'épanouir et devenir un être humain respectable et digne d'intérêt.

Tess fixa la photo de sa mère dans la pièce sombre. Qu'aurait-elle fait ?

Trudy Fallon avait été la première personne vraiment bonne qu'elle ait jamais rencontrée. Elle était la fille d'une mère blanche et riche et d'un père noir et pauvre qui s'étaient rencontrés à l'université, étaient tombés amoureux et s'étaient mariés contre la volonté de leurs familles. Leur union n'avait pas duré plus de deux ans et la jeune Trudy avait été ballottée entre deux mondes sans jamais trouver sa place dans l'un ou l'autre. C'était ce qui l'avait rendue si parfaite pour Tess et Cole. Elle comprenait ce que c'était que d'être mal aimé et non désiré. Elle avait compris que leur origine ne les définissait pas, mais que seul comptait ce qu'ils avaient en eux. Tous les trois avaient formé leur propre petite famille, bénie par un amour profond et durable. Perdre sa mère adoptive l'année précédente lui avait fait plus de mal que de perdre toute sa famille à Kodiak Compound.

Elle se secoua pour sortir de sa mélancolie et courut à l'étage enfiler un pyjama chaud.

Elle redescendit, bien décidée à travailler. Mais le silence était oppressant, alors elle alluma la télévision et regretta immédiatement de l'avoir fait.

Les titres des journaux annonçaient qu'un rabbin avait été assassiné.

Un froid glacial s'empara d'elle.

Elle avait gardé un mince espoir que les meurtres du juge et de sa femme, et celui de la DJ transgenre n'aient été que des coïncidences malheureuses. C'était une grande ville. C'étaient des personnages publics, ce qui attirait forcément des détracteurs, quelles que soient leurs croyances, leurs opinions politiques ou leur sexualité.

Mais le rabbin…

Il n'était pas une célébrité. Il n'était pas très connu. Selon le présentateur, il n'était qu'un vieil homme adorable, aimé de sa famille et de sa communauté, réputé pour ses actes d'inclusion et de gentillesse.

L'effroi lui glaça les veines.

Elle appela Cole, mais il ne décrocha pas.

Était-il honnêtement en colère contre elle, ou cachait-il quelque chose ?

Puis elle se souvint d'une chose et ses genoux cédèrent sous son poids. Ce lundi-là – le jour où le juge et sa femme avaient été abattus de sang-froid – était le 23 février.

Cela aurait été le soixante-cinquième anniversaire de leur père.

Elle déglutit à plusieurs reprises alors que son estomac menaçait de remonter dans sa gorge.

L'un de ses disciples avait-il décidé de faire du bruit pour marquer le vingtième anniversaire de la descente ? Les anniversaires étaient très importants pour ces types antigouvernementaux. Il suffisait de le demander à Timothy McVeigh.

Ou était-ce l'une de ces horribles coïncidences qui surgissaient sporadiquement pour semer la pagaille dans le monde, telle une mauvaise plaisanterie cosmique ?

Elle fit les cent pas dans la pièce. Cela ressemblait *tellement* au plan que son père avait prêché encore et encore. La langue était si odieuse qu'elle avait été gravée dans son esprit à l'encre indélébile, comme le tatouage qu'ils lui avaient fait quand elle était enfant. Même le souvenir de sa voix dans sa tête lui donnait envie de vomir. Comment avait-il pu prêcher ce message tordu et penser que c'était normal ? Comment tous les gens qu'elle avait connus à l'époque avaient-ils pu être aussi déviants et malavisés ?

Cela ne la surprenait pas de la part de sa mère.

Francis Hines avait été une femme impitoyable qui n'avait rechigné que devant les contraintes d'être une femme dans une enclave nationaliste blanche, pas devant leur idéologie. Elle n'en était devenue que plus intransigeante.

De temps à autre, Tess voyait le visage de sa mère se refléter dans le miroir, ou sur une photo prise sous un mauvais angle.

Cela l'effrayait.

Penser qu'elle partageait son ADN lui donnait envie de s'arracher la peau.

Il y en avait d'autres, à la limite de la folie, qui partageaient les mêmes croyances que les Pionniers. Ils n'étaient pas les seuls fous, mais le lien avec l'anniversaire de son père... Le fait que cela faisait vingt ans depuis la descente.

Elle observa la carte de visite de Steve McKenzie. Devrait-elle l'appeler pour lui donner cette information ? Mais il était du FBI. Il ferait forcément le lien. C'était peut-être pour ça qu'il était venu ce soir-là.

Plus important encore, elle voulait savoir *pourquoi* Cole avait une photo de ce juge dans son meuble de classement. Et pourquoi l'avait-il enlevée ?

Elle s'assit sur le bord de son canapé et regarda les mêmes images se répéter, encore et encore, à l'écran. Une rangée de voitures garées le long d'une rue sombre avec du ruban jaune aux deux extrémités pour empêcher les journalistes d'approcher. Une tente installée au-dessus du corps. Les voitures de police avec leurs feux clignotants qui créaient une atmosphère futuriste étrange. De petits groupes de policiers en uniforme qui se tenaient autour, l'air furieux et nerveux.

Un homme portant une veste d'intervention du FBI entra dans la tente couvrant le corps. Tess rembobina la vidéo. McKenzie.

Au moins, elle avait un alibi pour ce meurtre.

Cole était-il responsable ? *Et merde.*

La police n'avait pas dit comment le rabbin était mort, mais le journaliste avait suggéré qu'un témoin avait entendu des coups de feu étouffés – comme pour les autres meurtres.

Tess regarda la photographie de sa mère adoptive sur la cheminée. Qu'était-elle censée faire ?

— On craint de plus en plus une série de crimes haineux dans la région métropolitaine de Washington, indiqua le journaliste. Nous venons d'être informés que le FBI forme une équipe spéciale pour enquêter. Les porte-parole du FBI ont jusqu'à présent refusé tout commentaire, sauf pour nous demander à tous de rester calmes, mais vigilants, et à toute personne ayant des informations de se manifester.

Tess se rendit dans la cuisine, et son regard se dirigea vers son sac à main où elle avait caché la clé USB.

Si elle trouvait des preuves que Cole était impliqué dans ces meurtres, le livrerait-elle à la police ? Abandonnerait-elle le petit frère qu'elle avait juré d'aimer et de protéger au péril de sa vie alors qu'ils étaient encore enfants ? Cette idée lui transperçait la poitrine comme un couteau dentelé.

Il était doux et gentil, et elle l'aimait plus qu'elle n'avait jamais aimé personne, mais était-il possible qu'il soit impliqué dans une telle conspiration ? Et s'il y avait d'autres personnes visées ? Des gens qui pourraient être sauvés ? Sa bouche devint sèche. C'était un choix impossible, mais ce n'en était pas réellement un. Si Cole était coupable, elle le dirait à McKenzie sans hésiter pour sauver des innocents.

Elle prit la clé USB en plastique dans son sac. La sueur perlait sur son front lorsqu'elle la glissa dans le port de son ordinateur.

Les fichiers mirent du temps à apparaître, et elle resta là à serrer nerveusement les poings. Des fichiers vidéo. Elle cliqua sur l'une des icônes, le cœur battant la chamade.

Le bruit d'une respiration lourde remplit la pièce. Elle cligna des yeux et regarda, abasourdie, les fesses en mouvement qui remplissaient l'écran. Elle resta bouche bée. Waouh. Elle ne savait pas que les gens pouvaient faire ça debout.

Elle essaya un autre fichier. Une fille dans une tenue moulante apparut à l'écran, penchée en avant, en train de laver une voiture. Tess savait ce que ça allait donner, et ferma donc le fichier. Elle leva la tête vers le plafond et poussa un profond soupir de soulagement.

C'était la collection de pornos de son frère.

Elle mit ses mains sur son visage et éclata de rire. Comment allait-elle remettre ça dans son bureau sans qu'il le sache ?

Qui s'en souciait ? Elle sortit la clé du port USB et éteignit son ordinateur.

Elle ne comprenait toujours pas le lien entre son frère et la photo du juge, mais au moins cette clé USB ne contenait pas de liste de meurtres.

Elle sentait tout de même un poids sur sa poitrine. Même si elle le voulait plus que toute autre chose, elle ne pouvait pas ignorer les questions qui lui pendaient au nez. Il n'y avait qu'une seule personne susceptible d'y répondre, mais pour ce faire, elle devait faire une chose qu'elle s'était juré de ne jamais faire. Elle devait confronter son frère.

CHAPITRE ONZE

COLE REGARDA SON amante sortir du lit, nue, et se diriger vers la salle de bain, fermant doucement la porte derrière elle.

La pièce était quasiment plongée dans la pénombre, et il s'appuya contre les oreillers et entendit son téléphone vibrer dans son jean. Il savait que c'était Tess qui appelait pour s'excuser à nouveau, mais il était encore énervé. Il comptait bien la laisser mijoter encore un peu plus longtemps.

Qui était-elle pour lui dire qui voir ? Son bilan n'était fait que de pleurnichards et de losers.

Il tapota l'oreiller et s'allongea sur le côté, attendant le retour de son amante. Ils s'étaient rencontrés avant Noël, mais elle était toujours réticente à se montrer avec lui en public. C'était en partie à cause de la différence d'âge. En partie à cause de son travail.

Il n'en avait rien à faire, mais elle était sensible et il ne voulait pas la contrarier. Le commentaire de sa sœur lui avait fait réaliser que, même s'il pensait que les inquiétudes de Carolyn étaient stupides, les préjugés prévalaient toujours. C'était étrange, car Tess était la personne la plus ouverte qu'il connaissait, mais ils n'avaient jamais eu à faire face à une différence d'âge auparavant. Tess allait devoir s'y habituer.

Il aimait Carolyn.

Il était trop tôt pour lui dire quoi que ce soit sans la faire paniquer, mais il était à fond dans cette relation et il espérait qu'elle l'était aussi.

Il avait cru être amoureux avant, mais il s'était trompé. Pendant les cours de chimie au lycée, il avait rêvassé devant les filles comme n'importe quel autre adolescent. Mais aucune n'avait voulu sortir avec l'intello boutonneux aux grosses lunettes et au QI supérieur de trente points au sien.

Quand il s'était rapproché de Joseph, ce dernier l'avait encouragé à papillonner. Cole l'avait fait pendant un moment, mais à présent, il était prêt pour une vraie relation. Joseph courait après tout ce qui portait une jupe, prenant plaisir à entraîner les autres. Ce type était un dragueur compulsif et il était préférable qu'il n'essaie pas de se faire sa sœur, sans quoi Cole risquait de lui mettre son poing dans la figure.

La porte s'ouvrit et Carolyn lui adressa un sourire. Elle n'avait pas une ride ni le moindre cheveu gris. Elle avait un air quasi angélique et il n'arrivait pas à croire qu'elle sorte avec lui, et encore moins qu'ils fassent l'amour.

Elle traversa la pièce d'un pas éthéré. Son déhanché l'hypnotisait. Elle poussa un juron en se cognant l'orteil contre un carton.

— Aoutch, fit-elle en attrapant son pied et en le massant. Tu es toujours d'accord pour me rendre ce service vendredi ?

Attends. Quoi ? Il fronça les sourcils. C'était difficile de se concentrer quand elle n'avait pas de vêtements. Que lui avait-elle demandé de faire déjà ?

— Je ne suis pas censée emménager avant le premier du mois, mais le propriétaire m'a dit que je pouvais avoir les clés plus tôt comme les anciens locataires ont quitté les lieux. Un de mes amis me prête son fourgon…

Ah, oui. Quelque chose à propos de l'aider à déménager ses affaires dans un nouvel appartement. Cet endroit était plutôt exigu.

— Avec plaisir.

Ses seins se balancèrent alors qu'elle se penchait pour ramasser son pantalon de tailleur et le draper sur une chaise. Il déglutit.

— Pas de problème.

— Je peux demander à quelqu'un d'autre si tu es occupé… Trent a dit…

— Je n'ai rien de prévu.

Qui était ce putain de Trent ?

Cela n'avait aucune importance. Il n'arrivait pas à croire qu'elle puisse être aussi belle nue. Et elle s'inquiétait de son âge ?

— Tu devrais probablement être en cours, fit-elle en se mordant la lèvre.

Il rétorqua, agacé :

— Le cours du vendredi est juste sur l'éthique du piratage. Je peux faire l'impasse dessus.

Elle soupira en s'approchant de lui, la lumière de la salle de bain faisant briller sa peau.

— Je devrais sans doute m'inquiéter.

— Tout va bien.

— J'ai peur de nuire à tes études, admit-elle. Je ne dois pas oublier que tu es toujours à l'université…

— Hé, fit-il en lui prenant la main. Il y a *quelques* avantages au fait que je sois plus jeune.

Il plaça sa paume directement sur l'avantage qu'il avait en tête.

Ses yeux s'agrandirent et ses lèvres tressaillirent.

— Sérieusement ? Encore ?

Il sourit.

— Reviens au lit pour le découvrir, la pressa-t-il.

— Le travail m'appelle. Je dois y aller.

Elle prit une voix ferme, mais il sentait son hésitation et voyait la façon affamée dont elle se mordait la lèvre inférieure.

— Fais-toi porter pâle.

Elle roula des yeux quand il l'attira à côté de lui.

— Nous ne sommes pas tous à l'université, tu sais. Mon travail est important.

Elle fronça les sourcils à l'évocation de leurs différences de mode de vie.

Il se pencha pour lécher un téton parfait.

Elle frissonna et rejeta la tête en arrière. Elle gémit et enfonça les doigts dans ses cheveux.

— On n'a pas le temps.

Mais elle se trémoussait contre lui d'une manière qui fit accélérer son pouls.

— On va faire vite.

Il glissa sa main entre ses cuisses.

Elle grogna puis poussa sur ses épaules pour le mettre sur le dos.

— Il va falloir, oui.

Elle le chevaucha, s'empala sur lui et il n'arriva plus à penser.

— Tu n'as aucune idée de l'incroyable sensation que ça procure.

Il effleura ses seins et en pinça le tissu délicat.

Elle rit et haleta.

— J'en ai une assez bonne idée, en fait.

Elle commença à le chevaucher, lentement, fixant le

rythme et contrôlant la profondeur. Elle se pencha sur lui et il prit son téton dans sa bouche. Ses mains glissèrent sur ses fesses, la serrant contre lui exactement comme elle l'aimait. Ses doigts s'enfoncèrent dans les épaules de Cole.

— J'ai créé un monstre, chuchota-t-elle.

C'était vrai. Il avait envie d'elle en permanence et se fichait que ça se sache.

Elle soutint son regard alors qu'elle se cabrait et le baisait plus fort. Il trouva son clitoris et appuya dessus. Elle se cambra contre lui de façon incontrôlable et ses muscles se contractèrent autour de lui comme un étau. Elle sourit en reprenant son souffle, sans jamais rompre le rythme, et passa la main derrière elle pour caresser la peau tendue de ses testicules. Même en essayant de faire durer le plaisir, elle le poussa à bout comme si elle avait allumé une mèche. Puis elle se blottit contre lui, riant tandis qu'il essayait de comprendre où il en était.

— Je t'aime, lâcha-t-il alors que son cœur battait la chamade.

Il ferma les yeux et se réprimanda silencieusement.

Mais elle ne protesta pas comme il l'avait prévu. Elle l'entraîna avec elle sous la douche et l'embrassa sur toute la surface de son corps, prouvant une fois de plus qu'une femme au sommet de sa forme sexuelle battait une étudiante dans tous les domaines.

MAC OBSERVA LA salle de cellule de crise qui leur avait été assignée. Une marée de visages provenant d'au moins huit agences différentes le fixait, y compris l'ASAC Lincoln Frazer du DSC via une liaison vidéo depuis son domicile. Il était minuit, mais la nuit était indiscernable du jour au sein du bâtiment du SIOC, sans fenêtre et hermétiquement clos.

L'agent spécial Mark Ross – le type qui avait été agacé par la visite de Mac sur la scène du crime ce lundi – était affalé dans le siège le plus proche et le regardait de ses yeux rouges. Il n'avait probablement pas dormi depuis le meurtre du juge Thomas. L'agent du bureau de Washington récapitula tout ce qu'ils savaient jusqu'à présent : pas de témoins. Aucune preuve concluante. Aucune menace récente. Pas de squelettes évidents dans les placards. Pas de mobile clair en dehors du fait que l'homme était un juge fédéral à la peau foncée.

L'inspectrice de la criminelle de la police du Capitole prit à son tour la parole. Annabel Dunbar avait des cheveux noirs brillants coupés courts et portait un pantalon si serré que Mac était surpris qu'elle puisse respirer, sans parler de marcher.

— Contrairement au juge et à sa femme, Sonja Shiraz avait été inondée de lettres, d'e-mails et de tweets menaçants.

Mac était assez âgé pour trouver l'idée qu'ils enquêtaient sur des « tweets » plus étrange que le fait que la DJ avait changé de sexe.

— Je veux que toutes les lettres soient envoyées au laboratoire pour analyse. Qu'on retrace tous leurs auteurs et qu'on les rentre dans une base de données.

— Ça fait beaucoup de monde, fit remarquer l'inspectrice. Ce sont principalement des trolls.

— Les trolls ont leur place dans la base de données, eux aussi.

L'anonymat d'Internet faisait ressortir le pire chez certaines personnes. Peut-être que la haine qu'il nourrissait avait engendré une campagne de meurtres.

— Je veux qu'on indique s'ils ont déjà harcelé des gens et

qu'on détermine si certaines victimes ont déjà trouvé la mort.

Mac demanda à Libby Hernandez de travailler dessus.

— Portez une attention particulière au blog de Sonja et aux autres réseaux sociaux où elle publiait au sujet de sa transition. Et aux commentaires des articles de presse la concernant. Où les vrais trolls traînaient.

Quelques agents parurent mal à l'aise. L'un d'eux leva la main.

— Quel pronom utilisons-nous dans les rapports ? Celui de naissance ou… le nouveau ?

Quelques-uns des gars gloussèrent comme des enfants. L'inspectrice Dunbar mit son poing sur sa hanche et leur jeta un regard noir.

Mac leur adressa un sourire accommodant, mais ses yeux disaient autre chose.

Les visages se tendirent. Les joues de l'agent qui avait posé la question virèrent au rose. Le fait est que beaucoup de gens avaient du mal à accepter le concept de changement de sexe. Mac avait aussi lutté pendant un temps, puis s'était dit que si les gens se souciaient suffisamment de leurs organes génitaux pour les faire modifier avec un scalpel, alors c'était un sujet sérieux et il fallait le traiter comme tel.

— Montrons à Mlle Shiraz le même respect que vous voudriez pour votre sœur ou votre mère, d'accord ?

L'inspectrice Dunbar se détendit.

— Les parents de Sonja arrivent d'Inde aujourd'hui. Quand je leur ai parlé au téléphone, ils étaient inconsolables. Ils pensaient qu'elle serait plus en sécurité ici qu'en Inde.

Il pinça les lèvres et regarda la moquette anthracite.

— J'ai l'impression de les avoir laissés tomber, d'avoir laissé tomber Sonja. Je veux attraper ce bâtard avant qu'il ne fasse subir ça à quelqu'un d'autre.

Mac connaissait ce désir de justice. Le besoin de faire payer les méchants. Ce désir était si brûlant chez certaines personnes que les longues heures et les salaires de misère ne semblaient pas avoir d'importance.

Faire tomber ces bâtards était son moteur personnel et il sentait qu'il en était de même pour Dunbar.

Quand l'inspectrice eut terminé, Mac poursuivit le briefing.

— Nous avons quatre victimes. Deux balles dans chaque victime et aucune balle perdue n'a été trouvée pour le moment. Les techniciens de la police scientifique poursuivent leurs recherches sur les scènes de crime. Aucune douille sur les deux premières scènes, donc le suspect est prudent et méticuleux, mais, sourit-il, un technicien de la scientifique a eu de la chance sur la scène la plus récente. Il a trouvé une douille qui a roulé sous une voiture et dans un collecteur d'eau pluviale.

Un sentiment d'excitation parcourut les agents réunis.

— L'agent Gabriel Harm est le principal expert en balistique du Bureau, et il examinera la douille et les balles.

Mac désigna Gabe Harm, assis au fond de la salle. Il était venu de Quantico pour recueillir les preuves et était resté pour le briefing pendant que le médecin légiste faisait son travail. Les balles provenant des autres scènes avaient déjà été examinées pour y trouver des fibres, des empreintes digitales et de l'ADN, et ces échantillons avaient été envoyés au laboratoire de Quantico pour y être analysés plus en détail.

Mac avait déjà travaillé avec Harm auparavant. Ce type était un génie en matière d'armes et de munitions.

— Les douilles récupérées ne sont pas en bon état, dit

Harm calmement. Mais je ferai de mon mieux. C'est quand même utile d'avoir pu récupérer cette douille. Je peux la passer dans le Réseau national intégré d'identification balistique – le NIBIN – pour voir si l'arme qui a tiré a été utilisée pour un autre crime. Ce sera un travail de longue haleine. Ne vous attendez pas à des miracles.

Mac acquiesça.

— Nous devons savoir si nous avons affaire à un ou plusieurs délinquants, et il est donc essentiel de déterminer l'arme du crime.

Le téléphone de Mac vibra dans sa poche. Il consulta l'écran au cas où ce serait urgent, mais c'était Heather qui essayait de l'appeler, encore une fois. Probablement pour s'excuser pour ses messages haineux et demander à ce qu'ils se retrouvent. Encore.

Il l'ignora.

Pardonner et oublier n'était pas dans sa nature. S'il avait un défaut, et il en avait beaucoup, la rancune était en tête de liste. Il n'en était pas fier, mais il s'en accommodait.

Il avait blessé son orgueil et il savait par expérience qu'elle serait maintenant déterminée à rasseoir son emprise sur lui. Ce qui dans son cas signifiait beaucoup d'inventivité en matière sexuelle. Une petite partie de son cerveau était tentée de lui prouver qu'elle avait fait une grave erreur en le larguant. Mais le cerveau situé dans son crâne savait que c'était une mauvaise idée.

Sa liaison avec son patron avait offensé sa virilité et il s'était employé à lui prouver qu'elle avait tort avec plus d'une femme au cours des deux dernières années. Il ne ferait pas un immense pas en arrière pour le bien de son ego.

Il reporta son attention sur la réunion.

— Agent Makimi.

Il avait travaillé avec elle à Minneapolis et appréciait l'attention méticuleuse qu'elle portait aux détails presque autant qu'il prenait plaisir à la provoquer. Elle arrivait de Quantico où elle faisait un stage auprès des négociateurs d'otages.

— Je veux que vous fassiez des recherches dans le ViCAP et que vous contactiez les autres agences pour identifier tout crime potentiellement lié. Ce meurtrier n'en est pas à ses débuts. Il a bien dû commencer quelque part. Il ou elle a acquis de l'expérience d'une manière ou d'une autre.

— Agent Carter.

Elijah Carter était du bureau de Washington et avait la réputation d'être un intellectuel qui savait faire ses lacets. Ça changeait de certains des génies avec lesquels Mac avait travaillé.

— Cherchez un lien entre les victimes. N'importe lequel. Ces personnes n'ont pas été choisies par hasard.

— Walsh.

Dylan Walsh avait été son second à Minneapolis. Ils venaient tous deux de milieux similaires, de foyers brisés, et avaient gravi les échelons en travaillant pour la police. Alors que Mac ressemblait à un cow-boy en costume, Walsh ressemblait à un lutteur de MMA, ce qui était pratique pour le travail sous couverture, mais avait tendance à effrayer les nouveaux venus. Walsh avait pris l'avion depuis New York.

— En coordination avec l'unité des crimes haineux, je veux savoir s'il existe des liens potentiels avec des groupes terroristes nationaux connus ou des extrémistes de droite.

La femme de l'unité des crimes haineux leva son stylo. L'agent Harrison était attirante. Ses cheveux étaient blonds et attachés en un chignon sévère. Son prénom était Debbie et, selon Hernandez, tout le monde l'appelait « Blondie ». Mac allait s'en tenir à l'appeler Agent Harrison.

— Avons-nous déterminé d'un point de vue juridique s'il s'agit d'un *crime haineux* ou d'un délit de *terrorisme intérieur* ?

Elle essayait de le faire passer pour un plouc ignorant.

Mac mit ses poings sur les hanches. Il s'agissait d'une question épineuse sur laquelle la presse allait se jeter et elle voulait sans doute laisser son empreinte en tant qu'experte locale, ce qu'elle était. Jusqu'à un certain point.

— Tant que nous n'aurons pas déterminé la *mobile* et *l'intention*, les définitions légales devront attendre. De toute évidence, il y a un grand chevauchement entre l'extrémisme de droite, le terrorisme intérieur et les crimes haineux. Il le savait par expérience personnelle. Personne ne pouvait être accusé de commettre un « crime haineux » *en soi*. Mais le terme pourrait être utilisé pour renforcer les accusations existantes et augmenter la sévérité de la peine.

Le terrorisme domestique était une autre bête, mais les règles et les critères entourant ces accusations étaient confus, même au sein des cercles d'application de la loi. Le FBI et l'administration pénitentiaire n'arrivaient pas à s'entendre sur le nombre de personnes actuellement incarcérées pour terrorisme.

— Nous recherchons le ou les tueurs de ces quatre victimes et il est probable que la raison principale de leur meurtre soit leur race, leur religion ou leur sexualité.

Mac balaya la pièce du regard. Tout le monde était très attentif.

— Les terroristes ciblent les civils pour faire avancer un projet qui a du sens pour eux – et qui n'a pas besoin d'avoir du sens pour les autres. Ce tueur a assassiné des civils et je le soupçonne d'avoir un but précis. Cela fait de lui un terroriste à mes yeux, mais les responsables des relations avec les médias n'auront qu'à voir quoi dire dans les communiqués de presse. Ce n'est pas ma bataille.

Dieu merci.

— Les auteurs de crimes haineux sont généralement des amateurs de sensations fortes, des défenseurs de territoires, des auteurs de représailles ou des personnes qui se croient en mission, et je ne sais pas encore quel type de suspect nous recherchons. J'espère que le DSC pourra nous éclairer là-dessus.

L'agent chargée des crimes haineux le regarda comme s'il avait fait éclater sa bulle.

Qu'y pouvait-il ? Il avait tendance à décevoir les gens.

— J'attends les dossiers, lui dit Frazer. Je les regarderai dès que possible.

— Brennan n'a qu'à le faire, dit Mac avec un sourire carnassier. Il me doit beaucoup de sommeil.

Mac avait travaillé avec Jed Brennan dans le Minnesota en novembre dernier. Ce type avait aidé les principaux témoins de la fusillade du centre commercial à furie, et avait failli les faire tuer tous les trois. Puis ce bâtard avait pris une balle destinée au président des États-Unis, ce qui avait rendu la tâche de lui botter le cul un peu difficile. Il devait être rétabli à présent.

— Brennan est occupé. Il n'y a que moi sur le coup. Ce que je *peux* dire, dit Frazer, provoquant l'irritation visible de l'agent chargée des crimes haineux, c'est que les extrémistes violents sont plus susceptibles d'avoir subi des abus sexuels graves pendant leur enfance et que beaucoup ont été victimes de négligence durant leurs jeunes années.

Mac pensa immédiatement à une autre époque et un autre endroit, mais sa compassion devait se porter sur les victimes actuelles. Maltraité ou non, chacun pouvait choisir la direction qu'il prenait.

— Environ soixante pour cent des suprématistes blancs étudiés ont déclaré avoir envisagé le suicide à un moment donné, et ont également des antécédents personnels ou familiaux de problèmes de santé mentale. Les problèmes psychologiques semblent être encore plus fréquents chez les délinquants solitaires.

Cela l'aidait de savoir que beaucoup de ces personnes souffraient d'une sorte de maladie mentale, même s'il savait que certains n'avaient pas cette excuse pour être des connards de première classe.

— Les loups solitaires typiques de l'extrême droite aussi, ajouta la femme des crimes haineux avec empressement, ont tendance à être des hommes qui vivent seuls, aiment les armes à feu, ont une expérience militaire, choisissent des cibles gouvernementales et meurent généralement au cours de l'attaque.

Mac acquiesça.

— Mais notre affaire rompt déjà avec le schéma d'un terroriste agissant en loup solitaire. Nous ne pouvons pas nous permettre de faire des hypothèses, surtout que nous ne savons pas combien de suspects nous avons.

Il n'était pas un grand fan du profilage inductif – il était trop facile de manquer quelque chose d'essentiel. Mais parfois, expédier les choses pouvait avoir du bon, et pas seulement dans la chambre à coucher.

Naturellement, une image de Tess dans ce peignoir fragile choisit ce moment pour s'immiscer dans son cerveau.

— Il convient de noter que lorsqu'on étudie les meurtriers de masse, déclara Frazer, plus l'attaque est aveugle, plus elle est révélatrice d'une maladie mentale grave.

— Et ces attaques sont discrètes, calculées et précises, dit Mac pensivement.

Frazer hocha la tête, l'air bien trop sérieux au goût de Mac.

— C'est pourquoi je pense que nous avons affaire à un psychopathe qui calcule froidement et qui planifie ces attaques méticuleusement dans les moindres détails. Quelqu'un qui pense être supérieur en tous points aux victimes et aux forces de l'ordre. Quelqu'un qui ne veut pas se faire prendre, du moins pas avant d'en avoir terminé. Je penche pour un délinquant qui se croit en mission à ce stade.

— Et la mission pourrait ne faire que commencer, convint Mac.

Cela donnait à réfléchir.

Selon les experts, les psychopathes représentaient environ un pour cent de la population générale, et vingt-cinq pour cent de la population carcérale. C'était l'une des nombreuses raisons pour lesquelles Mac et ses collègues bénéficiaient de la sécurité de l'emploi. Heureusement, tous les psychopathes ne se tournaient pas vers une vie de criminels.

— Agent Ross.

Il s'adressa à l'agent du bureau de Washington qui l'avait chassé de la scène du crime le lundi. Son sourire contenait un soupçon de victoire.

— J'aimerais que l'inspectrice Dunbar et vous parliez à la famille du rabbin et aux membres de sa synagogue. Voyez si le rabbin Zingel a eu des problèmes ou reçu des menaces récemment, ou s'il a déjà rencontré le juge Thomas ou Mlle Shiraz. Croisez ces conclusions avec les menaces contre le juge, sa femme et la DJ.

Il consulta l'heure.

— Ça pourrait valoir la peine de se concentrer sur le rabbin d'abord, comme il y a moins de bruit de fond. Zingel n'était pas très connu. Il n'était même pas le rabbin en chef de cette synagogue. D'autres idées ? demanda-t-il à l'assemblée.

— Et concernant votre travail sur l'affaire David Hines ? Quel est *votre* point de vue sur ces meurtres ? lui demanda Frazer à brûle-pourpoint.

Mac plissa ses yeux face à l'écran. Il n'avait pas réalisé que Frazer était au courant.

— Je n'avais pas l'intention de mettre ça sur le tapis.

La bouche de Frazer eut un rictus.

— Vous avez travaillé sur l'affaire de Kodiak Compound ?

L'autre agent chargé des crimes haineux se pencha sur son siège. Blondie était sur son ordinateur, probablement en train de se renseigner sur cette affaire. Ou de jouer à Candy Crush.

Mac ouvrit la bouche pour dédramatiser quand Frazer poursuivit :

— Il ne s'est pas contenté de « travailler » dessus. Il a passé un an sous couverture et a formé la base entière pour les faire tomber.

Il y eut quelques visages surpris dans la salle, notamment des personnes avec lesquelles il avait travaillé à plusieurs reprises au fil des ans.

— C'était avant que je rejoigne le Bureau.

Mac essayait de minimiser son implication, mais apparemment Frazer avait envie de le mettre sous les feux des projecteurs.

— Il a réussi à trouver la cache d'armes volées que les Pionniers vendaient à divers extrémistes pour financer leur guerre. L'ASAC McKenzie a fait tomber un réseau entier de nationalistes blancs avant qu'ils ne puissent provoquer une nouvelle guerre révolutionnaire.

— Vous étiez là pendant la descente ?

Le gars des crimes haineux semblait excité par cette perspective.

Mac acquiesça. Ce n'étaient pas de bons souvenirs, mais ses collègues semblaient bien décidés à les remuer. Contrairement à Waco et Ruby Ridge, l'opération avait été considérée comme un succès tactique dont la police d'État aimait à se vanter auprès des Fédéraux.

Mac coupa accidentellement la liaison vidéo avec Frazer quand il commença à dire autre chose.

— Je ne l'ai pas mentionné parce que ce n'est pas nécessairement pertinent pour cette affaire.

Tous le regardaient attentivement à présent.

— Je ne veux pas orienter l'enquête et je sais que vous autres, spécialistes des crimes haineux, vous ferez un travail minutieux en passant en revue la liste de tous les cinglés d'extrême droite et d'extrême gauche avec l'agent Walsh, n'est-ce pas ?

L'agent Ross le fixait intensément, ignorant les signaux montrant que Mac voulait passer à autre chose.

— Comment c'était ? De vivre dans ce genre de société sectaire ?

Mac repensa aux drapeaux nazis et confédérés sur les murs et au buste d'Hitler qui trônait dans la soi-disant église. Il se souvenait de chaque fois qu'il avait été forcé de saluer ce mégalomane de Hines comme d'un coup de poignard à son âme, comme d'une trahison de toutes les valeurs qui lui étaient chères. Il se souvient qu'ils avaient tabassé un type qui portait un t-shirt des Chicago Bulls et qu'ils avaient essayé de faucher un homme noir avec leur pick-up. Le type avait sauté et réussi à s'enfuir, Dieu merci.

Comment c'était ?

— Comme se noyer dans du goudron. Comme aspirer une fumée toxique.

Il haussa les épaules.

— Est-ce que quelqu'un a déjà eu des soupçons ?

Mac fixa Ross. Pourquoi était-il si intéressé ?

— La femme de David Hines, Francis, ne m'a jamais aimé, mais je pense que c'était plus dû à mon manque de manières qu'au fait que je travaillais sous couverture. Cette femme se fichait de coucher avec un fou, mais ne supportait pas qu'on mette les coudes sur la table.

— Et la fille qui a survécu ? demanda Ross.

— Elle n'avait que dix ans au moment de la descente.

Mac plissa les yeux. Il avait espéré garder Tess en dehors de cette enquête.

— Elle était assez âgée pour comprendre que sa famille était morte dans une fusillade impliquant des flics, ajouta la femme des crimes haineux.

Elle commençait vraiment à lui taper sur les nerfs.

— Je la connaissais. Elle n'était pas comme les autres. C'était une brave gosse.

— Les gens changent, dit Ross.

— Je lui ai parlé aujourd'hui.

L'irritation avait érodé la patience de Mac. Enquêter sur Tess était un gaspillage des ressources du FBI.

— J'ai découvert qu'elle vivait à Bethesda et j'ai décidé de lui rendre visite.

La décoration de sa maison ne comportait pas de croix brûlées ou d'images du troisième Reich. Et son tatouage avait été transformé en un message que le suprématiste blanc moyen ne comprendrait pas.

— Je lui parlais au moment où le rabbin Zingel a été assassiné. Elle n'est pas la tueuse.

— Elle pourrait tout de même être impliquée dans la conspiration ou savoir qui l'est, insista Crimes haineux.

— En ce qui me concerne, elle est aussi innocente maintenant qu'elle l'était à l'époque.

— Donc vous ne pensez pas que les Pionniers sont impliqués dans tout ça ?

La femme des crimes haineux leva les yeux de son écran d'ordinateur avec une expression de suffisance qui ne lui disait rien de bon.

— La plupart des membres de la famille Hines sont morts ou enfermés. Y avait-il d'autres personnes dans le camp qui auraient pu mener ce genre d'attaque ? C'est possible, fit Mac en se renfrognant. Ceux qui ont témoigné contre eux se sont dispersés après les procès. Ceux qui sont allés en prison n'étaient pas assez intelligents pour commettre ce genre de meurtres sans laisser de traces à des kilomètres à la ronde. Je ne dis pas qu'il faut les ignorer, mais il ne faut pas perdre de vue l'ensemble.

— C'est le vingtième anniversaire de la descente.

Il le savait.

— La descente a eu lieu en août.

— Peut-être qu'ils veulent marquer sa date anniversaire ? suggéra Ross.

— Avez-vous réalisé que lundi dernier, le jour où le juge et sa femme ont été assassinés, aurait été le soixante-cinquième anniversaire de David Hines ?

Et merde.

— Sa fille en a-t-elle parlé pendant votre entretien privé ?

Les yeux de la femme des crimes haineux brillaient de mépris.

La tension gagna tous les muscles du corps de Mac. Tess

devait le savoir, mais elle n'avait pas dit un putain de mot à ce sujet.

Ça changeait tout.

— Elle a un alibi en béton pour le meurtre du rabbin et m'a donné des informations pour vérifier ses allées et venues pour le meurtre de la DJ, mais nous pouvons aller lui reparler.

C'était précisément ce qu'il avait espéré éviter, mais c'était de sa faute à elle. *Bon sang.* Bien sûr, elle avait réalisé que tout avait commencé le jour de l'anniversaire de son père. La colère lui soudait la mâchoire. Il ne pouvait pas croire qu'elle ne lui avait pas dit, mais pourquoi l'aurait-elle fait ? Malgré tout ce qu'ils avaient partagé, il était un quasi étranger. Qui l'avait autrefois abandonnée aux caprices de sa famille à la veille de l'apocalypse.

— Walsh, dit-il à l'agent en qui il avait le plus confiance. Il faudrait aller lui parler dans la matinée.

Il avait besoin de quelqu'un d'objectif, quelqu'un qui ne l'avait pas vue sortir en courant de cette grange vingt ans plus tôt, avec l'air d'avoir le diable en personne aux trousses.

— Il nous faut un mandat pour les dossiers de son petit frère, aussi. Ils sont scellés et elle dit qu'il n'est même pas conscient de sa filiation.

Soudain, c'était une priorité.

— Je m'en occupe, patron.

Mac se frotta le visage.

— OK les gars. Ça fait beaucoup de pistes à suivre.

Il consulta sa montre.

— On fait le point à neuf heures. Pour moi, ce sera par visioconférence.

— Une visio ? demanda Walsh.

Mac eut un sourire sinistre.

— Malheureusement, j'ai un avion à prendre.

CHAPITRE DOUZE

TESS FAISAIT LA queue à la sécurité. Elle avait fait des heures de trajet et attendait la traditionnelle fouille dans une file d'attente de visages aussi sombres que le sien.

Quand son tour arriva, elle se prépara mentalement et marcha vers le gardien.

— Votre nom ?

— Tess Fallon.

Elle lui remit sa carte d'identité avec photo.

Le coin de ses lèvres se transforma en un petit sourire.

— Je ne vous ai jamais vue ici.

— Je ne suis jamais venue, reconnut-elle.

Son regard évaluateur balaya la moitié supérieure de son corps avant de revenir à l'écran. Au bout d'un moment, il se retourna vers elle.

— Vous n'êtes pas sur la liste.

Ses yeux étaient plus froids à présent. Irritée qu'elle lui fasse perdre son temps.

— Il y a eu une urgence. J'ai déposé la demande hier soir, mais j'espère obtenir une dispense spéciale.

Il repoussa ses documents vers elle.

— Vous devez attendre l'approbation officielle avant de pouvoir voir le délinquant. Suivant.

— Vous ne comprenez pas…

Sa bouche devint sèche. Que pouvait-elle dire ? Qu'elle était inquiète que son frère soit impliqué dans un meurtre ? Sur quelle base ? La date de naissance de leur père ? Elle jeta un coup d'œil à la grande horloge murale : plus que quinze minutes avant le début des visites. Elle ne voulait pas passer la nuit dans l'Idaho.

— J'ai fait tout le chemin depuis Washington.

Avant l'arrivée d'une tempête hivernale qu'elle espérait devancer.

Les lèvres du gardien se comprimèrent en une ligne sévère.

— Les informations sont toutes sur le site web. Vous auriez dû les lire avant de partir.

Elle avait bien consulté le site, mais elle était désespérée de pouvoir charmer le gardien pour entrer. Elle aurait eu plus de chance en conjurant un démon.

Un frisson parcourut sa colonne vertébrale et une seconde plus tard, quelqu'un apparut derrière elle.

— En fait, elle est avec moi.

Un insigne doré apparut, mais elle avait déjà reconnu cette voix douce avec un léger accent.

Steve McKenzie. FBI.

Bon sang.

— *Vous* avez l'approbation du directeur ? demanda le gardien avec encore moins de chaleur qu'il n'en avait démontré envers elle, pendant qu'il vérifiait les accréditations de McKenzie.

Elle se retourna pour regarder par-dessus son épaule et trouva que McKenzie se tenait beaucoup trop près. Il portait un costume gris foncé, une chemise blanche et une cravate rouge sang qui évoquait l'autorité et la compétence fédérales.

Il la regarda de travers quand le gardien se détourna pour

prendre le téléphone.

Tess évita son regard et ses ongles s'enfoncèrent dans ses paumes. Elle n'arrivait pas à croire qu'il était là. Qu'il essayait de l'aider à entrer. Il avait dû se passer quelque chose. Cela impliquait-il Cole ? Quelqu'un d'autre était-il mort ? Cette idée lui retournait l'estomac.

Au bout d'un moment, le gardien revint et s'adressa à McKenzie :

— Le directeur dit que vous pouvez entrer, mais personne d'autre.

— Amenez-nous voir le directeur et je lui parlerai de Mlle Fallon. Il pourra alors prendre sa décision.

McKenzie et le gardien semblaient s'être lancés dans un concours d'ego. Tess avait appris dès son plus jeune âge que lorsqu'un chien perdait la face, il s'en prenait généralement à la cible la plus proche. Le gardien fit signe à McKenzie de passer. Elle regarda avec anxiété l'agent du FBI déposer son arme dans le box latéral d'une zone sécurisée. On fouilla sa sacoche.

Le gardien fit signe à Tess de passer. Il l'arrêta juste après le comptoir en posant une lourde main sur son épaule.

— Je dois vous fouiller.

Sa colonne vertébrale devint rigide. Ce n'était pas qu'elle ne s'attendait pas à être fouillée – la contrebande était clairement un problème dans toutes les prisons. Elle avait rangé ses affaires dans l'un des casiers disponibles et ne portait rien sur elle. Elle leva les bras, et le gardien fit glisser ses mains sur tout son corps, lentement, mais fermement, en étant un peu trop minutieux. Il la punissait, et elle chassa son désir instinctif de s'enfuir. Rien de tout cela n'était évident pour un œil non averti, mais la lueur malicieuse dans son regard agacé lui disait tout ce qu'elle devait savoir sur la joie avec laquelle il faisait son travail. Elle se sentit violée par ces gestes basiques, et fut reconnaissante de porter un jean.

Puis il ouvrit la bouche et elle sut qu'il était sur le point de commander une fouille encore plus intime. Ses genoux vacillèrent et elle dut lutter contre l'envie de crier. C'était trop important pour s'enfuir, mais elle n'était pas sûre de pouvoir supporter qu'un étranger la voie nue et la touche intimement juste pour poser à une personne qu'elle détestait quelques questions auxquelles son interlocuteur ne répondrait probablement pas. Et maintenant que McKenzie était là, peut-être qu'elle n'en avait pas besoin. McKenzie pourrait confronter Eddie et elle rentrerait chez elle. Elle aurait fait le trajet pour rien, mais, au moins, sa dignité resterait intacte.

— Le directeur n'a pas toute la journée.

McKenzie tapota sa montre avec impatience. Il avait assisté à la fouille avec une expression impassible, mais Tess pouvait lire les nuages d'orage dans le vert tornade de ses yeux.

Les épaules du garde s'affaissèrent et il releva le menton. Il se mit en retrait et la laissa passer.

— Je vous vois à votre sortie, Mlle Fallon.

Formidable.

McKenzie la prit par le coude et la dirigea vers un autre gardien. Ce type était plus grand et ses yeux semblaient plus gentils. Il se présenta comme l'officier Pennington.

Il sourit à Tess et s'adressa à McKenzie :

— Certains gardiens sont encore furieux que le FBI ait enquêté sur la prison il y a quelques années. Ils n'apprécient pas forcément qu'un agent fédéral y fourre son nez.

Fantastique.

— C'était ici ? dit McKenzie avec une grimace.

— Oh que oui, lui répondit le gardien avec un sourire. Vous voulez parler au prisonnier Hines ?

Pas vraiment.

— En effet, répondit McKenzie avec cette facilité qu'il avait.

Les gens l'appréciaient instinctivement. Il l'utilisait sans aucun doute à son avantage.

— Vous le connaissez ? demanda-t-elle au gardien.

L'éclat de ses dents blanches sur sa peau sombre manqua de l'aveugler.

— Je mets un point d'honneur à savoir où sont logés les suprématistes blancs, répondit Pennington en riant. En plus, il est ici depuis plus longtemps que moi, depuis l'ouverture de cet endroit.

Ses yeux noirs se firent durs.

— Logiquement, il sera là encore longtemps après mon départ.

— On peut l'espérer, convint-elle.

Les yeux du gardien s'arrêtèrent sur son visage comme s'il examinait chacun de ses traits. Voyait-il un air de famille ? Eddie avait tiré de leur mère. À l'exception des cheveux et des yeux de Tess et de son regard de tueur occasionnel, elle avait les traits de son grand-père maternel.

— Qu'est-ce que vous lui voulez ? demanda Pennington pendant qu'ils marchaient.

— J'ai bien peur de ne pouvoir en parler qu'après m'être entretenu avec le directeur, dit Mac avec un regret évident.

Le gardien les évalua d'un signe de tête froid avant de les faire entrer dans un bureau. À l'intérieur, un homme grand et nerveux se retourna pour les regarder par-dessus des lunettes à monture semi-transparente. Il avait une liasse de papiers à la main.

Une secrétaire à l'expression bienveillante était occupée derrière un PC.

— Directeur Flowers, vous avez de la visite, dit Pennington.

— Merci, Hal, dit Flowers au gardien. Je vous ferai savoir quand j'aurai de nouveau besoin de vous.

Hal Pennington hocha la tête et s'éloigna lentement. McKenzie serra la main de l'homme.

— Merci d'avoir accepté de nous recevoir au pied levé, M. le Directeur. Et de nous avoir donné la permission de l'interroger.

Tess fut étonnée que McKenzie ait besoin d'une permission. Elle pensait que le FBI pourrait débarquer et faire ce qu'il voulait. Apparemment pas.

— Pouvez-vous me dire de quoi il s'agit ? demanda le directeur.

— Je crains que non. Cela fait partie d'une enquête criminelle en cours.

— Et vous voulez aussi voir Eddie Hines ? demanda le directeur Flowers en la regardant d'un air pensif.

Tess hocha la tête.

Un côté de la bouche du directeur s'affaissa. Il examina les papiers dans sa main. Tess vit sa photo. Il lisait le formulaire de demande de visite qu'elle avait rempli la veille au soir.

L'homme leva les yeux et la fixa d'un regard perçant.

— C'est la première fois que vous voyez votre frère en vingt ans ?

Elle s'éclaircit la gorge.

— Oui, monsieur. Je n'avais aucune envie d'être impliquée dans le style de vie d'Eddie.

— Il n'a pas de *style de vie*, il est emprisonné.

Son ton sec semblait être une réprimande.

Sa colonne vertébrale se raidit jusqu'à devenir de l'acier. Est-ce qu'il la *jugeait* ?

— Donc il n'a plus d'opinions suprématistes blanches ? demanda Mac, ce qui n'était pas ce que le garde, Pennington, avait insinué.

Le directeur haussa les sourcils.

— Je n'ai pas dit ça. Mais il a été un prisonnier modèle et il a trouvé Dieu. Il semble sincèrement repentant de son crime. Il n'avait que dix-huit ans au moment des faits. Il est difficile de changer l'idéologie avec laquelle nous sommes élevés.

Le regard qu'il jeta à Tess suggérait qu'elle devait être pleine de haine et de préjugés. Elle ouvrit la bouche pour le contredire, mais McKenzie la devança.

— Tess n'avait que dix ans quand son frère a été arrêté. Elle n'a jamais partagé ses convictions, dit-il à l'homme. On ne peut pas lui reprocher de vouloir laisser cette partie de son histoire derrière elle.

Elle ravala la sensation peu familière de quelqu'un qui la défendait.

L'expression du directeur montrait qu'il réservait son jugement.

— Alors pourquoi ce soudain changement d'avis ?

Parce qu'elle craignait qu'Eddie n'ait influencé leur petit frère et ne l'ait impliqué dans un complot ? Elle ne voulait pas que McKenzie entende parler du dossier, pas avant qu'elle ne trouve une preuve de la potentielle implication de Cole dans le meurtre du juge. À ce moment-là, elle irait voir les fédéraux. Mais pas avant.

Tess regarda McKenzie, mais il haussa un sourcil, ne

l'aidant pas à répondre à la question du directeur.

— Avez-vous entendu parler de l'assassinat du juge fédéral à Washington, lundi dernier ? demanda-t-elle.

Le directeur hocha la tête.

Elle jeta un coup d'œil à McKenzie – l'avait-il déjà réalisé ?

— Lundi aurait été l'anniversaire de notre père, David Hines. Je voulais m'assurer que mon frère n'était pas impliqué dans quelque chose qui pourrait lui attirer des ennuis.

Elle ne précisa pas quel frère.

Le directeur jeta un nouveau coup d'œil à ses formulaires de demande.

— Je suppose que ça ne peut pas faire de mal de vous autoriser à lui parler quelques minutes, mais si vous l'interrogez sur un meurtre, il devrait probablement appeler son avocat.

— Il ne va pas être interrogé sur un meurtre, directeur Flowers, lui dit McKenzie. Il va parler à sa sœur qu'il n'a pas vue depuis des années et j'aimerais écouter ce qu'il a à dire.

Le directeur se redressa de toute sa petite taille et plissa les yeux.

— Vous voulez enregistrer leur conversation ?

McKenzie acquiesça.

— J'ai un mandat.

Il sortit une feuille de papier de sa sacoche.

Tess déglutit péniblement.

— Je pense que Tess pourrait lui soutirer plus d'informations que moi. Et s'il n'a rien à cacher, ça pourrait aider lors de sa prochaine audience de libération conditionnelle s'il est coopératif.

— Vous vous porteriez garant pour lui ? demanda le directeur en haussant les sourcils.

— S'il a changé comme vous le suggérez, oui. D'abord, je dois m'assurer qu'il n'a rien à voir avec ce crime pour pouvoir me concentrer sur d'autres pistes d'investigation. Pouvez-vous m'envoyer une liste de toutes les personnes avec qui il a été en contact, que ce soit par visite ou par correspondance ?

Sa dernière requête était adressée à la secrétaire qui lui sourit quand il lui remit sa carte.

Ce type avait plus de charme que permis, et il s'en servait manifestement pour arriver à ses fins.

Le directeur Flowers acquiesça. Puis il passa sa main droite sur sa joue gauche et massa sa mâchoire avec son pouce.

— Vous pouvez lui parler, dit-il à Tess. Les visites viennent de commencer, vous n'avez que cinq minutes pour vous préparer. Je vais envoyer quelqu'un pour faire monter Eddie, mais n'oubliez pas qu'il n'est pas obligé de vous parler s'il ne le veut pas.

— Cinq minutes de préparation, c'est tout ce dont nous avons besoin, lui assura McKenzie.

La bouche de Tess devint si sèche qu'elle pouvait à peine déglutir. L'idée d'affronter Eddie en portant un micro ne semblait pas très futée. Et s'il compromettait Cole ? Elle sentit la nervosité la gagner, mais elle la chassa. Si Cole était impliqué, elle ne pourrait pas le protéger éternellement. Elle en avait assez d'être tenue responsable des actes des autres. McKenzie la prit par le bras et l'attira dans des toilettes de l'autre côté du couloir. C'étaient les toilettes des dames, mais il ne parut pas s'en soucier.

Il lui fit faire volte-face et la plaqua contre la porte. Elle le regarda, choquée par ce changement soudain du bon garçon au dur à cuire. Le pouls de Tess manqua quelques battements.

— Tu m'as fait passer pour un idiot devant l'équipe pour

ne pas avoir réalisé que ces meurtres avaient commencé le jour de l'anniversaire de ton père.

Son expression était sévère, mais pour une raison quelconque, ce n'était pas de la peur qu'elle ressentait.

— Et c'est si inhabituel pour toi de passer pour un imbécile ?

Quelque chose brilla dans ses yeux.

— Pourquoi ne l'as-tu pas mentionné hier soir ?

Elle essaya de s'éloigner, mais il ne la laissa pas faire. Elle lui lança un regard noir.

— Je ne m'en suis souvenue qu'après ton départ.

Il retroussa les lèvres.

— Dit la fille qui se souvient de comment j'aime mon café après *vingt ans*.

Elle serra les dents. Elle n'aimait pas le fait que toutes ses terminaisons nerveuses s'animent à son contact. Elle ne comptait pas lui avouer qu'elle avait mémorisé tout ce qui le concernait à l'époque. Son cœur d'enfant était épris de lui.

— Écoutez, ASAC McKenzie, j'ai passé la majorité de ma vie à essayer de chasser mes parents de mon esprit. Je me suis donné pour *mission* d'oublier tout ce que je peux sur ma famille.

Il n'était pas convaincu.

— Tu aurais pu m'appeler quand tu as compris. Je t'ai donné ma carte au cas où des choses te reviendraient, fit-il avec une pointe de sarcasme. Au lieu de ça, tu prends l'avion. Et ce n'est pas censé paraître suspect ?

Elle fixait ses grandes mains qui lui agrippaient les bras. Elle était suffisamment douée en taekwondo pour le faire lâcher prise si besoin, mais elle ne voulait pas être accusée d'avoir agressé un agent fédéral ou quelque chose d'aussi grave. Avec son passé, elle perdrait chaque fois qu'il s'agirait de sa parole contre celle de quelqu'un d'autre.

Il desserra sa prise, mais ne la lâcha pas.

— Pourquoi venir ici aujourd'hui ? demanda-t-il.

— Quand je me suis souvenu que c'était l'anniversaire de mon père, j'ai compris que je devais venir. J'avais besoin de savoir si ça avait un lien avec ma famille. Eddie est le seul à pouvoir me le dire.

Elle leva le menton, soutenant son regard inquisiteur alors qu'il cherchait à déterminer si elle mentait.

— J'ai construit une vie décente, ASAC McKenzie. Si les Pionniers sont impliqués dans ces meurtres, tout pourrait être détruit.

Elle s'était spécialisée dans le travail pour les organisations à but non lucratif et les groupes de défense des libertés civiles. S'ils découvraient qui elle était vraiment, ils ne lui confieraient plus jamais leurs informations financières. Son entreprise naissante serait morte avant même d'avoir démarré.

Ses doigts la serrèrent plus fort, et pendant une seconde, son articulation effleura le côté de son sein. Elle sursauta. Ses narines se dilatèrent et il déglutit péniblement. Il la relâcha, mais ne s'éloigna pas.

— Écoute, appelle-moi Mac. Comme tout le monde.

Il passa ses doigts sur son crâne, faisant se dresser ses cheveux courts. Une mèche de cheveux argentée ressortait parmi le brun chaud. De près, son visage était plus marqué que dans son souvenir. Des rides de fatigue s'étiraient aux coins de ses yeux. Ses sourcils étaient courts, sombres traits de caractère. Une petite cicatrice barrait sa joue droite.

Elle croisa son regard.

— Qu'est-ce que tu veux, *Mac* ?

Ce diminutif roulait trop facilement sur sa langue.

— Me faire regretter d'être née ? Ou bien me traîner dans la boue avec le reste de ma famille ?

Ses mains se posèrent sur ses épaules et il les serra.

— Sois juste la personne que j'espère que tu es.

Qu'est-ce que cela signifiait ?

Il sortit quelque chose de sa sacoche d'ordinateur. Un petit microphone.

— Tu savais que je serais là ? demanda-t-elle.

— J'ai découvert que tu étais là quand j'ai franchi la porte d'entrée de la prison, répondit Mac. Mais j'avais un plan. Je comptais faire semblant d'être Kenny Travers. Lui dire que je m'étais échappé après la descente, que j'avais disparu et que je voulais agir contre le gouvernement. En cas d'échec, je m'étais dit que je pourrais le confronter et lui dire que j'étais en fait un policier sous couverture et que j'avais fait tomber les Pionniers à moi tout seul. Je suis sûr que l'explosion qui en aurait résulté aurait révélé quelques vérités. Mais avec toi, ce sera mieux. Il pourrait te faire confiance. Tiens, fit-il en lui tendant le minuscule micro. Attache ça à l'intérieur de ton soutien-gorge.

— Il va comprendre qu'il se passe quelque chose.

— Sois naturelle. Oublie le micro. Ça va aller.

Elle prit le micro et défit les boutons du haut de son chemisier, puis fit glisser le dispositif d'écoute sous sa chemise et son caraco, le positionnant sous l'armature de son soutien-gorge, ajustant sa position par le haut. Heureusement, elle portait des couleurs sombres qui contribuaient à le camoufler.

Elle leva la tête en remettant sa chemise dans son jean.

— Qu'est-ce qui te fait croire qu'il me parlera ?

Les pupilles de Mac étaient dilatées et ses narines s'élargirent lorsqu'il inspira. Ses joues étaient en feu.

Sa main se referma sur la sienne quand elle voulut remettre les boutons du haut.

— Laisse-les défaits. Ça pourrait le distraire. En tout cas, moi, ça me distrait.

Le fait que son frère puisse être intéressé par son corps était dégoûtant, mais elle savait que Mac avait raison. Eddie avait toujours été un animal. Elle ne pouvait pas imaginer que la prison l'avait amélioré.

— Tu le vois ? demanda-t-elle.

Il serra les poings et fit un pas en arrière.

— Non, on ne peut pas le voir.

Elle fronça les sourcils.

— Ce ne sont que des seins, Mac. Passe à autre chose.

Il marmonna quelque chose d'inintelligible et se détourna, la regardant dans le miroir.

— Et s'il refuse de me parler ?

La contrariété durcissait ses traits.

— Pourquoi refuserait-il ?

— Il a presque neuf ans de plus que moi. On n'avait pas grand-chose en commun, même quand on vivait dans la même maison. Il ne savait même pas que j'existais. Je ne servais qu'à faire sa vaisselle.

Il fronça les sourcils.

— J'ai neuf ans de plus que toi et je savais que tu existais.

Elle le regarda.

— Tu étais différent.

Son expression devint sérieuse et il se retourna pour lui faire face.

— Sois reconnaissante qu'Eddie ne t'ait pas remarquée.

Elle fronça les sourcils, confuse.

— Comment ça ?

Mac pinça les lèvres. Il avait l'air tiraillé.

— Tu savais qu'Ellie était enceinte quand elle est morte ?

Tout son sang la quitta et elle s'appuya contre le mur.

— Non.

Il l'observait attentivement, même si elle ne comprenait pas pourquoi.

— Ellie était enceinte de *seize semaines* quand elle est morte.

Et sur ces mots, il quitta les toilettes.

Quoi ? Seize semaines ? Enceinte de quatre *mois* ? C'était impossible. Cela n'avait pas de sens. Ellie n'était mariée que depuis deux mois et n'avait jamais eu de petit ami. Elle n'aimait même pas Harlan Trimble…

Oh non.

Tess serra son ventre alors que la rage et le chagrin se disputaient le contrôle de son corps. Cela signifiait qu'Ellie était tombée enceinte pendant qu'elle vivait à la maison, et personne chez les Pionniers n'aurait été assez imprudent pour s'en prendre à la fille de David Hines.

Cet enfoiré. Ce putain de bâtard. La chaleur se répandit dans son corps comme un brasier. Elle suivit Mac dans le couloir.

— Tu le savais ? demanda-t-elle.

Ses lèvres étaient une ligne fine. Ses yeux brillaient de douleur.

— Non, je n'en savais rien. Et toi ?

Elle écarquilla les yeux et sentit sa gorge se serrer. Muette, elle secoua la tête. Après ce jour dans la grange avec Walt, elle *aurait dû* réaliser, elle aurait dû deviner qu'il avait fait la même chose à Ellie. Comment avait-elle pu être aussi naïve ?

Parce que tu avais dix ans, Tess.

— C'étaient les deux, ou juste Walt ?

— Je n'en suis pas sûr, mais avec le recul, je pense qu'ils étaient tous les deux impliqués.

Comme elle les détestait tous. Eddie, Walt, ses parents. Ils devaient s'en douter et pourtant ils n'avaient rien fait.

— Que veux-tu que je lui demande ?

Mac haussa les épaules.

— Découvre s'il sait quelque chose sur ce qui se passe à Washington. Qui fait ça. Pour voir si tu peux participer.

Elle acquiesça.

— Je doute qu'il tombe dans le panneau. Moi qui débarque comme ça après tout ce temps ?

— Fais de ton mieux, Tess. Des vies pourraient en dépendre.

Elle lui jeta un regard. Elle ne faisait pas partie de ses larbins. Puis elle croisa le regard de l'officier Pennington et le suivit dans un long couloir. Mac resta où il était, hors de vue, lui rappelant qu'elle était seule. Ce n'était pas vraiment inhabituel, mais la solitude était particulièrement pesante ce jour-là. Elle était inquiète pour Cole. L'idée de le perdre à cause de cette haine était presque trop dure à supporter.

On la conduisit dans une grande salle ouverte avec de nombreuses petites tables. Les détenus portaient des combinaisons orange et étaient assis en face de leurs visiteurs. Elle chercha son frère, mais ne le vit nulle part. Puis il traversa la zone d'attente à l'opposé et s'affala sur un siège devant l'une des tables désertes. Savait-il qui était venu le voir ? S'en souciait-il ?

L'officier Pennington s'avança entre les tables.

— Tu as un visiteur, Hines.

Les yeux d'Eddie étaient exactement de la même nuance

cobalt que ceux de leur père, mais la ressemblance s'arrêtait là. Eddie avait toujours ressemblé à leur mère, avec ses sourcils, son nez et sa forte mâchoire. Il avait presque quarante ans maintenant et était décharné. Sa peau était d'une pâleur qui dépréciait ce qui aurait été autrement un beau visage. Il ne portait pas de menottes ou de chaînes. C'était un établissement de sécurité moyenne. Ses ongles étaient sales. Même après toutes ces années, il la dégoûtait.

Il la regarda du haut de ses cheveux noirs jusqu'à ses bottes noires, son regard s'attardant sur le gonflement de ses seins comme Mac l'avait prédit.

— Eh bien, bonjour, trésor. Que puis-je faire pour toi ?

L'insolence dans sa voix n'avait pas changé d'un iota.

Il ne la reconnaissait pas. Cela lui fit un choc. Tout comme le fait qu'il était manifestement habitué à recevoir des femmes qu'il ne connaissait pas.

Elle s'installa sur la chaise en plastique dur, en gardant ses distances.

— Tu ne te souviens pas de moi ?

Il la regarda alors plus attentivement et un côté de sa bouche se retroussa. Son regard ne changea pas cependant. C'étaient les yeux de son père, aussi froids que l'océan profond.

— La petite Theresa Jane. Devenue adulte et qui vient me voir. À quoi dois-je ce plaisir ?

Ses mots glissèrent le long de sa colonne vertébrale comme de l'eau glacée.

— Je me suis dit que c'était le moment.

Il pencha la tête et lui adressa un sourire tordu.

— Vingt ans, c'est long.

Pas assez long.

— Trop long, fit-elle en s'éclaircissant la gorge. J'aurais dû venir plus tôt.

Eddie sourit, dévoilant une canine cassée qui lui donnait l'air sauvage.

— Pourquoi ? Tu me détestais. Je te traitais comme une merde.

— Tu es la seule famille qu'il me reste.

— Qu'est-il arrivé à Bobby ? demanda-t-il brusquement en plissant les yeux.

— Bobby va bien, ajouta-t-elle. Mais il ne se souvient de rien de l'époque.

Et elle voulait s'assurer que ça ne change pas.

Elle dévisagea Eddie, cherchant un indice qu'il avait été en contact avec leur petit frère, mais elle n'aurait su dire s'il mentait ou non. Il avait perfectionné l'art de la survie dans cet endroit et mentir à quelqu'un d'aussi naïf qu'elle devait être un jeu d'enfant.

— Aux dernières nouvelles, Bobby et toi aviez été adoptés par une riche salope et aviez changé de nom. Personne n'a entendu parler de vous depuis des années.

Il la regardait avidement, les yeux plissés.

— On a fait ce qu'il fallait pour rester ensemble.

Elle ne voulait pas parler de sa mère adoptive ou de la vie extraordinaire qu'ils avaient eue. Elle ne lui donnerait aucune information qu'il pourrait utiliser contre elle.

— Alors lequel d'entre vous a mis Ellie enceinte ? demanda-t-elle en essayant d'adopter un ton décontracté.

Il éclata de rire et ce son déchira un morceau de son âme.

— J'avais oublié Ellie.

Oublié ? Et il n'avait pas été choqué par ses mots et n'avait pas cherché à nier avoir touché sa propre sœur. Il l'avait *oubliée.* Les mains de Tess tremblaient sur ses genoux. Elle aurait voulu le gifler pour effacer son sourire narquois.

— Je n'arrive pas à croire que papa ne t'ait pas écorché vif.

Leur père gouvernait leur foyer d'une main de fer.

Eddie martela le bureau de ses doigts.

— Papa n'était pas au courant. Il nous aurait tués tous les deux.

Nous. Lui et Walt. *Bon sang.* Elle sentit la nausée la gagner.

— Maman savait ?

Francis Hines devait être encore plus insensible que dans le souvenir de Tess.

— Maman a dit à papa que certains garçons reniflaient les jupes d'Ellie et qu'il était temps de la marier. Harlan ne savait pas qu'elle était déjà usagée quand il l'a eue.

Usagée ? La rage brûlait sa cage thoracique.

Eddie ricana.

— Maman était folle de rage quand elle a découvert qu'Ellie n'avait pas eu ses règles. Elle l'a giflée jusqu'à ce qu'elle lui dise ce qui s'était passé. Puis elle nous a giflés, Walt et moi, mais elle ne l'a jamais dit à papa.

Il était penché d'un côté et haussa les épaules.

— J'ai toujours été son préféré.

Son préféré ? Était-il vraiment si insensible ? Pouvait-il vraiment se soucier davantage d'avoir été le préféré que d'avoir violé sa sœur ? Elle regarda ses traits pincés. Ses yeux étaient rivés sur son décolleté, aussi peu préoccupé par le péché d'inceste aujourd'hui qu'il l'avait été à l'époque.

Elle aurait bien croisé les bras, mais ne voulait pas étouffer le micro. Elle prit une profonde inspiration, passant outre ses efforts pour la déstabiliser.

— Je me souviens que maman te frappait avec une ceinture quand tu étais insolent avec elle.

— Maman n'était pas une femme facile, mais elle nous aimait à sa façon.

Tess émit un grognement.

— Elle allait me tirer dessus la nuit de la descente.

Son sourire lui indiqua qu'il n'en avait que faire.

— Pauvre petite Theresa Jane, toujours à s'attirer des ennuis. Tu aurais dû apprendre à fermer ton clapet et à faire ce qu'on te disait.

— Comme Ellie, tu veux dire ?

— Tu pars du principe qu'Ellie ne participait pas volontairement à nos jeux. Elle a aimé ça une fois qu'elle s'y est habituée. On lui a donné de l'argent pour qu'elle se taise.

— Je ne te crois pas.

Il plissa légèrement les yeux, appréciant de la voir dans le tourment.

— Au début, Walt lui a dit qu'on la tuerait si elle le disait à quelqu'un. Mais elle a fini par aimer ça. On utilisait des capotes, je ne sais pas comment elle est tombée enceinte. Peut-être qu'elle faisait ça avec quelqu'un d'autre aussi.

Il haussa les épaules comme s'il s'en fichait.

Les entrailles de Tess se retournèrent. Quand tout cela avait-il commencé ? Ellie n'avait que treize ans quand elle était morte.

— Vous aviez l'intention d'abuser de moi ensuite ?

Elle sentit son haleine fétide quand il éclata de rire.

— Je n'avais pas l'intention de te toucher avant encore deux ans, le temps que tes seins poussent, répondit-il avec un sourire qui n'atteignit pas ses yeux. Mais Walt me suppliait de l'aider, il était désespéré après avoir été coupé de son approvisionnement régulier en chatte. Harlan ne quittait pas Ellie des yeux une fois qu'ils se sont mariés – c'était probablement la première fois qu'*il* y goûtait depuis des années. Et Walt était trop con pour se trouver une vraie petite amie.

Le fait qu'il parle ainsi de leur sœur – quelqu'un qu'il avait paru apprécier à l'époque – donnait envie de vomir à Tess. Quelque chose d'autre dans ses mots la frappa.

— Walt a essayé de m'agresser dans l'écurie. Tu étais au courant ?

Elle se demandait s'il savait pour le plan de leur frère.

Il passa ses dents sur sa langue, puis la dévisagea de haut en bas.

— Comme je l'ai dit, j'avais une petite amie qui me donnait ce que je voulais. Walt était un connard impatient. Je ne te faisais pas confiance pour fermer ton clapet. Aucune chatte au monde ne valait la peine que papa le découvre.

Il étira son cou d'abord dans un sens, puis dans l'autre.

— Tes seins sont superbes, au fait. Ils sont très... (Il remua les sourcils en souriant.) *Coquins.*

Elle le regarda fixement. Il était dégoûtant, mais elle ne pouvait pas se permettre de lui montrer l'horreur qu'elle lui inspirait.

— Je me souviens de ta petite amie maintenant. Sandy ou Candy ou...

Il se redressa.

— Brandy. Comment tu te souviens de ça, bordel ?

Elle se souvenait que sa mère s'était emportée contre son père quand elle avait senti le parfum d'une femme sur lui. Il avait dit que c'était la petite amie d'Eddie qui se tenait trop près de lui. Sa mère ne l'avait pas cru.

Eddie se crispa. Furieux qu'elle se soit souvenue de quelque chose d'important, ou énervé qu'elle ne morde pas à l'hameçon ?

Elle posa sa main sur la table et fixa Eddie.

— Ça doit te manquer, le sexe.

Ses yeux se plissèrent sur les bords, comme s'il était amusé.

— Tu serais surprise.

— Tu es gay ?

Elle feignit le choc. Être gay était aussi grave qu'être une personne de couleur dans le monde de la suprématie blanche.

Il lui adressa un long regard, puis fixa une gardienne qui se tenait contre un mur et se lécha les lèvres.

— Non.

Les yeux de Tess s'écarquillèrent. C'était peut-être du bluff, mais elle ne serait pas surprise qu'il ait une relation charnelle avec une personne de la prison. Comme tout sociopathe, Eddie pouvait être charmant quand il le voulait. Et le sexe était sans aucun doute une chose qu'il voulait.

Elle passa une mèche de cheveux derrière son oreille et se força à mentir.

— Tant mieux. Je ne voudrais pas te voir souffrir.

Il eut un petit sourire. Il se pencha et lui toucha la main.

— Menteuse.

Elle se figea et retira sa main, lui lançant un regard noir.

— Tu as ses yeux, dit-il soudainement. D'un ton dur.

Elle le savait. Elle détestait ça.

— Et tu as ceux de papa.

Il poussa un profond soupir.

— Oui… Mais les siens ont toujours été plus effrayants.

La bouche d'Eddie s'étira et ils partagèrent presque un souvenir d'enfance.

Si seulement il n'avait pas violé Ellie, Tess aurait pu compatir avec ce type. Après tout, il n'avait pas eu de chance, lui non plus. Mais Ellie avait été gentille, attentionnée et douce. Et ce connard, alors qu'il était de leur sang, l'avait traitée comme un morceau de viande.

Steve McKenzie savait ce qu'il faisait quand il avait donné cette information à Tess.

Une cicatrice dentelée courait derrière l'oreille droite d'Eddie, comme si quelqu'un avait essayé de la lui couper. Eddie vit qu'elle s'interrogeait, mais ne l'éclaira pas sur sa provenance. Elle lui rendit juste son regard avec les traits de leur mère et les yeux de leur père.

C'était étrange de penser que la ressemblance physique était tout ce qui leur restait de leurs parents. Ça, et un héritage tordu de haine.

— Quelqu'un m'a contactée à propos des meurtres de Washington, lui dit-elle.

Elle devait aborder le sujet, car Eddie ne comptait manifestement pas le faire.

— Qui ça ?

Il ne demanda pas de quels meurtres elle parlait. Cela fit remonter un frisson de la base de sa colonne vertébrale à sa nuque. Elle espérait que McKenzie l'avait remarqué aussi.

— Il ne m'a pas donné son nom.

Il éclata de rire, puis se pencha en arrière, les mains croisées sur son ventre.

— Vraiment ? Et maintenant tu es là pour voir si je sais quelque chose à ce sujet ?

— C'est le cas ? insista-t-elle.

— Tout ce que je sais, c'est que tu as promis à nos parents d'aller tirer sur des flics, mais au lieu de ça, tu as pris Bobby, tu as fermé la porte de la chambre et tu t'es cachée comme une lâche.

— J'avais 10 ans, rétorqua-t-elle.

— Tu étais plus douée avec une arme que n'importe lequel d'entre nous.

La malveillance brillait dans ses yeux. Quelque chose avait changé. Le danger émanait de lui.

— J'étais une bonne tireuse. Ça ne veut pas dire que j'étais prête à tuer un autre être humain.

— C'est stupide.

Il tapait du pied, regardant l'horloge au mur. Les gens commençaient à se lever et à faire leurs adieux aux prisonniers.

Tess avait la nausée. Elle avait tout gâché et n'avait rien obtenu d'utile de son frère. Elle se sentait souillée rien que d'être dans la même pièce que lui, sans parler d'avoir les mêmes gènes.

— S'ils découvrent que tu sais quelque chose sur ces meurtres et que tu ne leur dis pas, tu pourrais ne jamais sortir d'ici, tu le sais, n'est-ce pas ?

Non pas qu'elle voulait qu'il soit libéré.

— Qui a dit que je savais quelque chose ?

Il plissa les yeux et lui fit signe avec son index de se rapprocher.

Elle le fit. Prudemment.

— Mais si je savais quelque chose…

Elle retint son souffle et se rapprocha un peu plus.

— Je ne te le dirais pas, petite salope sournoise.

Son souffle chaud effleura son cou. Eddie l'attrapa par les cheveux et lui écrasa la tête contre la table. Elle réussit à se protéger avec ses mains avant le deuxième impact, mais elle entendit des cris et vit des gens s'enfuir. Il la traîna brutalement sur la table comme une poupée de chiffon et lui prit le cou à deux mains.

— Pourquoi tu es toujours en vie ? siffla-t-il à son oreille.

La peur brûlait chaque cellule de son corps. Elle essaya de se débattre alors qu'il la traînait contre le mur le plus proche.

— Je vais lui briser le cou comme une brindille si quelqu'un s'approche de nous, cria-t-il.

Il glissa une main sous sa chemise et poussa un cri de rage lorsqu'il trouva le micro.

— Espèce de traîtresse. Tu aurais dû mourir à l'époque comme maman le voulait.

La vision de Tess était déformée. Le puissant avant-bras de son frère lui coupait la respiration. Elle tourna sa tête contre sa poitrine pour avoir plus d'oxygène. Il empestait la sueur et la haine.

Les gardiens s'approchèrent, mais Eddie ne semblait pas vouloir la relâcher. Il allait la tuer.

Elle prit une profonde inspiration, combattit sa panique, ignora la douleur et la peur et se concentra. D'une main, elle le frappa violemment à l'entrejambe, puis se retourna vers l'intérieur et écrasa son autre paume contre son visage.

Il poussa un cri d'agonie et elle passa sous son bras. Un flot de sang s'écoula de son nez. Elle s'enfuit alors que les gardiens se précipitaient.

— Espèce de salope. Petite conne. Je vais te trouver. Je vais venir dans ta jolie petite maison et je vais attendre que tu sois endormie dans ton lit, et ensuite je vais te baiser jusqu'à ce que tu restes allongée, ensanglantée et quand tu me supplieras, je t'enfoncerai mon couteau si profondément que tu le sentiras dans tes tripes.

Le corps entier de Tess tremblait. Elle n'avait aucun doute qu'il était prêt à le faire, et qu'il en apprécierait chaque seconde.

McKenzie apparut soudain à côté d'elle. Un gardien lui jeta le petit dispositif d'écoute noir, puis Mac la traîna hors de la zone de visite. Eddie péta les plombs, criant que Kenny Travers était un enfoiré de traître et qu'il allait mourir, lui aussi.

Les dents de Tess claquaient si fort qu'elle pouvait à peine voir et encore moins marcher.

— Attends-moi ici.

Mac récupéra sa sacoche et la poussa vers l'entrée. Il s'arrêta pour récupérer son arme de poing. Le directeur les retrouva alors qu'il la replaçait dans son étui.

— Il faut que je vous parle, fit le directeur Flowers d'une voix tendue. Je dois savoir ce qui s'est passé là-dedans.

Mac répondit dans un faible murmure :

— Vous avez les images de vos caméras de surveillance, donc vous savez ce qui s'est passé. Je vous enverrai une copie de l'audio dès qu'elle aura été approuvée par le QG.

— Avez-vous besoin de soins médicaux, mademoiselle ?

L'officier Pennington tendit la main pour toucher son cou.

Tess tressaillit, puis secoua la tête.

— Rien de cassé.

Elle toucha son nez et Pennington lui tendit une boîte de mouchoirs. Elle en prit une poignée avec reconnaissance.

— C'est juste douloureux.

Elle était humiliée. Et en colère.

— Heureusement qu'il est rééduqué.

Le gardien qui l'avait reçue à son arrivée s'avança vers elle, l'empêchant de sortir.

— Je dois la fouiller avant qu'elle ne parte.

Mac se mit en travers de sa route.

— Ça a été assez éprouvant comme ça pour elle.

Tess roula des yeux et leva ses bras tremblants. L'officier Pennington s'avança et la fouilla avec beaucoup plus d'efficacité et moins d'insolence que l'autre gardien.

Pennington fit un pas en arrière.

— Rien à signaler.

Le directeur hocha la tête.

— Très bien. Laissez-les partir. Je veux cet enregistrement audio sur mon bureau d'ici la fin de la journée, ajouta-t-il en pointant Mac du doigt.

Le gardien énervé leur lança un regard furieux, mais s'écarta. Tess s'arrêta pour récupérer ses affaires dans le casier, puis Mac et elle se précipitèrent vers la sortie principale.

Il neigeait abondamment, ce qui était une mauvaise surprise. Mac passa son bras autour de ses épaules alors qu'elle frissonnait de façon incontrôlable. La tempête les avait rattrapés.

Il la poussa vers sa voiture et déverrouilla les portières.

— Monte.

Elle se glissa sur le siège avant et s'assit, engourdie, avec ses affaires sur les genoux. Elle était trop effrayée pour faire autre chose que trembler.

Mac s'assit à la place du conducteur et démarra la voiture, les yeux rivés sur le pare-brise.

— Putain de merde, Tess, j'ai cru que tu étais morte. Où as-tu appris ce mouvement ?

Voyant qu'elle était incapable d'agir normalement, il prit ses bagages et les jeta sur la banquette arrière. Puis il se pencha vers elle et lui mit sa ceinture de sécurité.

Elle toucha son nez, douloureux et gonflé.

— Le taekwondo, tu te souviens ?

Et si elle n'avait pas été ceinture noire, elle serait probablement morte dans la salle des visiteurs, à attendre le médecin légiste avec Steve McKenzie fixant son corps.

S'en serait-il soucié ? Elle en doutait. Pas vraiment. Sauf en raison des informations qu'il n'obtiendrait jamais et des problèmes que cela pourrait causer à sa carrière.

— Ça va ? lui demanda-t-il.

Elle resta bouche bée, incrédule. L'arête de son nez la lançait, son cuir chevelu la brûlait et sa gorge était à vif, comme si quelqu'un y avait versé de l'eau de Javel. Elle n'allait pas bien. Elle se tourna pour le lui dire et remarqua la blancheur de ses lèvres, les tendons saillants de son cou. Une peur intense brillait dans ses yeux. Il avait eu peur pour elle. Peut-être se souciait-il d'elle. Plus qu'elle ne l'avait pensé.

Elle toucha son nez à nouveau et grimaça.

— Je survivrai. J'ai mal. Mais ça aurait pu être pire. Bien pire.

— Merde. Tess. Je n'aurais jamais imaginé qu'il puisse te toucher. Je suis vraiment désolé.

— Prisonnier modèle et tout le reste, dit-elle en essayant de faire de l'humour. Je suppose que la famille fait ressortir le pire en nous, les Hines.

Il posa la main sur sa cuisse et la serra. Elle sentit l'empreinte de chaque doigt comme une marque à travers son jean.

— Tu n'es pas une Hines. Tu es une Fallon. Tu as été incroyable.

Il retira rapidement sa main comme s'il venait de se rappeler exactement qui il touchait. Une Hines, pas une Fallon.

— Oui. Incroyable.

Sa tête commença à tourner et elle fouilla dans son sac pour trouver d'autres mouchoirs et un Advil.

— À quelle heure est ton vol ? demanda-t-il en sortant du parking de la prison.

— 17 heures.

En attendant, elle voulait se rouler en une boule pathétique et panser ses plaies. Il se pencha en avant et regarda le ciel.

— Le mien est dans 40 minutes. Avec un peu de chance, on sera partis avant que le blizzard ne frappe vraiment.

— Je croise les doigts.

Sa gorge se serra et les larmes lui montèrent aux yeux, mais elle refusa de les laisser couler. Eddie était un monstre répugnant et être liée à lui faisait partie des nombreuses choses dont elle avait honte. Tout ce qu'elle voulait, c'était rentrer chez elle et oublier qu'elle avait une famille en dehors de Cole.

Le FBI pourrait tirer au clair la situation sans son aide. Elle parlerait à Cole de leur passé. Avec un peu de chance, il pourrait lui dire pourquoi il avait ce dossier dans son tiroir, et ce ne serait qu'une innocente coïncidence ; si ce n'était pas le cas, elle le forcerait à se rendre. Mais elle ne pensait pas qu'il était impliqué dans un meurtre. Il n'était pas comme Eddie, Walt, Francis ou David. Il était comme elle.

Avec un peu de chance, il lui pardonnerait tous ses mensonges. Mais il était temps de dire la vérité. Elle en avait fini avec les cachotteries.

RoguePawn75 : On a un problème.

Ils étaient sur un chat sécurisé « réservé aux membres » sur le dark web. Les risques que quelqu'un tombe sur cette conversation étaient limités, mais pas inexistants. Les chances que quelqu'un puisse retracer leur localisation ou remonter jusqu'à leur identité réelle ? Pratiquement nulles. Le temps qu'ils le fassent, la révolution serait déjà en marche.

MustangGuardian : Quel problème ?

RoguePawn75 : On a découvert qu'un policier sous couverture avait infiltré Kodiak Compound l'année avant la descente. C'est l'agent fédéral responsable de l'équipe qui enquête sur les meurtres. Il s'appelle Steve McKenzie. Il se faisait appeler « Kenny Travers » à l'époque. Je ne l'ai jamais rencontré.

L'écran vide était si menaçant qu'un malaise s'insinua dans sa colonne vertébrale et elle se surprit à remplir nerveusement le vide.

RoguePawn75 : Il est responsable de tout : il a trouvé les armes, déclenché la descente, tué David…

MustangGuardian : Comment tu as pu passer à côté ?

RoguePawn75 : Je t'avais dit que la dénonciation venait sûrement de l'intérieur. Je n'avais pas réalisé que c'était un flic depuis le début.

MustangGuardian : Tu aurais dû le savoir. Tu as commis d'autres erreurs ?

Elle détestait le pouvoir que cet homme avait sur elle. Elle repensa à toute sa planification minutieuse, à toutes ses années de sacrifice, de travail pour exécuter leur plan sans faille et pourtant il la traitait comme une enfant. Comme s'il était aux commandes. Certains jours, elle le détestait plus qu'elle ne l'aimait.

RoguePawn75 : Non. Tout le reste a été impeccable.

Une troisième personne se joignit à la conversation.

EagleScreamr : Il a dû lire le manifeste. Il va découvrir ce qu'on a prévu de faire avant qu'on en ait l'occasion.

RoguePawn75 : Non, ça n'arrivera pas. On laisse les indices qu'ils sont censés trouver. Tout se passe comme prévu.

MustangGuardian : Et si cet agent découvre qui tu es avant que tu puisses en finir ?

RoguePawn75 : Ça n'arrivera pas.

MustangGuardian : Comment tu comptes l'arrêter ?

L'écran vide était comme un animal affamé attendant d'être nourri.

RoguePawn75 : McKenzie doit apprendre ce qui arrive aux traîtres. J'ai une idée.

Elle leur expliqua rapidement son plan. Ça ne faisait pas partie du scénario initial, mais il y avait de bonnes chances pour que ça fonctionne. Si c'était le cas, ce serait une brillante démonstration de ruse. Dans le cas contraire, cela constituerait quand même le point de départ de leur vengeance contre ce bâtard. L'homme qui avait détruit sa vie.

RoguePawn75 : Je ne peux pas le faire *moi*. J'ai d'autres messages à envoyer et un planning à respecter.

Pas de réponse.

Tous ses sacrifices et personne d'autre n'était prêt à

s'engager ?

EagleScreamr : Je m'en occupe.

Elle sentit un certain malaise remonter le long de son échine.

MustangGuardian : Tu es sûre ?
EagleScreamr : Oui. Quand ?

Elle réfléchit un moment. Était-ce une erreur de l'impliquer dans une mission aussi dangereuse ? Et s'il foirait ? Et s'il se faisait prendre ? Et s'il ne pouvait pas aller jusqu'au bout ?

Elle ne ressentait généralement rien lorsqu'elle prenait une vie, mais les personnes qu'elle tuait n'étaient pas humaines. C'était de la vermine qu'il fallait éradiquer. Elle chassa la peur de son esprit. Ils devaient tous faire des sacrifices dans cette guerre.

RoguePawn75 : Il faut respecter un timing précis. Je t'écrirai. Sois prêt à bouger à tout moment et assure-toi de ne rien laisser derrière.

Elle se déconnecta et resta fixer le vide. Toutes ces années de dur labeur et de planification minutieuse, et tout se résumait à ce qui allait se passer dans les prochains jours. Mais la justice n'attendrait pas indéfiniment. Le FBI avait intérêt à être prêt à récolter ce qu'il avait semé. Le gouvernement ne pouvait pas s'accrocher au pouvoir éternellement, et seuls ceux qui étaient préparés à la résistance armée survivraient.

Elle était prête depuis sa naissance.

Ces meurtres étaient pour David, et constituaient la salve

d'ouverture de la révolution. Leurs noms entreraient dans l'histoire, irrévocablement liés.

Une fois qu'elle aurait terminé la première phase de l'opération, des milliers de personnes rejoindraient le combat. Ces personnes ne connaissaient peut-être pas encore son nom, mais dans peu de temps, elle symboliserait l'acte le plus audacieux de l'histoire. Elle sauverait la république pour ceux à qui elle était destinée, et chasserait les autres de ses rivages.

CHAPITRE TREIZE

TOUT LE CHARME du monde et un badge fédéral ne lui permirent pas de parvenir à ses fins au comptoir d'enregistrement des compagnies aériennes. Apparemment, il n'y avait aucun vol au départ ou à l'arrivée de Boise pendant les 15 prochaines heures, et peut-être même plus.

— Il doit bien y avoir une solution ? fit Tess à l'employée sur un ton plaintif.

La femme au guichet remarqua le nez gonflé et le cou meurtri de Tess, et jeta un regard nerveux à Mac. Il ne trouvait pas pertinent de nier son implication dans les blessures de Tess. C'était *bien* de sa faute à lui si elle avait été agressée.

L'attaque d'Eddie était sortie de nulle part. Mac était resté paralysé dans cette salle d'observation, sans savoir comment Eddie pourrait réagir s'il voyait Kenny Travers revenir soudain d'entre les morts. Cela aurait-il fait pencher la balance et ce fils de pute aurait-il brisé le cou de Tess ? Mac n'avait pas voulu prendre ce risque. Il n'avait pas bougé, regrettant d'avoir mis cette femme en danger.

Quelque chose l'avait-il trahie ? Ou Eddie avait-il toujours eu l'intention de l'attaquer et avait-il attendu son heure, jouant avec elle jusqu'à la fin du temps de visite ? Était-ce ainsi que les psychopathes se divertissaient en prison ? Et pourquoi s'en prendre à Tess alors que sa peine était presque terminée ?

Ce type aimait peut-être la prison. Peut-être que ce connard détestait vraiment Tess pour ne pas être morte la nuit de la descente. Ce qui était ironique, car Eddie était le seul membre de la famille âgé de plus de dix ans à avoir survécu. Ou peut-être savait-il quelque chose sur ces meurtres et pensait-il que Tess pourrait d'une manière ou d'une autre les dénoncer ? C'était une hypothèse intéressante.

De quoi pourrait-elle se souvenir qui pourrait aider Mac dans cette enquête ?

Il se demanda ce que devenait l'ancienne petite amie d'Eddie. Mac envoya un SMS à Dylan Walsh sur une ligne sécurisée, lui demandant de vérifier cette piste.

Mac devait réécouter les enregistrements de la conversation de Tess et Eddie pour voir s'il y avait d'autres indices. Il avait la liste des visiteurs et des copies de la correspondance d'Eddie et des détails de son activité sur Internet qu'il avait également transmis à Walsh. Si Eddie communiquait avec quelqu'un à propos de ces meurtres, ils le découvriraient. C'était une simple question de temps. Malheureusement, le temps ne jouait pas en leur faveur. Les crimes s'accumulaient à une vitesse glaçante, et ils devaient arrêter ces meurtres rapidement.

Eddie le trou du cul allait voir quelques années ajoutées à sa peine, mais peut-être que lorsqu'on avait passé toute sa vie en prison, c'était une bonne chose. Comment ce type survivrait-il dehors ?

L'employée de la compagnie aérienne tapait furieusement sur son clavier depuis un moment, mais elle leva finalement les yeux vers Tess avec une expression palpable de regret.

— Je suis vraiment désolée, madame, mais je ne peux pas vous faire quitter Boise aujourd'hui. Ce n'est pas seulement à cause de la neige. Une de nos machines de dégivrage est tombée en panne. Des techniciens y travaillent, mais une nouvelle pièce doit être acheminée de l'Utah par la route.

Mac leva le menton et ignora sa désapprobation.

— Les routes sont ouvertes ?

Elle acquiesça.

— La tempête arrive du nord. Les routes vers le sud sont toujours ouvertes.

Mac consulta sa montre. L'idée de passer une nuit loin du bureau à cause d'un événement aussi imprévisible qu'un blizzard le rendait fou, mais ayant grandi dans le Montana, il savait qu'il était futile de lutter contre la météo. Mère Nature n'avait que faire de ses projets. Il consulta l'application météo sur son téléphone et se dirigea vers la société de véhicules de location.

— Vous avez des SUV ?

Le type hocha la tête.

— Je dois pouvoir le déposer à Salt Lake City.

L'homme remplit les papiers tandis que Tess traversait lentement le hall d'entrée pour le retrouver, faisant rouler son bagage à main comme un enfant traînant son ours en peluche.

Il fit sauter ses clés dans sa main, adressant un signe de tête à l'employé en guise de remerciement.

Les yeux noisette de Tess s'agrandirent quand elle vit les clés.

— Tu vas prendre le volant ?

— La tempête doit se déplacer vers le nord dans l'heure qui vient selon la météo. Salt Lake City est au sud-est et, par beau temps, il n'y a que cinq heures de route. L'aéroport y est beaucoup plus grand. Je préfère essayer d'avoir un vol au départ de là-bas plutôt que d'attendre à Boise.

Elle se mordilla la lèvre inférieure. À part essuyer le sang sous son nez, elle ne s'était pas nettoyée et ses cheveux s'étaient échappés de sa queue de cheval. Malgré tout, elle était toujours l'une des plus belles femmes qu'il ait jamais rencontrées.

— Tu veux rouler jusqu'à l'Utah ? proposa-t-il.

Elle écarquilla les yeux.

— Ça ne te dérange pas ?

Mac réprima un sourire. Sérieusement ? Il sauterait sur l'occasion pour l'assaillir de questions pendant des heures, et obtenir tous les détails manquants. Le fait qu'il la trouve attirante était gênant, mais il saurait s'en accommoder.

— Mais je pars maintenant.

Il y avait quelque chose qu'il voulait voir en chemin.

Elle hocha la tête avec enthousiasme.

Il alla chercher des cafés pendant qu'elle allait aux toilettes. Ils chargèrent ensuite leurs bagages à main et leurs ordinateurs portables dans le coffre et montèrent dans une Jeep Cherokee flambant neuve.

Tess frissonnait. Il ne savait pas si c'était lié à son altercation avec Eddie ou au temps glacial. Il monta le chauffage et lui tendit un sac en papier marron. Il croisa son regard et sourit.

— Des provisions.

Elle jeta un coup d'œil à l'intérieur.

— Des donuts ?

— Je me souviens que tu aimais le sucré.

Elle n'était pas la seule à avoir une bonne mémoire.

— C'était avant que le mot « calorie » n'entre dans mon vocabulaire.

Elle en sortit un avec précaution et lui rendit le sac. Elle mangea lentement le donut avec son café. Elle reprit des couleurs, mais les zébrures rouges sur son cou et l'arête gonflée de son nez étaient encore bien visibles.

Cela avait été une erreur de se servir d'elle. Il avait sous-estimé le danger que représentait Eddie.

La neige tombait en boules de coton épaisses que les essuie-glaces avaient du mal à chasser. Malgré les prévisions, le temps ne semblait pas vouloir se dégrader, mais Mac connaissait bien cette région et savait conduire dans ce genre de conditions. En fait, les hivers du Montana lui manquaient. Il y avait une beauté brute dans leur férocité. Un défi élémentaire dans la vie de tous les jours.

Après trente minutes, la quantité de neige qui s'accumulait sur la route commença à diminuer. La tenue de route s'améliorait, et Mac accéléra.

— Tu as remarqué qu'il n'a pas demandé de quels meurtres tu parlais ? fit Tess pour rompre le silence.

Il hocha la tête. Il avait remarqué. Ce fils de pute savait certainement quelque chose sur ce qui se passait à Washington.

Le dégoût s'afficha sur son visage.

— Au moins, je peux arrêter de me sentir coupable de ne pas avoir pris contact avec lui pendant les vingt dernières années. Il est répugnant. Tu as entendu ce qu'il m'a dit ? Qu'il attendait que je grandisse ? Un vrai animal, fit-elle en serrant son manteau sur sa poitrine.

— J'ai entendu.

Ses mots ne l'avaient pas surpris. Eddie avait toujours été un salopard et la prison ne l'avait pas adouci. Les doigts de Mac se crispèrent sur le volant. À une époque, il avait accepté ce genre de langage sexiste et pervers pour s'attirer les faveurs de ce type. Ce souvenir lui donna la nausée.

— Tu savais qu'Ellie était victime d'abus ?

— Non, je te l'ai dit. Mon Dieu, non.

Il se retourna pour la regarder, outré. Puis son indignation disparut.

— Sauf pour la partie où elle a été forcée à se marier et, crois-moi, je ne me le pardonnerai jamais.

Ses mots suivants la firent grimacer.

— Je n'accorde plus ma confiance. Je l'ai appris à la dure.

Elle n'essayait pas d'entrer dans ses bonnes grâces. Elle énonçait un fait.

Elle enleva ses chaussures et ramena ses genoux vers sa poitrine, rentrant les épaules. Ses chaussettes portaient des symboles mathématiques et elle remuait les orteils comme si elle essayait de les réchauffer.

— Walt avait une chambre à côté de la mienne. Celle d'Ellie était la plus éloignée de la chambre de nos parents. Je ne me souviens pas d'avoir entendu des bruits et elle ne m'a jamais rien dit sur ce qui se passait.

Le chagrin gravait des rides de remords autour de sa bouche, comme si ce qui était arrivé était de sa faute. Ce n'était pas le cas.

— Tu ne vivais pas dans un endroit qui encourageait les filles à se défendre. Ellie était probablement trop confuse ou effrayée pour se défendre. Quand bien même, je doute qu'ils aient abusé d'elle sous le toit de tes parents. Tes frères étaient excellents pour manipuler et menacer les gens, mais ils n'étaient pas courageux.

— Sans blague, acquiesça-t-elle. S'en prendre à des enfants.

Le comportement de Francis Hines était plus choquant. Si ce qu'Eddie avait dit était vrai, elle avait donné sa fille en gage à un vieil homme dégoûtant pour cacher le fait que ses fils avaient mis sa fille enceinte.

Mac aurait pu sauver Ellie, mais il ne l'avait pas fait. Cette culpabilité ne le quitterait jamais.

— Tu savais qu'il avait une petite amie ? demanda Tess. Eddie ?

Mac fronça les sourcils.

— Je me souviens qu'il est sorti avec quelques filles. Eddie n'était pas exactement le genre de gars à faire passer du bon temps à une femme. Il les traitait comme de la merde une fois qu'il avait obtenu ce qu'il voulait, mais certaines femmes sont attirées par ce genre de relation.

— Je me souviens de Brandy. Elle portait des vêtements étriqués et trop de maquillage. Elle se baladait en moto.

Un sourire incurva le coin de sa bouche.

— Je trouvais qu'elle était cool. Maman disait que c'était une salope.

Mac avait un vague souvenir de la jeune femme. C'était une piste potentielle précieuse qu'ils avaient seulement parce que Tess avait accepté de porter le micro.

— Et toi ? demanda Tess. Est-ce que tu sortais avec quelqu'un ?

— Non. J'étais trop inquiet à l'idée de griller ma couverture pour m'engager avec quelqu'un, bien que, sourit-il, il est possible qu'un petit « rendez-vous » ait eu lieu de temps en temps. J'avais dix-neuf ans et j'essayais de m'intégrer.

— Et les filles t'aimaient bien. Oui, je me souviens de ça aussi.

Elle rit et Mac vit ses joues rosir.

— C'est drôle, la différence d'âge me semblait écrasante à l'époque. Maintenant qu'on est plus âgés, ça a l'air infime, dit-elle faiblement. Le temps change tout.

Il parut mal à l'aise. Il ne pensait pas qu'elle essayait de flirter avec lui. Elle semblait être en état de choc.

Il ne la voyait certainement plus comme une enfant. Quand elle avait mis le micro dans son soutien-gorge, il avait été figé sur place aussi sûrement que si quelqu'un avait versé du béton sur ses pieds. Elle n'avait pas dévoilé de peau, mais l'idée qu'elle aurait pu le faire l'avait figé.

Imbécile.

Il devait être plus en manque qu'il ne le pensait. En y réfléchissant, il n'avait pas fait l'amour depuis l'affaire de Minneapolis. Il devrait apprendre à faire avec, car rien ne changerait tant que cette nouvelle affaire ne serait pas résolue et cela pourrait prendre des mois.

— Je pense que mon père trompait ma mère.

— Quoi ? Qu'est-ce qui te fait dire ça ?

Il n'avait jamais envisagé ce cas de figure.

— Je suis allée en ville avec lui une fois. Eddie était occupé à dépecer un cochon, je crois – probablement avec toi maintenant que j'y pense. Ma mère m'a envoyée faire des courses alors que mon père ne voulait pas que je vienne avec lui. Il m'a acheté une glace et m'a fait attendre dans le pick-up pendant plus d'une heure avant que nous allions au magasin. J'ai vu une femme qui me regardait depuis la chambre au-dessus du bar. Quelqu'un l'a embrassée, mais dans l'ombre, et je n'ai pas vu son visage. Ce n'était peut-être pas mon père, c'était peut-être mon imagination, mais je me souviens que ma mère se plaignait de sentir parfois du parfum sur ses chemises. Il s'énervait et niait toujours.

Il y avait une pièce au-dessus du bar que les habitués utilisaient parfois pour passer du bon temps s'ils avaient de la chance. Tess ne savait pas pour la chambre et en y réfléchissant, il y avait eu des fois où David Hines avait disparu quand ils étaient allés au bar en groupe. Mac n'avait jamais compris où le type allait, il avait toujours supposé que c'était pour les affaires des Pionniers. Il voulait le suivre, mais s'il s'était fait prendre, il aurait grillé sa couverture.

Mais peut-être David Hines se livrait-il à un « simple » adultère, essayant de garder ses péchés secrets. Avoir une liaison dans le dos de Francis aurait demandé des couilles, même pour un homme de la stature de David Hines.

— J'ai les noms des petites amies d'Eddie dans mes notes. Je les vérifierai dès que je serai de retour à Washington. Pour voir si on peut les retrouver.

Elles étaient quelque part dans son nouvel appartement.

— Tu prenais des notes ?

Il enfonça la pédale de frein en arrivant derrière un semi-remorque qui montait une pente.

— Oui. Je devais les écrire en secret et les cacher dans un compartiment spécial de mon pick-up. Les Pionniers m'auraient lynché s'ils avaient su que j'étais un flic.

Elle l'observait attentivement de ses yeux noisette.

— Ce que tu as fait était incroyablement courageux.

Il haussa les épaules, mal à l'aise. Il aurait fait les choses différemment à présent.

— J'ai juste vécu de la même façon que toi pendant douze mois. Pas très courageux quand un enfant de 10 ans peut le faire.

— Je n'avais pas le choix et je ne connaissais rien d'autre.

Son esprit parut ailleurs pendant un moment et elle fronça les sourcils.

— On ne connaissait rien d'autre.

— Tu sais comment tes parents se sont rencontrés ? demanda-t-il, curieux.

— Je n'en ai aucune idée. Je me souviens qu'ils ont dit avoir acheté le terrain à Kodiak après leur mariage. Maman avait de l'argent. Elle m'a montré la baraque où ils avaient d'abord vécu pendant qu'ils construisaient la cabane. Cet endroit m'a toujours donné la chair de poule… fit-elle en écarquillant les yeux.

Il se souvenait de la baraque. À l'orée des bois, au-dessus de la colline du camp principal, elle offrait une vue imprenable sur les plaines. Mais l'accès routier était limité, raison pour laquelle David Hines avait choisi un autre site pour les bâtiments principaux. Mac avait fouillé la baraque une fois. Elle était déserte, mais tenait toujours debout. L'endroit était vide à part quelques couvertures dans un coffre en cèdre et quelques bûches pour faire du feu en hiver.

— Tu crois que c'est là qu'Eddie et Walt emmenaient Ellie ?

La culpabilité le gagna.

— Soit là, soit dans la grange où Walt s'en est pris à toi. Je ne t'ai jamais demandé ce jour-là si Walt…

Bon sang, les mots n'arrivaient pas à sortir.

Elle secoua vivement la tête.

— Il a attrapé ma main et m'a forcée à le toucher, mais j'ai couru.

Une lueur apparut dans ses yeux.

— Si je me suis mise au taekwondo, c'est en partie pour ça. J'ai raconté à Trudy ce qui s'était passé et elle m'a suggéré d'apprendre les arts martiaux.

Ce qui lui avait probablement sauvé la vie un peu plus tôt. Ses doigts se crispèrent sur le volant.

— Elle semble être une femme extraordinaire.

Elle déglutit bruyamment comme si elle retenait son émotion.

— Oui, elle l'était. Elle m'a appris tout ce que j'avais raté en grandissant isolée. C'était la personne la plus gentille que j'aie jamais connue.

Tess se retourna sur son siège pour lui faire face.

— Merci pour ce que tu as fait à Walt ce jour-là.

— Je n'en ai pas fait assez.

— Quoi que tu aies fait, ça l'a tenu éloigné de moi pendant les dernières semaines.

Il gardait son regard fixé sur la route, le fantôme de sa sœur dérivant entre eux.

— Ce n'était pas suffisant.

— Ellie t'aurait pardonné, tu le sais, pas vrai ? Elle n'a jamais été rancunière.

Et tout à coup, il se retrouva incapable de parler, submergé par le souvenir d'une douce petite fille aux cheveux roux et aux taches de rousseur.

Il laissa le silence s'installer pendant qu'il roulait encore quelques kilomètres.

Quand il la regarda à nouveau, il remarqua qu'une couche de sucre glace recouvrait sa joue. En gardant un œil sur la route, il nettoya la trace avec son pouce. Sa peau était comme de la soie.

Il s'éclaircit la gorge.

— Tu as du donut sur le visage.

Elle repoussa sa main, essuyant le sucre.

— Ça en valait la peine. Rappelle-moi que j'ai dit ça quand je ne pourrai plus rentrer dans mon pantalon.

— Je ne sais pas comment tu es devenue si normale, dit-il en toute franchise.

Un côté de sa bouche se retroussa.

— Je prends ça pour un compliment. Si je n'avais pas ses yeux, je penserais que j'ai été échangée à la naissance.

Mac s'éclaircit la gorge.

— C'est beau de rêver.

Le regard de Tess devint pensif.

— Tu penses que ces meurtres sont liés aux Pionniers d'une manière ou d'une autre, n'est-ce pas ?

Il haussa les épaules. Il ne pouvait pas commenter une enquête en cours. Et il se souvint alors quelle était sa priorité numéro un. Son travail. Pas le bien-être de Tess.

— On m'a confié la responsabilité de l'équipe qui enquête sur les meurtres. Quelqu'un viendra sûrement te poser d'autres questions.

Son expression se fit méfiante.

— Tu penses toujours que je pourrais être impliquée ?

Il secoua la tête.

— Non, c'est pour ça que quelqu'un d'autre devra poser les questions difficiles.

— Tu m'abandonnes encore.

Elle n'avait pas l'air étonnée, et il se sentit comme une merde.

— C'est une habitude on dirait chez toi et tes copains des forces de l'ordre.

Mac grinça des dents, mais il savait qu'il n'était pas objectif quand il était question de Tess Fallon. Mais elle n'avait pas besoin de le savoir. Il jeta un coup d'œil à l'heure et poussa un juron.

— Qu'est-ce qu'il y a ?

— Je manque une réunion d'équipe.

— Tu ne peux pas les appeler ? demanda-t-elle. Je vais

conduire.

Elle sortit des écouteurs de son sac et les agita en l'air.

— Je te les prête pour que la fille maléfique du leader nationaliste blanc décédé n'entende pas de choses compromettantes qu'elle pourrait ensuite transmettre à... Eh bien, *quelqu'un* d'aussi diabolique.

Avec un soupir résigné, il enleva sa ceinture et sortit, contournant le capot, reconnaissant que la tempête s'apaise, bien que la neige recouvre les champs et les collines environnants. Tess se glissa derrière le volant, ajustant le siège pendant qu'il montait côté passager.

Il composa le numéro et mit les écouteurs.

— Pas un mot. D'accord ? J'espère être responsable de mon propre bureau régional un jour et je suis presque sûr d'avoir déjà enfreint cinquante directives du FBI pendant ce voyage.

Elle lui adressa un salut insolent et prit la route. Il prêtait attention aux panneaux de signalisation, car elle ne le réalisait pas encore, mais ils allaient faire un détour. Un détour qui pourrait raviver toutes sortes de souvenirs qu'aucun d'eux ne voulait affronter, mais qui pourrait bien faire ressortir quelque chose d'utile. La culpabilité tentait de l'assaillir, mais il la repoussa. Il avait un tueur à attraper et plus vite ce serait fait, plus vite Tess pourrait retourner à sa tranquille petite vie de banlieue.

LA MAISON ETAIT vide. Affalé sur le canapé, regardant un match de la NHL, il avait la bite en main, se demandant s'il allait se donner la peine de se branler ou non. Il avait fait l'amour plus tôt, mais il était toujours excité.

Son portable sonna. Il sentit un frisson d'excitation en consultant le numéro. Il attendait son appel.

— C'est l'heure ?

— Pas encore, dit-elle précipitamment. Il y a eu un imprévu.

Il savait qu'il ne devait pas poser de questions, mais il était étrangement déçu. Il n'était pas sûr de pouvoir faire ce qu'elle lui demandait – une partie de lui était terrifiée à l'idée de tout gâcher et l'autre partie était impatiente de faire ses preuves.

— Les choses sont sur le point de s'accélérer. Tu es sûr que tout est prêt ?

— Certain. Mais ça ne ferait pas de mal de vérifier.

Il se leva du canapé et monta à l'étage.

Il l'entendit déglutir et un sentiment familier de désir le traversa. Pathétique. Il souleva le matelas et utilisa le drap pour sortir le dossier et l'ouvrir d'un coup sec. Les informations sur toutes les cibles potentielles étaient là où il les avait cachées. Il fronça les sourcils. *Et merde.* Où était la clé USB ?

— Tu envoies un autre message ce soir ? demanda-t-il, prolongeant leur conversation tout en essayant de ne pas paniquer.

Il vérifia sous le lit. Rien. Peut-être qu'elle était tombée dans le meuble de rangement. Il courut jusqu'à sa tanière.

— Oui, répondit-elle d'une voix morne.

— Est-ce que c'est…

— Quoi ? fit-elle d'un ton sec.

— Facile ? cracha-t-il.

Bon sang. Pourquoi devait-elle être toujours une telle garce ?

Quelques secondes de silence surpris remplirent l'espace

entre eux.

— Ça devient plus facile avec la pratique. Ça va aller. Vois ça comme la première fois que tu as tiré sur un cerf.

C'était une analogie qui lui parlait.

— Je pense que c'est pour demain, mais ne fais rien avant que je te le dise. Le timing doit être parfait.

On aurait dit qu'elle était distraite. Peut-être qu'elle était déjà passée à la prochaine mission ?

— Tu te souviens de tout ?

— Oui.

Porter des vêtements sombres sans marque, une casquette de baseball, éviter la rue et les caméras de surveillance qu'elle avait indiquées sur une carte pour lui. Ne pas être vu. Ne pas se faire prendre. Identifier la sortie avant d'entrer.

— Je t'appelle demain.

— Sois prudente, dit-il, mais elle avait déjà raccroché.

Il plongea la main au fond du tiroir et tâtonna. Rien. Où était passé ce truc ?

Il se dirigea vers la cuisine et récupéra des gants en caoutchouc sous l'évier. Puis il sortit une pile de dossiers et tâtonna davantage. Aucune trace de la clé USB. Prenant une profonde inspiration pour s'empêcher de paniquer, il récupéra le reste des dossiers et vérifia à l'intérieur du tiroir et en dessous. Puis il chercha dans tous les autres tiroirs.

Il commençait à suer. Cette clé USB contenait, en crypté, leurs projets et leurs victimes potentielles. Entre de mauvaises mains, cela pourrait tout gâcher. Où était-elle ?

Il se frotta le visage. Il ne pouvait pas se permettre de commettre une erreur stupide. Il remit soigneusement les dossiers en place, vérifiant chacun d'eux avant de le glisser dans le meuble de rangement. Puis il passa en revue tous les tiroirs du bureau, tous les pots et bocaux où quelqu'un aurait pu cacher une clé USB, y compris toutes les sacoches d'ordinateur et les sacs à dos de la maison.

Son cœur battait la chamade sous l'effet de la panique. Il avait du mal à reprendre son souffle. Elle le tuerait si quelqu'un d'autre venait à mettre la main sur ces informations.

Il se figea en revoyant une image de Tess fouillant dans le meuble de rangement.

Elle avait dû la prendre.

Mais pourquoi ? Avait-elle eu des soupçons ? Ou avait-elle simplement besoin d'une clé USB et l'avait-elle empruntée ?

Quelque chose dans la façon dont elle le regardait dernièrement le rendait nerveux.

Il s'essuya le front et se leva, s'assurant d'avoir remis la pièce en état. Le match de hockey n'était pas terminé, mais il n'en avait plus rien à faire. Il enleva ses gants, enfila un sweat à capuche noir et une casquette marine.

Il prit ses clés sur l'étagère. Il ne voulait pas faire de mal à Tess, mais d'une manière ou d'une autre, il devait trouver cette clé USB.

Sa sœur ne se mettrait pas en travers de son chemin. Il aurait sa revanche.

CHAPITRE QUATORZE

UNE HEURE PLUS tard, Tess se réveilla en sursaut, après s'être brièvement assoupie.

Mac avait repris le volant. La neige avait cessé de tomber. Une fine couverture blanche recouvrait toute la région, et des nuages pâles planaient lourdement sur les collines voisines. La conférence téléphonique de Mac avait été unilatérale et peu instructive. Le message à retenir était qu'ils n'avaient arrêté personne, mais qu'il n'y avait pas de nouvelle victime. Pour l'instant.

Ils passèrent par Twin Falls. Elle avait vu des panneaux indiquant le monument national et la réserve nationale Craters of the Moon.

À mesure que les kilomètres défilaient, elle eut un inexplicable pressentiment. Tess sortit son téléphone portable pour regarder une carte, mais il n'y avait pas de signal. Elle trouva une carte imprimée dans la boîte à gants et l'étala maladroitement sur ses genoux. Elle repéra la route et suivit leur position avec son doigt. Le camp lui-même n'était pas indiqué sur la carte, mais la ville de Kodiak, au sud-ouest, l'était. Son pouls s'accéléra.

— Nous ne sommes pas loin du camp.

Mac inclina la tête, mais ne fit pas de commentaire.

— Je n'y suis jamais retournée.

Elle se retourna vers lui.

— Toi oui ?

— Pas après la descente.

Il tapota le volant en rythme.

Elle regarda le ciel qui s'assombrissait. C'était seulement le milieu de l'après-midi, mais on aurait davantage dit le crépuscule. Elle frissonna. Elle n'avait jamais voulu retourner dans cette partie du monde, mais maintenant qu'elle était si proche, l'attraction était comme magnétique. Quelque chose l'attirait. Une pulsion imprévue. Ou peut-être était-ce le désir d'enterrer ses fantômes. De savoir que cette partie de sa vie était bel et bien révolue.

— On peut y aller ? On a le temps ?

Il y avait un vol à 20 heures qu'ils espéraient tous les deux prendre, mais Mac avait l'air d'hésiter. Il finit par hocher la tête et prit la prochaine sortie à droite sur l'autoroute.

Une grande partie de l'État était couverte de déserts, de montagnes et de forêts, mais cette partie du sud de l'Idaho était une terre agricole fertile. De vastes champs côtoyaient des collines et des forêts.

Il tourna à nouveau et ils grimpèrent, la forme familière des collines lui rappelant de sombres et lointains souvenirs d'enfance. Elle se revit assise à l'arrière du pick-up, en train de manger de la glace, léchant les gouttes qui fondaient et riant comme une banshee tandis qu'Ellie faisait de même.

Bon sang, sa sœur lui manquait.

Elle ferma les yeux. Si la police n'était pas arrivée, elle aurait probablement subi le même sort que cette belle âme. L'idée que Walt ou Eddie ait pu la toucher l'oppressait. Au lieu de cela, elle avait été sauvée et élevée avec amour et gentillesse par le genre de personne que ses parents craignaient et méprisaient. Une personne sympathique. Une personne sage. Une femme de couleur qui voyait le monde dans toutes ses nuances.

Tess ouvrit les yeux.

— J'ai toujours aimé les paysages d'ici.

Son souffle embua la vitre et elle essuya sa manche pour chasser la condensation. McKenzie monta à nouveau la température. Elle voulait lui demander s'il avait prévu de se rendre au camp depuis le début, mais il n'avait pas pu prévoir qu'elle serait à la prison ni qu'une tempête hivernale forcerait l'aéroport local à fermer.

— C'est joli, concéda-t-il. Mais pas autant que le Montana.

— C'est vraiment de là que tu viens ? lui demanda-t-elle, surprise.

— Je suis né et j'ai grandi là-bas.

Un côté de sa bouche se retroussa et elle vit apparaître des fossettes dont elle ignorait l'existence.

Elle ignora l'effet que son regard avait sur son rythme cardiaque et regarda par la fenêtre.

— Tu as encore de la famille là-bas ?

Il secoua la tête.

— Non. Mon père m'a élevé, mais c'était plus par accident que par choix. Ma mère est morte d'un cancer quand j'étais enfant.

— Toutes mes condoléances.

Elle rongeait son frein. Elle céda au désir d'en savoir plus sur lui.

— Elle te manque ?

Il hocha la tête, mais son expression se ferma.

Ce n'étaient pas ses affaires, mais il n'y avait pas vraiment de règles dans leur relation. C'était un territoire inexploré – ou peut-être qu'elle se voilait la face. Peut-être qu'elle était légitimement suspecte et qu'il connaissait les règles. Cela n'avait pas d'importance. Les petites étincelles d'attirance qui jaillissaient entre eux n'étaient rien comparées à l'histoire qui les étouffait. Autant profiter de sa compagnie. Elle n'avait rien fait de mal.

Mais Cole pourrait bien, lui... Elle chassa cette pensée de son esprit. Il était avec elle quand la DJ avait été tuée.

Quelqu'un pourrait-il essayer de le piéger ? Cela semblait aussi improbable que Cole appuyant sur la gâchette pour éliminer un autre être humain.

— Francis ne me manque pas, dit-elle abruptement en frissonnant. Eddie m'a rappelé que j'avais ses yeux.

Mac hocha à nouveau la tête, confirmant ce qu'elle savait déjà.

Tu as toujours été une petite salope contrariante. J'aurais dû te noyer à la naissance.

Les derniers mots de sa mère biologique résonnèrent dans son esprit. Pas étonnant que Tess n'ait pas pleuré sa mort.

— S'il y a bien quelqu'un qui n'aurait pas dû avoir d'enfants, c'est Francis Hines. Mais en avoir cinq ? fit-elle. C'est de la folie.

— Les Pionniers n'étaient pas très portés sur la contraception, si je me souviens bien, fit remarquer Mac avec ironie. Trop occupés à essayer de fonder leur république.

Tess se blottit plus profondément dans sa veste. Elle n'avait pas réussi à se réchauffer depuis qu'Eddie avait coincé son avant-bras sur sa gorge.

— Je pense que je n'aurais jamais d'enfants.

Il la regarda.

— Pourquoi pas ?

— Et si je deviens comme mes parents ?

— Ça n'arrivera pas.

— Et si mes enfants deviennent comme eux ? insista-t-elle.

Aussi irrationnel que cela puisse paraître, c'était une réelle inquiétude pour elle.

— La nature contre l'éducation, Tess. Comment s'en est sorti ton petit frère ?

L'émotion menaça de l'étouffer.

— C'est un chouette môme.

Mais il se passait quelque chose. Et il ne l'avait toujours pas rappelée.

— Tu vois bien. Pour ce que ça vaut, je pense que tu ferais une merveilleuse maman.

Il lui adressa un sourire, et ses yeux changeants virèrent au bleu.

— Je ne t'ai jamais remercié, pas correctement. Pour le travail que tu as fait sous couverture.

Elle se tourna vers lui, déterminée à dire ce qu'elle avait à dire.

— Sans toi, je serais morte, j'aurais été violée ou je serais devenue une nationaliste blanche cinglée.

— Tu n'as jamais été comme les autres.

Il sourit et sa présence lui fit l'effet de la caresse d'une plume sur sa peau nue. Son stupide béguin d'enfant était bien vivant et faisait un retour en fanfare. Mais il n'était pas censé le savoir. Ça ne voulait rien dire. C'était un beau garçon et il n'y avait aucune raison de ne pas admirer le paysage. Tant qu'elle ne faisait rien de stupide, comme se fier à ses yeux souriants ou à ses adorables fossettes.

Elle sentit qu'il l'observait du coin de l'œil.

— Je ne me suis jamais sentie comme eux, dit-elle. Je ne

me suis jamais intégrée. Je ne me suis jamais intégrée nulle part.

Mac acquiesça.

— Je sais ce que ça fait. Tu n'es pas obligée de prendre de grandes décisions, tu sais. Tu es encore jeune…

Elle éclata de rire.

— Trente ans, ce n'est pas jeune.

— Comparé à trente-neuf, ça l'est, dit-il sèchement.

Elle pouffa.

— Trente-neuf ans, ce n'est pas vieux non plus. Et je parie que tu t'intègres parfaitement avec les autres agents du Bureau. En fait, je parie que toutes tes collègues craquent pour ton charme. Je suis surprise que tu n'aies pas déjà une femme et une ribambelle d'enfants…

Elle s'interrompit et grimaça.

— Désolée. Je n'aurais pas dû dire ça. J'avais oublié ton divorce.

Il haussa les épaules.

— Heather n'a jamais voulu d'enfants.

— Mais tu l'as quand même épousée ?

— Qui a dit que je voulais des enfants ? demanda-t-il, surpris.

— Je me souviens de toi à dix-neuf ans. Tu traînais plus avec les enfants qu'avec les adultes.

— Les enfants étaient plus gentils.

Ils firent tous deux la grimace.

Il reporta son attention sur les virages de la route.

— Heather n'était pas du tout faite pour moi. Je ne sais même pas pourquoi je l'ai épousée.

Puis un soupçon de rouge lui monta aux joues.

C'était étonnant qu'un homme de son âge puisse encore

rougir.

— Je suppose que tu viens de t'en souvenir, dit sèchement Tess.

— Elle était douée au lit, admit-il. Mais ce n'était pas une raison d'avoir les fers aux pieds.

— Surtout si ça donnait cette impression.

Elle ne comptait pas lui avouer qu'elle n'avait pas eu de folle partie de jambes en l'air depuis si longtemps qu'elle se souvenait à peine de ce que ça faisait. Elle ne voulait pas que ça finisse dans un rapport du FBI.

Ça devait remonter à l'université, probablement. Avec un garçon dont elle avait été amoureuse, mais qui était parti suivre ses rêves alors qu'elle aidait Trudy à élever Cole. Son petit frère n'avait que onze ans et elle avait refusé de le quitter. Elle était allée à l'école à Georgetown pour rester près de lui.

Elle pensa à son dernier petit ami qui avait gâché tant de choses dans sa vie.

— Les relations sont surfaites.

— On dirait que je ne suis pas le seul à m'être brûlé.

Elle fit la moue.

— Les vibros sont bien moins pénibles que les hommes.

Il eut un sourire en coin.

— Mais pas aussi amusants.

— Amusants ?

Elle éclata de rire.

Il lui jeta un regard.

— Le sexe est censé être amusant, non ?

— Je suis manifestement sortie avec le mauvais type de mec, mais je le savais déjà.

Elle sentait que ses joues étaient rouges. Elle n'en revenait pas d'avoir cette conversation avec lui, mais s'imaginait très bien faire l'amour avec Mac. Elle regarda sa barbe d'un jour, l'imaginant frotter contre sa peau.

Elle était certaine qu'une partie de jambes en l'air avec lui serait amusante, mais ça ne valait pas le prix qu'elle finirait par payer.

— Quoi ? demanda-t-il sa voix devenant plus grave.

En croisant son regard, elle réalisa qu'il avait un œil sur la route et un œil sur ses lèvres.

— Rien.

Elle savait que ce badinage n'était pas réel et ne les mènerait nulle part. Il était donc inoffensif. Elle était une vraie paria dans le milieu des forces de l'ordre. C'était un peu sa kryptonite. Elle essaya de faire de l'humour.

— Je n'arrive pas à croire que je discute de ma vie sexuelle avec un fédéral. Je ne pensais pas que les agents du FBI faisaient l'amour.

Il manqua de s'étouffer.

— Tu te fous de moi ? Les agents du FBI sont considérés comme les plus *sexy* des forces de l'ordre. Contrairement à la DEA ou l'ATF… ces gars-là souffrent de problèmes d'image.

Son attention se reporta sur le paysage qui les entourait. Là, sur la gauche, se trouvait le pic déchiqueté qui avait dominé tous les jours de sa jeune vie.

Son cœur se serra de terreur.

Mac lui avait fait la conversation pour la distraire de ce retour traumatisant dans le passé. Elle saisit son avant-bras, en espérant qu'il se rende compte qu'elle le remerciait silencieusement. Elle n'avait pas les mots pour ce faire.

Il tourna de nouveau à droite et elle gigota sur son siège lorsque son ancienne maison apparut. La clôture de barbelés rouillés avait été remplacée, mais la forme des champs était douloureusement familière. Même les vaches avaient des airs de déjà-vu.

McKenzie s'arrêta sur le bord de la route, en faisant attention de ne pas glisser dans le fossé. Il laissa le moteur tourner. Un portail à sept barres barrait l'entrée de l'ancienne allée.

Ils fixèrent le camp, chacun perdu dans ses propres pensées. Le panneau qui s'étendait fièrement au sommet de deux grands piliers en bois avait été repeint en gris foncé, probablement pour empêcher que ce site ne devienne un haut lieu des nationalistes blancs.

Trois des cottages avaient été démolis, ainsi que certaines des anciennes dépendances. La grange où Walt avait essayé de l'agresser était toujours là. Cette grange représentait à la fois le bon et le mauvais de son enfance.

Grandir dans une ferme, s'occuper des tâches ménagères et des animaux n'avait pas été si terrible. Avoir une sœur qu'elle aimait de tout son être non plus. Et qu'elle soit prête à l'admettre ou non, Kenny Travers avait aussi rendu sa vie plus supportable.

Mais les coups qu'elle recevait chaque fois qu'elle ne faisait pas exactement ce qu'on lui disait, les corvées incessantes, le manque d'éducation formelle, l'absence d'amis, le barrage constant de haine et de bile et la propagande imposée alors qu'ils essayaient de détruire sa capacité à penser de manière critique ou à développer sa propre opinion…

À l'époque, c'était tout ce qu'elle avait connu, mais avec le recul ?

Un vrai cauchemar.

Mon Dieu, à quoi pensaient-ils ?

Les cendres de ses parents avaient été dispersées quelque part dans ces champs, conformément à leurs dernières volontés, mais il n'y avait aucune pierre tombale ni aucun monument funéraire à vénérer.

Leurs esprits étaient-ils toujours là ? Avaient-ils enfin trouvé la paix ?

Tess ouvrit sa portière et sauta dans la neige qui lui montait jusqu'aux genoux.

— Tess, la prévint McKenzie. Tu ne peux pas entrer.

La cabane dans laquelle elle avait grandi était à environ deux cent cinquante mètres de là, au bout d'une allée sinueuse et récemment déneigée. Elle avait supposé que l'endroit serait tombé en ruine, mais tous les bâtiments étaient fraîchement peints et la cabane principale avait un nouveau toit.

Quelqu'un l'avait rénovée.

Quelqu'un vivait-il ici ?

C'était impossible. Mais qui avait déneigé l'allée ? Et pourquoi ?

Son cœur battait la chamade. Elle escalada le portail, ignorant le panneau « Entrée interdite » et les cris de Mac.

Qu'allait-il faire ? L'arrêter ?

Des aiguilles glacées lui coupèrent la respiration et lui rappelèrent tous ces hivers glacials qu'elle avait passés ici même, sur cette colline. Toutes les fois où elle avait dû briser la glace des abreuvoirs des animaux pour leur permettre de boire.

Dans l'allée, la neige ne lui arrivait qu'aux chevilles et elle se dirigea rapidement vers la maison, guettant attentivement tout signe de vie. Une portière de voiture claqua derrière elle, les jurons inventifs de Mac résonnant dans la vallée.

Le vent agitait les branches des peupliers voisins et lui arrachait des larmes. Elle poursuivit sa progression, passant devant l'endroit où Harlan Trimble avait survécu, et où sa sœur était morte. Sa gorge se serra douloureusement.

La cabane l'attirait. Elle n'avait qu'un seul étage et avait l'air relativement exiguë. Les apparences étaient trompeuses, car elle comprenait tout de même cinq chambres – bien que celle d'Ellie et la sienne n'aient pas été plus grandes que les placards à chaussures de certaines personnes – et une salle à manger. Ses parents voulaient d'autres enfants, mais Francis avait subi plusieurs fausses couches et deux bébés étaient mort-nés avant l'arrivée de Bobby. Tess repéra la fenêtre de la cuisine où elle s'était souvent tenue pour regarder le soleil se coucher.

Elle resta silencieuse pendant un moment alors que les fantômes de son passé tournaient autour d'elle. C'était ici que la plupart des membres de sa famille étaient morts, et même si elle ne les aimait pas beaucoup, il y avait un lien entre eux, quelque chose d'invisible, d'incassable, d'indésirable. Le sang.

Elle posa le pied sur les marches du porche latéral qui menait à la cuisine.

Mac lui attrapa le bras.

— Tess, tu ne peux pas entrer dans la maison de quelqu'un.

Elle se dégagea et ouvrit la porte. Elle n'était pas verrouillée. Quelqu'un devait vivre ici… Mais qui ?

Elle appuya sur l'interrupteur.

— Il y a quelqu'un ? lança-t-elle.

Personne ne répondit.

La cuisine était la même, mais différente. De nouveaux appareils électroménagers, des murs repeints couleur ocre, des parquets revernis. Des cadres représentant des fleurs remplaçaient les vieilles photos de western en noir et blanc que sa mère aimait tant.

— Tess, insista Mac. On n'a pas le droit d'être là.

Les souvenirs l'assaillirent. Le verre brisé. Les balles qui volaient. Le bruit était si fort qu'elle plaqua ses mains sur ses oreilles. Elle regarda les jolis meubles. Les impacts laissés par les balles dans les murs avaient été réparés et il était évident que quelqu'un vivait ici ou que la cabane était louée à des vacanciers.

Elle sentit la colère la gagner.

Elle désigna un endroit sur le sol près de là où se trouvait l'ancien réfrigérateur.

— Walt est mort là-bas.

Elle désigna l'endroit sous l'évier de la cuisine.

— Mon père. Je me souviens qu'il était allongé dans une mare de sang.

Elle traversa la salle à manger pour rejoindre un autre couloir latéral où se trouvaient les chambres.

Tess désigna le sol devant la chambre qui avait été la sienne.

— C'est là que ma mère est morte.

Les yeux de sa mère étaient ouverts. Son visage tendu et amer, même dans la mort.

— Je suis presque sûre que si les flics ne l'avaient pas abattue, je ne serais pas en vie aujourd'hui.

Elle entra dans la pièce comme si elle enjambait un cadavre et frissonna à ce souvenir. Le lit avait été remplacé. Une petite coiffeuse trônait dans un coin, là où il n'y avait auparavant qu'une chaise rigide. Elle s'approcha du placard et ouvrit la porte. À l'intérieur, il y avait une rangée de cintres métalliques nus. Elle observa l'espace réduit et exigu, puis se tourna vers Mac, qui suivait chacun de ses mouvements avec une expression inquiète.

Elle devait abréger ses souffrances.

— Je me suis cachée ici avec Bobby et Sampson.

Sa gorge était douloureuse à force de réprimer ses émotions.

— Il semble si petit maintenant et pourtant, pendant toute cette nuit, c'était le seul endroit au monde où je me sentais en sécurité.

Elle sentit les larmes monter, mais elle refusa de les laisser couler. Le temps des larmes était révolu.

Quelqu'un utilisait les idéaux tordus de sa famille pour mener une nouvelle guerre et elle refusait de les laisser l'entraîner dans leur chute. Quelqu'un avait rénové cette cabane alors que dans son esprit, elle avait cessé d'exister. Elle avait besoin de savoir qui et pourquoi.

Elle s'approcha de la fenêtre de la chambre et regarda la vue qui avait été la sienne pendant toutes ces années. Tant de choses avaient changé, mais pas ça. Un champ, des arbres, la montagne derrière. Elle laissa échapper un soupir, désirant avoir vécu une chose qu'elle ne pouvait pas nommer – peut-être juste la normalité. Elle aurait aimé avoir le genre d'enfance dont on pouvait se souvenir avec nostalgie.

— Je ne sais même pas ce qui est arrivé à mon chien.

Elle serra plus fort ses bras autour d'elle. Les flics avaient emmené Sampson et les gens des services sociaux avaient refusé de lui dire où. Plus elle faisait de bruit, plus ils la regardaient de haut.

— Je l'ai pris.

Elle se tourna vers lui, surprise.

— Quoi ?

Mac haussa les épaules et eut l'air d'avoir honte.

— Je l'ai emmené avec moi. J'ai essayé de demander aux services de l'enfance de le laisser partir avec toi, mais ils m'ont dit qu'ils n'étaient pas la fourrière et qu'ils ne prenaient pas les animaux. C'était un chien formidable.

Il haussa les épaules.

— Je me suis occupé de lui.

Elle inspira profondément et l'observa à travers les reflets du verre.

— Pendant toutes ces années, je me suis posé des questions. Je me suis inquiétée pour lui.

Elle déglutit péniblement.

— Une autre chose pour laquelle je dois te remercier.

Il se frotta la nuque.

— Il a vécu encore quatre ans et il est mort paisiblement dans son sommeil. Il ne m'a jamais posé de problème, mais chaque fois qu'un pick-up se garait devant la maison, ses oreilles se dressaient et il remuait sa queue si fort que j'avais peur qu'il tombe à la renverse. Je me disais qu'il attendait que sa meilleure amie vienne le chercher pour aller jouer au ballon.

Mais elle n'était jamais venue.

Sa gorge était maintenant si serrée qu'elle pouvait à peine respirer. Sa vision se troubla. Pourtant, elle ne laissa pas couler ses larmes. Elle avait adoré ce chien, et il lui avait terriblement manqué, mais au moins il avait eu un foyer aimant.

Des messages tacites passèrent entre eux et Tess se sentit liée à cet homme comme elle n'avait jamais été liée à personne d'autre. Peut-être était-ce le fait qu'il connaissait tous les secrets qu'elle avait gardés cachés toutes ces années, des choses qu'elle n'avait jamais dites à personne. Peut-être était-ce l'intense attirance qu'elle ressentait. Elle ne lui faisait pas confiance, mais elle l'appréciait clairement. Beaucoup.

Ils étaient tellement occupés à se noyer dans le regard l'un de l'autre qu'elle n'entendit pas le parquet craquer avant qu'il ne soit trop tard.

CHAPITRE QUINZE

EN ENTENDANT QUELQU'UN armer un pistolet, Mac se figea pendant une fraction de seconde avant de se placer devant Tess.

L'homme avait un visage plein de rides entourant un nez rouge et bulbeux, une mâchoire grisonnante et une paire de petits yeux perçants. Le peu de cheveux qui restait sur sa tête était filandreux et gris comme le ciel couvert.

— Vous ne savez pas lire ? La pancarte dit « Entrée interdite ».

Mac leva lentement les mains et regarda l'arme – un revolver Smith and Wesson probablement aussi vieux que l'homme qui le tenait. Mac savait qu'il était préférable de garder pour lui son appartenance au FBI alors que quelqu'un le menaçait d'une arme dans cette partie du monde. Le vieil homme pourrait décider que lui tirer dessus pour intrusion était l'occasion de se débarrasser d'un fédéral. Le sentiment antigouvernemental était profond dans certains États.

— Doucement. On ne vous veut pas de mal.

Mac accentua volontairement son accent.

Tess mit les mains sur ses hanches.

— Je n'ai rien fait d'interdit si c'est ma propre propriété, n'est-ce pas ? Vous feriez mieux de ranger cette arme avant de blesser quelqu'un.

Elle haussa les sourcils d'un air impérieux et la mâchoire de Mac faillit se décrocher.

— Je suppose que c'est quelque chose que tu as oublié de mentionner, trésor, lui dit-il sous cape.

Cela expliquait pourquoi elle avait ignoré ses avertissements plus tôt. Mac n'avait jamais imaginé que Tess avait pu conserver la propriété. Sa mère adoptive avait dû s'en occuper pour elle. La question était de savoir pourquoi.

Le vieil homme plissa les yeux et abaissa son arme.

— Ça alors ! La petite fille de Francis et David ?

Un frisson remonta le long de la colonne vertébrale de Mac. Il n'avait pas entendu ce ton employé en parlant de la famille Hines depuis près de vingt ans.

Il lança un regard à Tess. Il aurait aimé pouvoir la prendre à part et lui dire comment se comporter avec ce type. Il voulait en savoir plus, mais cet homme ne parlerait pas à un agent fédéral. Mais elle n'avait pas besoin qu'il lui dise quoi que ce soit. Elle avait grandi dans un environnement qui vénérait son père et punissait ceux qui ne suivaient pas le troupeau.

— Theresa Jane.

Elle hocha la tête et fronça les sourcils en lui tendant la main.

— Je suis désolée, je ne me souviens pas de vous.

— C'est normal. Vous n'étiez qu'une petite fille la dernière fois que je vous ai vue. Jessop. Henry Jessop.

— Oh… maintenant je me souviens de vous. Le fermier qui loue les terres ?

Il hocha la tête.

— Je continue d'espérer que vous vendrez…

Il glissa l'arme dans un étui attaché à sa taille.

Mac connaissait le nom de l'homme. Il avait un ranch

voisin au nord-ouest. Jessop ne semblait pas être directement impliqué dans le complot des Pionniers pour faire tomber le gouvernement, mais David Hines avait passé pas mal de temps dans son ranch. Les forces de l'ordre avaient entré Jessop dans le système, mais rien de suspect n'en était ressorti. Le vieil homme était considéré comme un dur à cuire par les autres cow-boys qui fréquentaient le bar local. Mac doutait que Jessop se souvienne d'un type sans histoire comme Kenny Travers.

— Je dois parler à mon frère avant de décider de vendre ou non, répondit Tess à Jessop.

Mac remarqua qu'elle avait pris soin de ne pas mentionner quel frère.

Elle allait bientôt devoir parler à Bobby de ses vrais parents, ce qu'elle était clairement réticente à faire. La toile inextricable des mensonges… Mais… et si quelqu'un d'autre lui avait déjà dit ? Et si son petit frère cherchait à venger des parents dont il ne se souvenait même pas ? Tess le trahirait-elle ou deviendrait-elle complice ? Mac l'ignorait. Il espérait ne pas avoir à le découvrir.

Il n'y avait pas eu de réelle avancée au cours des dernières heures, mais au moins personne d'autre n'était mort. Les laboratoires recueillaient des preuves aussi vite que possible, et tout le monde faisait de son mieux pour cerner le tueur, lui y compris, même si ce n'était pas la façon la plus traditionnelle de diriger une équipe.

Le vieil homme se gratta le crâne.

— Eddie ? Eddie ne veut pas vendre.

— Pas Eddie.

Tess sourit froidement et le vieil homme parut sursauter. À cet instant, elle ressemblait à sa mère.

— Mon petit frère, Bobby.

Eddie avait renoncé à son droit à la propriété quand il avait tiré sur ce flic.

Le vieil homme plissa les yeux et hocha la tête.

— Bien sûr. Bobby.

— Je ne vous ai jamais donné la permission de louer cet endroit.

Le ton de la jeune femme était doux, mais Mac approcha sa main de son étui, au cas où le vieil homme s'offusquerait.

Jessop eut la politesse de paraître honteux.

— Je ne pouvais pas rester là à regarder cet endroit tomber en ruines. Je me suis dit que ça pourrait être l'endroit idéal où revenir vivre pour Eddie – en supposant qu'ils le laissent sortir de prison. Il y a des tueurs en série qui font moins de temps que ça, dit-il avec amertume. Je ne gagne pas d'argent avec la location, lui assura-t-il. Je m'en sers pour payer l'entretien et je mets le reste sur un compte d'épargne pour qu'il ait de l'argent à sa sortie.

Donc Jessop était assez proche de la famille pour vouloir s'occuper d'Eddie Hines. Dans quoi d'autre pourrait-il être impliqué ? Mac comptait bien le découvrir.

— J'apprécie que vous pensiez à Eddie, M. Jessop. J'ai un peu honte d'avoir mis si longtemps à revenir dans l'Idaho, mais les souvenirs de cette époque étaient difficiles à affronter.

Mac regarda son nez encore gonflé. Quelqu'un qui n'était pas au courant des récents événements aurait pu prendre cette rougeur pour du froid. Ses autres ecchymoses étaient cachées par un foulard bleu et noir en velours qu'elle avait enroulé autour de son cou.

— J'aurais dû lui tendre la main il y a des années, mais je n'ai pas pu le faire en toute sécurité. D'où ma présence ici.

Pour voir Eddie.

Elle ne mentait pas, et elle était assez vague pour que ce soit crédible.

Il savait, depuis qu'il avait vécu dans cette communauté, que les choses importantes n'étaient pas abordées dès la première conversation – le sectarisme, la conspiration, la trahison, ces choses prenaient généralement du temps à être mises sur la table.

Jessop reporta son attention vers Mac, et ses yeux se durcirent.

— Et vous, qui êtes-vous ?

Mac prit une décision en une fraction de seconde et lui tendit la main. Il fit un pas en avant et secoua chaleureusement la main de l'homme.

— Mac Stevens. Theresa Jane m'a fait l'immense honneur d'accepter de devenir ma femme et vous êtes le premier à le savoir. Nous n'avons même pas encore de bague. Ravi de vous rencontrer, M. Jessop.

L'homme ne parut pas étonné par sa demande impromptue.

— Alors, qu'est-ce que vous faites dans le coin ?

— On va de Boise à Salt Lake City, improvisa Mac. Theresa Jane m'a dit qu'elle avait quelque chose à me montrer. Je suppose que c'était ça.

Mac remarqua une boulette de tabac à chiquer dans la bouche de l'homme. Il en avait aussi mâché pendant un temps, pour s'intégrer. Le souvenir du tabac amer imprégna sa langue comme de l'huile et il lutta contre l'envie de cracher.

— Je voulais revoir la cabane, dit Tess à voix basse. Ça semblait être le bon moment pour rentrer à la maison.

— Je n'arrive pas à croire que ça fait déjà presque 20 ans.

Jessop secoua la tête.

Mac se crispa.

— Le temps ne ternit pas les souvenirs, dit Tess.

Mac se demandait combien de cauchemars elle avait faits sur la fusillade au fil des ans. Il regarda le placard et vit un trou laissé par une balle perdue à environ un mètre du sol. Si Theresa Jane avait été assise au moment du tir, la balle aurait pu la traverser. Il se rendit compte encore une fois de la chance qu'elle avait eue. C'était un miracle qu'elle ait survécu à cette nuit. Il ferait bien de s'en souvenir la prochaine fois qu'elle le remercierait de l'avoir sauvée.

— Vous étiez proche de mes parents ? demanda-t-elle à Jessop d'un ton grave.

L'homme recula hors de la pièce exiguë. Il était presque aussi grand que Mac, mais avait des épaules arrondies et une bedaine. Mac ne le sous-estima pas pour autant. Travailler au ranch donnait à un homme des muscles bien différents des accros à la gonflette. Il suivit Jessop dans la cuisine, Tess sur les talons.

— C'étaient des gens bien. Des voisins merveilleux.

Tant que vous étiez blanc, hétéro et sectaire, pensa Mac, la bile montant dans sa gorge.

Tess sourit avec compassion, frottant son tatouage comme s'il avait commencé à la démanger. Elle faisait ça quand elle était nerveuse.

— Je suppose que j'aurais dû appeler avant et vous dire que nous venions. Je ne m'attendais pas à trouver la cabane encore debout, et encore moins utilisée. Ça m'a fait un choc.

— La plupart des gens évitent cet endroit.

Jessop s'appuya contre l'évier.

Mac se souvint de Tess, debout au même endroit, faisant la

vaisselle, le jour de la descente.

— Certains disent qu'elle est hantée.

Vu les cheveux qui s'étaient dressés sur la nuque de Mac quand ils avaient franchi la porte, il voulait bien le croire. Et si quelqu'un pouvait se transformer en goule, c'était bien Francis Hines.

Tess consulta sa montre et fronça les sourcils.

— Même si j'aimerais beaucoup rester parler, nous devons y aller.

— Pourquoi ne pas venir dîner au ranch avant de repartir ? proposa soudain Jessop.

Tess secoua la tête, mais Mac l'interrompit avec enthousiasme :

— Je meurs de faim.

Elle le regarda.

— Je ne pensais pas qu'on avait le temps.

Il consulta sa propre montre et, pile à cet instant, son estomac gargouilla. Il y avait des chances qu'ils manquent le vol de 20 heures s'ils restaient, mais il y avait un autre vol après. Cela pourrait valoir le détour, pour voir ce que ce type avait à dire.

Jessop balaya l'inquiétude de Tess.

— Il y a du ragoût sur la cuisinière et du pain dans le four. Ce sera plus rapide que de s'arrêter dans un restaurant et un homme doit manger.

Sa préoccupation joviale pour le bien-être de Mac le mit sur le qui-vive. Il ne faisait pas confiance à ce type.

— Vous êtes sûr que ça ne vous dérange pas ? demanda à nouveau Tess.

La réticence était évidente dans son ton.

Les yeux de fouine de Jessop devinrent deux fentes.

— J'ai quelques trucs qui pourraient vous intéresser. Des choses qui ont appartenu à vos parents…

La décision de Mac était prise.

Ce type pourrait-il savoir quelque chose de pertinent pour son enquête ? Pourrait-il être impliqué ? Tess croisa son regard. Elle avait l'air incertaine et il savait que c'était mal, mais il répondit tout de même :

— Ma fiancée et moi serions honorés de nous joindre à vous pour le dîner, M. Jessop.

Tess lui lança un regard mauvais, mais le vieil homme ne lui prêta pas attention. Son homme avait parlé et c'était tout ce qui comptait dans ce coin reculé. Alors qu'ils suivaient Jessop dehors, Mac posa sa main sur son dos. Elle se raidit, mais ne se dégagea pas.

— Est-ce qu'on vous suit ? suggéra Mac.

Il n'était pas censé savoir où Jessop vivait.

— On peut couper à travers le ranch. Je vais déverrouiller le portail.

Jessop hocha la tête et se dirigea vers un vieux pick-up abîmé qui lui servait probablement déjà avant la naissance de Tess. Il y avait un chasse-neige attaché à l'avant. Mac ignora l'humidité glaciale qui s'infiltrait dans ses chaussures et suivit la femme désormais silencieuse dans l'allée.

— Merci d'avoir joué le jeu, dit-il à son dos raide.

Un nuage de vapeur jaillit quand elle expira. Elle serra ses bras sur sa poitrine et chuchota :

— Je n'avais pas vraiment le choix. Tu penses que ce type pourrait être impliqué dans les meurtres ?

Mac lui prit le coude alors qu'ils négociaient une congère.

— Il serait logique que tout plan visant à venger la mort de tes parents ou à exécuter leur projet puisse provenir d'un ancien Pionnier ou d'un proche. Le nom de Jessop est apparu dans l'enquête, mais il n'avait jamais participé à aucune réunion et n'avait aucun lien avec les armes volées que nous traquions, et dont nous connaissions l'emplacement de toute façon. Même s'il n'est pas impliqué, il pourrait quand même avoir des informations essentielles sur l'agresseur.

Il ouvrit la portière passager et aida Tess à grimper sur le siège. Il essaya d'ignorer comme son corps était agréable sous ses mains. Comme c'était facile et naturel d'être en sa compagnie.

Elle s'assit et observa son visage nerveusement.

— S'il découvre que tu es un agent fédéral, on aura de gros problèmes.

Il pencha la tête sur le côté.

— Assurons-nous qu'il ne le découvre pas.

— Est-ce qu'ils peuvent relier les plaques de ce véhicule à Steve McKenzie ou au FBI ? demanda-t-elle.

Il hocha la tête.

— Bien sûr, s'ils ont des contacts dans le milieu de la location ou s'ils connaissent un flic.

Elle écarquilla les yeux.

— Tu crois qu'ils ont les flics de leur côté ?

Mac éclata de rire.

— N'était-ce pas l'un des rêves de ton père ? Avoir une taupe à l'intérieur ?

Tess ferma les yeux et frissonna. Il l'attrapa par les épaules et se pencha pour embrasser le sommet de son crâne, mais elle leva soudain les yeux et ils se figèrent. S'il ne l'embrassait pas maintenant, cela semblerait étrange. Elle parut le réaliser au même moment que lui. Il effleura donc ses lèvres, pris au dépourvu par l'électricité qui irradia son sang. C'était comme une vague de chaleur en fusion.

Elle se mordit la lèvre inférieure et il sentit un soudain désir naître au niveau de son entrejambe.

Il sursauta quand un pick-up commença à klaxonner derrière eux. Que venait-il donc de se passer ?

Jessop avait ouvert le portail et attendait impatiemment qu'ils le suivent. Mac ferma la portière de Tess, fit le tour pour se mettre à la place du conducteur et ignora le fait qu'il n'avait pas réagi comme ça à une femme depuis *des années*. Peut-être jamais.

Il démarra et s'engagea dans une allée qu'il pensait avoir abandonnée pour toujours vingt ans plus tôt. Des frissons lui parcoururent l'échine tandis que les fantômes se rappelaient à lui, et le souvenir du baiser de Tess était encore sur ses lèvres, mais il se concentra sur la tâche à accomplir. À ce stade, se laisser distraire risquait de les mettre en danger tous les deux.

TESS AVAIT LES yeux rivés sur le paysage et les vieux champs familiers. Elle repéra la colline où ils avaient enchaîné les glissades pendant les rares moments de plaisir de son enfance. Et un petit bosquet d'arbres où ils avaient construit un fort secret alors qu'elle savait à peine marcher. Même Eddie était amusant à l'époque.

Elle ne voulait pas y penser.

Vingt ans de prison avaient endurci le peu de cœur qu'il avait. Mais ce vieil homme, Jessop, voulait s'occuper de lui comme s'il était une pauvre âme perdue. Sa gorge endolorie la lançait. Pauvre Eddie. Pauvre Eddie, violent, tordu et sadique.

Elle ne réalisa pas à quel point elle était tendue jusqu'à ce que Mac tende le bras pour qu'elle desserre les poings.

— Ça va aller.

Elle poussa un soupir peu féminin.

— Tu as dit ça tout à l'heure quand tu m'as convaincue de porter le micro. Heureusement que j'ai appris l'autodéfense, sinon je serais morte.

Elle se frotta la gorge et ajusta son écharpe pour que les bleus restent cachés.

— Je suis désolé qu'il t'ait attrapée. J'aurais dû placer un gardien plus près.

Un muscle se contracta dans la mâchoire de Mac.

— Écoute, pas besoin de rester longtemps chez Jessop. On mange, on récupère tous les souvenirs du camp qu'il a gardés pour toi…

— J'espère que ce n'est pas le buste d'Hitler.

— Je détestais ce putain de truc. Il me donne toujours des cauchemars, admit Mac, et ils échangèrent un regard d'horreur. Avec un peu de chance, je pourrai rapidement percer à jour ce type, peut-être jeter un coup d'œil à sa maison sans qu'il le sache et on pourra partir à temps pour avoir le dernier vol.

— C'est pour ça que tu es venu chez moi hier – était-ce vraiment la veille ? – pour me percer à jour ?

Elle ne put masquer l'amertume de son ton. Elle ne lui en voulait pas, mais cela devenait lassant que personne ne lui fasse jamais totalement confiance. Bien qu'elle soit mal placée pour ce type de réprimandes. Elle n'avait pas parlé à son ex, Jason, ni à sa meilleure amie, Julie, de sa véritable identité. Leur trahison ultérieure lui avait prouvé que c'était la bonne décision.

Mac pinça les lèvres. Il lui lança un regard noir.

— Je suis venu seul pour réaffirmer ce que je pensais déjà savoir sur toi. Malheureusement, comme tu as omis de mentionner l'anniversaire de ton père, d'autres agents viendront te poser davantage de questions.

Elle eut un rire dur.

— Donc, c'est de *ma* faute si le FBI n'a pas réalisé ça tout seul ?

Son regard s'éteignit et il détourna les yeux.

— Non, j'aurais dû m'en rendre compte, mais j'étais occupé à enquêter sur quatre meurtres et cette pièce du puzzle m'a échappé.

Elle se sentit coupable. Il avait raison. Des gens mouraient. Sa sensibilité n'avait plus d'importance.

— Je ne me suis réellement souvenue de la signification de cette date qu'après ton départ. Je suis désolée de ne pas t'avoir appelé.

Elle toucha ses lèvres, qui bourdonnaient encore du baiser que Mac y avait déposé quand elle était montée dans le SUV. Cela avait fait naître un désir profond en elle.

Elle était vraiment pathétique. Ce type jouait un rôle.

Elle n'avait toujours pas mis la main sur Cole. Ne lui avait-il vraiment pas pardonné son commentaire stupide sur les femmes plus âgées et les hommes plus jeunes ? C'étaient deux poids deux mesures… Car elle était coincée dans cette voiture avec un homme dont elle était amoureuse depuis qu'elle avait dix ans. La différence d'âge de neuf ans était insurmontable à l'époque. À présent qu'elle avait trente ans, elle semblait insignifiante.

C'étaient des pensées dangereuses, mais pour l'heure, elle était coincée avec lui. C'était peut-être pour le mieux. Plus elle se montrait collaborative avec le FBI, mieux ce serait pour sa réputation. Cela valait le coup d'essayer.

— Qu'est-ce que tu veux que j'essaie de tirer de Jessop ?

— Essaie de le faire parler de tes parents, mais de manière subtile. Tu sais à quel point ces gens sont paranoïaques.

— Ce n'est pas de la paranoïa s'ils en ont vraiment après toi.

Elle accentua la voix nasillarde de son père et fronça les sourcils.

Les yeux de Mac s'écarquillèrent.

— C'est assez effrayant.

Elle rit.

— Mon père était un type effrayant. Quoi d'autre ?

— Essayons de faire de notre mieux pour regarder autour de nous tout en ayant l'air de nous en foutre. Je suis un…

Il baissa les yeux sur son costume et sa cravate.

— Qu'est-ce que je peux bien faire dans la vie si je porte un costume pendant mon temps libre ?

— Travailler pour une compagnie pétrolière. C'est à peu près les seuls hommes en costume à qui ces gars-là acceptent de parler. Les gens du pétrole et du gaz, ou un pasteur.

Sa bouche se crispa.

— Je ne pourrais jamais me faire passer pour un pasteur. Je suppose que je peux travailler pour une compagnie pétrolière.

— Très bien.

Elle était amusée par son manque d'enthousiasme, mais s'employa à le cacher. Ils devaient être sérieux.

— On ne lui dit que le strict minimum. L'attitude secrète peut aller dans les deux sens.

Les coins de ses yeux se plissèrent.

— Tu es douée pour ça.

— Pour mentir ? se moqua-t-elle.

Il gémit.

— J'espère que non, sinon je vais avoir l'air d'un imbécile quand je rentrerai au QG.

Elle lui lança un regard aiguisé. Cela signifiait-il qu'il s'était porté garant pour elle ? Ou que quelqu'un d'autre pensait qu'elle était suspecte ?

— Tu es douée pour improviser. T'adapter.

— Je n'ai pas eu le choix. J'ai caché ma véritable identité toute ma vie, Mac. Après ça, on a tendance à être prudent.

Mac soutint son regard pendant un long moment puis tritura son téléphone.

— Eh merde. Pas de signal.

Il remit son portable dans sa poche.

— On dirait que c'est juste toi et moi.

Elle haussa un sourcil.

— Ça te va ?

Il lui adressa un petit sourire.

— J'ai eu des partenaires pires que ça.

Mais elle n'avait pas menti plus tôt. Elle n'accordait pas facilement sa confiance. En fait, elle n'avait confiance en personne. Elle était peut-être aussi paranoïaque que ses parents, mais elle ne voulait pas l'être. Elle voulait faire partie d'une équipe. Elle voulait faire partie des gentils.

La ferme de Jessop apparut au loin.

Elle aperçut sa jolie toile de fond blanc nacré.

— Je ne me souviens pas avoir déjà visité cet endroit auparavant.

Il se tourna vers elle.

— Moi oui, une fois. Pour amener un poulain que ton père avait récupéré.

Des chevaux paissaient dans les champs, lui rappelant une autre vie.

— Ce type, Jessop, a un faible pour les chevaux.

Elle se surprit à regarder les mains de Mac sur le volant. De grandes mains. Des mains fortes. Larges avec de longs doigts qui semblaient plus adaptés pour calmer les bêtes que dompter les criminels. C'étaient ses yeux qui l'attiraient le plus, réalisa-t-elle soudain. Pas seulement leur couleur fascinante qui passait du vert au bleu comme la lumière du soleil sur une mer peu profonde. C'était l'intelligence qu'elle y voyait, combinée à la compassion. L'intelligence était un aphrodisiaque pour toute femme intelligente, mais la compassion était largement sous-estimée. Elle valait plus que l'argent, le pouvoir, même la vérité. Elle donnait de la moralité à la force et du réconfort à la souffrance. Elle aurait pu tomber amoureuse de lui pour cette seule raison.

Elle refoula ses pensées. Elle pouvait gérer l'idée d'un béguin enfantin. Elle ne pourrait pas en supporter davantage.

Elle regarda la maison. C'était une bâtisse en pierre claire avec un porche peint en blanc. Il y avait des écuries et un dortoir de l'autre côté de l'enclos. Un couple de pur-sang se tenait près de la clôture, éclairé par les phares. Les deux animaux portaient des couvertures très résistantes pour les protéger des intempéries.

Jessop se gara près des marches de l'entrée et des lumières inondèrent la zone en détectant du mouvement.

Mac se cacha les yeux.

— On se croirait en pleine évasion de prison.

Elle gloussa.

Il fit demi-tour au moment de se garer, afin d'être face à la sortie. C'était le meilleur moyen de s'enfuir rapidement.

Le cœur de Tesss se mit à battre la chamade et sa bouche devint sèche.

— Je ne suis pas ravie d'être ici, McKenzie, murmura-t-elle.

— Tout va bien se passer. Laisse-le faire la conversation.

Jessop monta les marches de l'entrée et les attendit. Le frisson de peur qui lui parcourut l'échine en sortant de la voiture ne fit rien pour la rassurer.

CHAPITRE SEIZE

MAC RESSENTAIT UN certain malade en présence de Jessop. En apparence, le vieil homme était un hôte parfait, mais quelque chose chez ce type faisait frémir ses sens. Il y avait quelque chose qui n'allait pas.

Mac n'avait pas prévu ça. Il aurait dû être à Washington pour diriger son équipe. Mais il ne pouvait pas passer à côté de cette opportunité, surtout avec le bonus supplémentaire d'avoir Tess à ses côtés. En tant qu'agent fédéral, il n'aurait pas pu passer la porte. Mais en tant que fiancé de Theresa Jane Hines, il faisait presque partie de la famille.

Rien dans la loi n'interdisait à un agent du FBI de mentir pour obtenir les informations dont il avait besoin pour une affaire, mais il savait que les meilleurs mensonges étaient ceux qui étaient les plus proches de la vérité. Il aurait menti en prétendant ne pas éprouver du plaisir à faire ce qu'il faisait.

Il n'aurait jamais imaginé qu'il travaillerait à nouveau sous couverture dans cette partie du monde, et pourtant, il était là, *ils étaient* là, alliés.

Il avait envie de faire confiance à Tess.

Il l'observa, assise à table avec un bol parfumé de ragoût de bœuf devant elle. Elle n'avait pas avalé grand-chose. Son foulard était enroulé haut sur sa chemise noire moulante, sans doute pour cacher les marques que son propre frère avait faites sur sa peau. Ses cheveux foncés et ondulés étaient attachés en arrière en une queue de cheval désordonnée et, bien qu'elle soit pâle et ne porte pas un gramme de maquillage, elle était ridiculement attirante.

Tout, de sa vie tranquille de comptable au fait qu'Eddie ait essayé de la tuer, criait son innocence. Mais elle était intelligente. Si elle était impliquée, il était tout à fait possible qu'ils aient tout planifié dans les moindres détails, y compris l'attaque d'Eddie si elle pensait que les Fédéraux en avaient après eux.

Même s'il était convaincu qu'ils étaient dans la même équipe, elle cachait *clairement* quelque chose. Il devait savoir ce dont il s'agissait.

Elle sentit son regard et lui adressa un sourire curieux.

Il lui rendit son sourire, mais même s'il voulait lui faire confiance, il ne pouvait pas miser sa carrière là-dessus.

Mac prit une autre tranche de pain frais.

— Vous avez préparé tout ça vous-même ? demanda Mac à Jessop.

Il était impressionné malgré lui. Il savait cuisiner, mais il en avait rarement le temps, et ce n'était pas drôle de manger seul.

Jessop hocha la tête et termina sa bouchée avant de répondre :

— Ma femme est morte il y a quelques années, paix à son âme.

Il fit le signe de croix.

— J'ai une fille, mais elle vit dans l'est.

Henry montra une photo sur le réfrigérateur d'un petit garçon tenant la main d'une femme plus âgée qui était vraisemblablement la défunte épouse de Jessop.

— Quand ma Mary est morte, c'était apprendre à cuisiner ou mourir de faim.

Il tapota son ventre rond.

— Heureusement, la cuisine, c'est pas sorcier. Il faut juste un peu de patience, comme pour tout le reste.

Un sourire agita les rides de son visage, comme un accordéon.

— C'est délicieux. Merci beaucoup, dit chaleureusement Tess, bien qu'elle n'ait pas beaucoup mangé.

Elle sirota son vin rouge. Mac ignora le verre devant lui. Il voulait avoir les idées claires pour faire face à tout ce qui pourrait se présenter.

Jessop ne les assaillit pas de questions. Dans l'esprit de Mac, moins les gens posaient de questions, plus ils avaient probablement de choses à cacher.

Mac nettoya son bol et s'assit, son estomac satisfait même si son esprit était affamé. Il attendit encore pendant que Tess et Jessop échangeaient quelques souvenirs sur ses parents. Tess souriait, mais Mac pouvait voir la tension qui empêchait toute joie réelle dans ses yeux. Elle n'essaya pas de le cacher à Jessop. Pourquoi l'aurait-elle fait ? Pour Jessop, la famille Hines avait été brutalement assassinée par les flics – il était normal que ce soit bouleversant pour leur fille survivante.

— Votre petit frère, il a quel âge maintenant ? demanda Jessop.

— Il aura vingt ans le mois prochain, répondit Tess en souriant. Il n'est plus si petit que ça, il fait près de 1 m 90.

— Aussi grand que son père.

Tess eut un sourire crispé.

— Mon père m'a toujours semblé être un géant. Je suppose qu'ils font à peu près la même taille.

— Qu'est-ce qu'il fait ?

Jessop s'essuya la bouche du dos de la main. Quelque chose dans ce geste ramena Mac à sa propre enfance, son propre père, mangeant, buvant, se déchaînant.

Sa mâchoire se crispa.

Tess tamponna ses lèvres avec la serviette et Mac remarqua que le vieil homme la regardait avec une lueur dans les yeux. C'était assez proche du désir pour faire remonter quelque chose de possessif en lui.

Formidable. Il était jaloux d'une femme qui se faisait passer pour sa fiancée.

— On ferait mieux de prendre la route.

Mac ressentait le besoin d'y aller et il voyait bien que Tess ne voulait pas parler de son frère.

— Ça vous dérange si j'utilise les toilettes avant qu'on parte ?

— Pas du tout. Passez dans le salon en attendant, Theresa Jane. Je vais chercher ce dont je vous ai parlé plus tôt.

— Vous voulez de l'aide pour débarrasser ? proposa-t-elle.

Une boule se forma dans la gorge de Mac. Cela lui rappela toutes les fois où Tess avait été abusée dans son enfance. Pas parce qu'elle était faible, mais parce qu'elle était *bonne*.

Jessop secoua la tête.

— Les invités n'aident pas à débarrasser. Ma femme est peut-être morte, mais elle ferait quand même une crise si elle le découvrait.

Jessop le conduisit vers la salle d'eau du rez-de-chaussée qui contenait une petite cabine de douche. La décoration était clairement américaine. Pas une seule robe à capuche en vue. Mac fouilla l'armoire à pharmacie. Il y avait des rasoirs et du déodorant. Pas de médicaments cependant.

Mac se lava les mains et sortit de la pièce aussi discrètement que possible. Jessop sortait d'une chambre du rez-de-chaussée, un petit carton dans les bras. Mac put jeter un rapide coup d'œil à l'intérieur de la pièce avant que l'homme ne referme violemment la porte derrière lui. Elle ressemblait à une chambre d'adolescent avec des posters au mur et un bureau installé contre un mur. L'écran de l'ordinateur était sombre, mais il y avait une lumière sous la table, ce qui laissait penser qu'il était branché.

Il voulait mettre la main sur cette machine. Il proposa de porter le carton.

— Je peux vous aider ?

— Non, c'est bon. Passez devant.

Jessop fit un geste d'une main.

À contrecœur, Mac entra dans le salon et vit Tess debout devant la cheminée, tendant les mains pour se réchauffer.

Il y avait un canapé aux motifs floraux rembourré et quelques photographies dans des cadres argentés sur un buffet contre le mur du fond. C'était loin d'être l'image qu'on se faisait d'un repaire du péché, mais Mac avait appris bien longtemps auparavant que le vernis de la civilité n'était parfois que cela.

Jessop posa le carton sur la table basse et sourit à Tess, mais elle ne s'approcha pas.

— Je n'échangerais pas ce coin pour tout l'argent du monde, mais cela ne veut pas dire que je ne changerais pas certaines choses si je le pouvais, comme le temps, déclara Jessop.

— Le monde est loin d'être parfait, convint Mac. La météo est le moindre de nos problèmes.

Jessop gloussa, mais ne mordit pas à l'hameçon.

Tess s'appuya contre le manteau de la cheminée et masqua un bâillement.

— Désolée. Je suis éreintée.

Mac doutait qu'elle ait fermé l'œil la nuit précédente.

— Qu'est-ce que vous faites dans la vie, déjà ? demanda Jessop à Tess de manière abrupte.

Mac se figea. Ils n'avaient pas inventé de carrière alternative pour elle. Elle lui sourit gentiment.

— Je suis productrice d'œufs dans le Mississippi. Nos poules sont élevées en plein air. Je dirige l'exploitation avec un ami, mais je vendrai peut-être ma part quand Mac et moi serons mariés.

Elle battit des cils en le regardant.

Mac écarquilla les yeux. N'avaient-ils pas dit que leurs mensonges devaient rester proches de la vérité ?

Jessop haussa les sourcils.

— C'est bien, l'agriculture.

Les soupçonnait-il ? Ou Mac se faisait-il des idées ? Être sous couverture avait toujours été un travail solitaire, mais avoir un partenaire dont il fallait s'inquiéter était pire.

— Qu'est-ce que vous avez là-dedans ?

Tess regarda la boîte comme si elle était pleine d'araignées. Elle ne s'approcha pas davantage. Il ne lui en voulait pas.

— Les flics ont pris la plupart des choses après avoir assassiné votre famille.

Mac grimaça intérieurement.

— Mais ils n'ont pas tout pris.

Mac se pencha pendant que le vieil homme ouvrait la boîte. À côté de quoi étaient-ils passés ?

Jessop sortit un exemplaire écorné des *Carnets de Turner*.

Mac faillit lever les yeux au ciel.

Tess fit quelques pas en avant pour prendre le livre de poche abîmé. Elle pinça les lèvres en parcourant toutes ces conneries racistes.

— Je dois avoir lu ce livre une centaine de fois quand j'étais enfant.

Elle feuilleta l'ouvrage et une page se détacha et tomba par terre. Elle se pencha pour la ramasser.

— J'ai fait des dessins ici.

Elle se tourna pour lui montrer les fleurs dans la marge, dessinées au stylo noir. Elle avait l'air nostalgique, mais Mac perçut l'ironie sous-jacente. Cette connerie et la Sainte Bible étaient les deux seuls livres autorisés à Kodiak Compound, alors bien sûr, elle l'avait lu des centaines de fois.

Eddie et Walt conservaient aussi une réserve de *Playboys* sous leur matelas, et il doutait qu'ils aient été les seuls pécheurs de la communauté. Le dégoût pour les frères et pour lui-même fermentait à l'intérieur. Il aurait dû mieux protéger les filles. Mais il ne savait toujours pas comment il aurait pu procéder tout en faisant tomber le groupe. À l'époque, il n'était qu'un flic débutant qui cherchait encore à se faire sa place. Il essayait de prouver qu'il était digne de la confiance que ses patrons avaient placée en lui. Avec le recul et vingt ans d'expérience dans le domaine de l'application de la loi, aucun de ces choix n'avait été facile.

Jessop sortit alors une vieille Bible de famille et la tendit à Tess.

Sa bouche s'ouvrit légèrement, comme si elle était agréablement surprise, mais Mac la vit ciller.

— La Bible de maman.

Elle plaça sa main sur la couverture.

— Que Dieu ait pitié de son âme.

Elle fronça les sourcils avec cynisme lorsque Jessop se détourna. Tess partageait manifestement son opinion selon laquelle l'âme de Francis s'était flétrie et était morte bien avant elle.

— J'avais aussi la Bible de votre père, mais je l'ai égarée.

Mac fronça les sourcils. Comment pouvait-on égarer une chose pareille ? Peut-être que le gars l'avait vendu sur Ebay, ou qu'il le gardait secrètement pour la sortie d'Eddie. Tess s'approcha du carton et posa les livres. Elle glissa la main à l'intérieur et en sortit un marque-page fait de marguerites pressées.

— C'est Ellie qui l'a fait.

Ses mains se mirent à trembler. Mac réalisa que c'était le premier objet ayant appartenu à sa sœur qu'elle avait touché depuis qu'elle avait perdu Ellie. Il passa un bras autour de sa taille et l'attira contre lui alors qu'elle luttait pour chasser les larmes.

— Salopards d'assassins, marmonna Jessop.

— Oui.

Tess cligna deux fois des yeux et leva le menton.

Mac ignora les mensonges de Jessop. Il avait compris depuis longtemps que certaines personnes existaient dans leur propre réalité, une réalité qui n'avait pas toujours de sens. Aucune discussion ne les ferait changer d'avis. Ils étaient heureux dans leur monde imaginaire et tant qu'ils ne faisaient pas de mal aux autres, il les laissait vivre leurs illusions dans une ignorance délibérée.

Mais s'ils franchissaient une ligne…

Il attira Tess contre lui. Elle posa la tête contre sa poitrine et ferma les yeux. Le cœur de Mac fit un bond en réalisant qu'elle lui faisait assez confiance pour le laisser la réconforter.

Jessop fronça les sourcils.

— Je ne voulais pas vous bouleverser. Je pensais que vous pourriez être intéressée par certains souvenirs de votre passé.

— C'est le cas. Merci.

Ses cheveux caressèrent la mâchoire de Mac lorsqu'elle hocha la tête. Ils étaient soyeux et sentaient légèrement la lavande. Elle s'éloigna, comme si elle venait de réaliser la façon dont il la tenait – comme s'ils étaient vraiment amoureux.

— C'est tellement inattendu de retrouver toutes ces choses alors que je pensais qu'elles étaient perdues à jamais.

Elle rangea précautionneusement le marque-page dans le carton à côté des livres.

— Merci. Je vous suis vraiment très reconnaissante.

Jessop hocha la tête et lui adressa un sourire.

— Vous allez rendre visite à Eddie demain ?

Tess releva le menton, les yeux brillants.

— Bien sûr.

— Vous pouvez passer la nuit ici, si vous voulez… Cela vous éviterait de rouler dans la neige ce soir si vous n'avez pas l'habitude.

Mac était habitué à conduire dans la neige et le verglas, mais il était tenté de rester quand même. Cela lui permettrait de fouiller davantage les lieux.

— Merci, mais nous allons devoir décliner, refusa Tess. Il faut qu'on reprenne la route. Pas vrai, chéri ?

Il comprit son ordre, bien que déguisé. Mais la supplique dans ses yeux fut le facteur décisif, ça et le fait qu'il devait retourner à Washington.

— Nous apprécions votre offre, M. Jessop…

Le téléphone sonna dans la cuisine.

Jessop leva une main.

— Excusez-moi. Je dois m'assurer que ce n'est pas une urgence avec les animaux. Je reviens tout de suite.

Il disparut avant qu'aucun d'eux n'ait eu l'occasion de dire un mot.

C'était la seule et unique chance de Mac.

— Ne bouge pas.

Il ne laissa pas à Tess le temps d'argumenter et se dirigea d'un pas pressé vers la chambre d'où Jessop avait sorti la boîte. Il entra et jeta un rapide coup d'œil à l'intérieur. La répulsion referma ses griffes autour de lui. Derrière la porte, les étoiles et les barres distinctives étaient drapées sur le mur au-dessus du lit. Une Bible que Mac reconnut comme étant celle de David Hines était posée sur la table de chevet.

Pourquoi Jessop avait-il menti à ce sujet ?

Mac se dirigea vers l'ordinateur et bougea la souris, priant pour qu'il soit allumé.

L'écran afficha un salon de discussion sur le serveur Tor avec un fond vert. Le site s'appelait One-Drop-2-Many et Mac n'avait pas besoin d'un doctorat pour comprendre à quoi cela faisait référence. C'était un salon de discussion pour les suprématistes blancs. Malheureusement, le tchat avait expiré et il fallait un mot de passe pour accéder à nouveau au site.

Un bruit derrière lui le fit se redresser. Tess poussa la porte, le visage blême et les yeux hagards. Il ouvrit la bouche pour lui demander d'aller distraire Jessop quand il vit le vieil homme derrière elle. Jessop appuyait un revolver contre sa tempe.

Merde.

— Qu'est-ce qu'il se passe ? demanda Mac.

Le sourire de Jessop se fit mauvais et Mac sut que son secret était découvert.

Et merde. Formidable.

— Je n'aime pas qu'on me mente. Surtout les gens qui acceptent mon hospitalité.

Mac ne prit pas la peine de le nier. La question à un million de dollars était de savoir comment il l'avait compris.

— Je n'étais pas sûr d'être le bienvenu si vous saviez la vérité.

Qu'avait pu apprendre ce type ?

— Désolé pour le manque de transparence. Merci pour le dîner, mais nous allons devoir partir…

Jessop cracha sur le sol. Tess eut une grimace de dégoût, ce qui fit sourire Mac, même si son cœur battait la chamade.

— Vous trouvez que c'est drôle ?

— Non, monsieur. Le fait que vous pointiez une arme sur une femme innocente et désarmée est tout sauf amusant.

Il posa ses mains sur ses hanches, devenant une cible plus grande, mais Jessop ne mordit pas à l'hameçon et ne bougea pas l'arme à feu d'un millimètre du crâne de Tess.

Et merde.

Les yeux de Tess étaient inquiets à présent. Elle ne pouvait pas risquer un mouvement comme celui qu'elle avait fait à la prison avec ce canon pointé sur sa tête.

— On va partir et oublier ce qui s'est passé…

— Je ne crois pas, non.

La main du vieil homme remonta dans les cheveux de Tess, les serrant fermement et lui arrachant un cri de douleur.

La rage envahit Mac. C'était la deuxième fois aujourd'hui que Tess était malmenée.

Elle inclinait le menton en arrière, essayant sans doute d'atténuer la douleur.

— Mac pense comme nous, s'écria-t-elle. Je l'ai recruté

comme papa le voulait.

— Si vous croyez ça, alors vous êtes plus bête que je ne le pensais, ricana Jessop. Vous, indiqua-t-il à Mac. Sortez votre arme très lentement et jetez-la sur le lit.

Mac sortit lentement son Glock. Son poids était merveilleusement familier dans sa main. Il leva l'arme et la pointa droit sur Jessop. Les yeux de l'homme s'élargirent et il plaça Tess devant lui – le lâche typique, se cachant derrière une femme.

Mac inclina la tête sur le côté et le mit en joue.

— Une des premières choses qu'on nous apprend à l'Académie, c'est de ne jamais donner notre arme.

— Alors elle est morte, déclara Jessop avec audace.

— Vous mourrez, vous aussi, fit Mac avec un sourire froid.

S'il jetait son arme, Tess et lui étaient tous les deux fichus.

Ils étaient dans une impasse et le vieil homme le savait. Mac se dirigea vers l'ordinateur et cliqua sur la souris.

— À qui parliez-vous Henry ? Vous êtes impliqué dans ces meurtres à Washington ? Parlez-nous et je peux vous proposer un marché qui pourrait vous éviter la prison fédérale pour le reste de votre vie.

Mac sortit son téléphone de sa poche et commença à composer un numéro même s'il n'avait pas de réseau. Jessop ne pouvait pas le savoir. Ces personnes pensaient que le pouvoir du gouvernement fédéral allait bien au-delà de la réalité.

— J'ai hâte que les experts du labo désossent cet ordinateur, pour savoir avec qui vous travaillez.

L'arme de Jessop se leva et pivota vers Mac. Mac plongea sur la droite au moment où Tess donnait un coup de coude dans le visage de l'homme. Elle se dégagea de sa prise. Mac essaya de tirer, mais Jessop était déjà parti. Il se baissa pour remettre Tess sur pieds, la tirant derrière lui.

— Tout va bien ?

— Oui, répondit-elle. Où est-il passé ?

Mac fronça les sourcils, écoutant attentivement.

— Dans la cuisine, je crois.

— Tu crois qu'il va s'enfuir ? demanda-t-elle.

Ce qui ressemblait à une porte arrière s'ouvrit à la volée et tous deux se faufilèrent dans le couloir et dans le salon. Tess alla récupérer le carton.

— Laisse-le.

— Je veux juste le marque-page.

— Non. Cet endroit est sur le point de devenir une scène de crime. Ne touche à rien.

Il lui prit la main et l'entraîna dans la cuisine, inspectant la pièce avant de la pousser à le suivre.

— Tu penses que Jessop est impliqué dans cette affaire ?

— Oh que oui.

— Ça pourrait simplement être un vieux schnock qui déteste les Fédéraux. Tu sais combien il y en a par ici et combien ils sont tarés ?

— Tu ne sais pas à quel point ces mots m'inquiètent.

Il la fit s'accroupir derrière la cuisinière avant de décrocher le téléphone fixe. Pas de tonalité. Il suivit le câble. Jessop avait arraché le fil du mur.

— Bon sang.

Il jeta un coup d'œil à Tess.

— Mets ton manteau au cas où on devrait s'enfuir à travers la campagne.

Il fit un signe de tête vers la chaise. Elle lui passa sa veste qu'il enfila également.

— Il pourrait nous tendre une embuscade ou être allé

chercher des renforts au dortoir. Je vais sortir le premier et partir sur la droite.

Il lui jeta les clés de la Jeep.

— Je veux que tu te diriges directement vers le SUV, rapidement et en restant baissée. Démarre le moteur et laisse-le tourner. Si les balles commencent à pleuvoir, je veux que tu t'en ailles.

— Et toi ?

Il lui jeta un regard.

— Ça va aller.

Elle leva les yeux au ciel.

— Tu as une arme de secours ?

Il hocha la tête.

— Donne-la-moi.

— Je ne vais pas te donner une arme.

— Tu ne me fais pas confiance ?

Elle avait l'air choquée.

— Je ne sais pas encore.

L'honnêteté allait dans les deux sens.

Elle se cabra comme s'il l'avait frappée.

Bon sang.

— Écoute, je te fais confiance, mais je ne veux pas que tu deviennes une cible.

— Mais que je sois un pion désarmé, ça ne te dérange pas ?

Merde.

Il n'était pas assez stupide pour tomber dans le piège de la corruption émotionnelle, mais son instinct lui criait qu'ils étaient du même côté. Il sortit le Glock-17 de son étui à la cheville. S'il se trompait, il allait perdre plus que sa carrière. Elle écarquilla les yeux quand il le lui tendit.

— Tu te souviens comment l'utiliser ?

Elle acquiesça.

— Je vais encore régulièrement au stand de tir.

— Tant mieux.

C'était un risque, mais il ne voulait pas qu'elle soit sans défense si quelque chose lui arrivait.

— C'est seulement à des fins d'autodéfense. Ne tire pas à moins d'y être obligée. Tu ne veux pas finir comme Eddie.

Elle déglutit bruyamment, les yeux énormes.

— Je vais sortir le premier. N'attends pas plus d'une demi-seconde et cours vers la Jeep aussi vite que possible. C'est compris ?

— C'est compris.

Il lui toucha la joue.

— Ça va aller.

Un coup de feu retentit et la fenêtre de la cuisine éclata en mille morceaux. Tess plongea et cria lorsque des éclats de verre se répandirent dans la pièce. Le souvenir de cette descente dans la maison de son enfance était perceptible sur ses traits aussi clairement que si elle l'avait crié.

Et merde. Sortir par la porte d'entrée serait du suicide et l'idée que Tess puisse se faire tirer dessus était terrible. Il attrapa sa main et la tira.

— Changement de plan.

Tess n'arrivait pas à croire qu'au cours des vingt-quatre dernières heures, elle était passée du statut de comptable ennuyeuse de la banlieue à celui de témoin d'un *nouvel* affrontement armé dans les régions sauvages du sud de l'Idaho.

— Viens.

Mac l'entraîna avec lui.

Elle pointa vers le sol l'arme de poing qu'il lui avait donnée, et s'accroupit pour le suivre dans le salon. Il éteignait les lumières au fur et à mesure et le monde se transforma en une masse d'ombres confuses. Le feu rougeoyait dans l'âtre en pierre et elle regarda la boîte de choses que Jessop lui avait données et s'en approcha quand un autre coup de feu retentit dans la cuisine.

— Qu'est-ce que tu fous, bordel ? fit Mac en s'arrêtant en dérapant.

Il faisait trop sombre pour voir à l'intérieur de la boîte, mais elle tâtonna et trouva le marque-page qu'Ellie lui avait offert pour son neuvième anniversaire. Tess se fichait que ce soit ou non une « preuve ». C'était son seul et unique lien physique avec sa sœur décédée et personne ne pourrait le lui enlever. Elle le glissa dans sa poche.

— Allez, lui dit Mac avec impatience.

Elle huma l'air.

Mac poussa un juron.

— Qu'est-ce que c'est ? demanda-t-elle.

— De l'essence, fit-il d'une voix étrange. Ce fils de pute va nous brûler vifs.

Elle courut presque à quatre pattes vers lui.

— C'est dingue. Il va cramer toute sa maison.

— Si on s'échappe, il perdra plus que ça. Agression et tentative de meurtre d'une civile *et* d'un agent fédéral ? Un homme de son âge… Il mourrait en prison.

Elle suivait Mac de très près, tentée d'attraper sa chemise pour qu'il ne la laisse pas derrière lui.

— S'il est impliqué dans ces meurtres, peut-être qu'il y a

des preuves ici qu'il essaie de détruire ? suggéra-t-elle. Il ne veut pas que les Fédéraux passent sa maison au peigne fin et identifient ses complices ?

Mac poussa un nouveau juron, puis courut dans la chambre du bas où il avait fouiné un peu plus tôt.

— Jessop est revenu de son coup de fil avec son revolver au poing, lui dit-elle. Quelqu'un a dû lui dire qu'on ne pleurait pas la perte de ma famille comme on aurait dû.

Mac se mit à arracher les câbles à l'arrière de l'unité centrale de l'ordinateur. Elle se dirigea vers la fenêtre. Une neige épaisse s'étendait sous les 2,50 mètres qui les séparaient du sol. Il y avait des empreintes de pas à la base et une forte odeur de fumées nocives. Elle ouvrit le loquet et força la fenêtre, accueillie par un vent glacial et l'odeur âcre de l'essence.

Si cette vapeur s'enflammait, ils étaient fichus et, étant donné qu'une cheminée brûlait joyeusement dans l'autre pièce, ce n'était qu'une question de temps avant que toute la maison ne s'embrase. Son estomac se retourna à l'idée de brûler vive.

— Je passe d'abord, lui dit Mac. Tu me donneras l'ordinateur.

— Dépêche-toi.

Mac rangea son arme et glissa sur le rebord pour se laisser tomber par terre. Elle fit passer la lourde boîte métallique par le même trou et se pencha aussi loin que possible pour que Mac puisse la saisir.

Un bruit la fit regarder par-dessus son épaule un moment avant que quelque chose n'attrape sa jambe.

Elle cria et lâcha le PC. Mac le rattrapa. Elle laissa tomber le pistolet de Mac en s'accrochant au rebord de la fenêtre. Jessop lui tenait la jambe, mais Mac tendit le bras et attrapa son poignet. Elle avait l'impression d'être écartelée, mais d'un coup sec Mac la tira par la fenêtre et elle tomba sur lui. Il les fit immédiatement rouler jusqu'à ce qu'ils soient hors de vue.

Une forte détonation la fit sursauter et une plaque de neige se souleva à quelques mètres de l'endroit où ils étaient allongés dans la neige.

— Tu vas tout faire brûler, espèce de taré, cria Mac à Jessop.

Puis une flamme se précipita vers eux, enflammant une traînée dans la neige.

Mac lui saisit la main et la remit debout. Un cri perçant s'éleva de l'intérieur et Tess regarda avec horreur la fenêtre ouverte. Pourquoi Jessop ne se jetait-il pas par là comme eux ? Un deuxième coup de feu retentit dans la nuit et elle resta bouche bée, horrifiée, essayant de comprendre ce qui venait de se passer, mais incapable d'y voir clair.

Les flammes léchaient avec avidité le bois sec et les rideaux, s'intensifiant à mesure qu'elles consumaient la vieille maison.

Mac lutta contre la chaleur pour récupérer l'ordinateur. Elle repéra son Glock dans la neige et le ramassa. Il passa une main autour de ses épaules alors qu'ils s'éloignaient en titubant du bâtiment en feu. Ils atteignirent la Jeep et il jeta le PC sur le siège arrière.

— Monte.

— Et Jessop ?

— Il est mort.

Tess trébucha dans la neige. L'odeur de la fumée et de l'essence s'accrochait à ses vêtements.

— Comment tu le sais ?

Sa bouche décrivit une ligne sinistre.

— C'était ça, la deuxième balle. Il a choisi la solution de facilité.

Elle mit une main sur son estomac pour endiguer la nausée. Elle se laissa tomber sur le siège passager et mit sa ceinture de sécurité. Il monta en voiture et démarra, passant la marche avant. Elle lui tendit l'arme qu'il lui avait prêtée, heureuse de ne pas avoir eu à s'en servir.

Mac remit en silence le Glock dans son étui à la cheville.

Tess regarda les flammes qui avaient envahi tout le rez-de-chaussée et se propageaient jusqu'à l'étage. Henry Jessop les avait nourris et avait essayé de les tuer en l'espace d'une heure.

— Tu vas appeler les secours ? demanda-t-elle.

Mac secoua la tête.

— Les ouvriers du ranch vont repérer les flammes d'un instant à l'autre et utiliser l'eau du puits pour empêcher qu'elles ne se propagent aux dépendances. Le temps que les camions de pompiers arrivent, la maison sera réduite en cendres. Jusqu'à ce que je sache comment Jessop a découvert que j'étais un agent fédéral, je ne compte pas faire confiance aux flics locaux.

Il lui jeta un regard.

— J'espère que ce disque dur contient assez d'informations pour nous mener directement au tueur de Washington.

Elle regarda la maison avec horreur.

— Un homme vient de mourir. Tu ne comptes pas faire de signalement ?

— Je ferai mon rapport dès qu'on sera à Salt Lake City.

Mac quitta la longue allée et s'engagea sur la route principale.

Elle jeta un nouveau coup d'œil derrière eux. Des flammes orange éclairaient la neige dans une palette diabolique.

L'horreur l'envahit tandis qu'elle prenait conscience de ce qu'il venait de se passer.

— Il allait nous tuer.

Elle couvrit sa bouche pour retenir les sanglots qui menaçaient de s'échapper.

— Oui. Et nous enterrer dans les bois probablement. Personne n'en aurait jamais rien su.

Il jeta un coup d'œil à son expression choquée et eut une grimace.

— Désolé, Tess. C'est de ma faute si tu es encore blessée. Tu ne voulais pas aller chez Jessop. J'aurais dû écouter ton instinct.

Elle se mit à claquer des dents de façon incontrôlable. Si elle était morte, elle n'aurait jamais eu la chance de dire la vérité à Cole, la vraie vérité, pas les versions surréalistes construites par les médias. Le passé de sa famille n'était pas joli, mais sa version était exacte et parlait de personnes, pas de monstres. Elle devait tout lui dire. Avant qu'il ne soit trop tard.

Des doigts forts et chauds prirent ses mains et les serrèrent.

— Tout va bien ?

— Non. L'Idaho est peut-être magnifique, mais il ne semble pas me porter dans son cœur.

— On dirait qu'on a mis le pied sur un nid de frelons, convint Mac. Je pense qu'on a énervé quelqu'un, on doit trouver qui.

— Il faut arrêter ces gens.

Elle parvint à peine à prononcer ces mots.

Il serra ses doigts plus fort.

— C'est pour ça que je vais au travail tous les jours.

Leurs doigts s'entremêlèrent. C'était un homme courageux

et elle savait qu'il prenait son travail très au sérieux. Pouvait-elle lui faire confiance pour faire ce qu'il fallait pour son frère ? Ou envisagerait-il automatiquement le pire à propos de Cole ?

— Le nom de mon petit frère est Cole. Cole Fallon.

Elle ferma les yeux, peut-être pour essayer de se cacher de sa propre trahison.

— Il est étudiant à Washington.

Elle pouvait tout juste l'apercevoir entre ses paupières à demi closes.

Mac pinça les lèvres.

— Je sais. Mais merci de me l'avoir dit.

Tess inspira profondément. Enquêtaient-ils sur son frère parce qu'il avait fait quelque chose de précis, ou était-il aussi coupable par association ?

Devrait-elle mentionner le dossier avec la photo du juge assassiné ? Elle commençait à penser qu'elle avait imaginé des choses. Tout ce dont elle était sûre, c'était que son cerveau était trop épuisé pour prendre une décision efficace pour l'heure.

— C'est un gentil garçon. Une bonne personne, insista-t-elle.

— Alors il ne devrait pas avoir de problèmes, n'est-ce pas ? fit Mac d'un ton prudent.

Trop prudent.

Bon sang.

Il mit le chauffage à fond.

Le passé de Tess essayait de corrompre son présent de sa laideur. Peu importait la vitesse à laquelle elle courait, elle semblait ne jamais pouvoir échapper à son emprise. Il était peut-être temps de prendre position.

CHAPITRE DIX-SEPT

MAC ROULAIT A une vitesse constante, réfléchissant aux options qui s'offraient à lui. Tess était endormie ou faisait semblant de l'être. Ses yeux étaient fermés et ses cernes sombres indiquaient un réel épuisement. Quelle putain de journée. Deux personnes avaient essayé de la tuer aujourd'hui et c'était de sa faute à lui. Les deux fois, il lui avait demandé de mentir pour lui et n'avait pas su la protéger. Il avait encore la nausée en revoyant Jessop appuyer ce revolver contre sa tête. L'odeur étouffante de l'essence n'aidait pas.

Peut-être Tess avait-elle raison de ne pas faire confiance aux gens. En l'écoutant, elle avait failli mourir à deux reprises.

Son projet initial était d'aller au bureau régional de Salt Lake City, mais il devait absolument sécuriser la ferme de Jessop et apporter ce disque dur à Quantico aussi vite que possible.

Il composa le numéro de l'agence la plus proche, à Pocatello, à quelques kilomètres de là. Il utilisa les écouteurs de Tess pour qu'elle ne puisse pas entendre l'autre moitié de la conversation, juste au cas où quelqu'un dirait quelque chose de confidentiel. Malgré l'heure, il put joindre directement l'agent principal.

Il se présenta.

— J'ai besoin que vous preniez en charge une enquête sur

un incendie et une mort par balle auto-infligée près de Kodiak.

Il expliqua ce qui s'était passé et précisa à l'homme à quelle enquête cela se rapportait.

L'agent écouta attentivement, puis dit :

— Je dois vraiment vous interroger, vous et l'autre témoin.

— Nous ferons tous deux des dépositions complètes à Salt Lake City. Je dois apporter cette preuve au labo de Quantico le plus vite possible. Des vies peuvent en dépendre.

L'agent fit machine arrière. Il ne voulait probablement pas perdre de temps à se disputer avec un ASAC. Il allait avoir besoin de toute sa patience pour traiter avec les locaux.

— Y a-t-il des sympathisants des suprématistes blancs parmi les policiers locaux ?

Le FBI s'efforçait de garder un œil sur eux, mais avec plus de dix-huit mille agences de maintien de l'ordre aux États-Unis, il incombait aux forces locales de contrôler elles-mêmes les personnes qu'elles employaient. Un rapport interne du FBI de 2006 avait mis en garde contre l'incidence croissante des groupes de suprématistes blancs infiltrés au sein des forces de l'ordre – des personnes qui évitaient d'afficher ouvertement leurs véritables convictions afin d'être embauchées à des postes de pouvoir et d'influencer les enquêtes et les procédures de l'intérieur.

Certains jours, Mac était effrayé par la direction que prenait le pays. Cela le rendait plus déterminé que jamais à se battre pour ce qu'il croyait être le rêve américain. Ce qui n'impliquait clairement pas le Ku Klux Klan ou une organisation similaire.

— Le shérif a la réputation d'être dur, mais juste. Certains de ses adjoints sont moins… perspicaces, dirons-nous. Mais à part les rapports habituels sur l'usage excessif de la force – qui, qu'ils soient vrais ou faux, font partie du travail –, nous n'avons pas entendu dire que quelqu'un en particulier posait problème. Pourquoi ?

— Quelqu'un a dit à Jessop que je travaillais pour le Bureau. Demandez au bureau régional d'envoyer la police scientifique sur place. Je veux que cet endroit soit passé au crible. Le QG approuvera toute aide supplémentaire dont vous aurez besoin.

— Si vous êtes responsable de l'équipe qui enquête sur les meurtres à Washington, vous êtes loin de chez vous. Vous pensez qu'il y a un lien entre cette affaire et les Pionniers ?

Mac ne voulait pas que cette information soit divulguée.

— Tout ce que je sais, c'est que lorsque Jessop a découvert qui j'étais, il a pointé une arme sur nous. Puis, lorsqu'on lui a échappé, il a versé de l'essence autour de sa maison et y a mis le feu. Puis il s'est tiré une balle. On a eu de la chance de s'en sortir vivants.

L'agent poussa un juron.

— Je ne veux pas que quelqu'un en dehors du Bureau sache ce qui s'est passé et tire des conclusions hâtives. Nous devons rester discrets sur nos découvertes pour pouvoir cerner ces gens avant que quelqu'un d'autre ne soit blessé.

Il appela ensuite Dylan Walsh.

— Du nouveau ? demanda-t-il.

Le type bâilla.

— À part le fait que j'ai dormi quelques heures ? Non. Rien.

Mac consulta l'heure. 19 h 30, 21 h30 sur la côte est. Le sommeil était une denrée rare pendant ces grosses enquêtes. Il ne prit pas la peine de s'excuser.

— De nouveaux meurtres ?

— Pas encore.

Ça faisait au moins une bonne nouvelle. Les criminels en mission s'arrêtaient rarement d'eux-mêmes, mais si le tueur découvrait que Jessop était mort, peut-être se cacherait-il et laisserait-il au FBI le temps de découvrir son identité.

— Je dois savoir qui Henry Jessop, de Kodiak Falls, dans l'Idaho, a appelé ce soir, et comment il a découvert que j'étais du FBI.

— Je n'ai pas besoin d'un mandat pour accéder à ses relevés téléphoniques ?

— Si. Mais ce type a essayé de me tuer et a ensuite mis le feu à sa maison alors qu'il était à l'intérieur. Je suis presque sûr que c'était pour détruire des preuves, peut-être en rapport avec les meurtres de Washington, même si son implication n'a pas encore été pleinement établie. Je pense que tu devrais pouvoir obtenir un mandat.

Il remua, mal à l'aise, et jeta un coup d'œil à Tess. Elle semblait endormie.

— C'est Eddie Hines qui t'a donné cette piste ?

Le ton de Walsh lui indiqua que quelque chose s'était passé.

— Non. On est passés devant Kodiak Compound sur la route de Salt Lake City et on s'est arrêtés. On a rencontré ce type, Jessop, au camp, et il nous a invités à dîner au ranch voisin. C'était un sympathisant des Pionniers, alors j'ai pensé que cela valait la peine d'accepter son invitation. Pourquoi ?

— On ? demanda Walsh au lieu de répondre.

— Je suis tombé sur la sœur d'Eddie à la prison. Elle a accepté de porter un micro pour nous. Mais il a deviné qu'elle travaillait avec nous. Il l'a attaquée.

— La même sœur que tu es allé voir hier soir ? demanda

Walsh d'un ton désinvolte.

— Ouaip.

— Elle est avec toi en ce moment ?

— Hum hum.

— Je vois.

Qu'entendait-il par-là ?

— Est-ce qu'elle peut entendre notre conversation ?

— Non.

— Écoute, patron, quelque chose *vient* d'arriver de la part de l'US Marshals Service… Je crois me souvenir que ce ne sont pas tes plus grands fans.

L'un d'entre eux avait essayé de s'en prendre à lui pendant l'enquête pour terrorisme à Minneapolis, mais les esprits s'étaient échauffés suite à l'assassinat de deux marshals par les terroristes.

— Eddie Hines s'est échappé il y a environ une heure, lui dit Walsh. La prison pense qu'il a bénéficié d'une aide extérieure.

Et merde. Mac réfléchit. L'attaque d'Eddie *aurait-elle pu* être un coup monté ? Tess aurait-elle pu glisser à son frère quelque chose qui lui aurait permis de s'échapper ? Et à la ferme, elle se trouvait seule avec Jessop quand Mac était parti fouiller la salle de bain… cette pensée s'insinua dans son esprit en dépit de ses réticences. Sauf que ça n'avait pas de sens. Le gardien de la prison l'avait fouillée minutieusement – Mac avait assisté à la fouille et avait eu envie de frapper ce connard. Et Mac lui avait donné son arme de secours à la ferme de Jessop. Si elle était de mèche avec Jessop, elle aurait pu mettre une balle dans le crâne de Mac, se débarrasser de son corps et du véhicule de location, et disparaître. Personne n'aurait jamais su ce qui lui était arrivé.

— Ce n'est pas la sœur la fuite, Dylan.

— Si tu en es sûr.

Son collègue avait l'air dubitatif.

Bon sang. Une fois de plus, Tess était suspectée en raison de son appartenance à la famille Hines. Ou se laissait-il aveugler par son physique avantageux et son doux sourire ? Peut-être qu'elle était plus maligne que lui et qu'elle le doublait depuis le début, mais qu'il était trop stupide pour s'en rendre compte.

— Si quelque chose m'arrive, dit-il à son collègue, tu sais à qui t'adresser en premier.

Il jeta un coup d'œil à sa passagère, qui ne dormait plus. Ses yeux étaient rivés sur les siens et témoignaient de son indignation. Il raccrocha.

— Ce n'est pas ce que tu crois, Tess.

Sa lèvre se retroussa légèrement.

— Eddie s'est échappé.

Il vit la panique sur son visage. Il aurait préféré ne pas avoir à lui annoncer cette mauvaise nouvelle.

— La prison pense que tu as pu lui glisser quelque chose pour l'aider à s'évader.

Ses yeux s'écarquillèrent quand elle comprit, puis se plissèrent sous l'effet de la colère.

— Après ce qu'il a fait à Ellie, je veux qu'il pourrisse en enfer et ne soit jamais libéré.

Elle serra ses bras autour d'elle.

— Il m'a attaquée, dit-elle en mettant sa main à sa gorge. Il a menacé de s'en prendre à moi et de me faire des choses horribles. C'est la dernière personne que je voudrais voir sortir de prison.

— Il ne s'approchera pas de toi, Tess. Écoute, il n'y a pas

moyen de rentrer à Washington même avec un vol commercial. Eddie n'a aucune chance d'y arriver.

Il tendit la main pour prendre la sienne, mais elle la retira. Elle sourit amèrement.

— Tu n'en sais rien.

— Je ne laisserai rien t'arriver…

— Parce que tu m'as protégée à la prison ? Et chez Jessop ? Pardonne-moi de ne pas y croire étant donné que par deux fois j'ai failli me faire tuer.

Mac se raidit. Il savait que c'était vrai.

— Les marshals l'attraperont bien avant qu'il n'arrive à Washington.

— Je ne suis pas une jeune fille ignorante que tu peux amadouer en lui faisant croire que tout ira bien, Mac. Tu sais ce que j'ai vécu. Donc, si je veux m'inquiéter de ce que mon frère déviant pourrait me faire, je le ferai. Si je veux m'inquiéter que les autorités essaient d'une manière ou d'une autre de m'accuser de l'avoir aidé à s'échapper alors que ce sont des conneries, je le ferai. Je sais comment fonctionne le système. Je sais que des innocents peuvent être pris entre deux feux. Au sens propre comme au sens figuré.

Elle croisa les bras sur sa poitrine et serra la mâchoire. Elle regarda par la fenêtre et il vit son reflet dans la vitre. Elle avait peur. Elle était vulnérable. Résignée.

Bon sang.

Il aurait dû appeler son patron pour lui donner des nouvelles, mais il préférait avoir un tas de réponses plutôt qu'un tas de questions. En tant que chef d'équipe, Mac disposait d'une grande autonomie. Il était temps de demander quelques faveurs.

Il appela Lincoln Frazer qui avait plus de relations que

n'importe laquelle de ses connaissances. L'homme répondit chez lui.

— Tu connais quelqu'un avec un jet privé qui pourrait venir me chercher à Salt Lake City et m'emmener à Quantico, dès que possible ?

Un chien aboya en arrière-plan et Mac crut entendre le rire d'une femme.

— J'appelle à un mauvais moment ? demanda-t-il avec curiosité.

— Non, fit Frazer en s'éclaircissant la gorge. Il y a des gens à qui je peux demander un jet, mais qu'est-ce que tu fous dans l'Utah alors que tu es censé diriger une équipe à Washington ?

— Je dirige une équipe à Washington. Mais j'ai décidé de rendre visite à Eddie Hines en prison ce matin, après quoi il a décidé de s'échapper.

Frazer étouffa un juron.

Mac lui relata leurs déboires de la journée, ignorant le silence tendu de Tess dès qu'il mentionnait son implication, tout en gardant un œil attentif sur la route pour éviter d'éventuels chevreuils. Démolir cette voiture serait la meilleure façon de finir la journée.

— Tu as le disque dur de l'ordinateur ?

Mac jeta un coup d'œil sur la banquette arrière.

— Ouaip. Jessop communiquait avec quelqu'un sur un site web appelé One-Drop-2-Many sur le serveur Tor, mais je n'ai pas pu voir la conversation. C'était peut-être inoffensif.

Aussi inoffensif que n'importe quel site de haine.

— Laisse-moi passer quelques coups de fil. Je vais voir si Alex Parker ou Ashley Chen peuvent nous aider. Si on agit rapidement, il est possible que la personne avec qui Jessop communiquait ne réalise pas ce qu'il s'est passé. Quel est ton plan ?

— Aller au bureau régional de Salt Lake City et faire une déposition. Prendre le premier vol possible pour Quantico, puis aller à Washington. Ce soir, si possible.

— Tu es sûr que la sœur n'est pas impliquée ?

— Aussi sûr que je peux l'être.

Frazer resta silencieux pendant un long moment, entendant peut-être toutes les choses qu'il ne pouvait ou ne voulait pas dire.

— Rappelle-moi quand vous aurez fait vos dépositions et je te tiendrai au courant pour le jet. Ne perds ce disque dur de vue sous *aucun* prétexte.

La chaîne des preuves était capitale, tout comme le fait de ramener l'unité centrale au labo.

— Je n'en ai pas l'intention.

Il raccrocha et passa sa main sur son visage.

— Tu veux que je conduise un peu ? proposa Tess.

— Ça va.

Des cercles sombres s'étalaient sous ses yeux, mais la journée était loin d'être terminée.

— On doit s'arrêter au bureau régional pour faire nos dépositions sur ce qui s'est passé chez Jessop.

Elle se blottit plus profondément dans sa veste.

— Je ne vais pas avoir de problèmes pour avoir quitté les lieux ?

— Tu as suivi les instructions de l'homme de loi le plus expérimenté sur les lieux.

Il lui serra le bras, essayant d'ignorer le fait que la toucher soulageait quelque chose en lui.

— Dis-leur juste ce qui s'est passé. Je vais tâcher de nous faire quitter Salt Lake City le plus vite possible après ça.

Elle déglutit et se dégagea. Elle était fatiguée et énervée, et il ne lui en voulait pas.

— Je veux juste rentrer chez moi.

Lui aussi. Avant que ce connard ne tue quelqu'un d'autre.

C'ETAIT LA PREMIERE fois que Tess entrait dans un bureau du FBI et elle espérait que ce serait la dernière. Elle était là depuis plusieurs heures, à répéter inlassablement les mêmes détails. Les agents qui l'interrogeaient avaient gardé une attitude revêche et peu convaincue. Ils n'aimaient pas le fait qu'elle ait quitté les lieux, qu'elle ait rendu visite à son frère le jour même où il s'était échappé de prison, qu'elle ait autrefois porté le nom de Hines.

Elle n'aimait pas ça non plus.

Ils semblaient convaincus qu'elle avait quelque chose à voir avec l'évasion d'Eddie, mais l'idée qu'il soit dehors, à sa recherche, la terrifiait.

— Quand avez-vous visité la propriété de l'Idaho pour la dernière fois ? demanda l'agent dont l'expression suggérait qu'elle avait une mauvaise odeur permanente dans les narines.

— Je vous l'ai dit. Je n'y suis jamais retournée jusqu'à aujourd'hui et c'était une décision prise sur le coup à cause de la tempête de neige.

La bouche de Tess était desséchée et elle avait désespérément besoin d'un verre d'eau. Mais elle refusait de demander quoi que ce soit à ces gens.

La femme se pencha sur sa chaise et tapota le bloc de papier avec son stylo. Tess avait déjà signé une déposition écrite.

— Pourquoi avoir gardé la propriété ?

— Ma mère adoptive l'a achetée.

— Elle a des tendances d'extrême droite, elle aussi ?

Le feu lui brûla les os. Tess se pencha sur la table.

— N'insinuez rien de mauvais à propos de Trudy Fallon. Elle était la meilleure des personnes – meilleure que vous avec vos préjugés et votre manque d'empathie.

L'autre agent dans la pièce tapa sur le bras de sa partenaire et la femme jeta un coup d'œil à l'écran de son ordinateur portable. Elle ouvrit grand les yeux. Tess supposa qu'ils avaient trouvé une photo de Trudy.

Qu'aurait-il fallu pour les persuader qu'elle n'était pas une extrémiste sectaire si Trudy n'avait pas été noire ? Sa mère savait-elle à quel point les adopter changerait la vie de Tess et Cole ? Probablement. Trudy n'était pas seulement intelligente, elle était sage.

— Ma mère m'a appris à affronter le passé et à le transformer en quelque chose de meilleur plutôt que de le laisser m'abattre. Je n'ai réalisé qu'elle avait gardé le terrain qu'après sa mort.

Le testament de Trudy indiquait que Tess gérerait la propriété jusqu'à ce que Cole ait 21 ans. Puis la propriété leur appartiendrait à tous les deux et ils en feraient ce qu'ils voudraient. Tess supposait que cela la forcerait à un moment donné à lui révéler la vérité sur leur filiation.

L'heure était venue.

Une boule d'émotion se forma dans sa gorge, l'empêchant de parler. Sa mère lui manquait. Cela ne faisait pas encore un an, et la douleur de la perte était encore bien présente.

L'élancement dans sa tête avait commencé une heure plus tôt, s'était intensifié et ne s'était pas arrêté. C'était comme s'il y avait un petit être dans sa tête, qui lui plantait un couteau dans le fond de l'œil. Elle prit sa tête entre ses mains et ferma les yeux.

— C'est bientôt fini ?

La femme s'offusqua et consulta ses notes.

— Je suis un témoin, pas un suspect, c'est bien ça ?

Elle recula sa chaise.

— Donc, je peux y aller, pas vrai ?

Tess se leva, essayant de dégager une impression de confiance et non de lâcheté. De toute évidence, ils essayaient de la retarder pour une raison quelconque, mais elle était à peu près sûre qu'à moins qu'ils ne l'arrêtent, elle était libre de partir.

— Où est l'ASAC McKenzie ?

La femme lui jeta un regard amer, mais le type céda.

— Laissez-moi vous raccompagner et je vais essayer de vous le trouver.

Tess acquiesça, tout en se tenant la tête entre les mains.

Quelle journée !

Suivant l'un des agents et avec l'autre sur les talons, elle faillit se heurter à Mac qui marchait dans le couloir en plaisantant avec deux autres agents. Il semblait parfaitement à l'aise dans cet environnement. Elle aurait levé les yeux au ciel si elle n'avait pas eu si mal. Il semblait fait pour s'intégrer partout où il allait.

Il l'attrapa par les épaules et jeta un regard sévère aux autres agents.

— Tout va bien ?

— Non. J'ai un mal de crâne terrible, dit-elle entre ses dents. Et j'en ai assez d'être interrogée. Je veux partir. Maintenant.

— Vous l'interrogez depuis tout ce temps ? fit-il d'une voix tranchante en se tournant vers les deux agents.

— Elle fait partie du mouvement nationaliste blanc qui pourrait être impliqué dans…

— Tess ne fait partie d'aucun mouvement nationaliste blanc.

Il avait l'air exaspéré.

— Elle était membre des Pionniers…

— Elle avait dix ans au moment de la descente de police.

Mac n'éleva pas la voix, mais sa colère était évidente.

Malgré la fatigue et la douleur, quelque chose en elle fondit.

— Elle a quitté la scène d'un crime…

— Elle était avec moi. J'étais censé la laisser derrière moi ?

Mac mit ses poings sur ses hanches.

— Si elle n'était pas venue avec moi, elle aurait désobéi à un agent fédéral chargé de l'application de la loi. Vous connaissez l'expression *être coincé entre le marteau et l'enclume*, agent Coats ?

Coats, dont Tess ignorait le nom, n'en avait pas fini.

— Nous devons nous assurer de réunir autant de réponses que possible si nous voulons mener cette enquête à bien.

La femme ne comptait pas battre en retraite, même si elle semblait sur la défensive.

— Alors pourquoi n'êtes-vous pas en route vers la ferme, pour interroger les personnes qui pourraient effectivement avoir des réponses à vos questions ? demanda Mac.

— Parce qu'ils s'amusaient plus à me torturer, lâcha Tess.

Elle était de mauvaise humeur et irritable.

Mac l'examina attentivement puis la fit se diriger vers un banc.

— Assieds-toi là, je vais te chercher quelque chose contre les maux de crâne.

Elle aurait pu tomber amoureuse de lui rien que pour ça. Elle acquiesça, gardant les yeux fermés alors qu'elle appuyait sa tête contre la paroi fraîche.

Elle pouvait l'entendre discuter vivement avec ses collègues, mais elle décrocha. Elle n'en avait plus rien à faire. Elle en avait fini.

— Tiens.

Elle baissa les yeux quand il glissa deux comprimés rouges dans sa paume et lui tendit un gobelet d'eau du distributeur.

— Merci.

Elle les avala et se resservit avant de jeter la tasse à la poubelle.

— Allons-y.

Elle le suivit jusqu'à la Jeep et il lui ouvrit la porte. Il était près de minuit, et la nuit était aussi froide et triste qu'elle.

— On va à l'aéroport ?

Elle voulait rentrer chez elle, dormir, oublier qu'elle avait eu l'idée stupide de venir en Idaho.

Il fit la grimace.

— On a des billets pour le premier vol du matin. Il s'avère que tous les gens que je connais avec des jets privés sont occupés.

Il plissa les yeux.

— Vive les relations.

Elle n'aimait pas la façon dont son cœur faisait des petits bonds de joie quand il souriait comme ça, alors elle détourna le regard. Entrer dans un bureau du FBI lui avait rappelé qui Mac était vraiment.

— Je vote pour qu'on trouve un motel près de l'aéroport et qu'on dorme quelques heures, dit-il.

— Je suis d'accord.

Elle n'avait pas dormi la nuit précédente, ni celle d'avant. Elle s'était assoupie pendant peut-être une heure. Le martèlement dans son crâne commençait à s'atténuer sous l'effet des analgésiques et elle respirait mieux. Des nuages d'orage planaient au-dessus de sa tête et elle se dit que son mal de tête était probablement lié à la météo. Son crâne lui faisait office de baromètre personnel. Le stress et les odeurs persistantes de fumée et d'essence n'amélioraient pas les choses.

Mac prit la route de l'aéroport, mais la plupart des panneaux indiquaient « COMPLET ».

Le mal de tête de Tess s'atténua suffisamment pour qu'elle puisse ouvrir les yeux sans avoir mal. Mac voulut changer de voie et ils sursautèrent tous les deux quand un klaxon retentit derrière eux.

— Merde, s'exclama Mac. Désolé.

Elle lui lança un regard inquiet. Ses yeux étaient rouges et sa bouche sinistre. Malgré son apparence infatigable, l'épuisement se lisait sur ses traits, mais il était trop têtu pour l'admettre. Il conduisait depuis des heures et n'avait sans doute pas beaucoup dormi ces derniers temps. Après dix minutes de route, ils repérèrent finalement un motel avec une chambre libre. Il tourna dans le parking et s'arrêta devant l'accueil à l'allure miteuse.

L'endroit était un motel basique, donnant sur l'autoroute. Ce n'était pas le Ritz, mais ce n'était pas non plus un trou perdu. Il y avait un bar donnant sur des parkings en béton. Une rangée de camions en remplissait un. Des SUV et des minivans remplissaient l'autre.

Mac entra pendant qu'elle attendait dans le véhicule. Quand il revint, ses lèvres étaient pincées et elle remarqua sa pâleur.

— Il leur reste une chambre, mais elle a des lits jumeaux. Il y a trois conventions en ville. Le Comic-Con, un truc de scientifiques et un truc d'écrivains. On peut continuer à rouler en espérant trouver quelque chose de plus haut de gamme, mais franchement… je suis crevé.

— Prenons la chambre. Ce n'est pas comme si on allait se sauter dessus.

Même si elle le trouvait séduisant, elle n'était pas assez stupide pour faire quoi que ce soit avec un agent fédéral.

Il sourit malgré la fatigue, et une de ses fossettes ressortit.

— Tu dis ça maintenant, mais ce corps rend généralement les femmes folles.

Il marqua une pause pour soigner son effet.

— Ou peut-être que c'était juste mon ex.

Il prit son portable sur la console :

— Et peut-être que ce n'était pas mon corps, peut-être que c'était ma bouche…

— La ferme, McKenzie.

Elle étouffa un bâillement, et attrapa son sac à main et sa petite valise.

— Même si tu étais un Chippendale, je serais trop fatiguée pour m'en soucier.

Elle était si fatiguée qu'elle était à cinq secondes de tomber d'épuisement.

— Tu en es sûre ?

Il était sérieux à présent.

— Reste de ton côté de la pièce. Je reste du mien. Et tout se passera bien.

CHAPITRE DIX-HUIT

Mac fixa le lit double avec ses oreillers mous et ses couvertures marron hideuses, puis Tess.

— Je te jure que l'employé a dit qu'il y avait des lits jumeaux. Quel enfoiré de menteur.

— Dans ce cas, quelqu'un a volé l'un des deux.

Plutôt que de faire demi-tour, elle traîna son bagage à main dans la pièce et le posa sur une chaise.

— Je peux dormir par terre, proposa-t-il.

Tess frissonna ostensiblement en regardant la moquette.

— Tu risques d'attraper quelque chose et d'y rester. Je finirai en prison parce qu'ils penseront que c'est moi la coupable. Écoute, on a tous les deux eu une journée de merde, fit-elle d'un ton résigné. Je vais me doucher, me changer et dormir. Tu restes de ton côté du lit et je reste du mien. Ce n'est pas plus intime que dormir ensemble dans la voiture.

Elle avait raison.

Elle avait eu une journée éprouvante, mais il aurait menti en prétendant ne pas avoir apprécié la montée d'adrénaline, non pas à l'idée de la voir en danger, mais de trouver des indices pertinents pour son enquête. Ces informations justifiaient sa venue dans l'Idaho à un moment aussi crucial.

Son téléphone sonna et la chanson *Can't Touch This* de MC Hammer retentit. Il poussa un juron.

Tess éclata de rire et la tension sur son visage s'atténua.

— Tu ne m'as jamais paru être un grand fan de rap.

Il éteignit son portable sans répondre.

— Mon ex. Une fois de plus, elle prouve qu'elle a le sens du timing.

— Elle est tenace.

Mac fit rouler ses épaules.

— Elle n'aime pas qu'on lui dise « non ».

— Tu te fais désirer ?

Il plissa les yeux.

— Je ne joue pas avec elle.

— Peut-être qu'elle t'aime encore.

— Si elle m'aimait, elle n'aurait pas baisé son patron.

Mac se tut. Ce n'était pas quelque chose dont il voulait discuter avec Tess.

— Tu es sûr que ce n'est pas la fierté qui t'empêche de la rappeler ?

Tout devint très calme dans la tête de Mac.

— Tu crois que je ne connais pas la différence entre la fierté et l'amour ?

— Ce n'est pas ce que tu crois…

— C'est exactement ça. Tu pardonnerais à quelqu'un qui t'a trompée ?

Elle le regarda dans les yeux.

— Non. En effet. Mais je n'ai jamais aimé quelqu'un au point de l'épouser, n'est-ce pas ?

Sur ce, elle ouvrit sa valise, en sortit une trousse de toilette et quelque chose à enfiler, entra dans la salle de bain et ferma la porte, la verrouillant derrière elle.

Bon sang.

Il se frotta à nouveau le visage, essayant de réveiller son

cerveau fatigué. Il n'aurait pas dû lui crier dessus, mais il n'aimait pas qu'on le fasse se sentir coupable d'avoir mis un terme à un mariage insatisfaisant, même si c'était peut-être parce que ce reproche venait de Tess. Tout ce qui concernait Tess le faisait se sentir coupable, surtout les pensées qu'il gardait strictement pour lui.

Il écouta le message d'Heather, qui demandait s'ils pouvaient aller prendre un café. Il secoua la tête, frustré. Pourquoi ? Espérait-elle que Lyle les voit ensemble ? Pourquoi voudrait-elle récupérer Lyle en sachant qu'il l'avait trompée ? Mac était-il naïf de croire que la fidélité devait faire partie intégrante d'une relation amoureuse ? Il pensa aux personnes qu'il connaissait et qui avaient des relations saines. Non, il n'était pas naïf. Heather était égoïste et vorace. Lyle était le même.

Avec le recul, il réalisait qu'il avait épousé Heather en partie par désir, en partie parce qu'elle semblait être le genre de femme qui le ferait bien paraître devant ses patrons. Elle était sociable – trop sociable, de toute évidence – et savait comment lécher les bottes des bonnes personnes. Il ne voulait pas penser au désastre que cela aurait été si elle s'était concentrée sur un de ses collègues à lui plutôt que sur un des siens. Et Heather n'était pas vraiment une mauvaise personne. C'était une menteuse et une tricheuse, mais son principal défaut était son besoin. Elle avait besoin d'attention. Elle avait besoin d'être le centre d'attention des gens et n'hésitait pas à faire une scène pour y arriver.

Il se débarrassa de sa veste et la posa sur le dossier d'une chaise. Il ferait mieux de dormir quelques heures tant qu'il le pouvait. Il regarda le lit étroit. Ça devrait aller tant qu'aucun d'eux ne franchissait cette frontière invisible.

C'était un professionnel. Il pouvait le faire.

Si ses patrons découvraient qu'il avait passé la nuit dans le même lit que la seule fille restante de David et Francis Hines, alors qu'il y avait une infime possibilité qu'elle soit impliquée dans ces meurtres, il ne pourrait plus diriger son propre bureau de terrain dans un avenir proche. Sauf que rester proche de Tess lui permettait de faire son travail plus facilement. Il pourrait gagner sa confiance, chose qu'elle n'accordait pas facilement.

Elle était probablement innocente, dans ce cas il n'y avait aucun problème. Découvrir que son frère était dans l'informatique avait déclenché les sonnettes d'alarme de Mac, avec toute cette histoire de tchat sur le dark web. Un citoyen lambda ne saurait pas comment masquer son identité en ligne, mais Cole Fallon oui.

L'eau se mit à couler dans la salle de bain.

Même avec le manque de sommeil, il n'avait aucun mal à imaginer Tess nue.

Mais il parvint à s'extirper de ses pensées primaires.

Utiliser la proximité forcée pour faire avancer l'affaire.

Mac ouvrit la valise de Tess et regarda à l'intérieur. Il n'y avait rien de plus accablant que des vêtements de rechange, y compris de la lingerie plutôt sexy, et une liseuse. Il l'alluma pour voir les livres qu'elle aimait. Il haussa les sourcils en voyant les titres et les couvertures : *The Devil's Doorbell*, *Taking Turns*, *The Dom's Dungeon*. Elle aimait manifestement les romans érotiques. Il se nota mentalement de lire certains de ces livres – à des fins de recherche, bien entendu.

Elle avait un ordinateur portable, mais il n'avait pas la permission d'y accéder et n'était pas assez compétent pour contourner son mot de passe – si elle en avait un – avant qu'elle ne sorte de la douche.

Il jeta son sac à dos sur la commode à côté du lit. Au moins de cette façon, il pourrait garder un œil sur elle. Un œil très attentif… Gardez vos amis proches et vos ennemis encore plus proches, disait-on. Non pas qu'il considère Tess comme son ennemie. Ça n'avait jamais été le cas.

C'était le vrai problème.

Il n'était pas objectif en ce qui concernait Tess Fallon.

Il s'assit sur le bord du matelas et les ressorts grincèrent. *Formidable*. Il enleva ses chaussures et s'allongea, fixant les taches d'eau marron sur le plafond. Ils avaient retiré le disque dur du PC de Jessop au bureau du FBI et le matériel se trouvait maintenant dans un sac à scellés, à l'intérieur de son sac à dos. Il ne comptait pas quitter cette preuve d'une semelle.

Il bâilla. Au diable tout ça. Il allait fermer les yeux jusqu'à ce qu'elle sorte de la salle de bain.

Il fut réveillé en sursaut dans la pénombre par le bruit d'un matelas qui grinçait dans la chambre voisine.

Où était-il ?

Puis les gémissements commencèrent.

— C'est une blague, marmonna-t-il, irrité.

Une voix murmura dans l'obscurité :

— Au moins, ils ont l'air de s'amuser.

Tess.

Mac poussa un profond soupir. Il avait oublié où il était et avec qui. Il jeta un coup d'œil au réveil numérique. Une heure du matin.

Merde.

— Si je me fie à mes expériences, ce sera bientôt terminé.

Sa voix était douce comme du velours.

Au moins, elle avait le sens de l'humour. Il se tourna vers

elle. Il avait les yeux endormis, mais la lumière du parking brillait à travers les rideaux fins, ce qui permettait de voir relativement bien. Il distingua sa silhouette enfouie jusqu'au nez sous les couvertures. Il était entièrement habillé, sur la couverture. C'était une bonne chose.

— Combien de temps ça va durer, d'après toi ? demanda-t-il d'une voix éraillée.

Il n'aurait pas dû parler de sexe à Tess, mais il était curieux. Et jusqu'à ce que le type de la chambre d'à côté termine, personne ne pourrait dormir.

— Trois minutes ? répondit-elle d'une voix chaude et langoureuse. Quatre, grand au maximum.

— Trois minutes ? Avec qui es-tu sortie ?

Elle grogna d'une manière décidément peu distinguée.

— Apparemment, je suis si incroyablement sexy que c'est de *ma* faute.

Il sourit.

— Il y a des pilules pour ça.

Le sourire de Tess brilla dans l'obscurité.

— C'est ce que j'ai entendu dire. C'est un peu difficile d'en parler comme ça avant d'être nue avec quelqu'un. J'aurais peut-être dû en saupoudrer dans sa salade.

Elle resta silencieuse pendant un moment tandis qu'ils assistaient aux ébats dans la chambre voisine.

— Il m'a trompée avec ma meilleure amie alors que je lui avais dit qu'il était nul au lit, dit-elle doucement. Ils se sont enfuis à Vegas.

— Les bâtards.

— Je n'ai pas pu leur pardonner, donc je comprends ce que tu ressens à propos de ton ex. Désolée si je t'ai fait te sentir mal tout à l'heure. Ce n'étaient pas mes affaires.

Elle avait une petite voix, comme si elle s'inquiétait de l'avoir blessé.

— Je n'aurais pas dû m'emporter.

Le matelas grinça lorsqu'elle se tourna pour lui faire face. Les ressorts rouillés les firent glisser l'un vers l'autre. Toute la salive s'évapora de la bouche de Mac, bien qu'ils soient séparés par des draps et deux couches de vêtements. La situation était très intime. Il n'avait jamais partagé une telle intimité avec quiconque depuis des années. Peut-être même jamais.

— Julie a toujours dit qu'elle était une déesse du sexe donc c'*était* probablement moi.

Tess grogna.

— Ta meilleure amie s'est autoproclamée déesse du sexe ? demanda Mac.

Il la sentit acquiescer.

— On peut faire ça ?

— De toute évidence, marmonna-t-elle.

— Est-ce que ça veut dire que je peux m'autoproclamer dieu du sexe ?

Il garda la voix basse bien qu'il n'y ait aucune chance que les voisins soient dérangés à en juger par les coups rythmés au niveau de la tête de lit.

Tess éclata de rire.

— Seulement si tu es doué.

— Je peux tenir plus de quatre minutes…

— Dieu du sexe, alors.

Des rires résonnèrent dans la pièce. Il n'avait pas beaucoup entendu rire Tess. C'était un son agréable.

— Et la femme passe toujours en premier, ajouta-t-il, incapable de résister.

Il ferma les yeux, déterminé à essayer de se rendormir.

— Super dieu du sexe, soupira-t-elle.

Il y eut un crescendo de bruits et de cris – le bon genre de cris – venant de la pièce voisine. Puis un silence béni. La fête était finie. *Dieu merci.* Il ferma les yeux. La pièce dégageait une agréable chaleur, et il commençait à sombrer dans cet état de demi-sommeil.

— Non pas que ce soit toujours possible, murmura-t-elle.

— Quoi ?

— Rien, dit-elle rapidement.

Trop rapidement.

— Oui, bébé. Mets-toi à genoux.

Une troisième voix s'éleva à côté et le son d'une fessée traversa le mur.

— C'est une blague ? grogna Mac.

— Ils sont *trois* ? fit Tess, effarée.

Mac étouffa sa frustration et ferma les yeux. *Merde.*

— Apparemment.

— Oh, mon Dieu.

Elle se releva et colla son oreille contre les murs en carton.

Il attrapa sa main et la tira.

— Tess, tu ne peux pas faire ça !

Bon sang.

— Pourquoi pas ?

Elle essaya de se dégager, mais il ne se laissa pas faire.

— On ne peut pas espionner des gens qui font l'amour.

— Mais ils envahissent ma vie privée avec leurs singeries. Ça ne peut quand même pas être de ma faute si j'écoute ?

Il continua à exercer une pression sur son bras jusqu'à ce qu'elle se rallonge à contrecœur.

— Être allongé dans son lit et entendre est une chose. Coller son oreille au mur, c'est tout autre chose.

— Tu n'es pas drôle, se plaignit-elle.

Des pensées sexuelles s'insinuèrent dans le cerveau à ce moment-là. Il pouvait être amusant. Ils auraient pu s'amuser en ce moment même si Tess n'était pas une ancienne membre, bien qu'involontaire, des Pionniers. Il déglutit et se rappela qu'il devait lâcher la main de Tess.

— Il y a combien de temps que tu as rompu avec le gars qui t'a trompée avec ta meilleure amie ?

Rester décontracté. Chercher des informations. Ne pas penser à ce qu'ils pouvaient bien faire dans la pièce d'à côté, ou à ce qu'ils pourraient faire tous les deux dans celle-ci si les circonstances étaient différentes.

— L'été dernier, dit-elle d'un air sombre. Quand ils sont revenus de Vegas, ils étaient mariés. C'est la première chose qu'ils m'ont dite. Ils étaient tous les deux *profondément désolés*.

Elle baissa la voix et il pouvait à peine l'entendre avec les coups rythmés à côté. Le mélange entre écouter quelqu'un d'autre faire l'amour et être allongé dans un lit à côté d'une femme attirante avait un effet indésirable sur ses parties génitales.

Formidable. Juste ce dont j'ai besoin.

— Jason et moi étions tous deux instructeurs dans un club de taekwondo. J'avais persuadé Julie de prendre des cours d'autodéfense.

— Au moins, tu l'as découvert avant que les choses ne deviennent trop sérieuses.

Mais la trahison faisait toujours mal.

— Le véritable amour semble être un mythe vicieux.

— Sans blague, acquiesça-t-il. Tu n'es sortie avec personne depuis ?

Le lit bougea lorsqu'elle secoua la tête.

— La seule attention masculine que je reçois vient des copains de fac de mon frère qui semblent déterminés à séduire toute personne avec un vagin en pensant avoir une ouverture.

Mac imaginait tout à fait ce que l'étudiant typique penserait en regardant Tess. Sa mâchoire se crispa.

— Mon petit frère est en colère contre moi, avoua-t-elle à mi-voix. Il m'a entendue dire que je trouvais dégoûtant qu'une femme plus âgée sorte avec un jeune homme, puis j'ai découvert qu'il avait une histoire avec une femme plus âgée. Le tact n'a jamais été mon point fort.

Mac rangea l'information dans son esprit pour quand son cerveau se réveillerait. Ils continuaient à côté et il envisageait d'y aller avec son arme.

— J'ai eu le droit à une leçon de sa part et de celle de ses copains. C'était une leçon d'humilité, car ils sont si jeunes et naïfs et pourtant ils avaient raison. J'ai fait preuve de sexisme.

Il grogna.

— Je suppose que tout dépend de la différence d'âge. Une fois que les gens sont adultes, on s'en fout, tant que personne n'est exploité.

Certains jours, il était impressionné par la maturité dont il faisait preuve.

— À quand remonte ta dernière relation ?

Voyant qu'il ne disait rien, elle ajouta :

— Désolée. Je suppose que c'est trop personnel. C'est juste que tu sais à peu près tout sur moi…

— Je ne savais pas que ton ex était un connard à la bite molle.

Elle rit, mais elle avait l'air triste à présent. Elle devait se sentir comme une étrangère, encore une fois, face à son silence, mais il n'était pas question qu'il discute de sa liste douteuse de liaisons sans nom. Le rappel de ses « relations » des deux dernières années lui faisait honte.

— Eh bien, c'est bon de savoir qu'il me reste quelques secrets, lui dit-elle.

— Tu es toujours aussi bavarde au lit ? demanda-t-il, amusé.

— Non, fit-elle, l'air horrifié. Je ne suis pas bavarde du tout. Je suis silencieuse. *Trop* silencieuse.

Cette phrase semblait planer entre eux comme un défi qu'il fit de son mieux pour ignorer. L'idée de la faire crier… de la toucher, d'approfondir ce baiser qu'ils avaient partagé plus tôt ? C'était tellement tentant.

Elle mit ses mains sur ses joues comme si elles brûlaient.

— Je suis mortifiée par le fait que *trois* personnes soient en train d'avoir des ébats pervers à environ soixante centimètres de là où nous sommes allongés dans le lit comme des cadavres. *Non pas*, dit-elle, sa voix s'élevant dans les aigus, que je pense qu'on devrait faire l'amour. Grand dieu.

Sa poitrine se soulevait et s'abaissait rapidement alors qu'elle semblait hyperventiler.

Elle pouvait le nier, mais il savait qu'elle était attirée par lui. Il avait vu la façon dont elle le regardait. Il savait que même si elle ne le voulait pas, elle avait un faible pour lui. Depuis toujours.

Et maintenant qu'elle était adulte, cette attirance n'était pas unilatérale.

Il pourrait en tirer profit.

Mais il repoussa immédiatement cette idée. Si Tess était aussi innocente qu'il le croyait, on l'avait déjà suffisamment utilisée. Il ferait son travail, mais il ne la blesserait pas. Quand bien même, il n'y avait pas de mal à pousser un peu les choses.

— Tu as dit plus tôt que parfois ce n'était pas possible. Qu'est-ce que tu voulais dire ?

Le martèlement était de plus en plus fort. S'il n'avait pas été dans le pâté, il les aurait encouragés.

— Rien, marmonna Tess.

— Tu parlais d'orgasmes ?

Elle enfouit sa tête sous les draps.

— Est-ce qu'on peut éviter de parler de ça ?

— Tu veux dire que ton ex ne t'a jamais fait jouir ?

Elle marmonna quelque chose d'inaudible.

— Tu sais que ça fait de lui un connard, non ?

— Le sexe est surfait.

La femme dans la chambre voisine commença à crier. *Waouh !*

— Je ne pense pas qu'elle ait eu l'info.

Il sentait la chaleur se dégager de sa peau.

— J'en ai assez, dit-il en se redressant. Je vais frapper à leur porte, leur montrer mon badge, et leur foutre la trouille.

Elle écarta les couvertures de sa tête.

— Attention qu'ils ne t'entraînent pas dans une partie de jambes en l'air.

Il cligna des yeux.

— Quoi ?

Puis il se souvint des couvertures des livres qu'elle avait sur son Kindle.

— Tu sais, un flic sexy qui frappe à la porte et qu'on invite à entrer pour jouer avec ses menottes ?

— Un flic sexy ?

Elle lui donna un coup dans l'estomac.

Il rit.

— Tu as des fantasmes de partouzes, Tess ?

— Quoi ? Non ! fit-elle en poussant un cri étranglé.

— Je suis du FBI, lui rappela-t-il avec un sérieux feint. Si je découvre que tu me mens…

Elle lui donna un nouveau coup dans le ventre et il attrapa sa main juste au cas où elle l'aurait accidentellement touché un peu plus bas et aurait récolté plus que ce qu'elle avait prévu.

Il se recoucha et roula sur le côté.

— BDSM ? Avec un petit côté sadique ?

Elle grogna.

— J'aime juste te frapper.

Elle chercha à récupérer sa main, et il la lâcha avant de faire quelque chose de vraiment stupide comme la déplacer plus bas. Il jouait avec le feu, mais il n'avait pas l'intention d'aller plus loin.

— Tout ça ne me tente pas du tout. L'idée qu'un type me bande les yeux et me fesse me donne envie de frapper quelqu'un.

— Mais tu aimes lire ce type d'histoires ? suggéra-t-il.

Il sentit la chaleur qui se dégageait de son visage par vagues.

— Comment tu sais ça ? Tu as enquêté sur mes lectures ? Est-ce que ça va se retrouver dans un dossier ? Tess Fallon aime lire Lexi Blake et Beth Kery – la mettre sur une putain de liste de surveillance ?

Elle était en train de s'énerver, et il attrapa sa main quand elle voulut lui administrer un nouveau coup.

Il s'appuya sur ses coudes, se rapprocha et lissa les cheveux sur son visage. Elle s'énervait, et ce n'était pas étonnant. Il n'aurait pas aimé que quelqu'un s'immisce dans sa vie et apprenne autant de choses.

— Tout va bien, Tess. Ça ne figure dans aucun rapport. Je te taquine juste. J'ai jeté un coup d'œil à ta liseuse tout à l'heure, admit-il.

— Parce que tu pensais que je pourrais lire quoi ? Des conneries néonazies ?

— J'étais curieux. C'est tout, l'apaisa-t-il.

Il retenait les doigts de Tess qui cherchaient à le combattre de toutes leurs forces, mais l'attitude de Mac n'était pas menaçante. Il ne voulait pas qu'elle lui casse le nez avec un tour de ninja.

— C'était juste de la curiosité, chuchota-t-il à nouveau.

Il se recoucha, leurs épaules se touchant, tenant toujours la main de la jeune femme tandis que le *ménage à trois* faisait son petit bonhomme de chemin à côté.

— Quand j'étais petite, ils essayaient de tout contrôler. Ce que je faisais, ce que j'apprenais, ce que je pensais, ce que je lisais.

Ses mots s'abattirent sur lui comme un marteau.

Eh merde. Il resta silencieux. Il n'y avait pas pensé quand il s'était immiscé dans sa vie. Ils avaient essayé de contrôler tout le monde avec leur système autoritaire. Mac avait toujours admiré la force de Tess qui avait su résister à l'idéologie de la haine alors que c'était tout ce qu'on lui avait inculqué.

— Je n'ai pas honte de lire ce que je veux.

— Loin de moi cette idée.

— Je lis toutes sortes de livres, de l'érotisme à la fantasy, dit-elle férocement. Et ça m'énerve de ne même pas pouvoir garder ce genre de secret.

Il lui serra la main.

— Je n'aurais pas dû insister. Ça ne figurera dans aucun rapport.

Elle le poussa de l'épaule, mais il serra sa main plus fort.

— Mais ce sont *mes* affaires, Mac. Pas celles du FBI.

— Je ne dirai rien au FBI, trésor.

— Tu *es* le FBI, lâcha-t-elle.

— Pas ce soir.

Pour une fois, il aurait souhaité que ce soit vrai.

— Ce soir, je suis le bon vieux Steve McKenzie qui découvre de nouvelles choses sur une femme qu'il apprécie et qu'il apprend à mieux connaître.

Ce qui était malheureusement vrai.

Un étrange silence s'abattit sur la pièce. Après tout ce qu'ils avaient traversé ensemble, il était indéniable qu'ils partageaient un lien qui prenait généralement des années à s'établir. Cela le rendait un peu triste que cette attirance entre eux soit si interdite. Ou peut-être était-ce pour cela que c'était si fascinant.

— Combien de temps ça va encore durer ?

Elle paraissait anxieuse quand le martèlement reprit à côté. Il rit.

— Si c'est un seul gars, alors peut-être une heure s'il se retient.

— C'est un foutu mensonge.

Bon sang, qu'elle était drôle. Et l'idée de prouver combien de temps un gars pouvait durer devenait très tentante.

Il lui serra les doigts.

— Si c'est deux gars et une fille, ce qui semble être le cas, alors ça pourrait durer toute la nuit.

— Je suis tellement fatiguée que je pourrais aller dormir dans la baignoire.

Elle mit l'oreiller sur sa tête.

Il se souvint d'une chose à laquelle il aurait dû penser dix minutes plus tôt. Il fouilla dans son sac à dos, ses doigts cherchant dans l'obscurité.

— Tiens.

Il avait des bouchons d'oreille qu'il utilisait pour le stand de tir. Elle les lui prit et les glissa dans ses oreilles. Ils fixèrent tous les deux le plafond pendant quelques minutes avant que la fatigue ne le saisisse à nouveau et ne l'étouffe comme un oreiller. Juste avant qu'il ne s'endorme, la main de Tess se glissa de nouveau dans la sienne et elle serra doucement ses doigts.

Le cœur de Mac fit un bond. Pendant un instant terrifiant, il envisagea de goûter à nouveau ses lèvres, de laisser ses mains parcourir ce corps et de jouer quelques-unes de ses scènes préférées. Puis elle lâcha sa main et se détourna.

Le sentiment de solitude qui l'envahit le prit par surprise. *Agent du FBI. SAC à quarante ans*, se rappela-t-il.

Il s'enveloppa de ces mots, essayant de les rendre importants.

Le sourire amer de son père lui traversa l'esprit, lui rappelant ce qui arrivait aux personnes qui ne suivaient pas une sorte de boussole morale. Tess n'était pas faite pour lui, pas même pour un coup d'un soir, en supposant qu'elle soit intéressée par quelque chose d'aussi superficiel et bref. Ce n'était pas de sa faute. C'était une question de perception. Cela lui donnait l'impression d'être un connard.

Mais même si elle était intéressée, il ne pouvait pas se permettre de l'être. Peu importait à quel point il était tenté, la seule chose qui comptait était de prouver qu'il savait faire son travail. De prouver qu'il était digne de son serment et assez honorable pour protéger le peuple américain, une âme après l'autre.

____

TESS OUVRIT LES yeux. Le son était étouffé comme si elle était sous l'eau. Un poids lourd lui écrasait les poumons. Une obscurité épaisse l'entourait. Elle ne pouvait pas inhaler assez d'oxygène, et l'air qu'elle respirait était étouffant et vicié. Elle avait chaud, elle suffoquait. Elle avait été enterrée vivante. La peur tambourinait contre sa cage thoracique et elle cria, se débattant, essayant de se libérer.

— Tout va bien. Tess. *Bon sang*, Tess !

Des mains fortes arrachèrent la couverture qui lui couvrait le visage et lui saisirent les épaules.

Il faisait encore sombre, mais il y avait des ombres maintenant, des nuances de gris. Elle pouvait bouger. Elle pouvait respirer. Le son était étouffé et elle se souvint enfin qu'elle avait des bouchons d'oreille. Elle les retira en enlevant les couvertures restantes, les poumons en feu, la peau moite.

La silhouette sombre d'un homme la regardait fixement. Steve McKenzie. Les battements de son cœur s'accélérèrent pour une autre raison.

— Je n'arrivais plus à respirer. J'ai paniqué.

— J'avais compris.

Sa voix était douce. Grave, mais pas bourrue.

Elle avait toujours aimé sa voix. Elle l'apaisait, réduisant l'emprise de la peur sur son corps, aussi dur que la pierre.

— Pardon, dit-elle.

Il sourit.

Elle s'approcha de lui et passa sa main sur sa mâchoire, rugueuse comme du papier de verre sous sa paume. Elle adorait ça.

— Tess.

Elle posa son doigt sur ses lèvres pleines, sentant la chaleur de sa bouche brûler sa peau.

— Quand j'étais petite, j'étais follement amoureuse de toi.

Le silence de la pièce était oppressant.

— Je sais.

Elle inspira son parfum chaud. Se demandant ce que ça ferait de se réveiller avec lui tous les matins. L'émotion lui serra la gorge. La douleur. L'amertume. L'acceptation.

— Mais tu m'as quand même quittée.

— Oui.

Quelque chose scintilla dans ses yeux. Il lissa les cheveux sur son front avant de se pencher pour poser ses lèvres sur les siennes.

— Je suis désolé, chuchota-t-il.

Elle laissa le silence s'étirer. Laissant leur histoire commune se fixer.

— Je sais.

Elle se releva et lui rendit son bref baiser. Pour le goûter. Il se raidit contre elle et elle crut qu'il allait s'éloigner. Il n'en fit rien. Sans lâcher ses épaules, il s'allongea sur elle, s'installant entre ses jambes et écartant ses lèvres avec les siennes.

Elle s'ouvrit à lui. Elle explora sa bouche avec ses lèvres, sa langue, ses dents, tandis qu'il faisait de même. Elle glissa la main sur son épaule et dans ses cheveux courts.

— On ne peut pas faire ça, lui dit-il alors qu'il englobait son sein et trouvait son téton à travers le coton doux.

Elle passa ses mains sur ses épaules, le long de son dos, sentant les muscles qui flanquaient sa colonne vertébrale. Elle caressa son dos tandis qu'il soulevait son haut de pyjama, exposant sa poitrine. Puis il pencha la tête et prit son téton sensible dans sa bouche. Une vague de plaisir inonda son corps, faisant se recroqueviller ses orteils.

Impatient, il fit glisser son haut par-dessus sa tête et observa le corps nu de Tess.

Elle sentit la chaleur gagner sa poitrine alors que l'air froid lui léchait la peau. Puis il l'embrassa à nouveau, ses mamelons frottant contre le coton de son t-shirt, des étincelles de désir la traversant. Elle l'embrassa en retour, s'agrippant à ses cheveux tandis que ses doigts glissaient le long de son corps, appuyant sur son clitoris, le caressant doucement. Paresseusement. Régulièrement. Comme s'il n'y avait pas besoin de se précipiter. Pas besoin de se presser.

Ses hanches se soulevèrent, son corps aspirant à une libération qui était à portée de main. Et il continuait doucement, refusant de changer de rythme jusqu'à la rendre folle de désir et d'envie. Elle retint son souffle lorsqu'il passa ses doigts sous son bas de pyjama, mais il ne les glissa pas en elle. Il taquina la chair sensible de ses lèvres, la stimulant doucement avec de doux mouvements alors qu'une part d'elle voulait qu'il y aille vite et fort. Mais cela ne lui avait jamais donné d'orgasme par le passé.

Comment savait-il comment la rendre folle ? Comment avait-il compris que son corps avait besoin de ça alors que son esprit voulait tout autre chose ?

Elle avait déjà joui toute seule, mais jamais avec un partenaire. Elle le sentait chaud et dur contre sa cuisse et le voulait en elle, mais avec ce qu'il faisait… Toutes les cellules de son corps étaient en ébullition, tournant et retournant, jusqu'à ce qu'à la limite du supportable. Elle aurait voulu que cette sensation ne s'arrête jamais.

Son corps se mit à trembler et elle perdit la capacité de penser. Tous ses sens se concentraient sur le contact bienvenu entre ses jambes.

Elle écarta les cuisses, le suppliant silencieusement de lui donner ce dont elle pensait avoir besoin, mais il continua à la caresser, lentement, légèrement, la poussant inexorablement vers l'extase, jusqu'au point de non-retour.

Il enfonça à peine le bout d'un doigt en elle tandis qu'il pressait sa paume contre son pubis et pinçait son mamelon plus fort qu'elle ne s'y attendait au même moment. Elle sauta de la falaise, tombant en chute libre en frissonnant et en tremblant jusqu'en bas, s'écrasant sur les rochers dans une avalanche de plaisir qui fit éclater chaque particule de son être.

Alors qu'elle était étendue là, haletante, il retira sa main et se pencha pour l'embrasser tendrement sur les lèvres.

Il se mit en position assise et descendit du lit.

Elle lui attrapa le poignet.

— Tu ne veux pas…

Il eut un sourire frustré.

— Je ne peux pas.

Puis il se leva, ramassa son sac et se dirigea vers la salle de bain, la laissant seule dans l'air froid et vicié, remplie d'une sourde colère à l'idée de ne pas être assez bien pour lui.

CHAPITRE DIX-NEUF

S ON TELEPHONE PORTABLE bipa pour lui indiquer qu'elle avait reçu un message alors qu'elle se dirigeait vers le Whitehaven Trail de Dumbarton Oaks Park. Il faisait encore sombre. Elle n'avait pas beaucoup dormi ces derniers temps et la pression de vivre une double vie commençait à se faire sentir.

Elle avait hâte que le subterfuge soit terminé, de pouvoir délivrer son dernier message et de commencer ouvertement le combat. Elle était impatiente de révéler qui elle était et de célébrer ses réalisations avec les milliers de personnes qui pensaient comme elle. C'était un appel à l'action que les siens reconnaîtraient. Le gouvernement fédéral avait volé la république au peuple. Le peuple allait la récupérer.

Elle ralentit pour lire le SMS au cas où il aurait un lien avec sa mission de la matinée.

Un lien Internet apparut. Une image se téléchargea lentement. Elle s'arrêta, haletant dans l'air froid alors que se révélait la photographie d'une ferme incendiée. Les battements de son cœur résonnaient dans ses oreilles comme une chambre d'écho. Il ne restait plus rien du bâtiment, sauf deux cheminées à l'aspect instable, dont les braises fumaient encore sous les lumières vives des lampes à arc. La neige était noircie par la suie et la terre.

Mais elle reconnut le bâtiment.

Elle lut rapidement l'article. « *Un homme, Henry Jessop, présumé mort. Incendie criminel suspecté. Les fédéraux enquêtent.* »

Elle s'accroupit, posant une main sur le sol. *Non !* Il ne pouvait pas être mort.

Elle couvrit sa bouche de sa main. Pourquoi les fédéraux enquêtaient-ils sur sa mort ? L'avaient-ils relié aux meurtres de Washington ? L'avaient-ils relié à elle ? Elle regarda autour d'elle, à la recherche de signes indiquant que c'était un coup monté et que des agents étaient cachés dans les buissons, prêts à bondir. Mais il faisait trop sombre pour distinguer quoi que ce soit.

Elle sentit la rage l'envahir.

Elle devait détruire ce téléphone et découvrir ce que les Fédéraux avaient compris. Le vieil homme ne les aurait jamais livrés. C'était sans doute pour ça qu'il était mort et que la maison était détruite. Il s'était sacrifié plutôt que de trahir la cause. C'était un martyr. Un autre héros qui avait donné sa vie pour la révolution. Elle ne le décevrait pas.

Un faible bruit de pas s'approcha au détour d'un chemin, masqué par le bruit du ruisseau voisin qui se précipitait vers le centre-ville à belle allure. Elle se trouvait dans un coin isolé du sentier, le long d'une gorge étroite, cachée de la route par les ombres lourdes et un épais peuplement d'arbres. Les branches étaient dépourvues de feuilles, mais elle ne voyait personne se cacher. Si les fédéraux étaient là, elle ne tomberait pas sans en entraîner quelques-uns avec elle. Elle baissa sa casquette, puis saisit l'arme qui se trouvait dans un étui dans le bas de son dos. Elle n'avait pas de silencieux cette fois. Ça n'aurait pas tenu.

Elle commença à courir, lentement, comme si elle comptait aller jusqu'au bout – ce qui était le cas.

Le membre du Congrès Adam Trettorri apparut, fidèle à sa routine hivernale de l'aube. C'était l'un des plus jeunes politiciens de Washington. Beau gosse. Vétéran de l'armée. Ouvertement gay.

Il était une abomination. La pire sorte de monstre parce que son enveloppe extérieure était parfaite.

Elle attendit qu'il passe avant de dégainer son arme. Elle se retourna et visa son centre de gravité. Un bruit assourdissant se répercuta contre les parois du ravin.

Il trébucha et tomba à genoux.

Elle s'approcha rapidement de lui. Il fallait qu'elle parte au plus vite. L'observatoire naval n'était pas loin, tout comme le nouveau vice-président, avec tous les services secrets que cela impliquait.

Trettorri était couché sur le ventre, inerte. Le sang fleurissait sur son côté droit. Du bout du pied, elle essaya de le faire rouler sur le dos, mais il était lourd.

Elle se pencha pour le faire basculer, mais fut surprise quand il attrapa son pied et le tira. Elle tomba sur les fesses et recula, ses Nike glissant dans les feuilles mouillées. Il se pencha sur elle malgré sa blessure par balle et essaya de lui arracher l'arme des mains.

Même blessé, il était plus fort qu'elle. Elle se débattit. Elle croisa ses yeux bleus déterminés et ressentit une bouffée de peur.

— Les talibans n'ont pas eu raison de moi, fit-il d'une voix rauque, mais audible. Hors de question qu'une petite salope haineuse y arrive.

— Ce n'est pas *chez vous*, cracha-t-elle. Votre engeance devrait être noyée à la naissance.

— Je pensais la même chose de vous.

Il éclata de rire, malgré le fait qu'il était baigné de sueur et de sang et qu'il souffrait visiblement.

Elle enfonça ses doigts dans la blessure de son dos et il se cabra, agonisant. Elle bondit sur ses pieds. Elle était couverte de son sang et les flics n'allaient pas tarder à venir enquêter sur le coup de feu. Il fallait qu'elle parte.

Sans un mot de plus, elle pointa l'arme vers l'endroit où le monstre gisait, haletant, dans la terre et appuya sur la gâchette.

Le sang gicla et elle hocha la tête, satisfaite, puis sourit. Cette petite salope haineuse avait eu raison de lui après tout.

Elle courut jusqu'au ruisseau pour nettoyer le sang de ses mains et de son visage. Elle avait choisi des vêtements noirs pour que les taches de sang ne se voient pas. Elle plongea ses baskets dans l'eau glacée et décida de traverser le cours d'eau puis de couper à travers bois pour rejoindre le réseau de sentiers du Rock Creek Park. Elle avait besoin de frotter chaque centimètre de sa peau pour éliminer les résidus ignobles de ce bâtard de son corps. Son odeur était âcre dans ses narines.

Elle avait envoyé un nouveau message.

Des frissons parcoururent son corps et ses dents s'entrechoquèrent jusqu'à ce qu'elle se remette à courir. Après quelques centaines de mètres, son sang se réchauffa alors que ses muscles travaillaient. À un demi-kilomètre au sud de l'endroit où elle avait tiré sur le membre du Congrès, elle retira sa carte SIM et la jeta dans le ruisseau. Le portable suivit dix secondes plus tard.

Elle sourit et accéléra le rythme sur le chemin du retour.

Les fédéraux ne savaient rien et ne comprendraient rien avant qu'il ne soit trop tard. La mort d'Henry Jessop marquait le début de la révolution. Le monde entier n'allait pas tarder à découvrir le héros qu'il était. Les héros qu'ils étaient tous les deux. Elle était prête à mener cette guerre. Elle avait même déjà commencé. Bientôt, d'autres suivraient et toute cette mascarade serait terminée.

———

MAC SERRA LA main d'Alex Parker qui était consultant en cybersécurité pour le DSC-4. Il avait travaillé avec lui pendant l'enquête portant sur le centre commercial de Minneapolis, mais ils ne s'étaient jamais rencontrés en personne. Ils se trouvaient à présent, avec Lincoln Frazer, dans une sorte de salle blindée du complexe de laboratoires de Quantico où des experts examinaient les effets des virus et des chevaux de Troie sur différents systèmes informatiques. Ils avaient dû laisser tous leurs appareils électroniques à l'extérieur et ils étaient coupés du monde.

— Merci pour le prêt du jet, fit Mac en souriant même si une part de lui se sentait triste. Ça a été un plaisir de rencontrer ta partenaire commerciale.

— Haley est unique en son genre, convint Parker.

Mac avait reçu un appel vers cinq heures du matin lui disant qu'il pouvait se rendre directement à Quantico avec le jet de Parker s'il le voulait. Tess avait choisi d'attendre le vol commercial qu'ils avaient réservé, disant qu'elle devait être à Washington pour midi. Elle essayait de mettre un peu de distance entre eux.

Après leurs derniers échanges qui n'avaient rien d'innocent, elle essayait clairement de prendre du recul.

Et il la laissait faire.

Il devait sortir Tess de sa tête. Peut-être l'appellerait-il quand ce serait fini, juste pour lui dire au revoir. Il valait mieux qu'ils fassent comme s'ils n'avaient jamais passé la nuit ensemble à écouter d'autres personnes faire l'amour avant de céder à la tentation.

Putain de merde.

Parker le regarda.

— Haley est une bavarde. Ne crois pas la moitié de ce qu'elle te dit, sauf si ça concerne le prix de ses chaussures. On pourrait armer un pays du tiers monde avec ce qu'elle dépense là-dedans.

— J'ai vu ses chaussures.

Parker grogna. Mac connaissait une partie de son histoire grâce à des amis du Bureau. Alex Parker avait été incarcéré dans une prison marocaine et les rumeurs disaient qu'il y avait atterri en travaillant pour la CIA, bien qu'ils aient toujours nié tout lien.

Ils n'auraient jamais admis le contraire.

Haley lui avait fourni quelques informations. Elle, Alex Parker et un autre ami de l'époque où ils étaient au MIT avaient créé leur propre entreprise de sécurité privée à partir de rien et étaient maintenant tellement demandés qu'ils avaient du mal à suivre. Elle s'occupait de la gestion, du recrutement, de la logistique et, en gros, de dire à tout le monde ce qu'il fallait faire.

— Tu as le disque dur ? demanda Parker.

Mac lui tendit le sac à scellés contenant l'ordinateur de Jessop. En portant des gants, Parker signa et data le document et retira l'objet du sac. Mac essaya de se concentrer sur ce que faisait Parker pendant qu'il branchait le disque dur sur quelque chose qui ressemblait plus à un circuit imprimé complexe qu'à un véritable PC.

Ce que Mac ne savait pas, c'était que Parker et lui avaient plus en commun qu'il ne le pensait. Tous deux avaient perdu leur mère à cause d'un cancer à un jeune âge, et le père de Parker était un flambeur qui s'était fait assassiner dans une ruelle de Carson City. Ce type avait l'air aussi nul que le père de Mac l'avait été.

L'amitié de Parker avec Lincoln Frazer, qui était notoirement distant, faisait l'objet de nombreux commérages internes au sein du Bureau, mais Haley n'en savait pas plus que lui. Mac avait rencontré Frazer pour la première fois lors d'une affectation à Los Angeles. Frazer avait la réputation d'être critique et cynique. Un perfectionniste qui ne tolérait pas les imbéciles. Mac et Frazer n'avaient pas vraiment parlé jusqu'à ce qu'ils soient affectés ensemble à une équipe qui recherchait un tueur en série s'en prenant aux prostituées d'Hollywood. Ils avaient attrapé le type et il avait été exécuté en un temps record pour la Californie.

Des jours heureux.

Mac et Frazer étaient progressivement devenus de bons amis lorsqu'ils travaillaient tous deux à Quantico, mais il leur avait fallu de longues années pour établir cette relation. Frazer et Parker s'étaient entendus presque immédiatement. Il y avait quelque chose d'intrigant chez Parker – il semblait capable de tant de choses différentes. Mac avait le sentiment que ce type avait plus de secrets que le *Politburo*.

Lincoln Frazer aurait pu grimper aussi haut qu'il le voulait au sein du FBI, mais il avait choisi de rester au sein du département des sciences du comportement. Il se concentrait sur la capture des criminels, et ne voulait pas s'embarrasser avec la politique, même s'il aimait le pouvoir.

Quand le silence devint oppressant, Mac demanda à Frazer :

— C'est une femme que j'ai entendue chez toi hier soir ?

Frazer le regarda d'un air sévère.

— Il en a deux maintenant. Et un chien, intervint Parker sans lever les yeux. Et malgré son air amer, il apprécie chaque minute de sa nouvelle vie.

Les lèvres de Frazer tressaillirent.

— Rooney et toi avez déjà fixé une date ?

Parker grogna.

— Elle ne t'a pas dit ?

— Dit quoi ?

Parker le regarda d'un air sinistre.

— Après m'avoir dit pendant des mois qu'elle voulait attendre que le bébé soit né, Mal a soudain décidé qu'elle voulait se marier en *avril*.

— C'est un problème ? demanda Frazer.

— Rien n'est un problème si ça lui permet d'arriver jusqu'à l'autel, mais sa mère veut un grand mariage chic, et je veux juste Mal et un pasteur. Devine lequel d'entre nous aura ce qu'il veut ?

— La sénatrice Tremont est une belle-mère redoutable.

— Tu crois que je l'ignore ?

Frazer réprimait clairement un sourire.

— Donc vous avez six semaines pour organiser un mariage ?

— C'est à peu près ça. C'est pourquoi, malgré les objections féminines, j'ai engagé un organisateur de mariage à Washington. J'espère que tout ce que j'aurais à faire, c'est me pointer et dire « je le veux ».

Mac et Frazer reniflèrent de concert. Ils avaient tous les

deux vécu l'épreuve d'un mariage et d'un divorce. Frazer avait manifestement tourné la page, au grand étonnement de Mac.

Le souvenir de sa nuit aux côtés de Tess lui revint à l'esprit. Il y avait quelque chose d'unique à dormir avec une femme sans faire l'amour. Et tout allait bien jusqu'à ce qu'elle le réveille avec son cauchemar. Et ils avaient eu des rapports sexuels.

C'était normal qu'il ait été excité – une femme attirante à côté de lui, un plan à trois enthousiaste à côté. Son doux parfum et sa chaleur qui avaient pris possession de ses sens. Cela aurait été plus inquiétant s'il ne s'était pas réveillé avec une bite en fonte. Mais agir en conséquence ? C'était profondément stupide. Il ne savait pas comment il avait trouvé la force de s'arrêter en si bon chemin.

Heureusement, il avait pu s'empêcher de franchir la dernière ligne autodestructrice, mais c'était plus un détail technique qu'une réelle protection si jamais quelqu'un du Bureau découvrait ce qui s'était passé dans cette chambre de motel.

Et meeeerde.

— Et toi ? lui demanda Frazer alors que Parker lançait le disque et contournait le mot de passe.

Mac lui adressa un regard impassible dont il avait le secret.

— J'ai entendu dire que ton ex s'était séparée de son nouveau mari.

Comment Frazer l'avait-il su ?

— C'est un vrai fléau, concéda-t-il.

— Et la fille, Tess Fallon ? demanda Frazer.

Mac croisa les bras.

— Il ne se passe rien avec elle.

— Je n'ai jamais dit qu'il se passait quelque chose, rétorqua-t-il, ses yeux bleus amusés. J'ai juste demandé que tu m'en parles. Tu penses qu'elle dit la vérité sur sa non-implication dans ces meurtres ?

Mac réfléchit à la question objectivement.

— Elle a un alibi pour le meurtre du rabbin et de la DJ. Elle a été élevée par une femme noire et s'occupe des impôts d'un tas de groupes de libertés civiles à but non lucratif. Pour autant que je sache, c'est une citoyenne modèle.

Il espérait qu'elle était une citoyenne modèle après l'avoir fait frémir, trembler et crier dans l'obscurité. Sinon, sa carrière était vraiment fichue.

— Tout ça pourrait être une couverture, concéda-t-il. Elle est très protectrice envers son petit frère, ce qui soulève quelques questions sur l'éventuelle implication du gamin. Elle n'avait pas repris contact avec Eddie le trou du cul depuis son incarcération il y a des années.

Il regarda à travers les vitres les autres membres du FBI qui vaquaient à leurs occupations.

— Quand elle était petite, elle n'était pas comme les autres Pionniers. Elle était excentrique et gentille. Elle ne pouvait rien faire pour changer sa situation à l'époque. Je l'aimais bien, admit-il à contrecœur. Je l'apprécie toujours. C'est une personne sympathique.

— Sympathique ?

Frazer masqua à peine un ricanement.

— Qu'est-ce qui cloche avec le terme « sympathique ? », demanda-t-il.

Bien que *sympathique* ne soit pas le mot le plus approprié pour décrire Tess.

Frazer haussa les sourcils.

— Très bien. Elle est vive d'esprit, travailleuse et, malgré ses mauvaises relations, elle est très drôle.

Sexy, aussi. Il garda cette pensée pour lui. Il désirait Tess Fallon comme il n'avait jamais désiré quelqu'un, pas depuis qu'il avait découvert que la position de travail préférée de sa femme était sur le bureau de son patron.

Un côté des lèvres de Frazer se retroussa, mais ce qu'il s'apprêtait à dire fut interrompu lorsque la machine sur laquelle travaillait Parker émit un bip sonore.

Mac regarda Parker faire défiler des lignes de code qui s'apparentaient à du charabia pour lui. Le type écrivit une longue série de chiffres.

— Je me suis renseigné sur elle, lui dit Parker. Frazer m'a contacté la nuit dernière et j'ai passé mon temps à essayer de pénétrer sur le site One-Drop-2-Many sur le Darknet. J'ai vérifié l'adresse IP et les noms d'utilisateurs de Tess en attendant que mes outils de piratage fassent leur travail. Je n'ai trouvé aucune preuve qu'elle ait essayé de couvrir ses traces, ou qu'elle ait visité quelque chose de plus douteux que Tumblr.

Un sentiment de soulagement envahit Mac.

Parker leva les yeux au ciel.

— Je n'ai pas pu m'occuper du frère, principalement parce que je n'avais pas assez de temps pour creuser autour de son VPN.

La machine émit un bip et Parker reporta son attention sur la tâche à accomplir.

— Le site One-Drop a donné quelque chose ? demanda Mac.

Parker grimaça.

— Plein de choses, mais tout est crypté à moins d'être connecté en tant qu'utilisateur vérifié et la personne qui a créé le site s'y connaît. Il n'y a pas d'échange d'argent, ce qui rend la recherche de personnes plus difficile. L'un de mes alias en ligne les plus douteux a demandé à devenir membre, mais j'ai le sentiment que ces gens ont une adhésion plus basée sur les recommandations que sur les volontaires.

Il haussa les épaules.

— J'ai tout copié et envoyé les infos aux personnes chargées des crimes haineux au QG, mais ça va prendre du temps. J'ai également confié la tâche de craquer les identités anonymes à l'une de mes nouvelles recrues. Il vient de sortir du lycée. Google et moi nous sommes battus pour l'engager.

— Pourquoi t'a-t-il choisi ? demanda Mac, intrigué.

Parker fit la grimace.

— Je l'ai mis au défi de pirater plus vite que moi un numéro de téléphone de la NSA.

Les yeux de Mac s'écarquillèrent.

— Tu as piraté la NSA ?

— J'ai un contrat en cours pour effectuer des tests d'intrusion à intervalles réguliers. Le concours était un coup monté. J'ai laissé le gamin gagner et je lui ai demandé d'appeler le numéro, qui se trouvait être la ligne du bureau où nous faisions le piratage. Dès que j'ai répondu au téléphone, tous ses systèmes ont planté à cause d'un *ransomware*.

Un sourire froid illumina les yeux de Parker.

— Il a voulu savoir comment j'avais fait. Je lui ai dit que s'il travaillait pour moi pendant six mois, je le lui dirais.

— Mais ça ne te dérangerait pas de lui confier les informations d'une enquête fédérale ?

Parker le regarda calmement.

— On ne pourra pas identifier qui se cache derrière ces pseudos sans son aide. On n'apprend pas à pirater en se connectant à Facebook et en sauvegardant ses mots de passe dans le trousseau.

— Comment sais-tu que tu peux lui faire confiance ?

Mac n'était pas convaincu.

— Il suffit de regarder ce que les gens font avec les secrets ou les failles qu'ils découvrent. S'ils les vendent aux enchères au plus offrant sur le dark web, sans se soucier de l'identité de l'acheteur ou de ce qu'il a l'intention de faire avec ces informations, alors vous ne voulez probablement pas que cette personne travaille pour vous. S'ils l'offrent sur le marché gris pour payer les frais médicaux de leur mère et vérifient soigneusement ceux à qui ils ont l'intention de le vendre, vous avez un bon employé potentiel.

Mac acquiesça. Il ne comprenait pas grand-chose aux ordinateurs, hormis les e-mails et Internet, mais il comprenait l'importance des actes des gens. S'ils étaient honorables quand ils pensaient que personne ne les regardait, ils étaient probablement de braves gens. Mais les braves gens devenaient parfois mauvais.

— Quelque chose sur la machine de Jessop ?

Il désigna l'écran d'un signe de tête.

Parker grimaça.

— Vous voulez la bonne ou la mauvaise nouvelle ?

Mac gémit.

Frazer répondit :

— La mauvaise nouvelle.

— J'ai toujours su que tu étais pessimiste. Quelqu'un a nettoyé ce disque dur et l'a reformaté dans un passé pas si lointain.

— La bonne nouvelle, insista Mac.

Il avait espéré qu'ils tireraient quelque chose de concret de cette machine.

— Certaines personnes qui travaillent pour moi peuvent récupérer beaucoup d'informations, mais ça va prendre un peu de temps.

— Le FBI ne peut pas le faire ici ?

Parker échangea un regard avec Frazer.

— Chen pourrait y arriver.

Frazer fronça les sourcils.

— Elle est à La Nouvelle-Orléans jusqu'à demain soir.

— C'est à vous de voir. Le FBI finira par le craquer, mais j'emploie des personnes vers qui le FBI se tourne quand il est coincé.

Parker haussa les épaules avec un air de confiance détendu.

— Je vous offre mes services gratuitement, mais si vous voulez garder ça en interne…

Mac inspira profondément.

— On aurait bien besoin de toute l'aide possible.

Parker sourit.

— Autre bonne nouvelle, Jessop utilise la machine depuis qu'elle a été effacée.

Il avait tapé quelques instructions et fait passer des informations sur une clé USB vierge.

— Voici une liste de ses contacts et adresses. Des copies de ses e-mails. J'ai consulté ses relevés téléphoniques hier soir et j'ai découvert qu'il appelait régulièrement un téléphone prépayé à Washington. Ce pourrait être notre tireur. J'ai mis en place un piège pour être alerté la prochaine fois que ce téléphone se connectera à une antenne-relais, mais quelque chose me dit que dès que son propriétaire réalisera que Jessop est mort, il s'en débarrassera et jettera tout ce qui permettrait de les relier. J'ai l'historique des différentes antennes-relais auxquelles ce téléphone s'est connecté.

— Tu n'as pas chômé !

— Je n'ai pas beaucoup dormi.

Mac non plus. Pour des raisons différentes.

— Ça nous sera très utile. Merci. Une idée de qui a balancé à Jessop que j'étais un agent fédéral ?

Frazer intervint :

— Oui. Jessop a appelé un adjoint local. Il prétend que Jessop voulait avoir des renseignements sur deux intrus sur son terrain, alors il s'est renseigné sur ta voiture de location. Quand il a compris que tu étais un agent, il a conseillé à Jessop de ne pas faire de bêtises. De toute évidence, Jessop ne l'a pas écouté.

Mac acquiesça.

— On doit garder un œil sur ce flic. Juste au cas où.

Frazer acquiesça.

— J'ai déjà parlé au ViCAP. Je m'en occupe.

Il existait un système permettant de dissimuler les enquêtes sur les membres des forces de l'ordre afin qu'ils ne puissent pas découvrir qu'ils étaient passés au crible.

— Aucune trace du manifeste de David Hines ? demanda Mac.

— C'est comme ça qu'il l'appelait ? dit Parker.

— Non. Il l'appelait le Chemin des Pionniers, ou une connerie du genre, dit Mac.

Parker tapa ce nom, mais n'obtint aucun résultat.

— Ce serait possible de retrouver l'intitulé exact ? Ils pourraient l'avoir enterré sous une couche de merde. Les techniciens peuvent trouver du contenu caché.

Mac inclina le menton.

— Je dois aller voir à mon appartement, mais je suis presque sûr d'avoir pris des notes à ce sujet. Il y avait une copie papier du manifeste, mais nous ne l'avons jamais trouvée au camp.

Tess avait-elle raison ? Hines avait-il eu une petite amie ? Aurait-elle gardé l'original ?

Parker se leva.

— J'ai fini. Vous pouvez remettre ça aux autres analystes pour voir s'ils peuvent trouver quelque chose d'utile dans les documents.

Frazer acquiesça. Ils remirent le disque dans le sac à scellés, et Frazer signa.

Mac consulta l'heure. Presque dix heures.

— Je vais contacter le US Marshals Regional Fugitive Task Force. Pour voir s'ils ont retrouvé Eddie.

Frazer grimaça.

— Le fait qu'il se soit échappé maintenant me perturbe.

— Je crois qu'il pense que la révolution est sur le point de commencer et qu'il ne veut pas la manquer, fit Mac d'un air sombre. Il a menacé Tess.

— Tu crois qu'il était sérieux ? demanda Parker.

Mac pinça les lèvres et sentit la pression monter dans sa poitrine.

— Oui. Il l'était. Mais il n'est pas assez intelligent pour éviter les marshals.

— À moins qu'il ne bénéficie d'une aide extérieure.

Et Mac pensa à nouveau à Tess.

Ils quittèrent la pièce blindée et leurs portables à tous les trois se mirent à sonner comme des machines à sous.

Mac poussa un juron en lisant ses messages.

— Il y a eu une autre attaque. Un membre du Congrès.

— Le portable prépayé a communiqué avec une antenne-relais près de l'observatoire naval, lui dit Parker.

— C'est près de l'endroit où Trettorri a été tué.

— Nous avons donc un lien probable entre Jessop et le tireur, déclara Frazer.

Mac serra les dents si fort que sa mâchoire lui fit mal.

— Je dois rentrer à Washington.

Ils se dirigèrent vers l'entrée principale. Mac reçut un autre message qui l'arrêta net.

— Putain de merde.

— Quoi ?

— La balistique a examiné la douille trouvée lors du meurtre du rabbin. Harm l'a relié à une arme utilisée dans un vol il y a vingt-deux ans.

Il releva les yeux.

— Un pistolet qui ferait partie de la cachette d'armes volées par David Hines et les Pionniers.

Les liens avec ce groupe qu'il pensait éradiqué depuis des années se multipliaient. Ce n'était pas terminé.

— Je croyais qu'on avait récupéré toutes ces armes ? dit Frazer.

Mac acquiesça.

— La plupart d'entre elles, mais nous n'avons jamais su exactement combien ils en avaient vendu avant la descente ou combien le revendeur s'en était fait voler. Ce n'était pas le témoin le plus fiable.

— Quelle est la marque de l'arme ? demanda Parker.

— Pistolet semi-automatique Smith & Wesson Sigma, calibre 40.

— Ils ont commencé à les fabriquer en 1993, donc c'était une arme nouvelle au moment du vol, lui dit Parker.

— Le fait qu'elle apparaisse maintenant doit être symbolique. Peut-être que David Hines l'a donnée à Jessop qui l'a donnée au tueur ? fit Mac en haussant les épaules. Je vais avoir une petite discussion avec Harm pendant que je suis là. Histoire de voir s'il a autre chose pour moi.

Parker consulta sa montre.

— Je peux te conduire à Washington dans une heure environ. Je dois m'acheter un nouveau smoking.

Son expression suggérait qu'il aurait préféré sauter d'un avion sans parachute.

— Tu as déjà un smoking, dit Frazer.

Parker pinça les lèvres.

— Apparemment, il m'en faut un autre pour me marier.

— Mal en vaut la peine.

Frazer réprima un sourire et donna une tape dans le dos de Parker.

— Content que tu penses ça parce que tu es mon témoin. Tu vas en avoir besoin, aussi.

Frazer ferma les yeux.

— Et merde.

Parker hocha la tête.

— De rien.

Le portable de Mac vibra à nouveau. Un autre message.

— Tu peux me déposer à l'hôpital universitaire George Washington à Washington ?

— Bien sûr, répondit Parker.

— Qu'y a-t-il dans cet hôpital ? demanda Frazer.

Mac leur montra le dernier message de Walsh.

Trettorri était vivant.

CHAPITRE VINGT

Il n'etait pas très tard lorsque le taxi s'arrêta devant la maison de Tess à Bethesda, mais la nuit s'était déjà invité dans le ciel. Tess avait passé la majeure partie de la journée coincée à l'aéroport de Denver, à attendre une correspondance qui avait été retardée en raison d'une panne mécanique. Elle aurait dû accepter l'offre de Mac de l'emmener en jet privé à Quantico, mais elle avait besoin de prendre ses distances avec lui après leur nuit mouvementée.

Elle était humiliée par ce qu'ils avaient fait. Ou plutôt, par ce qu'il n'avait pas fait. Cela avait mis en évidence le fossé entre eux.

À quel moment était-il passé de l'état de personne 100 % partante à celui de personne prête à lui donner un orgasme de pitié ? Quand était-il passé de la flamme de la passion à une lucidité suffisante pour la faire jouir et la laisser redescendre doucement, comme s'il lui faisait un cadeau ?

Ou peut-être n'avait-il jamais été habité par la flamme du désir. Peut-être était-elle la seule à avoir ressenti ça.

Elle était furieuse et mortifiée.

Elle avait apprécié sa compagnie bien plus que son cœur n'aurait dû le permettre. Elle n'avait pas prévu de s'engager dans une relation avec un homme qui cherchait à percer ses secrets les plus profonds et les plus sombres, même s'il en connaissait déjà la plupart dans les moindres détails.

Puis il l'avait embrassée et elle avait réagi comme une vierge éperdue.

Ce n'était pas le cas.

Elle n'avait pas besoin d'homme.

Elle chercha son portefeuille et donna sa carte de crédit au chauffeur de taxi. Elle toucha la clé USB dans son sac. Devrait-elle la jeter et faire comme si elle ne l'avait jamais vue ? Ou la rendre à Cole en même temps qu'elle lui parlerait de leurs parents ?

Pourquoi ne pas tout avouer en une seule fois ? Pendant qu'elle y était, elle lui demanderait pour le dossier papier, aussi. Peut-être que quelqu'un l'avait mis dans son tiroir ? Peut-être qu'il y avait une explication parfaitement innocente.

Ou peut-être qu'elle avait tout imaginé.

À la façon dont son cerveau bourdonnait en ce moment, c'était tout à fait possible. Elle pinça les lèvres. Non, c'était du simple déni. Elle récupéra son reçu auprès du chauffeur de taxi et descendit, traînant son sac à main, sacoche d'ordinateur portable à l'épaule.

Elle était une épave. Elle avait mal dormi depuis trois nuits. Elle s'était bien trop rapprochée d'un homme en qui elle ne pouvait avoir confiance. Elle était inquiète pour un frère et effrayée par l'autre. Terrifiée à l'idée que son nom soit divulgué à la presse et que sa réputation soit détruite.

Avec le retard du vol, elle avait dû reporter une réunion avec son plus gros client et ils n'étaient pas contents. Il faudrait un miracle pour que son entreprise ne pâtisse pas de tout cela.

L'idée d'un bain chaud et de se mettre au lit était plus que séduisante. Elle avait besoin de rentrer chez elle et de se débarrasser de la laideur du monde. Elle avait vu aux informations qu'un membre du Congrès ouvertement gay s'était fait tirer dessus, comme le juge et sa femme, la DJ et le rabbin. L'homme était dans un état critique à l'hôpital. Elle priait pour qu'il survive et qu'il puisse révéler à la police qui commettait ces actes vicieux.

Eddie était toujours en liberté. Elle frissonna en jetant un coup d'œil dans la rue tranquille.

Le seul avantage de devoir traîner dans un café de l'aéroport de Denver toute la journée était que personne n'avait la moindre idée d'où la trouver. L'inconvénient d'être à la maison était que les menaces violentes d'Eddie résonnaient dans sa tête comme un marteau frappant un gong.

Sois courageuse, Tess.

Eddie ne savait pas où elle habitait. Elle ne figurait pas dans l'annuaire et ne s'était même pas encore inscrite pour voter à sa nouvelle adresse. Elle était béatement anonyme.

McKenzie l'avait trouvée… mais il était du FBI.

Elle s'arrêta devant sa porte d'entrée et la déverrouilla. La vue de son espace familier la soulagea. Sa maison n'était pas luxueuse, mais c'était la sienne. Elle ferma la porte derrière elle et mit le pêne dormant.

Posant son sac à main et son ordinateur portable sur la table de la cuisine, elle monta péniblement à l'étage avec sa petite valise, la déposa sur le lit et commença à remplir la baignoire. Elle jeta le linge sale dans le panier et déballa les quelques articles de toilette qu'elle avait emportés dans leurs flacons de voyage. Le marque-page qu'Ellie lui avait fait toutes ces années auparavant se trouvait dans la poche zippée de sa valise. Les fleurs pressées étaient maintenues en place par du ruban adhésif cassant et l'ensemble était si fragile que Tess avait peur qu'il se désintègre. Elle le posa avec révérence sur sa table de chevet. Le lendemain, elle s'arrangerait pour le faire encadrer.

Elle arpenta la maison, nerveuse, sur les nerfs, sans savoir pourquoi. Elle ferma les rideaux et s'assura que la porte arrière était verrouillée. L'idée qu'Eddie soit libre la faisait paniquer. C'était peut-être ce qui lui conférait ce sentiment inébranlable de malaise. Ou peut-être était-ce juste ce sentiment douloureux que vous éprouviez lorsque vous aviez rencontré quelqu'un qui vous attirait, mais que vous appreniez que ce n'était pas réciproque. Bien sûr, il pourrait la trouver attirante, mais ça ne pourra jamais rivaliser avec ce qu'il ressentait pour son travail, ce qui était normal. Il ne devrait pas avoir à choisir l'un ou l'autre.

Mais il y avait un conflit évident. Une femme comme elle anéantirait une carrière comme la sienne, et elle ne le voulait surtout pas. Il était évident qu'il était né pour être agent spécial. Elle avait une grande admiration pour ses collègues et lui. Ils assuraient la sécurité des gens. Secouraient des personnes.

Mais… ils l'avaient sauvée et elle avait l'impression d'avoir été jugée et condamnée à l'âge de dix ans.

Elle chassa son apitoiement. La douleur finirait par disparaître. Comme toujours. Avec quelques jours ou quelques semaines, elle oublierait tout de l'ASAC Steve McKenzie, de son menton cabossé à ses fossettes insaisissables.

Ce qui serait bien mieux que d'imaginer ses yeux changeants, ou de se souvenir du sentiment de sécurité qu'elle avait ressenti en dormant à ses côtés la nuit précédente. Ou du désir féroce qui l'avait envahie quand il avait posé sa bouche et ses mains sur elle. Elle soupira de fatigue et se déshabilla en passant de la chambre à la salle de bain principale. Elle attacha ses cheveux indisciplinés puis ajouta de l'eau froide et une bonne dose de bain moussant dans la baignoire. Elle avait besoin de se détendre.

Lentement, elle glissa dans le liquide fumant et s'allongea pour fixer le plafond. L'eau chaude s'infiltra dans ses muscles tendus et fatigués.

Où était Mac en ce moment ?

Il enquêtait probablement sur cette dernière agression.

Le membre du Congrès avait de la chance d'être en vie, mais il était dans le coma et les médecins ne savaient pas s'il allait s'en sortir.

Elle priait pour que ce soit le cas. Avec un peu de chance, il se réveillerait le lendemain matin avec un simple mal de tête et leur décrirait son agresseur.

Son regard s'arrêta sur les toilettes et le vague malaise qu'elle ressentait explosa en une bouffée de peur. La lunette était relevée. Elle ne laissait jamais la lunette relevée. Elle se leva, attrapa son peignoir et l'enroula autour d'elle, les doigts tremblants et les mouvements saccadés. L'eau se répandit sur le sol alors qu'elle sortait de la baignoire à la hâte.

La veille au matin, elle était partie en vitesse, mais il n'y avait aucune raison de laisser la lunette des toilettes levée.

Elle se précipita dans la chambre à coucher, prit la clé de son coffre de sûreté dans sa boîte à bijoux et récupéra son Ruger LC9s. Son cœur battait la chamade quand elle vérifia la chambre et le chargeur. L'arme était fonctionnelle et chargée.

Ses doigts survolèrent le numéro des secours sur son portable, mais elle hésita.

Cole était-il passé et avait-il utilisé les toilettes ? Il était le seul à avoir une clé de sa maison.

Elle composa son numéro. Une fois de plus, elle tomba sur

la messagerie vocale, ce qui l'agaça profondément.

— Écoute, Cole, ça commence à faire long. Je dois te parler. Tu es venu chez moi en mon absence ? Je sais que ça semble stupide, mais la lunette des toilettes est relevée et je ne l'ai pas laissée comme ça. Appelle-moi, d'accord ? Je suis sur le point de fouiller la maison avec mon arme, donc je suis sérieuse, il faut que tu me rappelles si je m'inquiète pour rien.

Elle remit le portable dans sa poche. Était-ce Eddie ? Travaillait-il avec le tueur de Washington et savait-il où elle vivait ? Une autre pensée horrible lui vint. Et si Cole *n'avait pas* ignoré ses appels ? Et s'il avait été blessé ou kidnappé ?

Sa bouche se dessécha.

Devrait-elle appeler les flics ? Et leur dire quoi ? Que la lunette des toilettes était relevée ? Qu'elle s'était disputée avec son frère et qu'il ignorait ses appels ? C'était un adulte, pas un enfant. Ils se moqueraient d'elle. Elle regarda son peignoir humide. Et elle ne voulait en aucun cas une autre confrontation avec les forces de l'ordre, vêtue de rien d'autre que de coton humide, mais elle ne comptait pas poser son arme assez longtemps pour s'habiller.

Elle se força à calmer son rythme cardiaque. Elle pouvait le faire. Chercher quelqu'un qui se cacherait dans sa maison. Elle commença par regarder attentivement sous le lit et dans l'armoire, mais il n'y avait personne.

Elle resserra ses doigts autour de la crosse. Et si Eddie lui sautait dessus et la maîtrisait… cette idée lui fit un nœud au cœur. Avec son entraînement aux arts martiaux, elle pouvait se protéger de la plupart des menaces, mais sa taille et l'intensité de sa haine pouvaient lui donner l'avantage si elle perdait son arme.

Alors ne perds pas ton arme, ma grande.

Elle tressaillit lorsque la voix de son père résonna dans sa tête. Mais elle se souvint ensuite qu'elle avait toujours été meilleure tireuse qu'Eddie et qu'elle n'avait pas passé les vingt dernières années à pourrir derrière les barreaux. Elle avait passé ces mêmes années à apprendre à se défendre.

Elle se concentra, essayant de percevoir une autre présence humaine malgré l'afflux de sang dans ses veines. Rien. Peut-être que son sixième sens était inexistant. Elle pensa à appeler Mac au cas où ce serait Eddie, mais elle ne voulait pas qu'il pense qu'elle le harcelait, surtout vu comment il semblait mépriser son ex-femme qui lui courait après.

De plus, il enquêtait sur une série de *meurtres*.

Bien entendu, il voudrait être informé si Eddie se pointait chez elle, mais si son seul indice était la lunette des toilettes, il risquait de perdre patience. Elle ne voulait pas avoir l'air plus stupide encore devant l'ASAC Steve McKenzie. Elle se faufila hors de la pièce et ouvrit la porte de la chambre d'amis qui servait de bureau et qu'elle utilisait rarement.

À première vue, tout semblait normal. Mais l'un des tiroirs n'était pas bien fermé, et Tess ne l'aurait pas laissé comme ça. Elle était un peu maniaque. Elle entra dans la pièce et ouvrit le tiroir du haut en utilisant le bord de son peignoir. La petite réserve d'argent liquide qu'elle gardait chez elle était toujours là.

Elle serra les dents et vérifia le reste de la maison, mais personne ne se cachait, rien d'autre n'avait été dérangé et les portes étaient verrouillées.

Était-il possible qu'elle ait imaginé ces choses ? Le dossier ? La lunette des toilettes ? Était-elle en train de devenir folle ?

Quel genre de cambrioleur laisserait de l'argent, mais utiliserait les toilettes ? *Le genre qui entrait par effraction pour commettre des viols et des meurtres.* Ou, le genre imaginé par les femmes nerveuses qui vivaient seules.

Dépitée et sans trop savoir si quelqu'un était réellement entré dans sa maison ou si elle commençait à perdre la tête, elle remonta à l'étage. Le bain avait perdu son attrait. L'odeur de la lavande ne réussit pas à la calmer.

Elle enfila un pyjama propre et éteignit toutes les lumières, sauf celle de l'entrée qui éclairait l'escalier. La lumière lui donnait un sentiment de sécurité, même s'il était faux. Elle s'allongea sur son lit, accueillant son étreinte familière. Elle était épuisée et avait besoin d'une bonne nuit de sommeil.

Elle caressa l'idée d'appeler Mac pour lui faire savoir qu'elle était de retour à Washington, mais cela lui semblait pathétique. Il savait déjà qu'elle était attirée par lui – *hum* –, et elle détestait ça. Le désir d'entendre sa voix prenait presque le dessus sur son bon sens et lui en disait long sur ses sentiments pour lui.

Il ne s'intéresse à toi qu'à cause de tes parents.

La tristesse s'abattit sur elle. La camaraderie de la veille au soir, avant qu'ils n'aient tout gâché en faisant des bêtises, était un aperçu de la façon dont les autres personnes vivaient. Les gens heureux. Les gens normaux. Les personnes ayant une relation amoureuse. C'était dingue, car ils étaient de quasi-inconnus piégés dans une relation ancrée dans le meurtre, la haine et le sectarisme.

Mais…

Elle soupira de fatigue et glissa son Ruger sur la table de nuit à côté de la carte de visite de Mac et du marque-page d'Ellie.

L'idée d'avoir Steve McKenzie dans sa vie était un rêve, pas une réalité. Sa réalité était de se battre pour survivre et de protéger son petit frère du mieux qu'elle pouvait. Si Eddie venait la chercher, elle l'attendrait.

Elle pensa à sa sœur magnifique et à ce qu'Ellie avait enduré. Elle aurait pu tirer sur ce salopard rien que pour ça.

Mais elle ne pouvait pas se permettre de tirer d'abord et de poser des questions ensuite. Si elle faisait une erreur, ils l'enfermeraient et jetteraient la clé. Innocente jusqu'à preuve du contraire, la seule fille survivante de David Hines n'avait aucune envie de se retrouver en prison.

Elle ferma les yeux, son cœur cognant toujours dans sa poitrine. À ce rythme, elle n'arriverait jamais à dormir.

Pense à autre chose.

Les fossettes de Mac lui revinrent en mémoire, ainsi que ce sourire irrévérencieux qui faisait briller ses yeux de façon diabolique. Et la façon dont sa voix coulait sur elle avec ce léger accent campagnard qu'il essayait si fort d'atténuer. Et la façon dont il l'avait touchée, la poussant là où aucun homme ne l'avait jamais emmenée.

Elle sourit devant cette référence à Star Trek. C'était une vraie geek.

Petit à petit, son rythme cardiaque se calma et sa respiration devint plus profonde. Quelques secondes plus tard, elle s'endormit.

MAC ENTRA DANS la salle dédiée à la cellule de crise du SIOC où son équipe s'était installée et eut l'impression d'avoir été absent pendant des mois plutôt que trente-huit heures.

Les médias devenaient fous avec cette série de meurtres haineux au cœur de Washington. La dernière fois que les gens avaient eu aussi peur, les snipers de Beltway abattaient des innocents qui vaquaient à leurs occupations. Dix personnes étaient mortes. Trois blessées. L'un des tireurs avait dix-sept ans. L'autre avait reçu le châtiment ultime et Mac espérait que le tueur actuel le rejoindrait en enfer le plus tôt possible.

Mais l'attention des médias ne leur apporterait aucune piste. Au lieu de cela, elle faisait monter le niveau d'hystérie, ce qui n'aidait personne.

— Trettorri va s'en sortir ? demanda Walsh en l'interceptant sur le chemin de la salle de repos que Mac avait prise comme bureau.

— Il est vivant, lui dit Mac.

La brune qu'il avait rencontrée au stand de tir croisa son regard et lui adressa un sourire. Il hocha la tête et le regard de Walsh se fixa sur elle avec intérêt.

— C'est une amie à toi ? demanda Walsh.

La vie amoureuse de Mac était déjà assez compliquée comme ça.

— Fais-toi plaisir.

Seuls quelques agents étaient éparpillés dans la pièce. Mac consulta sa montre. C'était l'heure du dîner. Il avait pris un sandwich à l'hôpital et avait mangé sur le pouce. Il s'était ensuite rendu sur la scène de crime, et était passé à son appartement, avait récupéré ses vieux carnets de notes, des vêtements propres et avait refait son sac de voyage avant d'informer le directeur adjoint des enquêtes criminelles de ce qui s'était passé en Idaho. Il avait déjà travaillé avec l'EAD pendant l'enquête de Minneapolis. Le gars était bien tant que vous suiviez les règles. Par conséquent, Mac risquait de ne plus être dans ses bons papiers.

À présent, il était de nouveau affamé. Il pourrait peut-être persuader un agent de lui prendre un hamburger et des frites. Et avec un peu de chance, il pourrait demander à quelqu'un d'autre d'aller s'entraîner à la salle pour lui après.

Il fit rouler ses épaules.

— La deuxième balle a frôlé son crâne, mais n'a pas pénétré la boîte crânienne. Elle a probablement mis Trettorri K.O, dit Mac à Walsh. La plaie saignait de partout. Le tireur devait être pressé, sinon il aurait remarqué que le type respirait encore. La première balle a fait beaucoup plus de dégâts. Directement dans le poumon gauche, et un fragment a ricoché à l'intérieur de son corps et a entaillé une veine. Ce type a perdu *beaucoup* de sang.

Mac était donneur universel et l'infirmière l'avait autorisé à donner son sang pendant qu'il attendait de parler au médecin.

— Le chirurgien est optimiste et pense qu'ils ont réparé les dommages causés par les balles, mais il s'inquiète d'une possible lésion cérébrale due à la commotion. Ils le gardent en soins intensifs jusqu'à ce qu'ils jugent son état stable. On a posté des agents à sa porte pour s'assurer que personne ne vienne finir le travail.

Quand il était arrivé sur les lieux, les preuves avaient déjà été rassemblées pour les protéger de la pluie qui avait commencé à tomber. La zone avait été décimée par les premiers intervenants qui avaient fait tout ce qu'ils pouvaient pour sauver la vie du membre du Congrès.

— J'ai demandé à un agent de faire parvenir deux douilles de calibre 40 au laboratoire, lui dit Walsh, pour que Harm puisse se mettre au travail immédiatement.

— D'autres preuves ?

— Aucun témoin, aucune caméra de surveillance. C'est

comme si le tireur savait exactement où étaient toutes les caméras et choisissait les lieux de ses crimes en fonction.

Mac pensait la même chose.

— Mais on dirait que Trettorri s'est battu avec quelqu'un. L'ADN du suspect est potentiellement sous ses ongles et sur ses vêtements. Un agent a aidé une infirmière à collecter des vêtements et des prélèvements sous ses ongles pendant qu'on le préparait pour l'opération. Tout est parti au labo avec les douilles.

— Beau travail.

Hernandez lui apporta un café et posa le mug sur son bureau.

Il haussa les sourcils devant cette attention.

— Merci, Libby.

— Je me suis dit que vous en auriez besoin. Vous n'avez pas dû beaucoup dormir la nuit dernière, dit-elle en guise d'explication.

Il garda une expression neutre.

— L'ASC Gerald veut être informé de la date de la prochaine réunion d'équipe pour qu'il puisse soit rentrer chez lui, soit y assister, lui dit-elle.

Mac démarra son ordinateur.

— Dans dix minutes. Je veux que tout le monde soit au courant des dernières nouvelles. Je suis sur le point d'envoyer un e-mail général.

Il avait soi-disant une assistante quelque part, mais elle avait des horaires de bureau, et il ne l'avait pas encore rencontrée.

Hernandez hocha la tête et quitta la pièce. Mac envoya un e-mail à tous ceux qui se trouvaient dans les environs, leur demandant de venir dès que possible. C'était une affaire qui évoluait rapidement et il voulait savoir s'il avait manqué quelque chose. Il consulta ses messages. Pas de nouvelles de Tess. Il ne savait pas si elle était rentrée saine et sauve à Washington.

Il essayait de se convaincre que tout allait bien, mais il était inquiet pour elle.

Les amis veillaient les uns sur les autres, pas vrai ? Sauf qu'après avoir franchi la ligne de l'ami à l'amant la veille au soir, il avait décidé de prendre ses distances. Et elle avait visiblement décidé la même chose. L'appeler pour s'assurer qu'elle était rentrée chez elle n'aurait fait qu'ajouter à la confusion. Et la situation était déjà suffisamment confuse.

Bon sang.

— Qu'est-ce que vous avez là ? demanda Walsh, en désignant d'un signe de tête le lourd sac en plastique.

Mac eut un sourire malicieux.

— Mes notes sur l'enquête concernant les Pionniers. Je veux que Carter et vous les parcouriez à la recherche de tout ce que vous pouvez trouver sur le manifeste de Hines. Il l'appelait aussi le « Chemin des pionniers » et la « Route de la révolution », selon son interlocuteur et la quantité d'alcool qu'il avait bue.

Mac chercha dans son tiroir la tablette sur laquelle il prenait des notes.

— De mémoire, Hines disait qu'ils commettraient une série de meurtres symboliques permettant de marquer leurs ennemis et d'avertir leur « armée » de la guerre à venir. Après les meurtres, il appelait ses partisans à faire exploser la Maison-Blanche ou le Capitole, la cible variant en fonction de qui Hines avait en travers de la gorge ce jour-là. J'ai demandé une sécurité et une vigilance accrues sur tous les sites potentiels.

Le mépris insensible pour la vie humaine, la loi et la Constitution sur laquelle ce pays était fondé l'avait toujours effrayé. L'idée que certains de ses compatriotes américains puissent vouloir suivre ce terrible projet lui donnait envie de frapper quelque chose, de préférence une chose qui était capable de riposter.

Walsh lui prit les cahiers.

— Formidable. J'ai hâte d'essayer de déchiffrer vos gribouillages.

L'écriture de Mac était loin d'être agréable à lire.

— Je ne vais pas trouver un livre de poèmes d'amour dans le lot, n'est-ce pas ?

Mac s'appuya contre le dossier de son siège et grimaça.

— Te comparerai-je à un jour d'été ? Tu es plus laid et…

— Silence, pouffa Walsh.

— Je me demande ce qui aurait le plus énervé les Pionniers, dit Mac avec ironie. Le fait que je sois un policier sous couverture ou que je puisse citer Shakespeare. Je suis sûr qu'ils m'auraient tiré dessus dans tous les cas.

— Je n'arrive toujours pas à croire que je n'étais pas au courant que tu avais travaillé sous couverture sur cette affaire. C'était si horrible que ça ?

Mac repensa à l'année passée au camp.

— C'est ce qui est le plus effrayant, parfois ce n'était pas horrible du tout. Parfois, c'était bon de faire partie d'une communauté qui semblait se soucier les uns des autres. Puis la haine jaillissait de nulle part, contre les Noirs, les Juifs, les avorteurs, bref, tous ceux qui ne leur ressemblaient pas, n'agissaient pas comme eux et ne pensaient pas comme eux. Une minute, ils vous offraient des petits pains fraîchement cuits et dégoulinants de beurre maison, la suivante, ils crachaient sur la façon dont les Juifs prenaient le contrôle du monde et devaient être stoppés.

Walsh fit la grimace.

— C'était comme vivre dans la version diabolique de *La Petite Maison dans la Prairie*.

— Tu as fait du bon travail, Mac, lui dit Walsh.

— Clairement pas assez bon.

Mac soupira et s'adossa à sa chaise, se demandant ce qu'il aurait pu faire différemment.

— Je dois appeler les marshals pour avoir des nouvelles.

— Toujours aucun signe d'Eddie ?

— Pas que je sache. J'espère qu'il est devenu une glace à l'eau quelque part dans l'Idaho. Tu as retrouvé la petite amie d'avant son incarcération ?

Walsh acquiesça.

— Je pense que oui. Une femme nommée Brandy Jordan lui a rendu visite régulièrement pendant la première année où il était en prison. Elle est venue quelques fois au fil des ans, mais beaucoup moins fréquemment. J'ai contacté l'agence de Cœur d'Alene pour vérifier sa dernière adresse connue dans le DMV.

— Je veux qu'on l'emmène pour l'interroger et je veux parler à l'agent qui l'interrogera. Elle pourrait savoir où est Eddie ou qui sont ses amis.

— Tu es sûr que la sœur d'Eddie ne cache rien ?

Walsh le regardait avec prudence.

Mac soutint le regard de l'homme, comprenant sa véritable question.

— Elle ne l'a pas aidé à s'échapper, Dylan. Il a failli lui briser le cou quand il lui a sauté dessus hier.

— Ça aurait pu être une mise en scène.

— Peut-être s'il y avait eu de l'amour entre eux quand ils étaient enfants, mais ce n'était pas le cas. Les deux frères aînés agressaient sexuellement la sœur aînée et j'ai vu Tess sortir en courant de la grange quand Walt a essayé de lui faire la même chose. Tess les détestait tous les deux. C'étaient tous les deux des porcs – et c'est une insulte aux porcs.

— On est sûrs à cent pour cent que Walt est mort ? demanda Dylan Walsh.

— À moins que le gars de la morgue n'ait menti.

Mac fit la moue.

Walsh n'avait toujours pas l'air convaincu de l'innocence de Tess. Le pire, c'était que Mac ne l'aurait pas été non plus, mais il s'était trouvé sur place. Il y avait vécu.

CHAPITRE VINGT ET UN

Dix minutes plus tard, Mac, assis à l'entrée de la salle, balayait du regard la foule pour voir qui manquait encore à l'appel. Quelques-uns des analystes qui travaillaient en équipe fixe. Ross, Atherton et Dunbar. La veille, ils avaient commencé à parler aux familles des menaces que les victimes avaient reçues et aujourd'hui, ils suivaient d'autres pistes.

Mac commença par interroger Elijah Carter, assis à sa gauche avec le duo d'agents chargés des crimes haineux.

— Un lien entre les victimes ?

— Nous avons pu établir quelques recoupements de base, comme le fait qu'ils soient tous abonnés au *Washington Post* en ligne, qu'ils partagent le même opérateur de téléphonie mobile, qu'ils fassent occasionnellement leurs courses dans les mêmes magasins, qu'ils utilisent la même ligne de métro, etc., mais rien de surprenant étant donné qu'ils vivaient tous dans le nord-ouest de la ville. Rien n'indique qu'ils n'aient jamais été au même endroit au même moment. Il n'y a aucune trace de communication entre eux, mais je continue à examiner leurs publications sur les réseaux sociaux et l'historique de leurs cartes de crédit pour voir s'ils ont participé aux mêmes événements. Mlle Shiraz inondait les blogs et réseaux sociaux avec son opinion personnelle, mais les autres avaient à peine un profil Facebook – sauf la femme du juge. Elle postait beaucoup de photos de leurs petits-enfants.

Carter se gratta entre les yeux, et la femme des crimes haineux s'éloigna de lui comme s'il était contagieux.

— J'ai ajouté Trettorri au mélange et j'en arrive au même genre de conclusions générales. Je vais chercher d'autres points communs, déterminer s'ils étaient amis avec les mêmes personnes. J'ai mis des analystes sur le coup.

Ross, Atherton et Dunbar entrèrent dans la salle en s'excusant discrètement de leur retard. L'inspectrice portait un pantalon en cuir moulant et l'agent Ross avait du mal à ne pas regarder ses fesses. Mac était content de voir qu'il n'était pas le seul à avoir des problèmes avec les femmes.

Son ex. Pas Tess, s'assura-t-il. Il allait devoir s'occuper d'Heather dès qu'il aurait une heure à lui. Elle commençait à l'énerver et à interférer avec son travail. Quant à Tess, il allait devoir laisser tomber. Ce n'était pas comme s'il ne l'avait jamais abandonnée avant.

Oui, quand elle avait 10 ans.

Pauvre type.

Bon sang, il commençait vraiment à se détester pour sa manière de se comporter avec Tess Fallon.

— Qu'avez-vous découvert ? demanda-t-il aux retardataires.

Dunbar prit la parole, ce qui parut ennuyer ses collègues, mais elle sourit à Ross ce faisant. Mac soupçonnait qu'ils étaient très compétiteurs et cela lui convenait tant qu'ils obtenaient des résultats.

— Le rabbin et la DJ ont tous les deux signalé des menaces à la police et au FBI. Il y a environ un an, quelqu'un a peint une croix gammée sur la synagogue où travaillait le rabbin et il a porté plainte. Sonja Shiraz a reçu littéralement des milliers d'e-mails haineux et de lettres manuscrites promettant de lui faire des choses ignobles pour avoir changé de camp. Le juge n'a jamais signalé de menaces et j'ai parlé à certains de ses collègues du circuit fédéral. Ils n'étaient pas au courant que les Thomas avaient des problèmes avec de quelconques détracteurs. Le juge était un homme apprécié et respecté qui ne supportait pas les imbéciles. Puis nous avons parlé au mari de Trettorri.

Ross croisa les bras et sembla se résigner à jouer les seconds violons derrière Annabel Dunbar.

— Il nous a promis qu'un assistant récupérerait tous les courriers haineux qu'ils ont reçus et nous les remettrait dès que possible.

Elle mit les mains sur ses hanches.

— J'ai cru comprendre qu'ils en avaient beaucoup, mais la victime les gardait au travail pour ne pas souiller – ce sont ses mots, pas les miens – leur maison. C'est tout ce que nous avons pour le moment.

Elle haussa exagérément les épaules et s'appuya contre le mur latéral. Mis à part son pantalon moulant et sa silhouette sexy, Mac trouvait qu'elle lui ressemblait. Déterminée à faire ses preuves. Convaincue qu'elle pouvait faire le travail. Bien décidée à ne jamais montrer de faiblesse. Il ne lui avait pas fallu longtemps pour prendre ses marques au SIOC. Mac se dit qu'au bout d'une semaine, elle serait prête à prendre la relève.

— Miki ? fit Mac à l'agent Makimi.

Elle se frotta délicatement le front. Seul un idiot aurait sous-estimé la femme ou l'agent qu'elle était. Elle gonfla les joues et pinça les lèvres.

— J'ai fait des recherches dans le ViCAP pour des crimes similaires. Beaucoup de connexions potentielles, mais rien de solide. Aucun crime n'a été commis avec l'arme que l'agent Harm a identifiée. Ça aurait été signalé par le NIBIN.

— Quels sont les points communs entre ces crimes ? demanda Mac.

— Les victimes sont des cibles potentielles de crimes haineux à en juger par leur race, leur religion ou leur sexualité. Attaquées dans des endroits tranquilles, sans réel cérémonial. Pas de témoins. Les douilles n'ont pas toujours été ramassées, mais dans quelques cas, elles ont été récupérées. Un double homicide suggère que le tueur ne voulait pas laisser de témoins. On dirait qu'un jeune homme est tombé par hasard sur l'assassinat d'un homme arabe et a reçu une balle dans la tête.

— Des victimes à Washington ?

Elle sourit.

— Ce serait trop facile. Memphis. Phœnix. Seattle. New Haven.

— Vérifiez auprès du FBI local ou des commissariats de police. Cherchez à savoir s'ils ont quoi que ce soit sur les crimes qui pourrait avoir un lien. Tout indice, notamment de l'ADN ou des déclarations de témoins non répertoriés dans le ViCAP.

— Il est inhabituel d'avoir un délinquant isolé qui ne cherche pas la gloire, fit remarquer la femme des crimes haineux.

Mac acquiesça.

— D'habitude, ils sont tellement vaniteux qu'ils se rendent si la police ne les attrape pas assez vite, mais ce tueur n'a pas l'air de vouloir s'arrêter. Il est en mission.

Il croisa le regard de la femme. Pour une fois, il était d'accord.

— D'autres groupes haineux potentiellement impliqués ?

Son partenaire et elle échangèrent un regard.

— Tout indique que cette affaire est liée au groupe des Pionniers de David Hines, anciennement basé à Kodiak Compound, dans l'Idaho. Nous examinons de plus près les personnes qui étaient présentes ou soupçonnées d'être affiliées ou sympathisantes.

— Quelqu'un pourrait-il nous induire délibérément en erreur en nous faisant croire que ce sont les Pionniers ? demanda Mac.

Il espérait secrètement pouvoir épargner à Tess l'examen minutieux que cela lui vaudrait lorsque la presse établirait le lien, ce qui ne saurait tarder.

La femme des crimes haineux sourit.

— C'est vous qui étiez au camp hier avec la fille de David Hines. Qu'en pensez-vous ?

Il se souvint alors de quelque chose. Il fouilla dans la poche de sa veste et jeta à Walsh l'enregistrement de la rencontre entre Tess et Eddie.

— Tess Fallon n'avait pas rendu visite à son frère en vingt ans, mais elle a accepté de lui parler et de porter un micro une fois que je l'ai informée que sa sœur, Ellie, était enceinte de quatre mois au moment de sa mort.

Pouvait-on lui reprocher d'être un brin ambigu sur la chronologie pour présenter Tess sous un meilleur jour ? Tess n'était pas la tueuse.

— Cette grossesse signifiait que quelqu'un au sein du camp avait des relations sexuelles avec Ellie Hines.

— Beurk, dit Walsh.

— Et, fit-il en jetant un regard impérieux à la basse-cour, comme c'était la fille de David Hines, et que les Pionniers vénéraient ce type et étaient encore plus terrifiés par sa femme, j'étais presque sûr à l'époque qu'Ellie était victime d'inceste. J'ai demandé au médecin légiste de faire des tests pendant l'autopsie et il a confirmé qu'un frère était le père du bébé d'Ellie. Cette information n'a jamais été communiquée aux médias ou aux tribunaux. Le procureur n'a pas porté plainte. Walt était mort. Eddie allait déjà purger une longue peine.

— La petite ne savait pas que sa grande sœur était victime d'abus sexuels ? insista le gars des crimes haineux.

Mac se souvint de la douleur qu'il avait vue dans les yeux de Tess quand elle avait compris.

— Non, elle n'en savait rien. Eddie s'en est pris à elle à la fin de la visite. Elle a eu la chance de s'en sortir relativement indemne.

Sa bouche devint sèche en se rappelant qu'elle avait failli mourir.

— Et c'est sûr qu'elle ne se paie pas notre tête, patron ? demanda Walsh.

Mac se força à hausser les épaules. Il savait que si Walsh exprimait ses doutes, d'autres devaient penser la même chose.

— Je vous rapporte simplement ce que je sais de ma mission d'infiltration du camp et ce que j'ai vu à la prison hier. Je la crois, mais on va faire ça dans les règles. Je veux que quelqu'un enquête sur ses activités pour que tout soit consigné. Walsh, dit-il en désignant l'agent en qui il avait le plus confiance.

Tess le détesterait si elle savait. Il repensa aux livres sur sa liseuse. Son désir d'intimité.

— Il faudrait écouter attentivement l'enregistrement de l'entretien en prison. Je suis presque sûr qu'il y a des indices dessus, mais j'ai été distrait quand Eddie l'a attaquée. Sinon, fit-il en désignant Carter, Tess pense qu'Eddie et son père avaient tous deux une petite amie. La petite amie d'Eddie s'appelait Brandy et je pense qu'il est resté en contact avec elle. Des agents de Cœur d'Alene essaient de la retrouver. Je veux que Walsh et vous passiez en revue mes vieilles notes pour trouver des noms de suspects possibles. Cherchez aussi des indices concernant d'éventuelles femmes dans la vie de David Hines.

— Vous pensez que notre tueur pourrait être une femme ? demanda Carter.

— Pourquoi pas ? dit l'agent Makimi d'un ton belliqueux. N'importe quel abruti peut se servir d'une arme de poing.

Miki croyait fermement à l'égalité.

— C'est cruel, répondit Carter, sans lâcher son regard.

— C'est cruel, peu importe qui appuie sur la gâchette, convint Mac.

Mac repensa à l'échange entre Tess et Eddie, et à ce qu'elle aurait pu dire pour se trahir.

— Écoutez l'entretien. Dites-moi ce que vous en pensez. Et voyez comment les marshals se débrouillent pour attraper ce trou du cul.

Mac se souvint d'autre chose.

— Eddie a laissé entendre qu'il se faisait l'une des gardiennes de la prison pendant sa discussion avec Tess, mais c'était peut-être de la provoc'. Assurez-vous de communiquer cette information aux marshals. Il a aussi menacé de retrouver Tess et de la tuer.

Ses tripes se serrèrent quand il repensa à la formulation exacte.

— C'est probablement de la vantardise de prison, mais on ne sait jamais avec les psychopathes, surtout ceux qui sont stupides.

Surtout quand ils s'étaient ensuite échappés de prison.

Walsh prit des notes.

— On lui assigne une protection ?

Mac acquiesça.

— Je veux qu'on mette une voiture de patrouille dans sa rue.

Il voulait protéger Tess, et même s'il ne croyait pas Eddie capable de la retrouver, il ne pouvait pas se permettre de négliger le danger qu'elle courait. Tess détesterait l'attention supplémentaire qu'un service de sécurité lui vaudrait, mais elle le détestait probablement déjà de toute façon. Il devrait s'en accommoder.

— Pour information, je ne pense pas que Tess Fallon soit impliquée dans les meurtres, mais elle est liée à eux d'une manière ou d'une autre. Il semble que nous ayons une conspiration en cours avec l'implication de Henry Jessop et des liens avec les Pionniers. Un consultant en informatique du DSC a examiné l'activité en ligne de Tess et n'a rien trouvé de suspect. Le même consultant a chargé un *petit génie* de l'informatique d'identifier les utilisateurs du salon de discussion One-Drop-2-Many sur le dark web.

Hernandez laissa tomber son stylo sur son bloc-notes avec emphase.

— C'est pas vrai.

Mac s'autorisa un petit sourire.

— Apparemment, le gamin est un génie et nous n'avons rien à perdre à tenter le coup. Je veux que quelqu'un fasse des recherches approfondies sur le jeune frère, Cole. Tess prétend qu'il ne sait pas qui sont ses parents, mais quelqu'un d'autre a pu le lui dire à son insu. Atherton.

L'agent leva les yeux de ses notes.

— Allez interroger ses professeurs d'université. Je veux des mandats pour ses téléphones, ses e-mails et toute activité sur Internet. Restons discrets. Ces personnes méritent d'être traitées avec respect jusqu'à ce que nous trouvions des preuves de leur implication. Cole n'était qu'un nourrisson au moment de la mort de ses parents, mais Tess a certainement assez souffert en grandissant.

Il chassa de son esprit l'image de la jeune femme s'enfuyant de cette fichue grange. Ses articulations le lancèrent à ce souvenir. Walt n'avait pas appris les choses à la légère. Mac avait apprécié chaque putain de moment où il avait appris à ce type à ne pas toucher à sa propre petite sœur.

— Ensuite. Henry Jessop. Qui travaille sur lui ?

Une rangée de mains se leva. Un agent confirma les appels sur le téléphone prépayé que Parker avait mentionnés.

— Je veux que vous retraciez ces deux téléphones portables et que vous déterminiez si la même personne en a acheté d'autres. On peut peut-être suivre la trace des cartes SIM. On doit savoir où elles ont été achetées, quand, comment, par qui… Ces gens ont dû se foirer à un moment ou l'autre.

Pour l'heure, ils faisaient tourner les forces de l'ordre en rond, à picorer des miettes.

Les agents fournirent plus d'informations sur Jessop, mais le type n'avait jamais eu de problèmes avec la loi et, contrairement à la plupart des types antigouvernementaux, il payait toujours ses impôts à temps.

— Et sa famille ? demanda Mac.

Hernandez répondit :

— Sa femme est morte il y a cinq ans. Sa fille a été tuée dans un accident de voiture il y a presque vingt ans.

Mac fronça les sourcils et secoua la tête.

— D'après Jessop, elle était bien en vie. Et le petit-fils ?

Elle cligna des yeux.

— Quel petit-fils ?

Mac fit les cent pas. Ça ne collait pas.

— Au dîner hier soir, il a parlé d'une fille qui vivait dans l'est. Il avait une photo collée sur son frigo d'un petit garçon tenant la main d'une femme.

— Peut-être que leur mort l'a poussé au bord du délire ? suggéra l'analyste.

Mac fronça les sourcils.

— Il est possible qu'il ait perdu la tête. Il a mis le feu à sa maison vingt minutes après nous avoir servi le meilleur ragoût de bœuf que j'ai jamais goûté.

Il lissa sa cravate en revoyant l'intérieur de cette maison et toutes les choses qui le dérangeaient.

— La chambre du bas, où j'ai trouvé l'ordinateur appartenait à un adolescent. Je dirais un homme d'après la couleur et la literie. J'ai vu des rasoirs dans la salle de bain et Jessop avait une barbe plus vieille et plus moche que moi.

— Les rasoirs auraient-ils pu appartenir à la femme de son vivant ?

— Non, c'était des rasoirs de mecs.

— Pas de pauvres rasoirs de nanas, râla Miki.

Il cacha son sourire. Rendre Makimi furieuse était l'une des nombreuses choses qu'il aimait dans son travail. Cette femme était arrivée du Japon lorsqu'elle était enfant et avait totalement adhéré au mouvement féministe.

— Exactement. Maintenant, je ne dis pas que les rasoirs masculins sont meilleurs que les rasoirs féminins, ils sont juste différents.

Elle lui lança un regard furieux.

— C'est louche, fit-il en pointant Hernandez du doigt. Je veux que vous creusiez plus profondément dans le passé de Jessop, beaucoup plus profondément. Vérifiez les inscriptions dans les écoles locales, demandez des informations aux flics locaux et aux fédéraux. Demandez à l'agent de Pocatello d'interroger les ouvriers du ranch sur les autres membres de la famille de Jessop. Découvrez ce que les Fédéraux ont réussi à sauver de la maison après l'incendie. Je ne crois pas que sa fille et son petit-fils soient morts il y a vingt ans. Ils pourraient être impliqués dans ces meurtres. Je veux qu'on les retrouve.

— Qu'est-ce qui vous a poussé à aller au camp ? demanda le type des crimes haineux.

— Je passais littéralement à moins de 15 km de là et je me suis dit que ça ne pouvait pas faire de mal d'aller jeter un coup d'œil. Je pensais que tout aurait été démoli. Certains des bâtiments ont disparu, mais la cabane principale et la grange sont toujours là. Jessop nous a dit qu'il avait réparé la cabane et l'avait louée, sans l'autorisation du propriétaire. Jessop a dit qu'il espérait qu'Eddie emménagerait après sa libération.

Ce qui serait dans bien longtemps à présent, en supposant qu'ils lui remettent la main dessus.

Pourquoi s'échapper maintenant, vers la fin de sa peine de prison ?

Mac ne pensait pas que c'était le fait de voir Tess qui l'avait poussé à bout. Mais peut-être que voir Kenny Travers... Ce type savait quelque chose sur ce qui se passait et Mac voulait savoir ce que c'était.

— Voyez s'il y a des dossiers sur les personnes qui ont séjourné à Kodiak Compound. Il me semble que ce serait une belle destination de vacances pour une famille de suprématistes blancs.

Un côté de la bouche de Walsh se retroussa. Au moins quelqu'un d'autre que Tess comprenait son sens de l'humour.

— Comparez la liste avec les personnes ayant rendu visite à Eddie.

— Qui est propriétaire du terrain maintenant ? demanda Walsh.

Mac prit une gorgée de café froid. Il s'apprêtait à planter des clous dans le cercueil d'une femme innocente.

— Tess et Cole Fallon possèdent toujours le terrain. Leur mère adoptive, qui, par un revirement intéressant, était une riche femme de couleur, l'a achetée et a payé les taxes jusqu'à sa mort. Encore une fois, Tess dit que Cole ne sait pas qu'il est propriétaire du terrain. J'ai eu l'impression qu'elle ne voulait pas vendre avant de lui avoir parlé de l'histoire de leur famille, mais elle n'est pas prête à lui parler de leur passé, donc elle a toujours le terrain.

Une impasse.

— Quelque chose *me* dit qu'il va découvrir la vérité dans un avenir très proche, commenta sèchement Walsh.

Mac acquiesça. Soit quand le FBI l'interrogerait, soit quand un journaliste le découvrirait. L'estomac de Mac gargouilla. Il aurait été prêt à tuer pour une part de pizza.

— OK, les gars, au boulot. Je veux que ce meurtrier soit identifié avant qu'il, ou elle, ne blesse quelqu'un d'autre.

L'envie de retourner sur le terrain le démangeait, mais il se força à aller consulter les rapports dans son bureau. Il était temps de laisser les autres faire le travail de terrain. Il était temps de déléguer les bonnes choses.

UN BRUIT POUSSA Tess à entrouvrir une paupière lourde. Il faisait sombre et il lui fallut quelques secondes pour comprendre que quelque chose clochait.

Elle se figea, tendant l'oreille pour trouver ce qui l'avait réveillée. Elle attrapa son arme sur la table de nuit, écartant les couvertures et posant ses pieds par terre aussi furtivement que possible.

Elle inclina la tête.

Quelqu'un était entré dans sa maison, dans sa cuisine. L'intrus était silencieux, mais le bruit d'une fermeture à glissière, puis d'un Velcro qui se déchirait résonna dans le silence de la nuit.

Que faisait-il ?

Elle prit son portable, composa le numéro des secours, mais raccrocha immédiatement. Elle ne pouvait pas parler à un opérateur sans alerter l'intrus au rez-de-chaussée. Et si c'était Eddie, elle ne voulait pas qu'il s'enfuie. Elle voulait qu'il retourne en prison pour payer ce qu'il avait fait.

Elle utilisa la lampe de poche de son téléphone portable pour voir la carte de visite de Mac et composa son numéro. Elle l'entendit décrocher et murmura :

— Envoie-moi des renforts.

Elle glissa le téléphone dans sa poche sans attendre sa réponse. Elle se prépara à faire ce qui devait être fait, espérant que Mac lui ferait suffisamment confiance pour rester en ligne. Au bout de quelques instants, le craquement du bois sous des pas furtifs fit se dresser ses cheveux sur sa nuque.

Quelqu'un montait les escaliers.

Elle avança à pas feutrés sur la moquette de sa chambre jusqu'à ce qu'elle atteigne la porte ouverte. En bas, une ombre se déplaçait dans l'obscurité.

Son cœur battait la chamade et elle se réfugia derrière le mur. La porte de sa chambre ne fermait pas à clé. Elle n'avait pas de chaise qu'elle pourrait caler sous la poignée si elle voulait se barricader à l'intérieur. Elle resserra sa prise sur son Ruger. Il était lourd dans ses mains, mais l'idée de l'utiliser était encore plus lourde dans son cœur.

Elle stabilisa son rythme cardiaque, étira son cou et expira calmement. Ce trou du cul était sur le point d'avoir la peur de sa vie.

Elle se glissa dans le couloir et alluma. La silhouette dans les escaliers se figea sous le choc lorsqu'elle pointa son arme sur lui. Ses yeux brillaient derrière une cagoule en laine noire, mais trop loin pour en distinguer la couleur. Le type, maigre, mais en bonne santé, portait un pantalon noir et un sweat à capuche foncé. Eddie ? Elle n'en savait rien. Il regarda l'arme dans sa main comme s'il évaluait les chances qu'elle l'utilise.

— Enlève ta cagoule et descends les escaliers. Allonge-toi sur le sol du salon, les mains au-dessus de la tête. Fais ce que je te dis et je n'appuierai peut-être pas sur la gâchette.

L'intrus renifla bruyamment et s'essuya le nez sur sa manche. Puis il glissa sa main dans la poche de son sweat-shirt.

— Arrête ! Les mains en l'air !

Mais c'était trop tard. Il sortit une arme et tira. La balle vint se loger dans le mur à quelques centimètres de son visage. *Bon sang.* Elle se cacha derrière le mur, le cœur battant comme un lièvre paniqué.

Le bruit de ses pas lui indiqua qu'il s'enfuyait. Trop tard pour riposter.

Et merde.

Elle ne voulait pas vivre dans un état de peur constant. Elle voulait en finir. Elle jeta un rapide coup d'œil par la porte, puis se déplaça rapidement vers la rambarde, se penchant pour regarder en dessous. Rien.

Elle l'entendit ouvrir la porte de derrière et la claquer contre le comptoir pendant qu'il s'enfuyait. *Et merde*. Il fallait qu'on l'attrape. Il fallait que ça se termine. Elle descendit rapidement les escaliers et remarqua que la porte de la cuisine était ouverte. Elle entendit le bruit de poubelles renversées alors que le type s'échappait.

L'intrus avait fouillé dans son ordinateur portable et son sac à main. Son portefeuille était par terre.

Puis elle entendit un autre son étrange, comme de la musique dans des écouteurs. Elle réalisa soudain ce que c'était et baissa son arme. Elle sortit son téléphone de sa poche et le mit à son oreille. Mac criait son nom encore et encore.

— Je vais bien.

Il poussa un profond soupir.

— Pourquoi tu ne m'as rien dit ? Les premiers intervenants sont en route. Je suis à 20 minutes. Que s'est-il passé ?

— J'ai repéré un intrus dans ma maison.

Elle claquait des dents. Pour le courage, on repasserait.

— Qui ça ?

— Je ne sais pas. Il portait une cagoule. Je n'ai pas vu son visage.

— C'était un homme ?

— Oui. Je crois.

— Eddie ?

— Je ne sais pas. Peut-être ? Je ne sais vraiment pas.

Qui d'autre cela aurait-il pu être ? Elle se dirigea vers la porte d'entrée et l'ouvrit en grand. Elle s'assit lourdement sur le perron quand ses genoux la lâchèrent.

— T-tu n'as pas besoin de venir. Les flics sont en route. Je ne savais pas quoi faire.

— J'arrive bientôt, dit-il d'un ton brusque.

Elle acquiesça et raccrocha lorsqu'un camion de pompiers arriva et qu'un homme de l'autre côté de la rue se mit à courir vers elle pour s'assurer qu'elle allait bien. Réalisant qu'elle avait toujours son arme à la main, elle retira le chargeur puis vida la chambre. Elle laissa les balles et l'arme à côté d'elle pour que les flics puissent faire leur travail. Elle se couvrit le visage pour combattre l'écrasante sensation de stress et de soulagement.

Elle pensait avoir laissé le danger dans l'Idaho. Mais il l'avait suivie chez elle.

CHAPITRE VINGT-DEUX

C E FUT DANS cette position que Mac la trouva, assise sur les marches.

Un officier de patrouille était accroupi à côté d'elle. Elle était vêtue d'un pyjama rose souple, différent de celui qu'elle portait la veille au soir, celui qu'il lui avait retiré juste avant l'aube. Toute la journée, il avait essayé de chasser le souvenir de ce qu'ils avaient fait, mais être confronté à Tess, l'air secoué et effrayé, lui avait laissé une douleur crue dans la poitrine. Pas à cause de ce qu'ils avaient fait, mais de ce qu'il ne pourrait pas faire. Il ne pouvait pas poursuivre une relation avec elle. Il ne pouvait pas risquer de la laisser se faire une place dans son cœur. Il était trop près d'atteindre ses objectifs pour abandonner maintenant. Mais l'idée de ne plus jamais revoir Tess, sauf à titre officiel, lui faisait l'effet d'un coup de poing dans le ventre.

Cela n'avait pas d'importance. Son travail était ce qui le définissait. Cela lui avait toujours donné un but et avait convaincu un gamin pauvre du Montana qu'il pouvait faire la différence.

Les officiers de police s'agitaient dans la maison de Tess.

Et merde. Il resta une minute sur le trottoir à côté de son pick-up, le cœur battant encore la chamade après avoir reçu son appel plus tôt. Il était dans son bureau, et il avait d'abord pensé que c'était un appel de poche. Il avait écouté, curieux. Puis il l'avait entendue dire, si doucement qu'il craignait l'avoir imaginé, « Envoie-moi des renforts ».

Il avait demandé à Walsh de s'en charger et lui avait donné son adresse. Alors qu'il se précipitait vers le parking souterrain où il avait désormais une place, il l'avait entendue dire à quelqu'un d'enlever sa cagoule et de s'allonger par terre.

Il ne s'était jamais senti aussi impuissant.

Il savait qu'elle avait des problèmes, mais jusqu'à ce qu'il entende le coup de feu, il n'avait pas réalisé à quel point elle était en danger. Et il n'avait pas réalisé à quel point cela le rendait fou d'inquiétude. Elle aurait pu mourir. Encore.

Ils constituaient une équipe pour surveiller sa maison, mais les agents ne seraient pas disponibles avant le lendemain au plus tôt. À moins que Tess n'accepte d'être déplacée pour sa protection, ce que son patron n'était pas encore prêt à approuver. Dans tous les cas, elle allait devoir s'habituer à être suivie par les Fédéraux.

Était-ce Eddie ? L'idée que ce psychopathe soit en ville le mettait hors de lui. Pourquoi le putain d'USMS ne l'avait pas encore rattrapé ?

Bordel de merde.

Et si ce n'était pas lui, alors qui ? Pourquoi Tess était-elle ciblée ? Que lui cachait-elle ? Qu'avait-il manqué ?

Elle leva la tête et le vit approcher du perron. Le soulagement dans ses yeux fut suivi d'un flot de larmes et il lui sembla la chose la plus naturelle du monde de venir vers elle les bras tendus et de la laisser pleurer contre lui.

Au moins, elle n'était plus en colère contre lui.

Et à ce moment-là, il réalisa autre chose – combien elle était isolée. Combien les événements qui s'étaient déroulés vingt ans plus tôt continuaient à façonner son existence.

— Ils ont trouvé quelqu'un ? demanda Mac au policier qui regardait son badge avec intérêt.

Il avait les mains posées sur sa ceinture d'équipement.

— La dame ici présente jure qu'elle n'a pas vu son visage et n'a pas tiré. Son arme est froide, alors je la crois.

Le policier lui tendit l'arme, un joli petit Ruger 9 mm, que Mac glissa dans sa poche avec les munitions.

— On a trouvé un impact de balle dans le mur face à la porte de la chambre et les voisins rapportent avoir entendu un coup de feu et vu une silhouette s'enfuir de la maison. Aucun signe d'effraction.

Mac fronça les sourcils.

Tess sembla réaliser ce que l'officier avait dit.

— Alors comment est-il entré ?

— Tu es sûre d'avoir fermé à clé ? demanda Mac.

Un regard d'incrédulité passa sur ses traits.

— Avec Eddie en cavale ? Tu es sérieux ?

— Eddie ? demanda l'officier de patrouille.

Mac eut pitié de Tess qui écarquillait les yeux de consternation.

— Un criminel en fuite a menacé la vie de Mlle Fallon. Les fédéraux vont prendre en charge cette scène.

— Eddie Hines ? Le gars qui s'est échappé de prison après avoir purgé près de vingt ans ? Ce type est timbré.

— Vous n'avez pas tort, convint Mac. Merci pour votre aide.

Tess tremblait dans ses bras. Elle remercia le policier entre deux claquements de dents, ainsi que tous les agents qui commencèrent à s'en aller lorsque les membres de l'équipe de Mac arrivèrent.

Walsh, Carter, et Makimi arrivèrent dans la même voiture. Les agents Ross et Atherton sortirent d'une autre. L'inspectrice Dunbar se gara au volant d'une Crown Vic qui avait une bosse sur l'aile avant. Ils regardaient Tess comme une bande de lions devant de la viande fraîche.

— Entrons, dit-il à voix basse.

Elle fit un signe de tête muet et rentra dans sa maison. Elle avait l'air abattue, en état de choc. Il la suivit, les autres membres de l'équipe sur les talons.

Carter remercia le dernier officier de patrouille et referma la porte avec un petit bruit qui résonna dans la maison. Tess s'assit sur le canapé, attrapant une couverture posée sur le dossier et l'enroulant autour de ses épaules. Ses cheveux étaient attachés sur le sommet de son crâne, ses boucles sombres tombant en une cascade de vagues indisciplinées autour de son visage. Sa peau avait perdu tout vestige de couleur.

Mac se tenait près de la fenêtre, regardant la rue. Il se tourna vers elle, étrangement mal à l'aise dans son rôle de chef d'équipe pour interroger cette femme qui avait traversé tant d'épreuves et qu'il commençait à considérer comme bien plus qu'une simple connaissance.

Il croisa les bras sur sa poitrine. Ça avait probablement un rapport avec le fait d'avoir partagé son lit la nuit précédente et de savoir à quoi elle ressemblait quand elle jouissait.

— Pouvez-vous nous parler de ce qui s'est passé ici ce soir ? À quelle heure êtes-vous arrivée chez vous ?

Elle prit un mouchoir dans une boîte sur la table, s'essuya les yeux et se moucha.

— J'ai été bloquée à Denver jusqu'en début d'après-midi à cause d'une panne mécanique et je ne suis rentrée qu'après 17 heures.

Elle leur raconta son retour chez elle et le malaise qu'elle avait ressenti. Puis comment elle avait réalisé que la lunette des toilettes était relevée alors qu'elle se relaxait dans son bain.

La mâchoire de Mac se crispa sous l'effet de la colère. Pourquoi ne l'avait-elle pas appelé ?

Mais il connaissait la réponse. Elle lui avait dit qu'elle ne faisait pas facilement confiance. Quand il avait refusé de coucher avec elle, elle avait considéré cela comme un rejet et s'était barricadée derrière ses murs. Il comprenait. Elle pensait qu'il n'avait pas voulu de ce qu'elle lui offrait, alors qu'en vérité, il l'avait tellement voulu que ça lui avait arraché les tripes de s'en aller.

Il ignora le poids de la culpabilité. Il pouvait vivre avec ses erreurs. Mais il ne les aggraverait pas en s'impliquant avec une autre femme qui le trouverait trop impliqué dans sa carrière. Il serra les dents. S'il avait une histoire avec Tess, il n'aurait plus de carrière digne de ce nom.

Il se tourna vers Walsh.

— Faites venir la police scientifique.

— Quoi ? Vous allez chercher des empreintes sur mes toilettes ?

Tess semblait horrifiée.

— Pourquoi pas ?

— J'espère qu'ils recevront une prime de risque. Dites-leur de passer aussi au crible les tiroirs de mon bureau. Je suis certaine que quelqu'un les a fouillés même si rien ne manque.

— Donc vous pensiez que quelqu'un était chez vous, mais vous vous êtes couchée sans appeler la police ? demanda Walsh.

— J'ai pris mon arme, j'ai fouillé la maison de fond en

comble. Je n'ai trouvé aucune preuve, à part ma paranoïa croissante. J'étais épuisée.

Ses yeux noisette soutinrent les siens, puis elle détourna le regard.

— Je me suis dit que je devais imaginer des choses et que j'avais réagi de façon excessive, alors j'ai vérifié que la maison était fermée à clé et je suis allée me coucher.

— Qu'est-ce qui vous a réveillée ?

— Un bruit.

Ses joues pâles prirent un peu de couleur. Probablement au souvenir du bruit qui les avait réveillés tous les deux la nuit précédente.

— J'ai ouvert les yeux et j'ai réalisé que quelqu'un avait éteint la lumière du couloir. Il y a un interrupteur en haut et en bas des escaliers, expliqua-t-elle. Quelqu'un a fouillé dans mes sacs.

Elle mit la main sur sa bouche et la couverture tomba de ses épaules.

— Mon ordinateur portable ! Mon travail.

Elle passa entre Ross et Dunbar, et se précipita dans la cuisine, Mac sur les talons, les autres se pressant derrière eux.

— Il est toujours là. Dieu merci.

Mac attrapa son bras quand elle voulut toucher la machine.

— On doit le prendre pour chercher des empreintes.

Un éclat brilla dans ses yeux.

— J'en ai besoin pour le travail.

— Le technicien de la scientifique sera là dans une demi-heure tout au plus. On lui demandera de regarder l'ordinateur portable en priorité.

— Ce sera peut-être une technicienne, dit Miki sous cape.

— En effet, convint-il. Pouvez-vous voir sans toucher à rien si quelque chose a disparu ?

Tess se mordit la lèvre nerveusement.

— Il faudrait que je regarde dans mon portefeuille.

Il détourna les yeux de ses tétons perlés. Il essaya de ne pas penser à l'absence de sous-vêtements sous son pyjama fin ou au fait que la maison était glaciale, la police ayant fouillé l'endroit plus tôt et laissé les portes grandes ouvertes. Pas étonnant que le flic l'ait interrogée dehors.

Il se réprimanda mentalement et sortit une paire de gants en nitrile qu'il enfila. Il prit quelques photos, puis souleva délicatement son portefeuille du sol. Stylos, cahiers, mouchoirs, tampons étaient éparpillés parmi les papiers sur la table. Il ouvrit le portefeuille en le saisissant par les bords et lui montra l'intérieur. Plusieurs factures étaient visibles, ainsi qu'un tas de cartes de crédit et son permis de conduire.

Elle croisa les bras sur sa poitrine, peut-être consciente du fait que ses tétons frottaient contre le tissu fin. Il aurait voulu lui offrir sa veste, mais il avait conscience que tout le monde observait leur interaction, jugeant de sa capacité à faire son travail. Jugeant l'effet qu'elle avait sur lui. Et la capacité de Tess à raconter des histoires.

— Tout est là ?

Cette fois, il avait parlé brusquement et elle releva le menton.

— Pour autant que je sache.

— Est-il possible que l'intrus ait pénétré dans la maison quand vous êtes allée en Idaho ? Peut-être que vous êtes partie en vitesse et que vous avez laissé la porte d'entrée ouverte ?

— Non.

— Non ? En êtes-vous certaine ?

Un éclat belliqueux brilla dans ses yeux.

— J'ai fermé à clé avant de partir pour l'aéroport. Je vous l'ai déjà dit, je ne suis pas stupide.

— Mais plutôt que d'appeler les flics en pensant qu'il pouvait y avoir un intrus chez vous, vous avez fouillé vous-même votre maison et vous êtes allée vous coucher avec une arme à côté de votre lit ?

C'était l'agent Ross qui avait parlé.

— Je me suis dit que les flics me prendraient pour une bonne femme effrayée vivant seule. Ou peut-être une personne cherchant à attirer l'attention, souffla-t-elle. Croyez-moi, je ne veux pas attirer l'attention.

— Alors une idée de comment cet intrus est entré ?

Sa bouche s'ouvrit et se referma. Puis elle secoua la tête.

— Qui d'autre a la clé ?

Le téléphone de Mac sonna avec cette putain de chanson de MC Hammer. Il était à deux doigts de le passer dans le broyeur à ordures.

Elle déglutit.

— Moi-même, évidemment, et mon frère, Cole.

— Une raison de suspecter votre frère de vouloir vous faire du mal, Mlle Hines ? demanda Ross.

— Fallon, rétorqua-t-elle. Et en aucun cas Cole ne voudrait me faire du mal.

Ross hocha la tête comme s'il était satisfait. Mac n'y crut pas un instant.

Il observa son équipe. Ils attendaient des instructions, sans savoir si leur présence était nécessaire ou non.

— L'intrus n'a pas pris d'argent, de bijoux ou quoi que ce soit de valeur. On dirait plutôt qu'il cherchait quelque chose. Avez-vous quelque chose qui pourrait intéresser quelqu'un,

Tess ?

Elle serra les poings et en porta un à ses lèvres.

— Si vous faites référence aux objets de la propriété de mes parents, alors la réponse est non. Je n'ai même pas de photos.

Elle détourna les yeux.

Y avait-il quelque chose qu'elle ne leur disait pas ?

La porte d'entrée s'ouvrit et Mac se retrouva face à face avec un jeune homme portant un jean foncé et un t-shirt vert. Facilement identifiable comme le petit frère de Tess parce qu'il ressemblait tellement à David Hines que Mac resta bouche bée. Il n'était plus le gamin boutonneux aux grosses lunettes qu'il avait vu sur la photo de la cheminée de Tess. Ce type était plus jeune et plus mince que l'homme que Mac avait connu autrefois, mais dans l'ensemble, la ressemblance était troublante. Pourquoi Tess ne l'avait-elle pas mentionné ?

— Tess ?

Le gamin passa au milieu des agents rassemblés et prit sa sœur dans ses bras. Ils l'observaient comme des vautours affamés, se demandant ce qu'il savait.

— Qu'est-ce qu'il se passe ? J'ai eu ton message. Je t'ai rappelée, mais tu ne répondais pas.

Ses doigts s'enroulèrent autour des bras de son petit frère et elle le serra contre elle comme si elle réalisait que l'heure des comptes avait enfin sonné.

— Je vais bien, dit-elle. Quelqu'un s'est introduit dans la maison.

Après quelques instants de silence, elle le lâcha et recula d'un pas.

— Cole, ces gens sont du FBI.

Elle se mordit la lèvre.

— Il y a des choses que je ne t'ai pas dites.

DES LARMES DE colère coulaient sur les joues de Cole lorsqu'il sortit en trombe de la maison de Tess. Il était tellement furieux qu'il voyait à peine où il allait. Il resta debout un moment, essayant de contrôler sa respiration.

— Ça fait un choc, hein ?

Ce commentaire venait d'une brune élancée appuyée contre le mur de la maison de Tess. Elle avait l'air de fumer en cachette, mais il ne vit pas de cigarette, juste un pantalon en cuir moulant, un t-shirt noir et une veste de motard qui ne cachait pas son arme de poing.

— Le fait que ma sœur m'ait menti toute ma vie ? Oui, on peut dire que c'était inattendu.

Elle laissa échapper un petit rire incrédule.

— Tu es sérieusement en train de me dire que tu l'ignorais ?

Il la regarda de haut en bas. Un rictus effleura ses lèvres.

— Qui êtes-vous ? Lara Croft ?

Le sourire patient qu'elle lui offrit montrait qu'elle ne comptait pas sortir les griffes.

— Attention, petit, je suis une personne qu'il vaut mieux avoir de son côté.

Petit ?

— Vous voulez dire qu'on m'accuse de meurtre maintenant ?

— Personne ne t'a accusé de meurtre.

Mais il avait vu l'insinuation dans leurs yeux quand on l'avait interrogé sur ses faits et gestes de la semaine.

— Ma sœur m'apprend que notre famille était l'équivalent du Ku Klux Klan de l'Idaho, et le connard qui la surveille me demande où j'étais certains jours de cette semaine qui, je le sais, coïncident avec une vague de crimes haineux à Washington. Mais je ne suis pas accusé de meurtre ?

— Donne-nous ton alibi qu'on en finisse.

Il serra les dents. Pourquoi devrait-il le faire ?

— Laissez-moi consulter mon avocat…

— Les personnes innocentes n'ont pas besoin d'avocats, fit-elle.

— N'importe quoi, rétorqua Cole.

Le regard de la femme se durcit.

— Si tu n'as rien à cacher, dis-nous la vérité.

Il plissa les yeux.

— Quand la DJ a été tuée, j'étais avec Tess.

Elle haussa ses sourcils finement épilés.

— Ce serait bien si tu avais un témoin tiers pour confirmer cet alibi, de préférence sans lien de sang.

Un côté de sa bouche tressaillit.

— Allez vous faire mettre.

Elle le dévisagea de la tête aux pieds, et un petit sourire recourba ses lèvres. Elle s'approcha de lui et enfonça son doigt au milieu de sa poitrine.

— Tentant, mais tu es un peu jeune pour moi.

Il leva le menton. Si elle savait. Mais il devait faire attention à ce qu'il disait. Il n'allait pas entraîner Carolyn dans un scandale. Sa réputation était tout pour elle. Elle était déjà assez nerveuse comme ça à propos de la différence d'âge. S'il lui apportait des problèmes, il serait de l'histoire ancienne.

— Je vérifie mon agenda et je vous recontacte pour vous donner mes mouvements, Officier… ?

Elle lui adressa un clin d'œil, mais il n'était pas dupe. Ses yeux noirs n'étaient pas amusés. Elle avait envie de coincer quelqu'un pour ces meurtres.

— Inspectrice. Inspectrice Dunbar.

Elle le frôla pour rentrer dans la maison. Il était conscient qu'elle jouait avec lui, utilisant sa sensualité flagrante pour l'amener à baisser la garde. Ça n'arriverait pas. Il était plus mature que ça. Un autre agent fédéral les espionnait depuis la fenêtre du salon. Cole secoua la tête et s'éloigna, montant dans sa Prius et souhaitant pouvoir rembobiner la nuit entière.

Tess était visiblement bouleversée quand il était parti. Il était tellement en colère contre elle qu'il n'était pas sûr qu'ils retrouvent un jour leur relation d'avant. Il l'aimait, mais il ne lui pardonnerait jamais de lui avoir menti. Quand allait-elle réaliser qu'il n'était plus un petit enfant ? Il était assez grand pour faire ses propres choix.

Que feraient les gens s'ils découvraient qu'il était lié aux Pionniers de Kodiak Compound ? Sa bouche devint sèche. Que ferait sa petite amie ?

Il n'en était pas sûr. Il devait se ressaisir avant de la revoir.

Ses mains tremblaient lorsqu'il mit le contact. Même s'il voulait être honnête avec elle, il ne voulait pas risquer que Carolyn se détourne de lui. Il avait besoin de plus de temps pour trouver comment faire en sorte que le FBI cherche le tueur ailleurs.

Il releva les yeux. Tess l'observait depuis la fenêtre du salon. L'inquiétude sur son visage l'agaça encore plus. Il fit marche arrière dans l'allée et passa la marche avant, souhaitant ardemment ne jamais avoir écouté son message.

CHAPITRE VINGT-TROIS

TESS FRISSONNA LORSQUE le dernier technicien franchit la porte d'entrée dans ses lourdes bottes.

— Merci, cria-t-elle, mais il était déjà parti.

Elle se tenait au milieu de son salon, absorbant le silence de sa maison vide.

Plus tôt, lorsqu'il était devenu évident que le FBI ne s'en irait pas avant un certain temps, elle avait pris un sweat à capuche qu'elle avait enfilé par-dessus son pyjama pour ne pas exhiber ses tétons congelés à tous les membres de l'équipe de nuit des forces de l'ordre de Washington. Même maintenant, elle ne pouvait pas se débarrasser des frissons qui l'avaient envahie après avoir affronté l'intrus. Le pire avait été le regard de Cole quand elle lui avait révélé qu'elle lui avait menti au sujet de leurs parents.

Il avait été horrifié et s'était senti trahi, et il avait retourné ce choc et cette colère contre elle. Elle le méritait, mais elle avait eu de bonnes raisons de lui cacher la vérité. Ce n'était pas une lignée dont on pouvait se vanter.

À présent, ses émotions étaient à vif et elle aurait voulu s'enfuir et se cacher. Mais il s'avérait qu'on ne pouvait pas fuir son passé. Il trouvait toujours un moyen de vous rattraper.

Que pouvait-elle faire à présent ?

Des taches sombres de poudre d'empreintes digitales

décoraient sa maison telles des plaques de moisissure noire. Le boîtier du câble près de la télévision indiquait 1 h 15 du matin et elle aurait dû être épuisée, mais les quelques heures de sommeil qu'elle avait pu s'offrir l'avaient revigorée, et elle se sentait plus excitée que fatiguée. Mac était parti avec sa bande d'Avengers dix minutes plus tôt sans lui dire au revoir. Elle l'avait entendu leur dire de rentrer se reposer avant la réunion d'équipe de 8 heures.

Il ne semblait pas qu'ils aient fait beaucoup de progrès pour trouver Eddie ou ce tueur.

Elle essayait de ne pas laisser l'absence d'au revoir de Mac la contrarier. Il avait mieux à faire et elle représentait un travail pour lui – elle comprenait. Un travail qui lui avait fait enfreindre ses principes une fois déjà. Non pas qu'elle ait l'intention de le révéler à qui que ce soit. Il y avait des limites à l'humiliation et le fait de devoir raconter les détails de sa vie sexuelle au FBI les dépassait.

Mais Mac l'ignorait.

Son ton distant et la façon dont il s'était effacé lorsque les autres étaient arrivés la contrariaient. Il avait honte de ce qu'ils avaient fait dans cette chambre de motel sombre. Elle ne lui en voulait pas, mais au fond d'elle, cela lui faisait mal.

Lorsque ses secrets éclateraient – et il ne faudrait pas long-temps pour que les médias découvrent ses liens avec les Pionniers et son identité ainsi que celle de Cole – elle deviendrait une paria. Mac ne voudrait plus s'approcher d'elle. Soit ses clients la considéreraient comme une innocente victime des circonstances, et la soutiendraient, soit ils trouveraient quelqu'un d'autre. Elle ne savait pas comment les gens réagiraient à sa volonté de défendre les principes et les autres contre l'oppression sachant qu'elle était la fille d'un suprématiste blanc qui avait fait passer la haine avant l'amour. Privilégiant la révolution au lieu de la démocratie.

Elle ravala son malaise. Elle déménagerait. Elle prendrait un nouveau départ dans un endroit où personne ne se soucierait de son deuxième nom.

Elle s'enfuirait à nouveau.

Ou elle écrirait un livre sur ses expériences. Elle ferait connaître sa version des faits, que les gens y croient ou non.

Elle laisserait de côté ses sentiments pour un certain agent fédéral.

Cole savait maintenant le pire. Elle devait encore lui poser des questions sur ce dossier avec la photo du juge, mais pas question de le faire devant les Fédéraux. Elle lui devait au moins ça. Elle *connaissait* son frère. Même la version boudeuse et en colère qu'elle avait vue ce soir-là. Et elle l'aimait.

Ce n'était pas une confiance aveugle. C'étaient des années d'expérience personnelle. Cole n'était pas un tueur, et il n'aiderait personne nourrissant autant de haine dans son cœur.

Elle lui parlerait le lendemain, quand il aurait eu le temps de se calmer. Si les fédéraux trouvaient une raison de fouiller sa maison et qu'ils mettaient la main sur ce dossier – quelle que soit l'explication – cela signerait la fin de sa liberté, jusqu'à ce qu'il puisse prouver son innocence. Cela pourrait prendre des mois.

Elle verrouilla la porte arrière et éteignit les lumières de la cuisine. Au même moment, Mac franchit la porte d'entrée et elle sursauta.

— Je pensais que tu étais parti.

Sa voix était rauque à cause de l'émotion réprimée.

— Je suis resté pour m'assurer que le gars des preuves

avait tout ce dont il avait besoin.

Elle détourna la tête, luttant contre les larmes, se sentant ingrate, immature et amère.

— Évidemment.

Il fit un pas vers elle.

— Hé, ce n'est pas ce que je voulais dire.

— Comment ça ?

Sa colère pétillait comme du magnésium dans de l'eau. Explosive et chaude. Elle se redressa et leva le menton.

— Comme si je n'étais rien de plus qu'une suspecte à interroger, à décortiquer et à détailler comme une expérience scientifique ? Tu as assez d'informations pour ton rapport ou tu veux sortir le détecteur de mensonges ?

Elle s'avança vers lui et commença à le pousser vers la porte. Chaque nerf était un fusible qui venait d'être activé.

Il se laisser pousser jusqu'à la porte d'entrée. Elle aurait voulu s'en prendre à quelqu'un, mais il lui attrapa les bras et leur fit faire volte-face, de sorte que ce fut elle qui se retrouva pressée contre le bois froid et dur. Sa poitrine se gonflait comme si elle avait couru.

La lumière de la lampe du salon brillait derrière lui. Elle vit ses yeux – bleus en cet instant, comme la chemise qu'il portait. Sombres dans la pénombre. L'intensité qui y régnait la captivait.

— Je ne voulais pas donner l'impression que ce dont *tu* avais besoin n'avait pas d'importance, dit-il patiemment. Il y aura une voiture banalisée devant chez toi demain matin, et je suis en train de voir avec mon patron pour te déplacer vers une planque.

Les larmes lui montèrent soudain aux yeux, et elle les chassa, puis réprima la douleur aiguë du désir. Le contact de ses mains sur ses bras, l'odeur musquée de sa peau lui donnait envie de choses qu'elle ne pouvait pas avoir. Elle savait que c'était fou, elle savait que désirer cet homme ne lui apporterait que de la peine, mais elle le voulait quand même. Elle avait l'horrible sentiment qu'elle ne pourrait jamais oublier son amour de jeunesse.

— Tout va bien. Je suis désolée de m'être emportée.

Elle essaya de se dégager de sa prise, mais il n'avait visiblement pas confiance en elle et ne la lâcha pas.

— Merci d'être venu. Je vais bien maintenant. Tu peux y aller.

Les mains de Tess tremblaient.

Il leva la main et écarta une mèche de cheveux de son front. L'expression de Mac changea, ses yeux se réchauffant. Il pinça les lèvres comme s'il ne savait pas quoi dire pour combler le fossé qui les séparait.

Elle ne voulait pas de ses excuses. Elle ne voulait pas de sa pitié.

Il se rapprocha d'un demi-pas et baissa la tête vers la sienne. Son cœur se mit à tambouriner contre ses côtes et elle leva les yeux, surprise. Elle resta immobile, n'osant pas respirer.

Il se figea, les lèvres à un millimètre des siennes. Sa retenue se voyait aux plis de ses yeux.

— Tu m'as foutu la trouille avec ce coup de fil tout à l'heure.

Le souffle de Mac effleura ses lèvres. Le cœur de Tess essayait d'échapper aux barreaux de sa cage.

Il resserra sa poigne.

— J'ai cru que tu allais mourir.

Elle déglutit, sans quitter ses lèvres des yeux. Son sang

voletait dans ses veines comme un millier d'oiseaux.

— Je vais t'embrasser, lui dit-il. Ça te pose un problème ?

Elle eut un léger mouvement de tête – permission ou acceptation, elle n'était pas sûre. Puis elle attendit qu'il mette une éternité à combler ce mince écart.

Pour une raison étrange, elle avait imaginé qu'il s'agirait d'un doux baiser, d'un baiser discret et poli, comme celui qu'ils avaient échangé devant la cabane alors que Henry Jessop les observait. Une caresse légère comme une plume. Mais il n'y avait rien d'hésitant dans ce baiser.

Quand ses lèvres rencontrèrent enfin les siennes, il glissa sa langue dans sa bouche comme si elle lui appartenait. C'était comme s'il en avait assez de penser, d'attendre. Les mains de Tess étaient coincées entre leurs corps alors qu'il s'avança entre ses jambes, se rapprochant de plus en plus. Tess resta bouche bée en le sentant durcir contre son entrejambe. Il explorait la texture et le goût de sa bouche, comme s'il s'imprégnait de sa saveur.

Il avait le goût du café, de la force et du péché.

Ses veines s'embrasèrent, lui faisant oublier pourquoi elle était si en colère contre lui quelques instants plus tôt. Il continua de l'embrasser, l'incitant à lui rendre son baiser avec une telle détermination qu'elle finit par se laisser aller et se fondit contre lui. Il la prit dans ses bras, enserrant son corps de sa carrure puissante, son excitation très claire contre son bas-ventre.

Il inclina le menton, l'embrassant plus passionnément, mêlant sa langue à la sienne. Il maintint sa bouche contre la sienne quand elle essaya de prendre du recul et respirer. Ses doigts puissants indiquaient qu'il n'était pas prêt à rompre ce baiser.

Qui avait besoin d'air ?

Son autre main se fraya un chemin sous ses couches de vêtements pour trouver sa hanche, puis il hésita comme s'il cherchait à déterminer ce qu'il voulait explorer ensuite. Il choisit de remonter, passant son pouce sur son ventre, ses doigts effleurant sa taille, puis traçant la forme de ses côtes, jusqu'à englober doucement de sa poitrine. Après avoir eu si froid plus tôt, de la chaleur se dégageait à présent de sa peau.

Elle se mit sur la pointe des pieds, se pressant contre lui, lui montrant très clairement comme elle avait envie de lui. Mac adoucit son contact, ses doigts calleux caressant avec révérence sa chair sensible.

Cela lui rappelait que bien avant d'être un agent du FBI dur et sévère, il avait été un cow-boy capable d'apaiser un poulain terrifié avec une patience infinie et une détermination compatissante. Pas étonnant que toutes les filles du camp aient été amoureuses de lui.

Son pouce et son index trouvèrent son téton et en titillèrent l'extrémité, le pinçant juste assez fort pour la ramener à l'instant présent et la faire gémir. Elle sentit le désir l'inonder. Elle se plaqua contre lui, créant une délicieuse friction qui lui rappela qu'il lui avait déjà démontré que le sexe ne serait pas qu'une promesse en l'air.

Elle avait envie de lui. Elle se moquait des millions de raisons pour lesquelles ils ne devraient pas le faire. Elle en avait assez de s'efforcer de rester discrète et de ne jamais se faire remarquer, d'être la gentille fille, la fille à plaindre, celle qu'on ignorait ou qui se faisait avoir et qu'on larguait pour sa meilleure amie qui se déclarait déesse du sexe.

Cette fois, elle voulait être la putain de déesse du sexe.

Elle savait dans quoi elle se lançait. Quelque chose de

physique. De temporaire. Pas d'illusions d'amour éternel avec son prince charmant. Une petite partie de son cœur avait toujours appartenu à Steve McKenzie et à son alter ego qui l'avait sauvée toutes ces années auparavant. Elle n'essayait pas de se convaincre qu'il partagerait ses sentiments. Elle n'était pas si masochiste que ça.

Mais elle ne voulait pas regretter de ne pas avoir eu le courage d'aller chercher ce qu'elle voulait quand elle en avait l'occasion. Elle voulait Steve McKenzie. Tout de lui. Et s'il devait la laisser tomber à mi-chemin, elle voulait le savoir maintenant, avant d'être humiliée et déshonorée par la force de son désir pour lui.

Elle attrapa sa ceinture et il se crispa alors que ses doigts torturaient son téton douloureux et que sa bouche dévorait la sienne. Elle passa sa paume sur le devant de son pantalon, enroula sa main autour de sa longue tige épaisse et gémit son approbation. Puis il lâcha sa mâchoire pour baisser son bas de pyjama et elle le jeta loin dans la pièce. Puis elle défit la fermeture éclair de son sweat à capuche et l'enleva. Elle était là, complètement nue, à l'exception du tatouage numérique qui s'enroulait autour de son bras en un serpent bleu symbolique.

— Tu es magnifique.

Les yeux de Mac devinrent sombres, et un muscle se contracta dans sa mâchoire. Il allait ajouter quelque chose, mais elle se pencha et prit possession de sa bouche.

Elle avait aimé cet homme quand elle était enfant. Devenue femme, elle le désirait. Pour une fois, son badge et son arme ne comptaient pas. Elle le voulait, et il la voulait aussi.

Il recula, inspira profondément, saisit sa poitrine dans ses mains et taquina un téton rose avec son pouce, le regardant se contracter et durcir, le suppliant de lui accorder son attention.

Il la fixait, fasciné, ses doigts sombres contre sa peau pâle.

— Magnifique.

Regarder le désir sur son visage quand il la touchait était presque aussi excitant que le contact lui-même. Il changea de côté, jouant avec elle comme s'il avait tout le temps du monde pour titiller son corps jusqu'à le transformer en une boule de désir. Le plaisir qui naissait au niveau de ses seins se répercutait entre ses jambes.

Comme s'il avait soudain chaud, il se débarrassa de sa veste de costume, la laissant tomber sur le sol, puis mit le pêne dormant de la porte derrière elle d'un geste du poignet. Le son résonna dans la maison comme un coup de feu. Ils n'allaient pas en rester là. Il n'y avait pas de retour en arrière possible.

Elle baissa sa fermeture éclair et son érection sortit de son boxer. Elle caressa sa longue tige épaisse, enroulant ses doigts autour de la peau de velours qui recouvrait de l'acier. Il ferma les yeux, appuyant ses mains sur la porte derrière elle.

Elle défit sa cravate et ôta la soie lisse de son col avant de la laisser tomber sur le sol. Elle défit les boutons de sa chemise, révélant de larges épaules et un torse large et musclé, parsemé de fins poils bruns. Il prit un moment pour défaire les poignets de sa chemise, sans jamais quitter son regard tandis qu'il jetait le vêtement sur le côté. Il enleva ses chaussures et ses chaussettes, puis son pantalon. Il écarta les jambes de Tess et effleura les poils courts nichés à l'apex de ses cuisses. Elle se crispa lorsqu'il passa lentement un doigt sur son clitoris, puis descendit, glissant entre ses lèvres jusqu'à son humidité, avant de glisser d'un coup ferme à l'intérieur de sa chaleur humide.

Elle se dressa sur ses orteils quand il incurva un doigt en elle. Elle s'agrippa à ses épaules alors lorsqu'il se retirait et effectuait le même geste, encore et encore, jusqu'à ce que ses hanches suivent inconsciemment sa main et qu'elle gémisse de désir.

Sa peau était sensible et son excitation grandissait de seconde en seconde. Elle ne pensait plus qu'à une chose : le besoin de l'avoir en elle.

Il caressa le creux de sa clavicule du bout de sa langue. Ses doigts appuyaient en elle, la paume de sa main exerçant une pression sur son clitoris à chaque mouvement. Il gardait un rythme langoureux qui faisait trembler tout son corps. Sa bouche descendit plus bas, cherchant son mamelon et le suçant fortement quand il le trouva. Les genoux de Tess vacillèrent.

Elle enfonça ses doigts dans ses cheveux.

— S'il te plaît, dis-moi que tu as un préservatif.

Il recula, prit une profonde inspiration et se pencha pour remonter son pantalon et sortir son portefeuille de sa poche arrière. Il le lui tendit et se remit à titiller son corps, cherchant tous les endroits qui la faisaient frémir et se tordre de désir. Elle trouva un emballage carré à côté des billets et laissa tomber le portefeuille.

Elle lui enfila le préservatif avec précaution, caressant sa tige chaude tout en les protégeant tous les deux.

Il lui saisit les poignets. Sa mâchoire était crispée et il la regarda en plissant les yeux. Ils savaient tous les deux qu'ils n'auraient pas dû faire ça. C'était mauvais pour sa carrière. Dangereux pour son cœur. Mais personne n'aurait jamais à le savoir. Elle pourrait être son sale petit secret.

Elle le voulait tellement que son corps palpitait de désir. Elle avait l'horrible sentiment qu'elle le supplierait s'il changeait d'avis cette fois.

Au lieu de reculer, il la souleva jusqu'à ce que ses deux

jambes s'enroulent autour de sa taille et se positionna face à son intimité. Puis il plaqua les deux mains de Tess contre la porte et la regarda droit dans les yeux en s'enfonçant lentement en elle. Elle inclina la tête en arrière en criant et son dos se cambra.

Elle était aveuglée par le plaisir qui l'envahissait.

Il lâcha ses mains et attrapa son cul. Elle s'agrippa à ses épaules alors qu'il s'enfonçait plus profondément. La sueur perlait sur son front et coulait sur sa tempe. Elle la sentit sur sa langue.

Avec un dernier coup de reins, il fut totalement immergé en elle et Tess aspira l'air entre ses dents en s'habituant à cette sensation. Il était très bien équipé, et elle n'avait jamais fait l'amour contre un mur avant.

Il parut réaliser qu'elle avait besoin d'un moment, ou peut-être qu'il en avait besoin aussi. Il fallut quelques secondes pour qu'elle s'habitue à être remplie de la sorte et ses muscles se mirent à onduler. Elle ne s'en plaignait pas, loin de là. Son corps frémissait devant cette sensation merveilleuse. Le sexe avait toujours été banal. Rapide, et en position horizontale. Après quelques secondes, elle resserra délibérément ses muscles autour de lui et il grogna son approbation. Il commença alors à bouger, entrant et sortant de son intimité avec de longs et profonds coups de reins.

Seigneur. Elle était au paradis. Elle gémit devant cette vague de plaisir qui inondait ses sens. Tous les muscles de son corps tremblaient du besoin d'exploser, mais elle voulait que ça dure. Elle voulait que ce soit lent. Et rapide. Et toutes les nuances possibles. Mac changea de position et elle le sentit en elle, touchant un endroit qui la rendait folle de désir.

— Oh, mon Dieu.

Ses ongles se plantèrent dans ses épaules et son corps se resserra autour de lui. Elle voulait être la fille de ses fantasmes, celle qui demandait et obtenait ce qu'elle voulait.

— Encore.

— C'est ce que tu voulais ?

Il la pénétra encore et encore, s'accrochant à elle et s'enfonçant profondément dans son intimité.

— Oui, haleta-t-elle. C'est ce que je veux. Que tu sois en moi. C'est parfait. Tu es parfait.

Le tremblement de tout son corps lui indiqua qu'il appréciait ses paroles, et il lui en donna plus. Elle se mordit la lèvre, les chevilles croisées dans son dos, les cuisses s'accrochant désespérément à ses hanches. Son orgasme la prit par surprise. Il explosa en elle comme une explosion de lumière. Elle cria, sanglotant, le plaisir éclatant en elle alors que quelque chose se brisait.

Il se figea contre elle et ses doigts s'enfoncèrent dans les muscles de son dos, mais elle n'avait plus la force de se tenir debout.

Elle ne voulait pas que ce soit terminé. Elle ne voulait pas qu'il s'en aille.

Déguisant le fait que ses émotions étaient sur le point de prendre le dessus, elle choisit de jouer la carte de l'humour.

— Je te déclare officiellement dieu du sexe.

Il rit et ce son gronda dans sa poitrine, se répercutant en elle.

— Ce n'est pas encore fini, murmura-t-il.

Elle frissonna malgré la chaleur qui se dégageait de Mac. Il était une véritable chaudière et elle voulait le sentir nu sous son corps, derrière elle, sur elle. Elle voulait faire tout ce qu'elle avait lu avec cet homme. L'explorer et l'exploiter. Le taquiner et le tourmenter. Ne ressentir que du plaisir. Il ne la laisserait pas frustrée. Il lui donnerait tout ce qu'elle voulait. Pour ce soir du moins.

Elle commença à glisser et il l'attrapa par les fesses, les emmenant dans la cuisine.

Les flics et les agents du FBI étaient tous partis, à l'exception d'un seul. Que faisait-il encore là ? Pouvait-il avoir tant de questions que ça ? Qu'est-ce que l'ignorante petite Tess Fallon pouvait bien dire à ce type qui prenne si longtemps ?

La pauvre petite Tess avait dérangé un intrus. Eddie ? Elle fronça les sourcils. Elle aurait aimé savoir où il était et pourquoi il s'était échappé. Espérait-il s'attribuer toute la gloire pour lui-même ? Après toutes ses années de sacrifice ? Mais malgré ce que son père pensait de lui, Eddie Hines avait toujours été un connard. Il s'était probablement caché dans un placard pendant que David se battait pour survivre. David avait eu l'intention de se débarrasser de Francis, mais il devait être prudent, car les terres étaient à son nom.

Cette salope l'avait lié à elle avec de la terre.

Elle tenta sa chance et se faufila à l'arrière de la propriété de Tess Fallon, évitant la maison avec le chien bruyant, restant suffisamment dans l'ombre pour ne pas être vue. Il y avait une lumière allumée quelque part dans la maison et elle filtrait suffisamment pour qu'elle puisse trouver sa cible avec ses jumelles. Les lentilles s'embuèrent.

Elle haussa les sourcils et sourit.

Eh bien, eh bien, eh bien, ASAC McKenzie, quelles grandes... mains... vous avez.

Et il savait manifestement comment s'en servir à en croire le regard d'extase de Tess Fallon.

C'était si parfait que c'était presque trop beau pour être vrai. Elle réfléchit au timing en regardant ces deux animaux en rut. Elle allait les laisser profiter de ce moment. Elle sourit. La réalité était sur le point de les rattraper très vite.

À un demi-bloc de là, elle sortit un nouveau téléphone prépayé et composa un autre numéro qu'elle avait mémorisé.

— Il est temps. Tu dois le faire maintenant. Tout de suite.

Elle l'entendit déglutir et perçut son incertitude à l'autre bout de la ligne.

— D'accord…

Elle fronça les sourcils. Ils ne pouvaient pas se permettre de faire une erreur.

— Tu vas le faire, ou je dois m'en charger ?

Elle n'était pas sûre d'avoir le temps, mais elle le trouverait. C'était capital pour leur opération. Se débarrasser de McKenzie leur offrirait assez de répit pour faire le travail. Après ça, elle se fichait de ce qui se passerait.

— Je vais le faire, dit-il.

Elle regarda les étoiles et pensa à son père. Qu'aurait-il dit ?

— Je sais que tu peux le faire. J'ai foi en toi.

Elle n'avait jamais été aussi proche de dire « Je t'aime ». Elle pensa à McKenzie et à Tess qui se régalaient.

— Tu as une heure, peut-être deux, mais…

Elle lui expliqua ce qu'il devrait faire une fois sur place, puis hésita. Que disait-on dans des situations comme celle-ci ?

— Ne te fais pas prendre.

Il éclata de rire, mais il y avait une amertume dans son ton qu'elle n'avait encore jamais entendue.

— Rien ne doit se mettre en travers de la mission. Compris.

Il avait entendu parler du vieil homme et était furieux qu'elle ne l'ait pas appelé pour compatir. Des braises de colère brûlaient en elle. Le sentimentalisme, c'était pour les imbéciles et ils feraient leur deuil quand tout serait terminé.

Tess Fallon et Steve McKenzie étaient impliqués d'une manière ou d'une autre dans la mort de Jessop et elle avait l'intention de leur faire payer. Elle jeta le téléphone prépayé dans une poubelle. Puis la carte SIM dans les broussailles.

À présent, elle avait besoin d'un alibi.

CHAPITRE VINGT-QUATRE

— ELLE EST résistante, cette table ? demanda Mac.

Tess secoua la tête, l'air merveilleusement décoiffée et déconcertée.

— C'est du chêne massif.

Son dernier amant était un crétin. Mac savait qu'ils n'auraient pas dû faire ça, mais il se dit que s'il devait merder, il le ferait au moins avec style.

Il avait environ trois heures pour prouver qu'elle était une déesse du sexe. Puis il prendrait une douche, boirait un litre de café et rentrerait au QG à temps pour la réunion d'équipe.

Et ce n'était peut-être pas romantique de penser au meurtre et aux réunions d'équipe alors même qu'il avait une femme nue dans les bras, mais il n'osait pas penser à la douce chaleur ou aux longues jambes enroulées autour de lui, sans quoi il n'aurait pas duré davantage que l'autre abruti qui n'avait pas été digne de cette femme magnifique.

Il écarta la chaise la plus proche et les détritus de son sac, et la posa avec précaution sur le plateau en bois massif. Ses yeux s'écarquillèrent lorsque le froid lui mordit le dos, mais il ne lui laissa pas le temps de réfléchir. Il remonta les genoux de Tess et se délecta de la prendre profondément.

Bon sang, elle était magnifique. Il trouvait déjà que son visage était joli, mais le reste de son corps était spectaculaire.

Elle avait des seins de la taille d'une main avec des mamelons roses et parfaits dont il pourrait se régaler pendant des jours.

Même s'il aimait cette vue, il savait qu'elle en voulait plus. Pas seulement le sexe, mais cette notion d'audace sexuelle. Il se retira et la fit basculer sur le ventre, écartant ses cuisses de chaque côté des siennes tandis qu'il s'étalait sur son dos.

Lentement, il pénétra à nouveau dans sa chaleur en fusion et se balança doucement vers l'avant, en prenant soin de ne pas l'écraser contre la surface impitoyable. Elle s'agrippa au bord de la table. Elle était complètement à sa merci, incapable de faire autre chose que de prendre ce qu'il lui donnait et de s'accrocher. Il la fit monter, encore et encore. Il réchauffait son sang, voulant entendre ces cris haletants qui l'avaient presque poussé à bout la dernière fois.

Il se retira à nouveau, souriant devant son petit miaulement de frustration, posa ses pieds par terre et la pénétra à nouveau. À présent, elle était capable de répondre à ses coups de reins, et la sensation de son corps qui ondulait fit perler la sueur sur son front. Elle voulait ça autant que lui.

Il était officiellement un animal et il s'en fichait. Il passa une main sur la crête de sa colonne vertébrale. Il caressa ses seins et la fit gémir à nouveau. Elle était parfaite. Elle se serra autour de sa queue et il descendit une main, passant deux doigts autour de son clitoris tandis qu'il faisait la même chose avec un téton et la pénétrait de plus en plus fort. Elle cria à nouveau, ses muscles internes le serrant si fort qu'il poussa un rugissement de triomphe alors que l'orgasme arrivait.

Alors même qu'il était allongé, la joue contre son dos, son cœur battant la chamade dans ses oreilles, le poids de sa décision de faire l'amour avec Tess Fallon s'abattit sur lui.

Que venait-il de faire ?

Il ferma les yeux, caressa sa peau, chaude et souple sous ses mains. Malgré les doutes de son équipe, Mac *connaissait* cette femme, il savait qu'elle avait un cœur pur. Mais il était possible qu'elle lui cache quelque chose, et il comptait bien découvrir ce que c'était. Il ne risquait pas d'y arriver en s'éloignant et s'il était honnête, il ne le voulait pas non plus. Pas encore.

Le Bureau n'approuverait peut-être pas ses méthodes, mais avec un peu de chance, il n'aurait jamais à les expliquer sur un FD 302.

Il se retira et se débarrassa du préservatif qu'il jeta à la poubelle. Il était un beau connard d'avoir songé à utiliser Tess.

Lorsqu'il se retourna, elle était debout à côté de la table, avec une expression joyeuse plutôt que vulnérable comme il s'y attendait.

Parce qu'elle n'est pas dans ta tête, connard. Elle ne sait pas que tu es un abruti.

Ou peut-être se racontait-il des conneries. Rien que de la voir, il se sentit durcir à nouveau.

Quelle importance s'il couchait avec elle ? Elle n'était pas la tueuse. Elle n'était pas vraiment suspecte, même si techniquement elle était impliquée – sinon pourquoi quelqu'un se serait-il introduit chez elle ? Et si c'était Eddie, en étant présent, Mac avait plus de chances de remettre cet enculé derrière les barreaux.

Elle s'approcha de lui, sans être capable de lire dans ses pensées, en frottant son corps contre le sien et en prenant sa bite insatiable entre ses mains. En l'espace quelques secondes, il était dur comme du granit.

— Dieu du sexe, ronronna-t-elle.

— Je suis sûr que tu as quelque chose à voir avec ça, marmonna-t-il.

Elle laissa reposer sa tête contre son épaule.

— Je veux te sentir en moi.

Il serra les poings. Il voulait être en elle, lui aussi.

— Je n'ai plus de préservatifs.

Elle hésita, puis son souffle effleura sa peau.

— Je prends la pilule. Je suis clean. J'ai fait un test après la tromperie de Jason. Tu es la seule personne avec qui j'ai couché depuis.

— Je suis clean, moi aussi.

Il avait passé un examen médical complet quand il avait changé de travail. Il lui prit les mains.

— Mais je ne fais pas ce genre de choses.

— Je comprends. On peut faire autre chose.

Elle se mit à genoux.

L'estomac de Mac se contracta lorsque les cheveux doux de Tess l'effleurèrent.

Ses mains tremblaient à l'idée d'être à nouveau en elle, non pas que l'idée d'une pipe ne soit pas tentante, mais…

La question fondamentale était de savoir s'il lui faisait confiance. Ce n'était pas seulement sa vie qui était en jeu. Et la possibilité d'avoir un bébé ? Cela valait-il le risque de la mettre enceinte ? Malheureusement, la réponse était oui et cela signifiait qu'il était sur le point de commettre un péché plus grand et plus stupéfiant.

Il la détacha de lui et se coucha sur le sol à côté d'elle, le bois froid contre sa peau nue. Il s'allongea et la fit grimper sur lui. Elle lui sourit, si incroyablement belle au clair de lune que sa gorge se serra.

Il passa une main sur sa joue.

— Que *veux-tu*, Tess ?

Un sourire très féminin recourba ses lèvres alors qu'elle

enroulait sa main autour de sa bite palpitante.

— Ça.

La façon dont elle le touchait était sexy et franche.

— Montre-moi où.

Il agrippa ses hanches alors qu'il la laissait prendre le contrôle. Il savait que c'était une chose dont elle avait besoin dans un monde où sa famille semblait être la seule chose dont les gens se souciaient. Elle cachait sa véritable personnalité au monde entier, la peur d'être jugée l'emportant sur le besoin d'être vraiment elle-même, d'être libre.

Il s'efforça de rester parfaitement immobile pendant qu'elle le prenait en elle. Il était soufflé. Il la laissa imprimer le rythme, utiliser son corps pour son plaisir, portant inexorablement son sang à ébullition tandis que le sien mijotait de désir. Il joua avec ses magnifiques seins, tordant leurs pics roses assez fort pour la faire crier.

Lorsqu'elle ferma les yeux, il prit le relais, agrippant ses hanches, la serrant contre lui, prenant ses cheveux dans son poing et se cabrant, essayant de s'enfoncer encore plus profondément en elle. Et c'était lui qui dirigeait, qui était aux commandes, jusqu'au moment où elle modifia sa façon de le chevaucher et qu'il ne put plus se retenir. Elle poussa un cri alors que le monde de Mac virait au noir.

TESS ETAIT ALLONGEE sur Mac, leurs membres enlacés, leurs cœurs battant en rythme tandis qu'ils revenaient sur terre.

Elle pouvait sentir son pouls dans la chair tendre entre ses cuisses et ce contact était intime, presque plus que le sexe en lui-même. Elle lécha ses lèvres sèches et commença à s'éloigner de lui, mais il s'accrocha à elle.

— Ne bouge pas. Si tu bouges trop vite, ma tête va exploser.

— Je suis sûre que ce n'est pas ta tête qui a explosé.

Il ouvrit grand les yeux et un lent sourire se dessina sur son visage.

— Tu as un petit côté pervers. Je suppose que ça explique les livres.

L'air froid lui donnait la chair de poule, et elle frissonna. Elle voulut s'éloigner de lui, mais il les fit rouler jusqu'à ce qu'il soit allongé sur elle, fixant son visage.

— C'est bon, Tess. Ce n'est pas illégal d'apprécier le sexe. Si c'était le cas, je serais un récidiviste.

Le fait de lui rappeler qu'il avait eu de nombreuses partenaires sexuelles et qu'elle n'était qu'une conquête de plus lui fit mal. C'était stupide. Erreur féminine classique. Elle était assez âgée pour savoir ce qu'il en était, alors elle chassa ces sentiments. Ce soir-là, il s'agissait d'explorer la tension sexuelle bouillonnante entre eux et d'apaiser sa curiosité sur ce que pouvait être une relation avec cet homme. Et maintenant, elle savait. Elle ne se faisait pas d'illusions : elle savait qu'il ne lui offrirait pas des fleurs et des chocolats. Elle s'estimait heureuse qu'il soit resté aussi longtemps.

Pour une raison quelconque, le poids de son corps lui semblait si bon, niché entre ses cuisses qu'elle l'entoura de ses jambes et de ses bras et le serra de toutes parts.

Il posa son front contre le sien avec un gémissement.

— Je ne suis plus aussi jeune qu'avant. Si tu es déterminée à me tuer, j'ai besoin de quelques minutes.

Un fil d'argent scintilla au clair de lune. Elle tendit le bras et le toucha.

— Tu as un cheveu blanc.

— Je dois avoir un million maintenant.

Il n'avait pas l'air de s'en soucier.

— Quel âge as-tu, au fait ?

Il se crispa. La question parut le déranger.

— Trente-neuf ans.

— Déjà un petit vieux.

Elle plaisantait, et les lèvres de Mac tressaillirent.

— Je peux suivre.

Il balança ses hanches pour le prouver et elle écarquilla les yeux. Un téléphone portable sonna dans le couloir. La chanson *U can't touch this* de MC Hammer résonna dans le calme de la maison. Il se tendit. C'était son ex irritante, qui ne voulait pas le laisser tranquille. Elle lâcha prise alors qu'il s'appuyait sur ses coudes et jurait.

— Je suis sur le point d'étouffer cette femme avec un oreiller.

Il s'éloigna dans le couloir. Elle le regarda prendre son pantalon et fouiller dans son téléphone. Il cessa de sonner, mais bipa pour indiquer un message.

— Bordel. Elle dit que c'est une urgence.

Elle s'appuya sur un coude et écarta ses lourds cheveux de son visage.

— Peut-être que c'est le cas ?

Il émit un bruit peu flatteur.

— L'urgence, c'est que son ego a été meurtri et qu'elle veut me clouer au mur pour prouver qu'elle a encore quelqu'un sous sa coupe. Heather aime contrôler les hommes avec le sexe. Elle pense probablement que trois heures du matin, c'est le moment idéal pour le faire.

Il enfila son boxer, puis son pantalon. Il ne sembla pas

remarquer que Tess s'était raidie sur place.

Était-ce ce qu'il pensait qu'elle avait essayé de faire ? Elle l'avait littéralement et métaphoriquement cloué au mur. Ou lui l'avait fait. Elle n'était pas sûre que la logistique soit importante.

Mac enfila ses chaussures, passa une main dans ses cheveux avant de boutonner sa chemise, qu'il avait récupérée près de la porte d'entrée. Il enfila son holster d'épaule et vérifia son arme de poing. Elle était étendue sur le sol, les cuisses collantes, preuve de la folie à laquelle ils s'étaient livrés.

Elle entendit ses pas et ouvrit les yeux. Il s'agenouilla, passa un doigt sur sa mâchoire et fugitivement sur sa poitrine. Son corps se redressa comme du métal attiré par un aimant.

Elle se força à sourire alors qu'il retirait sa main. Elle ne serait pas une femme qui essaierait de s'accrocher à lui. Il n'était pas à elle. Elle n'avait pas besoin de lui. Elle avait juste envie de lui.

— Peut-être qu'il te faudrait une mesure d'éloignement, suggéra-t-elle à voix basse.

Il grogna.

— On se moquerait de moi au Bureau.

Il se pencha et l'embrassa sur la bouche à nouveau. Il ne semblait pas savoir quoi dire, mais c'était clairement un au revoir. La gêne s'installa entre eux lorsqu'elle s'éloigna et elle se força à s'étirer plutôt que de se mettre en boule et de lécher ses blessures.

— Eh bien, merci pour la balade, cow-boy.

Elle sourit comme si elle ne souffrait pas à l'intérieur.

— Je peux maintenant me porter garante de ton statut de dieu du sexe.

Il fronça les sourcils. Il paraissait incertain de ce qu'ils avaient fait.

Ils étaient deux.

— Tess...

— Appelle-moi si tu as du nouveau sur l'affaire, lui dit-elle avant qu'il ne fasse des promesses qu'il ne pourrait pas tenir. Ou si quelqu'un retrouve mon frère aîné.

Il lissa sa cravate, évitant le contact visuel alors que son cœur se flétrissait.

— Bien sûr. Garde les portes fermées. J'ai posé ton Ruger sur ta table de chevet. Les munitions sont dans le tiroir.

— Merci.

Elle ne bougea pas du sol. Elle était trop estropiée à l'intérieur. Au lieu de cela, elle s'étira, lui offrit un sourire paresseux et laissa une main dériver vers le bas, ses doigts caressant son téton. Comme si elle n'était qu'une créature sensuelle qui ne se souciait pas des émotions qu'ils avaient perturbées comme des sédiments dans l'eau, brouillant une question qui aurait dû être limpide.

Son langage corporel disait qu'elle n'avait pas besoin de lui pour l'aimer. C'était pour les gens faibles. Tristes et nécessiteux. Pas la déesse qu'il avait réveillée.

— Continue à faire ça et mon ex-femme peut m'oublier.

Sa voix baissa d'une octave tandis que ses yeux suivaient sa main.

Elle sourit sans s'arrêter et il fit un demi-pas vers elle avant de recevoir un autre texto. Il gémit. Sa frustration semblait authentique.

— Au revoir, Mac.

Elle sourit, laissant un peu de tristesse s'infiltrer dans ses yeux alors qu'il soutenait son regard.

— On se parle demain, Tess.

Elle haussa les épaules comme si ce n'était pas important. La tension crispait les traits de Mac. Il avait l'air énervé de devoir aller voir son ex. Ou peut-être jouait-il la comédie. Peut-être avait-il hâte de partir et de s'éloigner du conflit d'intérêts potentiel que représentait Tess. Et le sexe avec son ex avait déjà assez bon pour justifier une demande en mariage, alors pourquoi n'irait-il pas retrouver la jolie blonde pour remettre ça ?

Elle l'entendit ramasser ses affaires par terre. La porte d'entrée s'ouvrit et se referma sans bruit, ne laissant derrière elle que la honte de leur rencontre.

Le froid l'envahit, mais même si elle frissonnait, elle ne se leva pas. Elle ferma les yeux en réalisant qu'elle avait commis une autre erreur colossale. Dans sa brume sexuelle, elle s'était permis d'ignorer le fait que ses sentiments pour cet homme s'étaient approfondis. Elle admirait tout chez lui, sa recherche déterminée de la vérité, quel qu'en soit le prix, son dévouement à son travail. Si l'on ajoutait à cela un corps sexy, de jolies fossettes et ce sentiment profond de connexion qu'elle ne partageait qu'avec lui, elle avait été stupide de croire qu'elle pourrait garder ses émotions en dehors de tout ça. Son cœur était aussi serré que lorsqu'elle était cette gamine émerveillée qui regardait son idole s'éloigner.

Steve McKenzie était un agent du FBI, qui avait sauvé sa vie et son âme. Ce qui ne voulait pas dire qu'il ne la sacrifierait pas à présent, réalisa-t-elle tristement.

Quand ses dents commencèrent à claquer, elle comprit qu'il était temps de bouger. Tess roula sur le côté et tendit la main pour se soulever. Ses doigts s'enroulèrent autour de la clé USB de Cole.

Elle ne se souvenait pas d'avoir vu la clé avec ses affaires plus tôt.

Celui qui s'était introduit chez elle ce soir-là cherchait quelque chose qui n'était ni de l'argent ni des bijoux.

Aucun signe d'effraction.

Cole ne pouvait *pas* être l'intrus.

Son frère n'était pas un si bon acteur. Si ?

Ses doigts se crispèrent sur le plastique dur. Elle avait besoin de savoir. Tout de suite. Elle devait découvrir si Cole était impliqué dans cette histoire. Elle bondit sur ses pieds. Elle ne voulait pas remettre ça à plus tard. Elle avait besoin de connaître la vérité et elle avait besoin de la connaître mainte-nant.

CHAPITRE VINGT-CINQ

L E CORPS TOUT entier de Mac palpitait de satisfaction alors qu'il descendait Wisconsin Avenue vers Georgetown. Mélangé à une interrogation croissante : *Putain, qu'est-ce que je viens de faire ?* Faire l'amour avec Tess avait semblé logique quand son corps brûlait de désir. Se rapprocher, gagner sa confiance, utiliser l'attirance qu'il ne pouvait pas contrôler pour faire avancer l'enquête. Être un agent du FBI dévoué. Se sacrifier pour l'équipe.

Le fait qu'il soit toujours en ébullition du cerveau aux couilles était un bonus.

Très noble.

La vérité, c'était qu'il avait tellement envie d'elle qu'il n'avait pas pensé à l'affaire ou aux conséquences jusqu'à ce qu'il soit déjà trop impliqué. Il l'avait baisée sans capote tellement il la voulait. Il n'avait jamais eu aussi peu de self-control auparavant, pas même avec la femme avec laquelle il avait échangé des vœux. Une femme qu'il devait convaincre d'arrêter de l'appeler, car elle commençait à l'énerver sérieusement.

Sauf que c'étaient des conneries. Il avait sauté si vite sur le texto d'Heather qu'il avait failli perdre l'équilibre. Il fuyait – non pas ce qu'il avait fait avec Tess, mais les émotions qui l'avaient assailli, avant, pendant et après le sexe. Il ne pouvait séparer les deux.

Tess était passée du statut de comptable fiscaliste calme et sérieuse à celui de nymphe érotique désinhibée et avait réduit son cerveau en cendres. Mais quelque chose avait changé à la fin, peut-être la montée de l'horreur devant la stupidité de deux adultes censément intelligents ayant des rapports sexuels non protégés…

Sauf que ça n'avait rien eu d'horrible, c'était plutôt comme si elle s'était transformée en son fantasme le plus dévergondé, ce qui, chez n'importe quelle autre femme, aurait pu avoir pour but de le garder auprès de lui, mais avec Tess, ça avait semblé être le contraire, comme si elle se fichait qu'il soit là ou non – alors qu'auparavant elle était désespérée de l'avoir.

Il fit glisser sa langue sur ses dents. Il avait encore son goût en bouche, et c'était suffisant pour lui faire de l'effet. Il n'avait pas eu autant de mal à contrôler sa bite depuis qu'il avait seize ans et qu'il avait été initié à l'art de la fellation par l'une des petites amies de son père. Miranda avait offert ce cadeau au jeune Stevie en échange de la tasse de café qu'il lui avait préparée. Le fait est qu'il avait été heureux de parler à quelqu'un qui ne voulait pas le tabasser sous son propre toit. Et elle avait été heureuse de recevoir une simple marque de gentillesse. Peut-être qu'il était assez mûr à présent pour admettre qu'une partie de l'excitation avait été de prendre sa revanche contre le misérable fils de pute défoncé dans l'autre pièce. À seize ans, il avait cru qu'il était au paradis.

Il n'oublierait jamais Miranda Wyatt pour ce qu'elle lui avait fait ce jour-là dans cette petite caravane étouffante, mais ce que Tess avait fait avec lui dans sa maison avait été un million de fois plus puissant, un million de fois plus émotionnel… jusqu'au moment où tout avait changé.

Ça avait commencé comme un brasier. Ils n'avaient même pas réussi à monter les escaliers, encore moins à arriver jusqu'au lit. Ils avaient passé une heure et demie à explorer des choses qu'aucun d'entre eux n'aurait dû toucher, et à ce moment-là, il aurait juré que c'était du sexe honnête, mais…

Merci pour la balade, cow-boy.

Comme si elle l'avait rencontré dans un bar et ne connaissait pas son nom ?

Cow-boy ? Pourquoi ce changement d'attitude ?

Il serra les dents et se dirigea vers Georgetown. La femme qu'il pensait connaître ne se serait pas comportée ainsi. Il essaya de déterminer quand son attitude avait changé, mais la seule chose à laquelle il put penser fut l'appel d'Heather.

Eh merde. Il baissa la tête.

C'était forcément ça.

Comment agacer la femme nue sur laquelle – voir dans laquelle – vous étiez allongé ? En recevant un appel de votre ex qui vous poussait à lui fausser compagnie.

Bon sang.

Son esprit repensa à la façon dont elle s'était touchée sur la fin. Il s'était presque évanoui à cause de la perte soudaine de sang. Elle avait cherché à le torturer pour s'être comporté comme un *connard* et l'avoir plantée pour aller *s'occuper* de son ex. Il pensa aux autres choses qu'il avait dites, mais les détails étaient flous. Il se souvenait de quelque chose à propos des murs, de baiser et de contrôler quelqu'un par le sexe.

Quel abruti.

Il secoua la tête.

Il avait blessé Tess et elle s'était protégée de la seule façon qui pouvait laisser entendre que ça ne l'affectait pas. Pas en étant collante et vulnérable, mais en étant une femme sexy et confiante qui n'avait besoin de personne. Elle pensait certainement qu'il était parti savourer un dessert blond en banlieue.

— Merde.

Il frappa son volant du poing.

Une voiture de patrouille alluma gyrophare et sirène au loin, partant à toute vitesse régler la crise de quelqu'un d'autre. Le trafic était quasi inexistant à trois heures du matin. Il y avait des avantages certains à travailler dans l'équipe de nuit. Il s'arrêta dans un drive-in pour prendre un café. Il devait retourner parler à Tess. S'excuser d'avoir été un lâche et d'avoir refusé d'affronter le fait qu'il avait des sentiments grandissants pour elle. Lui dire qu'elle était importante pour lui et que peut-être, une fois cette affaire terminée, ils pourraient voir où cela pourrait les mener.

Il reçut un autre message d'Heather. Elle avait quelque chose d'important à lui dire sur sa nouvelle petite amie. Comment ça ? Savait-elle pour Tess, ou était-elle juste à la pêche aux informations ?

Heather était-elle ivre ? Pensait-elle pouvoir le faire chanter pour qu'il revienne ? C'était de la folie. Devrait-il appeler les flics ? Cela fait plus de quinze messages en vingt minutes. Il lui avait déjà envoyé une réponse très claire. Peut-être qu'elle avait eu des nouvelles de l'avocat de Lyle ou découvert que sa nouvelle petite amie était plus jeune et plus jolie qu'elle.

Elle l'était. Il avait vérifié.

Une chose était sûre, si c'était une urgence, elle aurait appelé les secours.

Le divorce signifiait aucun contact en ce qui le concernait. Ils n'avaient pas d'enfants. Il n'y avait aucune raison pour qu'ils communiquent à nouveau. Heather avait probablement une idée derrière la tête, mais il avait rempli son quota d'erreurs pour la journée et il n'était même pas quatre heures du matin.

Il se demanda s'il devait retourner chez Tess ou aller chez Heather, mais il en avait assez d'être harcelé par son ex. Il était temps de mettre un terme à cette folie.

Mac gara son pick-up devant l'adresse que Heather lui avait envoyée, une grande maison en bordure de Georgetown, si proche de l'observatoire naval que certaines lumières des bâtiments brillaient à travers les arbres.

C'était un endroit agréable. Près des bois, et pas loin de l'endroit où le membre du Congrès avait été tué. Trettorri était toujours dans le coma. Mac s'était renseigné avant d'avoir des relations sexuelles époustouflantes avec une personne qui pourrait savoir quelque chose sur le tireur.

Il sortit du pick-up et ferma la portière calmement malgré sa colère. La large pelouse de devant était parsemée de feuilles mortes qui bruissaient lorsque le vent soufflait en rafale.

Une lumière était allumée à l'étage.

Mac devait convaincre Heather qu'il était passé à autre chose. Qu'il avait quelqu'un d'important dans sa vie à présent. Il revit Tess et déglutit.

Le regret le rongeait de l'intérieur. Il devait lui parler. Lui expliquer… Mais quoi ? Que, même s'il ne pouvait pas avoir une vraie relation avec elle pour le moment, c'était une bonne idée qu'il reste proche d'elle pour la protéger d'Eddie ? Et comme ils étaient ensemble de toute façon, peut-être qu'ils pourraient juste baiser comme des lapins jusqu'à ce que tout soit fini parce que sa bite ne pouvait pas se passer d'elle et que sa tête avait un problème similaire ?

Tant que son cœur n'entrait pas dans l'équation.

Mais c'était trop tard. Il le savait. Il n'avait pas eu avec Tess le genre de relations sexuelles dépourvues d'émotions qu'il affectionnait habituellement. Mais il ne pouvait rien lui promettre, sauf qu'elle regretterait certainement de s'être impliquée avec lui et qu'elle risquerait d'en souffrir. C'était une autre couche d'emmerdes ajoutée à toutes les autres qu'elle avait dû endurer au fil des ans.

Il ne pouvait pas lui faire ça. Il devait s'éloigner avant que l'un d'eux ne s'éprenne trop de l'autre. Peut-être était-il déjà trop tard pour lui, mais c'était son problème et il l'emporterait dans la tombe.

Quant à commencer quelque chose à la fin de l'affaire… quel intérêt ? Il était un agent du FBI qui vivait pour sa carrière. Il n'en sortirait jamais, sauf dans une housse mortuaire. Et Tess Fallon, seule fille survivante de Francis et David Hines, n'était pas compatible avec ce choix de vie. Même si c'était injuste.

Car ça l'était.

C'était sacrément injuste, mais il n'était pas sûr de ce qu'il pouvait faire pour changer les choses.

La folie des textos de son ex, Heather, leur avait rendu service à tous les deux, réalisa-t-il en se dirigeant vers la porte d'entrée, bien qu'il n'ait pas vu les choses sous cet angle sur le moment.

Le vent glacial lui griffait la peau, lui rappelant que l'hiver était toujours bien présent dans cette partie des États-Unis. Une couronne décorative ornait la porte d'entrée rouge du manoir géorgien. Il roula des yeux en pensant à la situation dans laquelle il se trouvait. Puis il appela les secours et signala des problèmes à cette adresse. Heather ne serait plus jamais tentée de lui envoyer des textos après ça.

Il monta les trois marches de l'entrée et appuya sur la sonnette. Personne ne répondit. Une nouvelle rafale de vent souffla et la porte d'entrée s'entrouvrit légèrement. Merde, elle n'était même pas verrouillée correctement.

Un frisson de malaise lui parcourut l'échine et il sortit son Glock.

Heather avait traversé une phase lorsqu'ils étaient mariés, lui envoyant des SMS comme s'il y avait un problème majeur à la maison, pour qu'il revienne rapidement et la trouve en train de l'attendre au lit, vêtue uniquement de lingerie sexy.

C'était mignon les premières fois, mais ensuite ça avait commencé à interférer avec son travail. Il avait commencé à ignorer ces SMS et peu après, Lyle avait eu le droit à un peu plus d'action au travail. Heather n'aimait pas être ignorée.

Mac se força à ressentir de la compassion pour la situation de son ex. Il savait à quel point c'était terrible d'être cocu. Heather avait peut-être aimé sincèrement ce type et avait peut-être le cœur brisé, mais elle devait réaliser que ce n'était pas à Mac d'arranger ça.

Il reçut un autre message.

« Je suis à l'étage. Monte. »

Il remit son arme dans son étui, mais laissa le clip ouvert. Même s'il avait été coincé sur une île déserte ces deux dernières années avec pour seule compagnie sa main droite, il n'y avait aucune chance qu'une heure avec son ex vaille l'année de misère qui allait suivre.

Il avait risqué plus que ça pour être avec Tess…

Ce qui était plus qu'imprudent.

Depuis quand les relations personnelles étaient-elles plus importantes que sa carrière ? Depuis *jamais*.

Il poussa vivement la porte. Les flics seraient bientôt là.

Bon sang, il était au milieu d'une enquête sur plusieurs meurtres et il s'occupait de problèmes de *femmes* ? Qu'est-ce qui clochait chez lui ? Il était sur le point d'envoyer un message à Heather quand il réalisa à quel point la situation était ridicule.

Il entra et lança dans l'escalier peint en blanc :

— Heather ! Tu as intérêt à être décente. Les flics sont en route !

Le son d'une télévision au deuxième étage noya ses paroles. *Bon sang.* Il alluma les lumières et grimpa les marches deux à deux. La maison était magnifique avec des parquets en bois dur et des tableaux aux murs. Une peinture à l'huile était de travers et il la redressa par habitude. La plupart des pièces étaient plongées dans la pénombre, mais une lumière brillait sous une porte.

Secouant la tête, il frappa à cette dernière.

— Heather. Si tu veux me parler, sors avec des vêtements. Les flics sont en route. Tu as dit que c'était une urgence.

Une nouvelle fois, pas de réponse. Ne pouvait-elle pas l'entendre avec le bruit de la télé ?

Une partie de lui voulait s'en aller et ne plus jamais entendre parler d'Heather Surrey. Mais il avait autrefois promis sa vie à cette femme et même s'il la méprisait pour lui avoir jeté cet engagement au visage, une part de lui compatissait à sa souffrance.

Et elle le sait très bien, se dit-il.

Cette situation ubuesque devait prendre fin. Il souffla un grand coup et tendit la main vers la poignée de la porte.

— Heather ?

Toujours pas de réponse.

Il fit un pas hésitant dans la pièce, qui semblait être un

petit salon à côté de la chambre principale. La télévision diffusait les informations. C'était étrange, étant donné que pour Heather, se tenir au courant de l'actualité consistait à regarder *Entertainment Tonight*.

Quelque chose clochait. Il se figea et sortit son Glock.

— Heather, demanda-t-il plus fort.

Toujours pas de réponse. Il regarda la porte fermée et força ses pieds à rester fermement plantés là où ils étaient. Il plissa les yeux, pensif, puis se rapprocha et tendit l'oreille pendant un moment. La télé était trop forte pour entendre quoi que ce soit.

Il saisit la poignée, sachant qu'il allait se sentir idiot si cette femme *essayait* de le séduire, mais il ne pouvait pas se débarrasser du sentiment de malaise qui l'avait envahi.

Il fit irruption dans la pièce, l'arme dégainée en franchissant l'entrée fatale et en continuant à se déplacer vers la gauche. Son cœur se serra alors que la bile montait.

Heather était allongée sur le lit. Nue. Ses bras étaient retenus au-dessus de sa tête par deux liens en soie, ses jambes écartées. Du ruban adhésif recouvrait sa bouche. Le seul autre ornement était une épaisse chaîne en or autour de sa gorge. Le sang de deux impacts de balles imprégnait les draps. Un au cœur. Un à la tête.

Il s'approcha d'elle, l'arme levée, à la recherche d'un pouls au niveau de sa gorge. Sa peau était encore chaude, mais elle ne respirait pas et elle avait largement dépassé le stade où on aurait pu la sauver. Il jeta un coup d'œil autour de lui. Le tueur était-il encore là ?

L'avait-elle attendu nue et avait-elle été surprise par un cambrioleur opportuniste ? Mac avait-il mis trop de temps à arriver ?

Était-ce un pouls ? Il appuya plus fort sur sa gorge, essayant de trouver la carotide.

— Bon sang.

Il sortit son portable et composa à nouveau le numéro des secours.

— J'ai trouvé une femme avec une blessure par balle à la poitrine et à la tête.

Il donna l'adresse au central.

— Les officiers seront là dans une minute, lui répondit son interlocutrice.

— Dites-leur qu'un agent du FBI est sur les lieux. Je vais fouiller la maison pour voir si le suspect est encore là.

Il vérifia la salle de bain et la chambre à coucher aussi efficacement que possible sans toucher aux preuves potentielles. Il avait inspecté trois autres chambres quand les premiers flics arrivèrent.

— Par ici, cria-t-il en brandissant son insigne. ASAC Steve McKenzie. FBI. La victime est par là, fit-il en désignant la chambre d'Heather. Je n'ai pas encore vérifié toute la maison.

— On s'en occupe.

Un type en léger surpoids avec des cheveux gris coupés court le regardait avec méfiance.

— Vous êtes blessé ? lui demanda-t-il.

— Non.

— Vous connaissiez la victime ? demanda l'autre flic, sortant de la pièce et secouant la tête, confirmant ce que Mac savait déjà.

Mac essuya sa manche sur son front. Puis fit un signe de tête.

— C'est mon ex-femme.

— Vous rendez souvent visite à votre ex-femme au milieu

de la nuit ? demanda le flic en plissant les yeux d'un air soupçonneux.

— Je suis arrivé il y a environ huit minutes, expliqua-t-il au premier policier. Je l'ai trouvée comme ça. Elle m'a demandé de passer, fit-il en fronçant les sourcils. Elle m'a envoyé des dizaines de textos.

Il tendit son téléphone portable pour le montrer au type.

Où était passé son téléphone à elle ? Il fit mine de retourner dans la chambre pour le chercher, mais le type aux cheveux courts l'en empêcha.

— Désolé, monsieur. Vous ne pouvez pas y retourner. Ce n'est pas votre enquête.

Et merde.

Son estomac le lançait et la bile avait un goût amer dans sa bouche.

— Elle a laissé la porte d'entrée entrouverte, et m'a envoyé un SMS pour que je monte, expliqua-t-il en se massant le front. Du moins, c'est ce que j'ai supposé. C'était probablement l'œuvre du tueur.

Et merde. S'était-il fait avoir ?

Quelqu'un s'était clairement joué de lui. Lyle l'avait-il piégé pour se débarrasser d'une femme dont il ne voulait plus ?

— Vous devez appeler son mari, leur dit Mac.

— Un autre ? demanda le flic, surpris.

Mac acquiesça.

— Ils avaient des problèmes, ils se sont séparés à Noël.

— Ces problèmes ont un rapport avec vous ? demanda l'agent.

Mac le regarda fixement, soucieux de la tournure que prenaient les choses.

— Non. Je viens d'être réaffecté au QG de Washington il y

a une semaine. Heather m'a suppliée de la rejoindre pour déjeuner mardi. Avant ça, je ne l'avais pas vue depuis deux ans.

— Séparation à l'amiable ?

Mac fit la grimace.

— Comme un combat à mains nues.

Il vit les flics échanger un regard, le genre qu'il échangeait avec ses collègues quand il pensait que le témoin pouvait être le coupable.

— Ai-je besoin de mon avocat, officier ?

Le gars sourit.

— Seulement si vous avez quelque chose à cacher.

C'était le genre de choses que Mac dirait aussi à un suspect pour qu'il renonce à ses droits. Il cligna des yeux plusieurs fois, réalisant que les apparences jouaient contre lui. *Et merde.* Il n'avait pas le temps pour ça.

Mac descendit dans le salon et s'assit sur le canapé. Le type aux cheveux courts le suivit. Mac était peut-être un agent fédéral qui avait appelé les secours, mais il était désormais le principal suspect d'un homicide. Il secoua la tête et se couvrit le visage avec ses mains. Il poussa un juron.

— Je dois retourner au quartier général. Je dirige l'équipe qui enquête sur ces meurtres à Washington. Le policier hocha la tête, n'en croyant visiblement pas un mot.

— Bien sûr. Les victimes n'ont pas été tuées par deux balles, une au cœur, une à la tête ? Comme la victime d'en haut ?

Mac acquiesça. Il ne comptait pas s'étendre sur les différences entre les affaires, mais ils ne pouvaient pas réellement penser qu'il était responsable.

— Vous savez aussi bien que moi que nous devons vous

interroger avant de faire quoi que ce soit d'autre.

— Alors, dépêchez-vous, putain, s'énerva-t-il.

Puis il ferma les yeux et réalisa qu'il se comportait comme un connard. Heather avait été assassinée, et il devait faire tout ce qu'il pouvait pour traduire son meurtrier devant la justice. Et si cela impliquait de s'asseoir avec un inspecteur de la criminelle pendant une heure ou deux pour essayer de résoudre ce problème, alors qu'il en soit ainsi.

— Très bien. Mais je dois appeler le quartier général et leur dire où je suis.

— Ça peut s'arranger, fit le policier avec le genre de sourire qui faisait plier les criminels. Dites-leur que vous en avez pour un moment.

———

TESS ROULA JUSQU'A la maison de Cole à American University Park et se gara sur le côté de la route. La moitié inférieure était en briques rouges et les fenêtres avaient des volets peints en noir. Une extension sur le côté abritait le bureau de Cole, mais il était sombre. Une lumière brillait dans le salon. La voiture de Cole n'était pas là, mais elle pouvait être dans le garage.

Elle passa sur le côté pour frapper à la porte de la cuisine. Personne ne répondit. Elle frappa donc plus fort. Elle ne voulait pas utiliser sa clé. Elle entendit un bruit de pas et se prépara mentalement.

Dave ouvrit la porte. Le rouquin trapu fronça les sourcils, perplexe, et se frotta les yeux.

— Tess ? Tout va bien ?

— Je dois parler à Cole. Il est là ?

Elle avait mis un jean et un pull rouge. Elle se recroquevilla dans son manteau pour essayer de se protéger du vent glacial.

Dave recula et elle lui passa devant.

— Je ne sais pas. Je me suis endormi sur le canapé en regardant un film. La dernière fois que je l'ai vu, il était en route pour aller chez toi.

Il bâilla largement et se couvrit la bouche d'embarras.

— Tu veux que j'aille voir s'il est dans sa chambre ?

— Je m'en occupe. Merci. Je dois d'abord vérifier quelque chose. Des affaires fiscales.

Elle parlait à voix basse pour ne pas déranger les autres personnes de la maison. Elle n'était pas prête à reculer maintenant qu'elle avait enfin trouvé le courage d'affronter son petit frère. Elle enleva ses bottes et les laissa près de la porte. La clé USB était dans la poche de son jean et elle voulait observer son visage lorsqu'il la verrait.

D'abord, elle voulait voir si le dossier noir était réapparu comme par magie.

Elle se rendit dans son bureau et commença à parcourir chaque dossier. Après quelques minutes, elle dut se rendre à l'évidence. Rien.

Frustrée, mais déterminée, elle se dirigea à l'étage vers la chambre de Cole. Il y avait quatre chambres à cet étage : celle de Cole, Zane, Dave et une autre que Joe utilisait souvent. Tess ne savait pas pourquoi il n'avait pas emménagé, mais il prétendait trop aimer la vie en résidence universitaire. Il appréciait probablement l'accès facile à la gent féminine, pensa-t-elle ironiquement.

Elle frappa doucement à la porte de Cole et l'ouvrit. La pièce était vide. Bon sang. Elle serra ses lèvres et pénétra dans la pièce. L'odeur familière des baskets l'assaillit, mais la pièce était bien rangée. Pas de linge sale sur le sol. Le lit était fait.

Tess se demanda s'il avait tout nettoyé pour cette femme qu'il voyait. Juste au cas où elle passerait à l'improviste.

Était-ce là qu'il était en ce moment ? Elle sentit la tristesse la gagner. Ses mensonges l'avaient fait fuir et elle en était désolée. Mais elle ne comptait pas compromettre ses principes à nouveau. Pas pour Cole. Ni pour n'importe qui.

Elle ferma la porte derrière elle et regarda sa table de chevet. C'était une violation flagrante de sa vie privée, mais elle entreprit de fouiller dans ses tiroirs, ignorant les objets personnels qui n'étaient pas son objectif.

Puis elle fouilla dans ses tiroirs à vêtements, passant sa main sous les pulls et les t-shirts, sur les étagères, sous les jeans. Rien. Elle chercha sous son oreiller et y trouva le bas de pyjama qu'elle lui avait acheté pour Noël. L'une des photos accrochées au mur au-dessus du lit était une photo de Cole et d'elle lorsqu'elle avait emménagé dans sa nouvelle maison à l'automne dernier. Une autre le montrait en train d'embrasser la joue d'une femme, mais Tess ne pouvait distinguer ses traits. Elle resta plantée au milieu de la pièce, les mains sur les hanches. La culpabilité la rongeait. Elle n'aurait pas dû faire ça. Il serait furieux.

Elle s'en fichait.

Elle alluma la lampe de poche de son téléphone et s'agenouilla à côté du lit. Le tapis était poussiéreux, mais à part deux paires de baskets et un stylo égaré, il n'y avait rien en dessous. Elle fronça les sourcils lorsque quelque chose de noir attira son regard à travers les lattes. Elle souleva le matelas. Le dossier était là. Son cœur cognait contre ses côtes dans un martèlement frénétique.

Elle sortit ses gants de sa poche et les enfila. Elle prit le dossier et l'ouvrit. Il y avait la photo du juge Thomas. Elle glissa le dossier à l'intérieur de son manteau, et le serra contre elle pendant qu'elle remontait la fermeture éclair. Elle n'avait pas rêvé. Elle remit la pièce comme elle l'avait trouvée pour que personne ne sache ce qu'elle avait fait.

À la porte, elle trouva un Dave à l'air inquiet.

— Je lui ai laissé un mot, dit-elle pour expliquer le temps qu'elle avait passé dans sa chambre, en fermant fermement la porte derrière elle.

Soudain, son froncement de sourcils confus lui parut un peu sinistre. Les colocataires de Cole auraient aussi pu cacher ce dossier sous son matelas.

Mais quel motif auraient-ils eu ?

Elle lui adressa un sourire éclatant.

— Désolée de t'avoir réveillé, chuchota-t-elle. Au revoir.

Il haussa les épaules comme si venir au milieu de la nuit était parfaitement normal.

— Pas de problème. On se voit à la fête ?

— Bien sûr, mentit-elle.

Une fête d'anniversaire était le dernier de ses soucis. Elle sentit son regard dans son dos tandis qu'elle descendait les escaliers en trottinant, tenant le dossier sous son manteau avec son avant-bras. Elle se força à traverser la maison en marchant et non en courant, et à enfiler ses bottes plutôt que de se précipiter pieds nus dans la rue.

Elle sortit furtivement, les oreilles martelées par le bruit de la peur.

Tess monta dans sa Mini Cooper et s'enferma à l'intérieur, le cœur battant frénétiquement. Elle ouvrit son manteau et posa le dossier sur le siège passager avant de démarrer. Un demi-kilomètre plus loin, elle s'arrêta. Elle appela Cole, mais une fois de plus, il ne décrocha pas. Que faisait-il ? Passait-il la nuit avec son amante ou complotait-il pour venger la mort d'une famille dont il ne se souvenait pas ?

Elle jeta un coup d'œil au dossier et souleva la première page. Ses gants glissèrent sur le papier. Finalement, elle tourna la première page et son cœur devint un bloc de glace. Une photo de Sonja Shiraz, la DJ transgenre, figurait sur la deuxième page.

La glace explosa en mille morceaux et Tess se sentit brisée. Elle devait apporter ce dossier à Mac.

CHAPITRE VINGT-SIX

LES BRAS CROISES au-dessus de sa tête, Cole souriait en regardant le plafond. Malgré tout, la vie n'était pas si mal. Carolyn étouffa un juron, puis rit en cherchant les chaussures noires qu'elle portait au travail.

— Je ne vois rien dans ce désordre.

Il y avait des cartons empilés partout.

— Tu veux que j'allume ? demanda-t-il.

— Non. Rendors-toi. Il est tôt, mais j'ai du travail et je dois y aller. Reste dormir.

Elle s'assit sur le bord du lit et se pencha pour l'embrasser sur les lèvres.

Elle l'avait appelé à l'improviste et, pour la première fois, l'avait supplié de venir passer la nuit chez elle. Elle lui avait dit qu'il lui manquait.

Tout le reste était insignifiant.

Elle glissa sa main sur son torse comme si elle ne pouvait s'empêcher de le toucher. Il l'attira vers lui pour l'embrasser.

— Je me disais… dit-elle entre deux baisers savoureux. Au lieu que je déménage dans ce nouvel appartement toute seule…

Le cœur de Cole s'arrêta de battre à l'idée de ce qu'elle allait dire.

— On pourrait peut-être passer à l'étape suivante de notre

relation.

Il recula, le cœur battant.

— Tu veux que j'emménage avec toi ?

L'expression de Carolyn, à peine visible à la lueur du réveil, devint incertaine.

— Seulement si tu le veux. Je me disais qu'on pourrait essayer. Voir comment on s'entend.

— On s'entend très bien.

Le timing était affreux. Tout allait mal, mais finalement, il y avait quelque chose qu'il voulait vraiment qui semblait fonctionner. Il pourrait faire en sorte que ça joue en sa faveur. Il l'attira contre lui pour qu'elle s'allonge, puis la fit rouler en dessous, sortant sa chemise de la jupe qu'elle venait d'enfiler pour pouvoir accéder à ses seins.

— J'adorerais emménager avec toi. Bon sang, si ça ne tenait qu'à moi, je t'emmènerais chez le meilleur bijoutier de la ville et…

Elle posa deux doigts sur ses lèvres.

— Une étape à la fois, mon amour.

Il cessa de parler, mais ses mains continuèrent à relever sa jupe serrée vers le haut de ses cuisses appétissantes.

Il prit un préservatif et se couvrit. Elle portait toujours ses talons noirs et ils s'enfoncèrent dans le cul de Cole lorsqu'il la pénétra d'un seul coup. Ils commencèrent à bouger en rythme, aussi frénétiques l'un que l'autre.

Il voulait faire partie de sa vie le plus longtemps possible. Il savait que la différence d'âge ne serait pas facile à vivre, et alors ? Si les gens avaient un problème avec ça, qu'ils aillent se faire voir. Ses secrets étaient une autre affaire.

Il devrait lui dire la vérité avant qu'elle ne s'engage, bien entendu, mais il le lui dirait plus tard quand elle serait aussi sûre de ses sentiments que lui ne l'était déjà.

Il souleva les hanches de Carolyn pour pouvoir la pénétrer plus profondément et sentit qu'elle arrivait au point de non-retour quand elle releva son menton et gémit :

— Je t'aime…

Il n'entendit pas la dernière chose qu'elle dit, car le sang se précipitait dans ses oreilles. Les picotements dans sa colonne vertébrale vinrent s'écraser sur son corps dans un tsunami de plaisir. Elle cria en même temps et se serra autour de lui, comme s'il était sa bouée de sauvetage.

— Je veux qu'on soit ensemble maintenant, sanglota-t-elle.

— On est ensemble.

Il pressa son front contre le sien, leurs souffles se mêlant, le sien chaud et humide sur ses lèvres. Il ne voulait pas bouger, même s'ils le devaient.

— À quelle heure tu veux que je t'aide à déménager aujourd'hui ?

Elle eut un sourire si large qu'il pouvait le voir dans l'obscurité. Il n'avait pas oublié sa promesse, même si elle n'en avait pas reparlé. Il voulait lui prouver qu'il était sérieux. Ce n'était pas un gamin. Il l'écoutait.

— Trent a dit qu'il déposerait le fourgon ce matin et chargerait peut-être quelques cartons avant de partir.

— Trent a une clé ?

Inconsciemment, la voix de Cole devint plus grave.

— Non, le concierge le laissera entrer. Tu n'as pas besoin d'être jaloux. C'est toi que je t'aime, pas lui, fit-elle en lui touchant le visage.

Un côté de la bouche de Cole se retroussa. *Merveilleux.* Il recommença à bander. Il l'aimait tellement qu'il n'en avait jamais assez physiquement.

Elle le repoussa.

— Non. Ça suffit. Je n'ai pas le temps. Et si on se retrouvait ici plus tard pour que mon patron ne fasse pas de crise et que tu puisses suivre le cours d'éthique dont tu m'as parlé ?

Il rit.

— C'est vrai que tu aimes suivre les règles.

Elle lui mordit la lèvre.

Il poussa un juron, touchant sa lèvre endolorie.

— Mais ne t'inquiète pas. Je ne te prendrai pas pour acquise.

Elle le repoussa et se releva.

— J'espère bien.

Il lui prit la main.

— Je t'aime, dit-il doucement.

— Je t'aime aussi, répondit-elle. À la folie.

ON TAMBOURINA A la porte de Tess avec tant de violence qu'on aurait dit que quelqu'un était sur le point de l'enfoncer. Elle fut tirée d'un profond sommeil et récupéra le Ruger à l'endroit où elle l'avait posé sur le tapis à côté du canapé.

En écartant les rideaux, elle regarda par la fenêtre latérale. L'aube poignait à l'horizon. Les ombres se fondaient dans des tons gris et ternes. L'un des agents de l'équipe de Mac, le chauve qu'elle avait rencontré plus tôt dans la soirée, se tenait sur le perron. Elle passa sa main dans ses cheveux et renonça à essayer de les dompter. Elle avait des choses plus importantes à penser que son apparence. Elle glissa le Ruger sous un coussin du canapé, puis se dirigea vers la porte d'entrée et l'ouvrit. Le fédéral lui passa devant et elle recula, alarmée.

— Je peux vous aider, agent… ?

Il la passa au crible d'un regard bleu acier.

— Walsh. On s'est rencontrés plus tôt, vous vous souvenez ?

Elle serra les dents. Elle n'appréciait pas que les gens la prennent pour une idiote.

— Agent Walsh.

Elle hocha la tête et lui adressa un sourire crispé.

Consciente que le dossier qu'elle avait trouvé sous le matelas de Cole se trouvait dans un sac en plastique sur une commode dans le salon, Tess ferma la porte d'entrée pour se protéger du froid de l'hiver. Ne pas apporter ce dossier au poste de police le plus proche était sans doute un crime, mais Mac était le seul officier de la loi en qui elle avait confiance. Elle devait lui parler avant que Cole ne réalise que le dossier avait disparu. Mac devait l'interroger, et vite.

Cela la démangeait de rappeler Mac, mais elle devait se débarrasser de ce type. Elle se força à être polie.

— Que puis-je faire pour vous, agent Chen ?

— À quelle heure l'ASAC McKenzie est-il parti d'ici hier soir ?

Pourquoi cette question ? Mac aurait-il des ennuis si ses collègues découvraient qu'ils avaient fait l'amour ? Bien sûr que oui. Mais mentir pourrait être pire.

— Pourquoi vous ne lui demandez pas ? tenta-t-elle d'esquiver.

— Donnez-moi une réponse franche, madame, fit-il.

Sa tête se releva. *Quel connard.*

— Il est parti vers trois heures du matin.

— Vous êtes sûre ?

Il haussa les sourcils avec un sourire de reproche.

— Oui. J'en suis certaine.

Elle le vit jeter un coup d'œil dans sa cuisine, qu'elle n'avait toujours pas rangée après le cambriolage de la nuit précédente. Elle avait calé une chaise sous la poignée de la porte de derrière et avait l'intention d'appeler une société de sécurité dans la journée pour qu'ils installent un système d'alarme et de nouvelles serrures. Car la personne qui était entrée par effraction la veille au soir pourrait bien avoir une clé…

L'idée que ça puisse être Cole lui déchirait le cœur.

Les yeux de Walsh s'attardèrent sur les objets éparpillés sur le sol. Pouvait-il deviner qu'elle et Mac avaient fait l'amour là-bas ? Ou sur la table ? Ou contre la porte contre laquelle elle était à présent appuyée ? Ses péchés étaient-ils comme des bleus, faciles à repérer ?

— Que faites-vous là, agent Walsh ? demanda-t-elle.

Quelque chose était-il arrivé à Mac ? Était-ce pour ça qu'il ne répondait pas au téléphone ? Ou bien voulait-il qu'elle cesse de l'appeler, mais n'avait-il pas le courage de le lui dire lui-même ? Tess resta immobile, se préparant à recevoir une autre dose de réalité en pleine figure.

— C'est Mac qui vous envoie ?

Walsh tressaillit quand elle utilisa le surnom de son patron. Bon sang, elle connaissait Mac depuis plus longtemps que ce type n'était au FBI, mais elle était censée prétendre qu'ils venaient de se rencontrer ?

— Pourquoi s'est-il attardé si longtemps après notre départ ? Je croyais que tout était réglé ?

Les yeux bleus de Walsh la fixaient.

Un frisson de malaise lui parcourut l'échine, et elle se détourna. Elle n'avait pas honte de ce qu'ils avaient fait, mais

Mac n'aurait jamais voulu que le monde entier soit au courant, et pour être honnête, elle non plus. Ce qu'ils avaient fait ensemble était privé.

Était-il illégal de mentir ? Ou était-ce immoral de poser la question ?

— On parlait d'Eddie, on essayait de savoir à qui il aurait pu demander de l'aide. Que faites-vous ici ?

Walsh la regarda d'un œil critique.

— Pouvez-vous me reconfirmer l'heure à laquelle il est parti ?

Elle ne comprenait pas.

— Je pensais que je venais de le faire ?

— Est-ce que quelque chose a précipité son départ ? insista-t-il.

Bon sang, ce type était vraiment abject.

— Il a reçu une série de textos. Il a dit que c'était son ex-femme et qu'il devait aller régler quelque chose.

Elle croisa les bras alors que ce sentiment familier de gêne remontait le long de son cou jusqu'à ses joues. Elle doutait que Mac apprécie qu'elle parle de ça également.

— Était-il en colère ? demanda Walsh.

Elle cligna des yeux, surprise.

— Non. Je veux dire, il était irrité. Il a expliqué qu'elle n'arrêtait pas de lui envoyer des textos et qu'il voulait qu'elle arrête. Il n'était pas en colère.

Il venait d'avoir des rapports trop époustouflants pour être vraiment en colère.

— Il semblait frustré et impatient de régler cette histoire de textos incessants.

Trop impatient.

Walsh observait son visage avec une telle avidité qu'on

aurait dit qu'il scrutait ses micro-expressions à la recherche du moindre indice de mensonge.

— Où étiez-vous ?

Elle fronça les sourcils, confuse.

— Comment ça, où j'étais ? J'étais ici. Évidemment.

Elle ouvrit les paumes pour indiquer sa maison.

— Êtes-vous sortie ?

Le malaise décrivit un petit saut périlleux dans son estomac.

— Je suis allée chez mon frère après le départ de Mac, mais Cole n'était pas là.

— Donc pas de témoins ?

Son ton sous-entendait : *comme c'est pratique.*

— Je n'ai pas dit ça. Un de ses colocataires m'a laissé entrer. Dave… Mon Dieu. J'ai oublié son nom de famille.

— L'adresse ?

Il sortit son téléphone et la regarda avec impatience.

Sa bouche devint aussi sèche que le désert de Gobi. Ses ongles s'enfonçaient dans ses bras à travers la laine de son pull. Quelqu'un d'autre avait-il été assassiné ? Le nom de la victime se trouvait-il dans ce dossier ? Aurait-elle pu la sauver si elle s'était rendue directement à la police ? Une pensée terrible lui vint.

— S'il vous plaît, dites-moi que Mac ne s'est pas fait tirer dessus ?

— Il ne n'est pas fait tirer dessus.

Le soulagement qu'elle ressentit n'était pas aussi grand qu'il aurait dû l'être. L'expression de Walsh était trop féroce et sombre. Elle passait à côté de quelque chose.

— De quoi s'agit-il, agent Walsh ?

— L'ex-femme de Mac a été retrouvée assassinée aux

premières heures de ce matin, dit-il sans ciller. Les policiers pensent qu'il l'a fait.

— Quoi ? C'est impossible qu'il l'ait tuée, fit-elle en serrant les poings. Ce n'est pas ce genre de personne.

— Je n'ai jamais dit que je pensais qu'il l'avait fait. Ce n'est pas mon travail.

Les yeux de Walsh étaient comme des lasers qui la transperçaient et elle voulut faire un pas en arrière.

— Je vais être honnête avec vous, *Tess*, car Mac semble avoir un faible pour vous.

Un *faible* ?

— Je me fiche de ce qui peut vous arriver – *formidable* –, mais Steve McKenzie est un homme bien et un agent sacrément respecté. Il a consacré sa vie à l'application de la loi et maintenant sa carrière va être détruite parce qu'il a eu une histoire avec vous.

Une bouffée d'humiliation engloutit Tess. C'était pour ça qu'elle avait changé de nom et caché son passé. Sa vérité avait le pouvoir de détruire – non seulement sa propre vie, mais aussi les personnes qui se souciaient d'elle. Ce qui n'était pas juste. Rien de tout ça n'était juste.

La colère prit le dessus.

— Parce qu'il a eu une histoire avec *moi* ? S'il ne l'a pas fait, il ne l'a pas fait et son – elle trébucha sur les mots – *histoire* avec moi ne devrait pas entrer en ligne de compte. Je croyais que *vous* deviez protéger les innocents, agent Walsh ?

Elle fit un pas vers lui et il pinça les lèvres. Elle se souvint avoir poussé Mac contre un mur plus tôt ce matin-là et comment ça s'était terminé. Elle se figea. Le dossier posé sur la commode la narguait. Peut-être qu'elle n'était pas aussi innocente qu'elle voulait le croire.

— Pourquoi les flics envisagent-ils qu'un homme comme l'ASAC McKenzie puisse avoir commis un meurtre ?

Le visage de Walsh devint livide.

— Je ne peux pas vous révéler les détails d'une affaire.

Elle ouvrit et ferma la bouche, confuse.

— Les détails ? Comment peut-il y avoir des détails si Mac n'a rien fait ?

Il ne répondit pas, et elle resta dans son couloir, se sentant impuissante et seule. Elle devait parler à Mac. Elle ne savait pas à qui d'autre elle pouvait faire confiance, certainement pas à Walsh. Mais elle ne pouvait pas non plus donner ce dossier à Mac. Il n'était probablement plus sur l'affaire et elle représentait son alibi pour un autre meurtre.

— Comment puis-je vous aider ? demanda-t-elle finalement.

Elle s'attendait à ce qu'il lui dise de rester loin de son patron, mais il n'en fit rien.

— Habillez-vous et je vous accompagne au poste pour faire une déposition.

Elle poussa un profond soupir. Elle pouvait le faire.

— Apportez votre téléphone portable.

Elle acquiesça.

— Quelqu'un vous a-t-il vus, Mac et vous, entre le moment où je suis parti et celui où vous dites que Mac est parti ?

Elle secoua la tête.

— Dommage.

Il pinça les lèvres.

Elle n'était pas de son avis.

— Une corroboration aurait été utile.

Elle grimaça.

— Ma parole n'est pas suffisante pour compter comme un

alibi en béton ?

Il laissa échapper un rire sec.

— Vous avez déjà entendu parler du mot *complice*, Mlle Fallon ?

Les yeux de Tess sortirent de leurs orbites. *Comment ça ?*

— Vous pensez que *je* pourrais être impliquée dans le meurtre d'une femme que je n'ai jamais rencontrée ? demanda-t-elle d'une voix haut perchée.

Quel cauchemar.

Il leva le menton.

— Ce n'est pas mon affaire donc je ne pense rien. Mais vous devriez réfléchir très soigneusement à ce que vous leur dites, et je vous suggère de vous en tenir à la vérité.

Comme si elle avait l'habitude de mentir ?

La colère empourpra ses joues et elle jeta un coup d'œil au dossier sur la console. La culpabilité et la honte se disputaient en elle. Mais la logique l'emporta.

— Vous ne vous êtes pas demandé pourquoi l'ex-femme de Mac avait été tuée maintenant ? Est-ce qu'il a été relevé de ses fonctions ? Retiré de l'équipe ? Vous pensez vraiment que c'est une coïncidence ? Et si vous faisiez vraiment votre travail, agent Walsh ?

Il la fixa sans ciller et elle sut qu'elle était censée être intimidée. Mais on ne pouvait pas l'effrayer facilement. Elle n'avait jamais été impressionnable.

Tout ce qu'elle voulait vraiment, c'était qu'on la laisse tranquille, mais l'univers semblait en avoir décidé autrement. Elle devrait s'en accommoder.

Elle dépassa Walsh, et attrapa son ordinateur portable et son sac à main sur la table. Elle plaça également la clé USB et le dossier à l'intérieur. Il la regardait avec curiosité, mais elle ne lui faisait pas assez confiance pour se confier. Elle ne lui faisait pas confiance du tout.

Impossible que Mac ait tué son ex. Bon sang, elle avait su que c'était un mec bien dès qu'elle l'avait rencontré et elle avait dix ans. Cela n'avait pas changé malgré tout ce qu'ils avaient traversé ensemble. Elle l'aiderait à sortir de prison, et donnerait ensuite cette information au FBI… mais à qui ?

Elle n'en savait rien. Son cœur se serra. Et si Cole *était* impliqué ? Mac pourrait-il sauver le garçon qu'elle aimait ou était-il déjà trop tard ?

―――――――

CE QUI LUI parut être une éternité plus tard, Mac était toujours interrogé par les flics locaux. Il avait rendu son arme de service, son arme de secours, son téléphone portable, sans parler de sa putain de fierté parce qu'il voulait en finir. Il voulait que les flics vérifient ce qu'il leur disait pour qu'ils puissent avancer et attraper le vrai tueur et qu'il puisse retourner au travail. Apparemment, ils pensaient avoir trouvé son mobile.

La jeune inspectrice qui le poussait à bout depuis une heure déplaça sa chaise sur le côté de la table, au lieu de s'asseoir en face de lui – envahissant son espace personnel dans une attitude destinée à le mettre mal à l'aise.

― Donc, vous pensez que le suspect était encore dans la maison quand vous êtes arrivé ? demanda-t-elle.

Avec son attitude, il s'attendait presque à ce qu'elle sorte un chewing-gum. Elle lui rappelait Dunbar, mais Dunbar avait un cœur et un cerveau, et non une fixette sur un fédéral.

― Pas nécessairement dans la maison. Je vous l'ai dit, j'ai

reçu un texto me disant de rentrer alors que j'étais sur le pas de la porte. Ce fils de pute m'observait de quelque part.

— Mais vous n'avez vu personne ?

— Non.

— Vous n'avez rien touché ? demanda le policier.

Il semblait proche de la retraite. Assez vieux pour être le père de l'inspectrice. Bon sang, en théorie, même Mac aurait été assez vieux pour être son père.

— J'ai redressé un tableau dans le couloir devant le salon de l'étage. Il était de travers. Le tueur était probablement rentré dedans. J'ai touché la sonnette, peut-être la poignée de la porte de sa chambre. Et j'ai vérifié le pouls d'Heather. Il voulait effacer tout ça de son cerveau. Personne ne méritait de mourir ainsi.

— Vous n'avez touché à aucune preuve ?

— Je ne suis pas stupide.

Il n'était pas un bleu.

— Vous ne semblez pas si affecté que ça par sa mort, fit remarquer l'inspectrice en penchant la tête sur le côté.

Bon sang, il espérait pouvoir la cuisiner pour des charges fédérales un jour. Il avait hâte.

— Enfin, vous n'êtes pas exactement en train de pleurer à chaudes larmes. Les policiers qui vous ont emmené ont dit que vous n'aviez pas l'air très touché non plus.

Mac se raidit à l'expression « emmener ». Il n'avait pas été *emmené*, il avait appelé les flics et s'était présenté volontairement pour être interrogé. Mais il ne dit rien. Il était un professionnel qualifié. Les gens réagissaient de différentes manières à ce genre d'événements et parfois, leur comportement les faisait paraître coupables. Si ces deux-là étaient bons dans leur travail, ils le sauraient.

— Et vous dites que vous êtes allé là-bas juste pour lui parler ? dit l'inspecteur plus âgé avec une expression fatiguée.

— Je vous l'ai déjà dit.

Il commençait à réaliser à quel point les interrogatoires répétitifs pouvaient être ennuyeux, même s'il en comprenait la raison – étant un putain d'agent fédéral expérimenté, il connaissait toutes les tactiques pour pousser à bout les suspects.

— Ces derniers jours, elle n'arrêtait pas de m'appeler. Quand j'ai commencé à recevoir des textos ce soir, j'en ai eu assez. J'ai décidé d'aller là-bas pour la persuader que nous ne nous remettrions jamais ensemble et que je ne voulais plus entendre parler d'elle.

— La persuader ? demanda le vieil agent.

— Oui, *lui dire* que je n'étais pas intéressé.

— Ce n'est pas quelque chose qui a dû plaire à votre ex.

Les yeux marron de l'inspectrice brillèrent comme s'il venait de révéler quelque chose de capital.

Mac se pencha en avant et leur parla lentement au cas où ils seraient tous les deux un peu limités.

— Elle ne l'a jamais découvert, les gars. Elle était déjà morte quand je suis arrivé.

— Où étiez-vous déjà ? Avant de vous rendre chez Mme Surrey ?

Il la regarda. Son insigne d'inspectrice devait être flambant neuf vu son âge et son enthousiasme. C'était ça ou elle détestait les Fédéraux.

— J'étais à Bethesda, pour un cambriolage probablement lié à l'enquête actuelle de mon équipe.

Elle consulta ses notes.

— J'ai parlé à l'agent Walsh. Il a dit qu'ils ont tous quitté la maison vers une heure. Pourquoi étiez-vous encore là à trois heures ?

Pas question qu'il admette avoir couché avec Tess. Même pour sauver sa carrière. Il ne savait pas ce que le Bureau désapprouverait le plus, un meurtre ou des relations inappropriées avec une personne impliquée dans une affaire.

— J'avais d'autres questions pour elle.

— J'imagine, fit la jeune inspectrice avec un sourire en coin magistral. Nous allons vérifier ça avec Mlle Fallon.

Mac s'efforça de ne pas se crisper quand ils mentionnèrent le nom de Tess. Bien sûr qu'ils étaient au courant. C'était une enquête pour meurtre.

L'inspecteur prit la parole :

— Pourquoi votre ex s'est-elle mise à vous appeler cette semaine si vous ne l'avez pas vue depuis deux ans ?

Mac se frotta les yeux. Il aurait aimé avoir géré la situation différemment. Peut-être qu'Heather serait encore en vie. Mais pourquoi était-elle morte ? Qui l'avait tuée ? Et pourquoi les flics l'interrogeaient-ils encore ?

— La fierté d'Heather a pris un coup quand son nouveau mari l'a trompée, et je viens d'être transféré au QG du FBI. Elle a probablement pensé qu'elle pourrait me manipuler pour se rassurer.

— Vous manipuler, comment ? demanda l'inspecteur, en ajustant la ceinture sous son ventre.

Mac lui jeta un regard.

— À votre avis ?

— Vous pensiez qu'elle allait utiliser le sexe pour vous piéger ? demanda l'inspectrice avec un rictus cynique.

— En fait, fit-il en se penchant sur la table, soutenant son regard, je pense qu'elle espérait se servir du sexe pour se venger de son mari actuel. Peut-être le rendre jaloux ? Heather trouve la plupart de ses conseils en matière de relations dans *Cosmo*. Vous interrogez avec autant de ferveur son mari actuel ?

Elle ignora sa remarque.

— Avez-vous fait l'amour ce soir ?

— Je n'ai plus fait l'amour avec Heather depuis huit mois avant notre divorce.

Bon sang. L'art de botter en touche. Il aurait aimé ne pas avoir mis les pieds dans cette putain de chambre. Sa vie sexuelle ne les regardait pas et si elle le poussait à bout, il allait prendre un avocat.

Il fixa une tache d'encre sur la table. Pourquoi cela arrivait-il maintenant ? Pourquoi deux coups de feu ?

— Quelqu'un a eu des relations sexuelles avec elle ce soir.

L'estomac de Mac se retourna. Heather avait-elle été violée ? Il chassa les larmes qu'il sentit monter. Il avait appris, plus jeune, à ne jamais montrer de faiblesse.

Tess avait appris la même chose.

— Votre ex vous trompait ?

Il faillit lever les yeux au ciel.

— Oui, avec l'homme qu'elle a ensuite épousé, Lyle Surrey. Donc si j'avais voulu tuer quelqu'un, ça aurait été lui.

Les yeux de l'inspectrice brillèrent plus fort.

— Alors, vous y avez pensé ?

Mac avait voulu faire une blague.

— Pourquoi ? Il est mort ?

Les flics de la criminelle avaient généralement un sens de l'humour noir, mais ces gars-là semblaient avoir le syndrome du côlon irritable. Il s'était dit que c'était la procédure habituelle, mais les choses ne collaient pas. Comme le fait qu'il était presque sept heures du matin et qu'ils ne l'avaient toujours pas laissé partir.

Et merde.

— Non. Je n'ai jamais envisagé de tuer Lyle. J'ai bien eu envie de lui donner un coup de poing une fois ou deux, juste pour lui apprendre les bonnes manières, mais une fois que j'ai découvert qu'Heather m'avait trompé, je n'étais plus vraiment intéressé. Il pouvait l'avoir pour lui.

— Pas du genre à pardonner ? demanda la femme d'un air narquois.

— Je n'aime pas les menteurs, inspectrice.

Il leva les yeux vers le miroir sans tain derrière lequel quelqu'un d'important devait le regarder. Il espérait que ce n'était pas son patron.

— Et si j'avais décidé de tuer Heather, je n'aurais pas été arrêté sur la scène de crime et vous n'auriez jamais retrouvé son corps.

Ils avaient pris ses vêtements pour analyser les résidus de poudre. Heureusement, ils l'avaient autorisé à prendre des affaires propres dans son sac de voyage pour qu'il n'ait pas à porter une tenue de prisonnier.

— C'est peut-être arrivé dans le feu de l'action. Vous remettez ça en souvenir du bon vieux temps et elle dit quelque chose qui vous énerve…

— Alors je la *tue* ? dit-il, incrédule.

— L'avez-vous fait ?

— Non. Je ne lui ai pas tiré dessus. Je n'ai pas fait l'amour avec elle. Je ne lui ai fait aucun mal et je n'ai jamais voulu que quelqu'un d'autre lui en fasse.

Était-ce assez clair pour eux ? Il passa une main dans ses cheveux courts. Il était certain qu'il avait plus d'un cheveu blanc à présent.

— Écoutez, je suis au milieu d'une grosse enquête à laquelle je dois retourner. Lorsque les textos d'Heather ont commencé à arriver au milieu de la nuit, j'ai décidé de lui parler face à face et de lui faire comprendre qu'elle devait cesser de me causer du souci.

— Croyez-moi, lui dit l'inspectrice, le fait qu'elle vous ait envoyé des textos sera le cadet de vos soucis.

— Sympa.

L'inspectrice s'adossa à sa chaise et étira ses bottes sur le côté.

— Vous avez tendance à vous emporter, Steve ?

Elle retourna la première page de ses notes sur le haut de son porte-bloc.

— Il est écrit ici que vous avez frappé un marshal américain à la mâchoire l'année dernière, pendant l'enquête sur l'attaque du centre commercial de Minneapolis.

Mac roula des yeux de façon exagérée et croisa les bras sur sa poitrine. Le type l'avait frappé le premier.

— Bon, je suppose qu'on en a fini ? Je vous ai dit tout ce qui s'est passé la nuit dernière, y compris le fait que si vous n'avez pas trouvé son téléphone sur place, le tueur l'a probablement encore et vous devez le retrouver.

Il se leva.

— Donc, à moins que vous ne m'inculpiez, je m'en vais.

— Je ne sais pas pourquoi vous êtes si pressé de partir, ASAC McKenzie.

La bouche de l'inspectrice imita la courbe de ses sourcils élégants.

— Ils vous ont déjà retiré l'affaire.

— Quoi ? fit-il en se rasseyant.

Et merde.

— Pourquoi feraient-ils ça ?

Elle admira sa manucure.

— La presse s'est emballée à propos de cette histoire de meurtre. J'ai parlé à votre patron il y a environ une heure. Il a dit que bien que vous ayez le soutien total du Bureau, bla-bla-bla, vous avez été assigné à un poste de bureau jusqu'à ce que l'enquête sur ce meurtre soit terminée.

— C'est une blague ?

Mac ferma les yeux pendant un moment. Mais il savait que ce n'était pas le cas.

— Vous n'avez rien contre moi. Les données GPS de mon téléphone portable confirmeront quand j'ai quitté Bethesda. Je n'avais pas le temps d'envoyer de faux SMS et de tuer Heather. Le médecin légiste vous a donné l'heure du décès ?

La bouche de l'inspectrice se resserra.

— Peut-être que vous aviez un complice.

Ses yeux s'élargirent. L'idée que Tess puisse être entraînée dans ce merdier lui faisait mal à la poitrine. Il avait pensé qu'elle ruinerait sa carrière, mais c'était lui qui allait détruire sa vie.

— Bon, fit-elle en tapant sur la table d'un coup sec du bout des doigts. Nous n'avons pas besoin des données de l'antenne-relais quand nous avons la preuve formelle que vous l'avez tuée. Vous devriez nous faire gagner du temps et tout avouer, Steve.

Il la regarda, abasourdi. *Sérieusement ?*

Elle se pencha en avant, l'imitant et se moquant de lui.

— Je suppose que vous pensiez avoir commis le crime parfait pour vous débarrasser de l'ex agaçante, hein ? En le mettant en scène comme l'un de ces meurtres de Washington pour brouiller les pistes, hein ? Ou peut-être pour être aussi en charge de cette enquête, hein ?

Si elle disait encore une fois « hein ? », il risquait de cogner le mur.

— Seulement, vous n'êtes pas aussi intelligent que vous le pensez, ASAC McKenzie, parce que vous avez oublié l'un des éléments les plus fondamentaux des preuves médico-légales.

Elle se leva.

— Vos empreintes digitales étaient sur les douilles trouvées sur les lieux. À côté du corps de votre ex-femme. Alors, redites-nous que vous n'avez touché à rien et que vous n'avez pas tué Heather Surrey.

CHAPITRE VINGT-SEPT

Mac passa son coup de fil et espéra que Frazer se souvienne de contacter un avocat en plus des autres choses qu'il lui avait demandé de faire.

La porte de la salle d'interrogatoire s'ouvrit. Walsh entra :

— Que se passe-t-il ?

Mac était assis à la table boulonnée au sol. Devant lui, il y avait un bloc-notes et un stylo qu'ils avaient laissé pour qu'il puisse faire sa déposition. Il avait tout écrit dans les moindres détails, à l'exception de ses rapports torrides avec Tess. Ce n'était pas seulement parce que ça n'aurait pas été bien vu par ses patrons. Ce n'étaient pas leurs putains d'affaires et il ne voulait pas attirer l'attention sur Tess. Elle ne le méritait pas.

Mac haussa les sourcils.

— Je te demanderais bien comment avance l'enquête, mais apparemment je suis suspecté de meurtre, alors je ne vais pas me donner cette peine.

Ils ne l'avaient pas encore arrêté ou inculpé. *Et merde*. Il avait été arrêté sur présomption. Il espérait que les preuves suffiraient à l'innocenter avant que les choses n'aillent plus loin, mais les inspecteurs lui avaient sorti ces conneries d'empreintes digitales – comme s'il avait eu son insigne en or dans une boîte de céréales. Dire qu'il était furieux était un euphémisme, mais il savait comment le système fonctionnait, alors il se tut.

Le crâne rasé de Walsh brillait sous les lumières chaudes.

— Que s'est-il passé quand je t'ai laissé à Bethesda ? C'est Bethesda pour l'amour de Dieu, comment on peut s'attirer des ennuis dans ce quartier ?

Mac grimaça. On pouvait s'en attirer beaucoup, apparemment.

Il avait passé la dernière heure à réfléchir et plus il réfléchissait, plus la situation semblait désespérée. Quelqu'un avait fait beaucoup d'efforts pour le piéger.

— Les flics suggèrent que j'ai essayé de mettre en scène le meurtre d'Heather pour qu'il ressemble à ceux de Washington.

Ils se raccrochaient à n'importe quoi pour faire entrer la cheville carrée de leur preuve dans le trou rond.

— L'inspectrice a aussi laissé entendre qu'Heather avait été agressée sexuellement avant d'être tuée.

Mac avait l'estomac noué rien que d'y penser. Heather avait été immature, exigeante et agaçante, mais elle ne méritait pas ça.

— Ils pensent que tu es un prédateur sexuel aussi inepte à mettre en scène un meurtre ?

Walsh s'appuya contre le mur, et croisa les bras et les jambes dans une attitude détendue.

Mac soutint son regard.

— Ils prétendent avoir mes empreintes digitales sur les douilles. C'est du tout cuit pour eux.

— De toute évidence, ils n'ont pas bien évalué tes capacités cérébrales.

La bouche de Walsh se tordit.

Mac observa son ancien commandant en second. Pensait-il qu'il l'avait fait ? Walsh ne lui avait pas posé directement la question.

— Ton ex pourrait avoir gardé tes munitions du temps de votre mariage ?

— Non. Heather n'aimait pas les armes à feu.

Il frotta sa paume contre sa barbe naissante. Il n'y avait qu'un seul endroit d'où ces douilles pouvaient provenir : un stand de tir du FBI. Soit à Quantico, soit au quartier général.

Et cela signifiait que le rêve fou de David Hines d'avoir un espion travaillant pour les Fédéraux avait peut-être vu le jour. Et le traître s'en était pris à Mac pour plusieurs raisons.

La vengeance. On le punissait pour son rôle dans la chute des Pionniers. Peut-être venaient-ils de découvrir la vérité sur Kenny Travers, dans ce cas, la vengeance avait été rapide et brutale. Ou peut-être était-ce une vengeance pour la façon dont Jessop avait fini dans les flammes éternelles. Ils voulaient que Mac le rejoigne.

Ou, Mac et son équipe se rapprochaient assez de ce fils de pute pour l'inquiéter.

Alors pourquoi Mac avait-il l'impression de n'avoir jamais été aussi loin de la résolution de ce problème ? Il ne pouvait pas faire grand-chose en restant assis dans une salle d'interrogatoire, ce qui était probablement le but recherché.

Ils s'étaient débarrassés de lui en le discréditant et en ruinant sa réputation. Il pouvait rêver pour devenir SAC à 40 ans après ça. Il aurait de la chance de toucher une pension.

N'y avait-il qu'un seul intrus ? Ou plusieurs ?

Les mesures mises en place par le FBI pour combattre ce genre de conneries sectaires étaient rigoureuses. Il avait du mal à croire que plusieurs de ces bâtards aient pu déjouer toutes les sécurités.

Quelle était la prochaine étape de leur plan ?

Le manifeste de David Hines prévoyait une série de meurtres suivis d'un attentat à la bombe, qui serait un appel aux armes pour tous les crétins partageant les idées de Hines. Cela devait être une déclaration de guerre contre le gouvernement.

Mac n'allait pas les laisser s'en tirer comme ça. Même si chaque meurtre individuel lui faisait de la peine, il n'était pas prêt à oublier la situation dans son ensemble, et cette situation impliquait beaucoup de peur, beaucoup de bruit, beaucoup d'attention médiatique.

Peur. Instabilité. Guerre.

— Vous devez augmenter la sécurité dans tous les bâtiments fédéraux, dit Mac à Walsh.

— Quoi ? Pourquoi ?

Walsh avait l'air confus.

— Je pense, dit lentement Mac, que ceux qui sont derrière ces meurtres sont prêts à passer à la phase suivante du complot. Ils se sont débarrassés de moi, car je sais quel était le rêve de David Hines. Vous avez lu mes notes ?

Walsh se renfrogna.

— J'ai commencé, mais j'ai été occupé.

Avec ces conneries. Mac voulait le questionner sur l'ADN des ongles de Trettorri et sur l'état de santé du membre du Congrès. Savoir si le gars s'était réveillé. Il ne le pouvait pas. Walsh ne pouvait pas le tenir informé de l'enquête maintenant qu'il n'en faisait plus partie. Pire, il était censé être du mauvais côté.

Walsh plissa les yeux.

— Pourquoi être resté si longtemps chez Tess Fallon hier soir après notre départ ?

Mac le regarda.

— On est restés parler.

— Ne me la fais pas à moi, Mac, répondit Walsh avec impatience. Je ne suis pas né de la dernière pluie. J'ai vu la façon dont tu la regardais.

Mac serra ses lèvres pour ne rien dire. Il s'appuya contre le dossier de son siège.

— Comment est-ce que je la regardais exactement ?

Walsh leva les mains.

— Comme si c'était une femme attirante. Merde, un aveugle aurait eu une érection en la regardant, surtout que tout le quartier pouvait voir ses seins à travers sa chemise de nuit légère.

Les yeux de l'homme flamboyaient autant que ceux de Mac.

— Tu ne t'es jamais dit qu'elle aurait pu porter cet accoutrement exprès ?

— Tu veux dire son pyjama ?

Mac serra les dents, sachant que son ancien collègue essayait de l'énerver pour une raison quelconque.

— La plupart des gens qui surprennent un intrus chez eux ne se soucient pas de ce qu'ils portent quand ils appellent les flics.

Tess ne s'était pas exposée exprès. Elle était effrayée.

— Où veux-tu en venir ? Le fait que Tess Fallon soit une femme attirante ne signifie rien…

— T'est-il venu à l'esprit qu'elle pourrait être de mèche avec l'auteur de ces meurtres ? lui lança Walsh. Qu'elle est peut-être de mèche avec celui qui a tué ton ex-femme et t'a délibérément gardé chez elle pour te piéger ?

La voix de Walsh se fit plus forte.

— Si tu ne lui avais pas *parlé*, tu aurais été de retour au QG et ton alibi aurait été solide comme le roc. Maintenant, même si les preuves montrent que tu n'as pas tué Heather, ta carrière est toujours foutue parce que tu « parlais », ce qui, je pense, signifie « baisais » avec Tess Fallon, la fille de David Hines. Au moment où les Pionniers de David Hines sont les principaux suspects d'une série de crimes dans la capitale du pays.

Mac refoula sa colère. Perdre son sang-froid le ferait passer pour un connard qui ne savait pas se contrôler. Ce qui était ironique, étant donné que c'était Walsh qui criait.

Mac détourna le regard. Il avait envisagé le fait que Tess ait pu l'utiliser, le piéger, le manipuler avec le sexe. Il s'était détesté pour ça parce qu'ils avaient une connexion qui ne se limitait pas au sexe. Elle signifiait quelque chose pour lui. Elle comptait même beaucoup à ses yeux.

— Qu'a dit Tess ?

Walsh lui jeta un regard.

— Elle t'a dit qu'on baisait ?

Mac ne quitta jamais des yeux le type.

Walsh poussa finalement un soupir.

— Non. Elle a dit elle aussi que vous aviez « parlé ». Comme si je croyais à cette merde.

Ce que Walsh croyait n'avait aucune importance, à moins qu'il ne soit l'espion compromettant l'opération de l'équipe. Et c'était le vrai dilemme. Bien sûr, Tess aurait pu être impliquée, mais si elle l'avait été, elle l'aurait livré en pâture aux loups quand les flics l'avaient interrogée sur son alibi.

Il se sentit à nouveau idiot de s'être méfié d'elle. Mais quelqu'un savait qu'il avait été seul avec Tess la nuit précédente, plutôt que d'être au QG ou avec un autre agent. Cette personne les avait sans doute espionnés, Tess et lui, avant de tuer Heather. Cette idée lui donnait la nausée.

Ça aurait pu être Walsh. Ça aurait pu être n'importe qui.

— Les agents de Cœur d'Alene ont retrouvé Brandy Jordan ? demanda Mac.

Walsh pinça les lèvres. Il secoua légèrement la tête.

Les poings de Mac se serrèrent. Qui d'autre pourrait se souvenir si oui ou non David Hines avait une petite amie ?

— Tess Fallon dit qu'elle est allée voir son frère, Cole, après ton départ hier soir. Je vais aller parler à ses colocataires et vérifier qu'elle est bien passée. Le frère n'était pas là.

Mac classa cette information avec toutes les autres dans son cerveau.

— Tu devrais interroger Cole.

Walsh acquiesça. Ce n'étaient plus les affaires de Mac, alors il se tut.

— Dès que le légiste aura estimé l'heure de la mort et qu'on l'aura comparée au GPS de mon pick-up, mon portable et toutes les caméras de circulation entre Bethesda et Georgetown, les flics pourront établir que je n'aurais pas pu arriver chez Heather à temps pour l'agresser et la tuer.

Pauvre Heather, même dans la mort, elle lui causait des soucis.

— Ils devraient perdre tout intérêt pour moi et je serai libéré.

Pour être cantonné au travail de bureau.

— Retourne au travail et résous ces crimes avant qu'il n'y ait d'autres victimes. Et envoie ces alertes de sécurité. Celui qui fait ça est prêt à tout pour sa cause. Ils essaient de lancer une putain de révolution et on doit être prêts.

Il avait l'air d'un maniaque paranoïaque et délirant, mais selon les statistiques, les Américains avaient sept fois plus de chances de mourir d'un acte terroriste national qu'islamiste. Il prenait *toutes* les menaces au sérieux, mais savait quelle menace inquiétait le plus les policiers – et ce n'étaient pas les islamistes.

Les crimes de haine avaient commencé à se multiplier dans tous les États-Unis. Comme si les meurtres à Washington étaient le signal que ces fous attendaient. Le FBI devait étouffer les plans de ce tueur et s'assurer que les autres comprenaient qu'ils seraient arrêtés, jugés et condamnés s'ils le soutenaient.

Adios, liberté. Bonjour, pénitencier.

Walsh se frotta les yeux.

— Comme si on n'avait pas assez de soucis comme ça.

— Sans blague, convint Mac.

— Tu veux que j'appelle ton avocat ? demanda Walsh.

— Il est déjà en route.

Du moins l'espérait-il.

— Mais tu peux me rendre un service.

Walsh leva le menton en signe d'interrogation.

— Place une équipe de protection devant la maison de Tess Fallon. Eddie est toujours en liberté et le meurtre d'Heather est à peu près ce qu'il a menacé de faire à Tess.

La gorge de Mac se serra. Eddie aurait pu tuer Heather. Il ne doutait pas qu'il aurait apprécié.

Walsh ne fit pas de commentaire, mais il espérait qu'il ferait suivre Tess, ne serait-ce que parce qu'il pensait qu'elle était coupable de quelque chose de plus insidieux que d'être une femme attirante.

— Renseigne-toi auprès des marshals. Eddie Hines aimerait passer pour le cerveau de ces attaques, mais ce n'est pas lui. Il a la capacité cérébrale d'une dragée.

D'une manière ou d'une autre, Mac savait qu'il était la raison pour laquelle Heather avait été ciblée et il garderait cette culpabilité avec lui pour le restant de ses jours. Il pensa à ses parents aimants. Ils allaient être dévastés.

Et merde.

Au moins, surveiller la maison de Tess assurerait sa protection. La coïncidence entre le fait que Tess ait surpris un intrus et que l'ex-femme de Mac ait été assassinée était trop importante pour être le fruit du hasard.

Peut-être que Tess était la cible initiale, mais qu'elle les avait fait fuir avec son Ruger.

Dieu merci.

— Ne te laisse pas abattre. Tu seras bientôt sorti d'ici, lui dit Walsh, en saisissant la poignée et en ouvrant la porte pour partir.

Chose que Mac savait pertinemment qu'il n'était pas autorisé à faire.

Les lèvres de Mac se retroussèrent.

— Va coincer ce bâtard.

Il allait devoir rester là à attendre que les flics de Toy Town comprennent qu'il avait été piégé.

———

TESS SORTIT DU bâtiment marron et trapu qui abritait le poste de police de Washington, avec l'impression de s'être promenée à Pampelune le jour où on lâchait les taureaux.

Elle avait fait une déposition, mais le regard des inspecteurs laissait entendre qu'ils ne croyaient pas un mot de ce qu'elle avait dit. *Formidable.* Si sa carrière de comptable échouait – et à ce rythme, c'était plus que probable –, elle pourrait toujours se mettre à écrire des romans. Elle entendit son nom et leva les yeux. Un flash d'appareil photo l'aveugla.

Des points noirs se mirent à danser dans son champ de vision.

Les médias.

Elle se protégea le visage, baissa la tête et continua à marcher, mais elle fut soudain entourée par une foule de personnes qui envahissaient son espace, collant des objectifs surdimensionnés et des perches sonores sur son visage.

— Quelle est votre relation avec l'ASAC Steve McKenzie ?

— Est-il vrai que vous vivez sous une fausse identité et que vous êtes en fait la seule fille survivante de David Hines ?

Elle tressaillit et essaya d'avancer, mais plusieurs personnes lui bloquaient le passage et l'empêchaient de se rendre à l'endroit où elle avait garé sa voiture, sur Idaho Avenue.

Quelqu'un de la police ou du FBI avait dû divulguer son nom à la presse. Son estomac se serra. Avaient-ils déjà retrouvé Cole ? Elle n'avait pas dit aux inspecteurs ce qu'elle avait trouvé chez lui la veille au soir, ce qu'elle avait dans son sac. Elle avait désespérément besoin de parler à Mac, mais les flics refusaient de lui dire où il était.

— Avez-vous aidé McKenzie à tuer son ex-femme la nuit dernière ?

Elle resta bouche bée, choquée que quelqu'un ait pu suggérer ça. Elle pivota sur elle-même, cherchant une échappatoire, mais n'en trouva pas. Quelqu'un la prit par le bras et la conduisit vers une grosse Lexus noire qui attendait sur le trottoir.

Elle ouvrit la bouche pour demander à l'homme qui il était et où il l'emmenait, mais elle était déjà à l'intérieur du véhicule, l'étranger grimpant derrière elle et la faisant glisser sur le cuir de la banquette arrière. Puis la portière se referma et la voiture démarra.

— Qui êtes-vous ? Où m'emmenez-vous ?

La peur s'immisça dans sa voix quand elle réalisa qu'elle avait été kidnappée.

L'homme qui l'avait extraite de la foule sourit.

— Désolé de ne pas m'être présenté. Vous sembliez avoir besoin d'aide.

L'homme avait des yeux gris et le genre de sourire dédaigneux qui rendait les femmes folles.

— Qui êtes-vous ? répéta-t-elle.

Elle regarda autour d'elle. Ils dépassèrent sa Mini.

— J'ai besoin de ma voiture.

Le conducteur fit le tour du pâté de maisons et se gara immédiatement sur le bord de la route, hors de vue des journalistes.

— C'est laquelle ? Donnez-moi vos clés et j'irai la récupérer, proposa l'homme aux yeux gris.

Elle plongea la main dans sa poche avant de réaliser ce qu'elle faisait.

— Je ne vous connais même pas. Pourquoi je vous donnerais mes clés de voiture ?

Il pencha la tête sur le côté.

— Pourquoi monter dans une voiture avec moi ?

— Alex, ne l'effraie pas, avertit le chauffeur. Je suis l'ASAC Lincoln Frazer, madame.

Madame ? Elle ne savait pas si elle devait être insultée ou excitée.

— Je suis un ami de Mac.

L'ASAC assis sur le siège conducteur était d'une beauté classique avec des cheveux blonds, une mâchoire ciselée et un regard bleu perçant qui l'examinait minutieusement dans le rétroviseur. Elle le regarda avec méfiance, puis se tourna vers l'homme à ses côtés.

— Pourquoi m'avoir aidée ? Les agents du FBI ne sont généralement pas mes plus grands fans.

Alex sourit.

— Je ne suis pas du FBI.

Elle fronça les sourcils, confuse.

— Ce n'est qu'un consultant, dit sèchement l'homme appelé Lincoln Frazer. Comme je vous l'ai dit, Steve McKenzie est un de mes amis. Il n'a pas tué son ex-femme et je ne crois pas à la culpabilité par association, donc je ne vais pas vous blâmer à cause de l'identité de vos parents.

Une vague d'émotion inattendue jaillit en elle, révélant à quel point elle était vulnérable ce jour-là. Ils se jouaient probablement d'elle, et elle gobait tout.

— Les inspecteurs à qui j'ai parlé pensent que j'avais un mobile pour piéger Mac.

— C'est le cas ? demanda l'homme à côté d'elle.

— Pour me venger de la police qui a tué ma famille détestable ? J'étais là, vous vous souvenez ? Ils se sont suicidés en se servant de la police et ils ont essayé de m'emmener avec eux. Pourquoi aurais-je pensé qu'ils méritaient d'être vengés ?

— Donc c'est un non ? demanda Frazer.

— Non ! Qu'est-ce qui cloche chez les gens comme vous ?

— Bien trop de choses.

L'homme à côté d'elle tendit la main.

— Je suis Alex Parker. J'aide le FBI sur des questions de cybersécurité et d'autres choses. C'est un plaisir de vous rencontrer, Tess.

Tess prit sa main chaude et ferme. Toute cette semaine avait été plus qu'étrange.

— Donc vous avez examiné le disque dur d'Henry Jessop ?

Il lui adressa un signe de tête.

— Vous avez identifié la personne qui a fait ça ?

Il attendit un moment, puis secoua légèrement la tête. Peut-être qu'il n'était pas autorisé à lui révéler cette information.

Elle serra son sac sur sa poitrine. Devrait-elle leur confier le dossier ? Elle ne savait pas s'ils disaient la vérité ou s'ils essayaient simplement de gagner sa confiance et de la piéger.

— Je vous crois, Tess, dit Alex à voix basse.

Il avait dû voir son hésitation.

— Pourquoi ?

Alex sourit et elle fut frappée par la beauté de son visage. Il n'était pas aussi sexy et bien bâti que Mac, mais il était beau et mince avec un côté mystérieux qui suggérait qu'il était tout aussi capable d'être un gros dur qu'un gentleman.

Mac ressemblait exactement à ce qu'il était, un officier de police dévoué qui n'avait pas peur de s'attaquer aux méchants. Malgré son travail sous couverture, Mac n'avait pas de réel artifice, pas de tendance machiavélique – mais il l'avait utilisée. Elle regarda ses mains. Elle aurait aimé savoir à qui elle pouvait faire confiance.

— Alex vous croit parce qu'il a passé en revue toutes les facettes de votre vie et de votre passé, y compris vos e-mails, votre historique Internet, vos dossiers financiers et téléphoniques, et n'a trouvé aucun motif d'inquiétude, déclara Frazer depuis le siège avant.

Une cicatrice marquait l'un des sourcils pâles d'Alex Parker.

— Elle a aussi un regard gentil.

Elle eut un rire sec et serra son sac à main plus fort contre sa poitrine.

— Vous êtes fou. J'ai les yeux de ma mère et à côté d'elle,

les tueurs en série avaient l'air chaleureux.

— Vous avez probablement raison sur le premier point.

Alex posa sa main chaude sur la sienne et elle réalisa à quel point elle était tendue. Tendue, terrifiée et paranoïaque. Il la serra doucement.

— Mais ce n'est pas parce que vous avez la même forme d'yeux qu'ils ont la même apparence. Les yeux sont le miroir de l'âme, vous vous souvenez ?

— Et elle n'en avait pas, intervint Frazer.

Tess cligna rapidement des yeux, soudain assaillie par une vague d'émotions qui l'empêchait de parler. Comment était-il possible que les mots de ces inconnus manquent de la faire pleurer ? Sa mère adoptive avait toujours dit que la gentillesse était l'un des actes humains les plus sous-estimés et, après ces derniers jours, Tess avait bien besoin de compassion.

— On peut garder le reste des conneries sentimentales pour plus tard ? suggéra Frazer en douceur. Ou alors on a besoin d'un câlin de groupe ?

Tess éclata de rire et Alex sourit. Sa poche vibra et il consulta son portable.

— Il est sorti. Alors, voiture ou pas, Mlle Fallon ?

Qui était sorti ? Mac ? Elle ouvrit et ferma la bouche.

— Je pense qu'elle ne craint rien là où elle est. Vous pourrez la récupérer plus tard, quand la presse sera rentrée, répondit Parker à sa propre question, supposant à juste titre qu'elle était incapable de prendre une décision.

Elle voulait voir Mac. S'assurer qu'il allait bien.

Frazer fit le tour du bloc et ils se garèrent le long du trottoir devant le poste de police. Elle vit Mac traverser la foule de journalistes, ouvrir la portière et monter à l'intérieur.

Il avait l'air frustré et en colère quand il claqua la porte.

— Jouons les bergers et faisons sortir le troupeau d'ici.

Tess rit, mais elle était reconnaissante pour les vitres teintées lorsque les flashs des caméras vinrent lécher le verre.

Frazer démarra en trombe et Tess s'enfonça dans le siège. Mac se retourna et resta bloqué sur elle.

— Qu'est-ce que tu fais là ?

Il ne semblait pas ravi de la voir.

Elle se ratatina légèrement de l'intérieur.

— Je l'ai sauvée de l'enfer des paparazzi quand elle est sortie du poste, lui expliqua dit Parker.

— Les vautours, dit Mac d'un ton glacial.

— J'ai dû faire une déposition sur la nuit dernière.

Comment lui expliquer qu'elle n'avait pas dit à la police qu'ils avaient couché ensemble sans révéler la vérité à Frazer et Parker, ou donner l'impression qu'ils avaient tous deux quelque chose à cacher ?

— Je suis désolé de t'avoir embarquée là-dedans.

Le bleu vert de ses yeux ressortait sur sa peau bronzée. Ses lèvres pleines étaient pressées en une ligne sévère et intransigeante.

Elle lui adressa un sourire en coin.

— Je crois que c'est ma réplique. Ils t'ont laissé partir ?

Elle était si inquiète de ce qui pouvait lui arriver, mais ils l'avaient relâché. C'était forcément bon signe positif, non ?

— Ils ne m'ont pas encore accusé. Pour l'instant. Ils ont analysé les données de mon portable et m'ont trouvé sur plusieurs caméras de circulation traversant la ville avant que je n'appelle les secours. Deux fois. Mais ils ont gardé mon badge et mon arme et espèrent en gros obtenir rapidement de l'ADN pour pouvoir me crucifier.

— Sauf que tu es innocent.

Son sourire était teinté d'une pointe d'amertume.

— Exactement.

Il sortit son portable et ôta sa carte SIM.

— Qu'est-ce que tu fais ? demanda-t-elle, surprise.

— Où est-ce qu'on te dépose ? fit Mac sans répondre à sa question.

Elle se figea et sentit que les deux hommes faisaient de même.

— Je, euh…

Elle n'y avait pas pensé. Sa maison serait probablement assaillie de journalistes. Elle ne pouvait pas rentrer.

Et soudain, elle sut qu'elle ne pouvait plus se taire sur ce qu'elle avait trouvé chez son frère, même si cela impliquait de le dire à Frazer et Parker ainsi qu'à Mac. Elle refusait de croire que Cole était impliqué, mais elle ne pouvait plus se taire si des gens risquaient d'être en danger. S'il était coupable, elle était déjà complice – cette pensée était horrifiante.

Elle se racla la gorge pendant que Frazer négociait le trafic.

— J'ai quelque chose à vous dire. Vous n'allez pas aimer.

La culpabilité suintait de tous ses pores, si épaisse qu'elle était sûre qu'ils pouvaient la sentir.

— Vous savez, lundi, quand le juge et sa femme ont été assassinés ?

Mac la fixait par-dessus son épaule comme un officier de police plutôt qu'un amant. Il comprendrait sûrement pourquoi elle n'en avait pas parlé avant.

— Je suis allée chez Cole ce matin-là. Il devait me retrouver pour qu'on planche sur ses formulaires fiscaux, mais j'ai supposé qu'il avait oublié. J'ai fouillé dans ses tiroirs pour trouver les informations dont j'avais besoin.

Tous les passagers retenaient leur souffle.

Sa bouche se transforma en sable. Elle frotta son bras gauche.—

J'ai trouvé une feuille avec une photo du juge mort dessus.

Le silence dans la voiture ressembla à un bang supersonique.

— Je n'en ai pas parlé parce que je connais mon frère. Il ne serait jamais impliqué dans ce genre de choses…

— Nous ne connaissons pas toujours les gens, dit Parker à voix basse.

— N'est-ce pas ?

Mac la fixait comme s'il avait découvert qu'elle était un alien.

— J'y suis retournée le jour suivant. Avec Cole. Je me suis dit que je pourrais le confronter et voir s'il me mentait ou non, mais le dossier avait disparu.

Elle mit sa main dans son sac et sortit la clé USB.

— Qu'est-ce que c'est ? demanda Mac.

— Elle était dans le même dossier dans le meuble de classement de mon frère. Elle était posée au fond quand j'y suis retournée pour jeter un second coup d'œil. Je l'ai prise. Je ne sais pas pourquoi.

Mac haussa les sourcils comme pour dire « vraiment ? ». Elle essaya d'atténuer la sécheresse de sa gorge, mais déglutir n'arrangea pas les choses.

— Il n'y a rien dessus à part des films pornos.

Alex l'arracha de ses doigts et l'examina de près.

— Allons à mon appartement pour voir tout ça – pas le porno, ajouta-t-il avec un sourire malicieux.

Frazer acquiesça.

— Tu ne pensais pas que cela valait la peine d'être mentionné ?

La voix de Mac était faussement douce. Elle le connaissait assez pour savoir qu'il était furieux.

Tess s'enfonça dans le siège.

— Tu ne comprends pas. Cole n'est pas comme ça. Ce n'est pas une personne violente. C'est un pacifiste.

— Où est-il en ce moment ? demanda Mac.

— Je n'en ai aucune idée, répondit-elle.

— Tu connais son emploi du temps ?

Elle acquiesça.

— Il a un cours magistral le vendredi matin à 9 h 15. Il est libre après ça.

Les yeux de Mac s'assombrirent et virèrent au vert tempête. Elle avait merdé.

— Il ne t'est jamais venu à l'esprit, dit-il très lentement, comme si elle était attardée – et peut-être l'était-elle, elle se sentait en tous les cas bien stupide –, que cette clé USB pouvait être ce que l'intrus cherchait la nuit dernière ?

— Ce n'est que du porno…

— Tu es une experte en informatique maintenant ? Comme ton frère ?

Les lèvres de Mac se retroussèrent. Et elle resta muette.

— Si tu l'avais dit aux enquêteurs, on aurait pu passer au peigne fin la maison de Cole et peut-être sauver une vie. Peut-être sauver la vie d'Heather. Tu y as pensé ?

Sa poitrine s'ouvrit en grand. Non. Elle n'y avait pas pensé.

— Cole n'est pas une personne violente.

— Et si tu y croyais vraiment, tu m'aurais parlé du dossier quand je suis venu chez toi.

Mac se détourna d'elle et le désespoir essaya de l'engloutir tout entière.

Depuis qu'elle était petite fille, elle protégeait son frère, depuis la descente qui les avait laissés orphelins.

— Je ne savais même pas que Kenny Travers avait survécu à la fusillade jusqu'à mardi, mais j'étais censée te faire aveuglément confiance quand tu t'es présenté sous une autre identité vingt ans plus tard ?

Même si elle était en colère, elle avait besoin d'en finir.

— Il y a autre chose.

— Quoi ?

L'impatience et la colère dans le ton de Mac la firent sursauter.

— Je suis allée chez Cole après ton départ hier soir.

Il la regarda avec intensité et elle lui rendit son regard. Elle avait gardé leur sale petit secret. Elle commençait à penser qu'elle avait été la plus grande idiote du monde en couchant avec lui et qu'elle était totalement incapable de juger les gens.

— J'ai décidé de le confronter à ce que j'avais vu lundi. Mais il n'était pas là, alors j'ai fouillé sa chambre. Le dossier papier était caché sous son matelas.

Elle prit une profonde inspiration et sortit le sac en plastique de son sac à main et le tendit à Mac, en prenant soin de ne pas le toucher.

— Je t'ai appelé plusieurs fois, mais tu n'as pas répondu.

Elle se tordit les mains.

— Je l'ai pris. Je ne savais pas quoi faire d'autre. Je ne savais pas à qui d'autre faire confiance.

Mac écarquilla les yeux. Puis il prit les gants en latex que Frazer lui tendit et reporta son attention sur les pages imprimées. Il poussa un juron et releva la tête.

— On doit placer sous protection toutes les personnes figurant sur cette liste.

Elle se retourna pour regarder par la fenêtre alors que les

rues de Washington défilaient. À cause de son manque de confiance, des gens étaient peut-être morts, et elle n'était pas sûre de pouvoir vivre avec elle-même si c'était vrai.

Frazer prit un appel entrant. Après avoir raccroché, il expliqua :

— Eddie Hines vient d'être arrêté dans un chalet isolé appartenant à une gardienne de prison. Dans le nord de l'Idaho.

Alors qui était entré chez elle la nuit précédente ? Cole ? Son frère lui avait-il tiré dessus ? Cole avait-il tué l'ex-femme de Mac et essayé de le piéger ?

De la glace se forma dans ses veines, des éclats qui lui déchiraient la chair. Ses dents claquaient si fort qu'elle se blottit dans sa veste. Comment avait-elle pu être aussi stupide ? Comment avait-elle pu faire une erreur aussi critique ? Mac croisa son regard et elle sut qu'il pensait exactement la même chose.

CHAPITRE VINGT-HUIT

— QU'EST-CE QUE tu veux faire ? demanda Frazer à Mac.

La colère de Mac avait depuis longtemps cédé la place à la rage, telle de la lave en fusion. Il était sous le choc d'apprendre que Tess lui avait menti depuis le début. Il ferma les yeux et respira profondément pour se calmer, mais c'était comme si quelque chose de volatile se trouvait sous sa peau et qu'une fois enflammé, le brasier ne s'éteindrait pas avant d'avoir brûlé jusqu'à l'os.

Il avait commencé à réfléchir à la façon de faire fonctionner leur relation une fois cette débâcle terminée.

Comment s'était-il permis de lui faire confiance en se basant sur ce qu'elle était, enfant ? Quel genre d'idiot faisait ça ?

Son genre, apparemment.

Sauf que ses sentiments pour ce qu'elle était quand elle était enfant n'avaient rien à voir avec ce qui s'était passé la veille au soir. C'était strictement réservé aux 18 ans et plus.

— Est-ce qu'on appelle l'équipe pour qu'ils envoient des agents chez Cole Fallon ? demanda Frazer.

— Non, répondit Mac, qui se disait que la taupe pourrait être au sein de l'équipe. Mais on doit le retrouver et obtenir des mandats.

— Je vais le trouver.

Parker sortit son téléphone et passa un appel.

Ils avaient besoin de parler et Mac avait besoin d'avoir les idées claires pour régler cette merde. Mais indépendamment de ce qui s'était passé au cours des dix dernières heures, il restait un agent du FBI et les agents du FBI ne discutaient pas des affaires devant des témoins, en particulier liés à l'enquête. Il s'agita sur son siège, mal à l'aise.

— Et l'ADN ? On a des résultats ? demanda Parker.

— On ne peut pas en parler devant une civile, répondit Mac de façon laconique.

— Ce n'est pas un agent du FBI, fit Tess en désignant Parker.

Son visage était pâle, mais il y avait deux taches de couleur vive sur ses joues. Elle était en colère. Excellent. Cela les rendait quittes.

— Parker est un consultant, dit Mac. Il est accrédité.

Les yeux de Tess brillèrent et elle attrapa la poignée de la porte.

— Arrêtez la voiture et laissez-moi sortir.

— Ça n'arrivera pas, trésor.

— Alors comme ça, je suis prisonnière ? fit-elle d'une voix vibrante de colère. Ou peut-être que tu as encore besoin de m'utiliser pour faire avancer ta carrière ? C'est ce que tu as fait chaque fois. À la prison, au camp, chaque fois que tu es venu chez moi.

La tension dans la voiture monta d'un cran jusqu'à ce qu'il sente qu'un garrot s'était enroulé autour de sa gorge.

— C'est simplement, fit-il en essayant d'être rationnel, que je ne veux pas que tu préviennes ton frère qu'on en a après lui.

— Alors je dois *te* rappeler que c'est moi qui t'ai donné l'information.

— Elle a raison, dit Parker.

L'œil de Mac fut agité d'un tic.

— C'est un peu tard pour nous apprendre tout ça.

— Je voulais te le dire hier soir, mais tu ne répondais pas au téléphone.

— J'étais un peu occupé à me faire arrêter, grogna-t-il.

— Et ce n'était pas ma faute, cracha-t-elle.

Puis sa colère parut se calmer, elle mit sa main sur sa bouche et ferma les yeux.

— Je suis désolée pour ta femme.

— Ex, dit brusquement Mac. *Ex-femme.*

Malgré ce que Tess avait probablement pensé quand il l'avait laissée nue sur le sol de la cuisine, il n'avait plus de sentiments pour Heather. Son ex avait anéanti leur relation avec sa trahison et sa tromperie. Il n'était vraiment pas du genre à pardonner. Ça ne voulait pas dire que ça ne l'avait pas blessé de la voir ainsi brutalisée.

Où cela les plaçait-il, Tess et lui ? Nulle part, là où ils avaient toujours été. Mais il devait être diplomate. À moins qu'il ne veuille manipuler Tess de force et lui faire faire ce qu'il voulait, il devait la convaincre de venir avec eux volontaire-ment. Et elle avait raison. Il l'avait utilisée. Il l'avait mise en danger. Ça ne voulait pas dire qu'il ne se souciait pas d'elle. Il ne pouvait simplement pas lui faire confiance. Plus mainte-nant. Plus jamais.

— Le FBI aura sans doute d'autres questions à te poser. Il serait préférable qu'ils sachent où te trouver plutôt que de perdre leur temps à courir dans toute la ville à ta recherche. En plus, ça donna une meilleure image que tu te rendes.

— Me rendre ? Je viens de t'offrir ton putain d'alibi.

Elle pinça les lèvres et se renferma sur elle-même.

— Le FBI a prévu de te mettre sous protection rapprochée et maintenant que ton identité a fuité, les médias vont s'acharner sur ta maison. Où comptes-tu aller précisément ?

Sa bouche se crispa.

— Je ne sais pas.

Elle regardait fixement par la fenêtre et semblait si isolée que quelque chose dans sa poitrine se brisa.

Il ne croyait pas qu'elle ait quelque chose à avoir avec un meurtre, mais elle avait caché des informations. Maintenant, elle allait devoir en payer le prix. Lui aussi.

Parker les interrompit.

— Vous pouvez vous reposer à mon appartement pendant que nous essayons de résoudre ce problème, Tess. J'ai une chambre d'amis. Pas de journalistes. Et personne ne pensera à vous chercher là-bas. Vous serez en sécurité.

Mac croisa le regard de Parker, reconnaissant, mais incapable de l'exprimer. Parker parut comprendre.

— Je suis inquiète pour Cole, dit Tess à voix basse.

— Tu n'es pas sa mère, Tess.

Ses yeux devinrent rouge vif.

— Je suis tout ce qu'il a. Tu t'en es assuré.

Aoutch.

— J'ai juré de le protéger le jour où je me suis recroquevillée sur son corps dans ce petit placard exigu alors que les balles sifflaient au-dessus de nos têtes. Depuis le jour où on a été placés en famille d'accueil et que les gens voulaient nous séparer parce que j'étais une marchandise endommagée. C'est mon petit frère et je l'aime. Évidemment, c'est une émotion que tu ne peux pas comprendre.

Il tressaillit, mais ne dit rien. Personne ne rajouta quoi que ce soit, mais elle n'essaya plus de défendre Cole.

Mac feuilletait le dossier sur ses genoux, essayant de maîtriser sa respiration. Il contenait des détails sur toutes les victimes et plusieurs autres cibles potentielles. Ils devaient prévenir ces gens, ce qui signifiait qu'il allait devoir contacter le QG bientôt. Mais il devait avant tout découvrir qui était l'espion. Ils ne pouvaient pas risquer que cette personne se sauve.

Alors, à qui faire confiance ?

L'ASC Gerald ? La couleur de sa peau faisait de lui le pari le plus sûr. Et si c'était du profilage racial, les gens pourraient aller se faire voir. Les antigouvernementaux n'étaient pas toujours racistes, et les racistes n'étaient pas toujours antigouvernementaux. Cependant, il était peu probable que Gerald ait des liens avec les Pionniers.

Avec un peu de chance, la clé USB contenait les détails de leurs autres projets d'attaques et on pourrait les arrêter avant qu'ils ne mettent leur plan à exécution. Ça ne se présentait pas bien pour le jeune Cole.

Mac jeta un coup d'œil à Tess, qui regardait fixement par la fenêtre. D'après l'angle de son menton, elle était énervée, mais aussi contrariée.

Il l'avait blessée. À nouveau. Mais cette fois, c'était de sa faute à elle.

— Assure-toi que personne ne nous suit, dit Mac à Frazer.

Il ne voulait pas que l'espion découvre où ils étaient ou à qui il parlait. Les rouages de la justice étaient réputés pour tourner lentement, mais dans leur cas, ils devaient agir vite.

— Donne-moi ton téléphone, dit-il à Tess.

Elle le lui remit à contrecœur et il retira la carte SIM.

Personne ne posa de questions.

Ils arrivèrent au niveau d'un appartement près du Watergate Building et Frazer se gara dans le parking souterrain. Ils prirent l'ascenseur jusqu'à l'appartement de Parker. Mac savait que Rooney et lui étaient en train d'acheter une maison plus près de Quantico, mais cet endroit était plutôt chic, lui aussi.

Parker montra à Tess une chambre d'amis.

— Allez prendre une douche. Reposez-vous. Vous êtes en sécurité ici.

Mac n'aimait pas le frisson de culpabilité qu'il ressentait. C'était lui qui aurait dû la rassurer, mais il ne pouvait pas se résoudre à prendre ce risque. Tess était sa faiblesse et elle l'avait provoqué en lui mentant.

Sauf que… compte tenu des circonstances, il ne pouvait pas lui reprocher d'être réticente à faire confiance à quelqu'un.

Bon sang, elle ne savait pas qu'il était encore en vie jusqu'à ce qu'il se présente sur le pas de sa porte mardi soir. Si quelqu'un sortait de son passé après vingt ans d'absence, lui confierait-il ses secrets ? La réponse était non, mais il n'avait pas le temps de pardonner à Tess pour l'heure.

Des vies étaient en jeu. Et il était encore si furieux qu'elle l'ait trahi qu'il ne se pensait pas capable de se comporter de façon judicieuse.

Il y avait des chances que sa carrière ait été réduite à néant. Peut-être que s'il aidait à trouver l'espion, et prouvait que quelqu'un essayait de le piéger pour meurtre, il obtiendrait le pardon, mais ça ne serait pas agréable dans tous les cas.

Il suivit Frazer dans la luxueuse cuisine avec ses larges plans de travail en marbre et ses imposants placards.

Mac regarda par la fenêtre. L'appartement offrait une vue magnifique sur le complexe du Watergate.

— Aussi ironique que ça puisse paraître compte tenu de la vue, j'ai besoin de savoir que ce que je vais dire ne peut pas être entendu.

Parker le regarda d'un air solennel et sortit un porte-clés.

— J'ai vérifié qu'il n'y avait pas de micros hier.

Il appuya sur un bouton de la télécommande et une petite lumière rouge apparut sur son porte-clés.

— Ça empêchera les oreilles électroniques dans les environs immédiats de nous entendre, et j'ai d'autres dispositifs anti-écoute installés.

Parker regarda les fenêtres avec insistance.

Mac cligna des yeux. Il avait brièvement oublié que Parker était dans le domaine de la sécurité.

— Nous sommes aussi à l'abri des oreilles indiscrètes que possible, même si je ne peux pas garantir qu'on ne nous écoute pas juste à côté.

Parker inclina la tête en direction de la chambre où il avait laissé Tess. Il sortit ensuite son ordinateur portable et inséra la clé USB.

Mac dit à voix basse :

— Je pense que le tueur est l'un d'entre nous.

— Nous ?

Parker fronça les sourcils.

— Tu veux dire le FBI ? dit Frazer.

Des bruits de halètement surgirent de l'ordinateur de Parker. Mac fit le tour de l'îlot pour regarder. Deux hommes et une fille s'adonnaient à des pratiques plutôt créatives dans une station de lavage de voitures.

Mac souffla de frustration.

— Tess a raison ? C'est la collection de pornos de son frère ?

Parker fronça les sourcils.

— Peut-être... Mais... regardez ici, fit-il en désignant

l'écran.

Mac vit une liste dans un dossier avec des noms de fichiers grisés.

— Des fichiers cachés.

Parker cliqua sur l'un d'eux.

— Cryptés.

— Tu penses que c'est lié aux meurtres ?

Parker haussa les épaules.

— Je n'en ai aucune idée. Ça pourrait être des conseils de jardinage. Mais j'ai bien l'intention de le découvrir, dit-il en faisant craquer ses articulations.

— Qu'est-ce qui te fait penser qu'ils ont une taupe au sein du FBI ? demanda Frazer pendant que Parker travaillait sur l'ordinateur.

Mac se servit un verre d'eau au robinet. Il pouvait encore sentir l'odeur aigre de la prison sur sa langue.

— J'aurais dû y penser dès le début. David Hines était rusé comme un renard, et voyait toujours plus loin. Avec d'autres groupes suprématistes blancs, il incitait certains de ses adeptes à taire leurs convictions racistes ou antigouvernementales et à s'engager dans les forces de l'ordre. Il les poussait à gravir les échelons, à trouver d'autres personnes partageant leurs idées et à influencer secrètement les décisions de l'intérieur. Ils devaient servir de lanceurs d'alerte précoces pour des groupes comme les Pionniers et être prêts à se soulever lorsqu'ils seraient sollicités. C'est cette dernière partie qui m'inquiète maintenant.

Cela pourrait nuire irrémédiablement à la réputation du FBI, surtout après que l'ASAC Guy Clarkson s'était avéré être un espion russe qui avait fait tomber l'un de ses meilleurs amis à sa place. Richard Stone, présenté comme l'un des hommes les plus détestés de l'histoire du FBI, avait failli mourir à l'ADX Florence. Frazer et Parker avaient également contribué à rectifier cette erreur judiciaire. C'étaient des gens bien. Des gens en qui il pouvait avoir confiance. Contrairement à Tess.

— Ce n'est pas si facile de déjouer tous les contrôles d'antécédents, fit remarquer Frazer.

Parker pencha la tête pensivement pendant qu'il travaillait.

— Pas impossible non plus, comme on le sait tous les deux. Et ce n'est pas nécessaire d'être un agent pour y avoir accès. Ça peut être des gars du support technique.

— Alors qu'est-ce qu'on sait ?

Frazer prit une pile de post-its et un stylo à côté du téléphone de Parker. Il dressa une liste des victimes. Voir le nom d'Heather fit à Mac l'effet d'un coup de pied dans les tripes. Son assassinat ne semblait toujours pas réel.

— Comment va Trettorri ? demanda-t-il.

— Il s'accroche. Les médecins pensent qu'il va se rétablir, mais ça prendra du temps.

Du temps, ils n'en avaient pas.

— Ils ont déjà analysé l'ADN sous ses ongles ? demanda Mac.

— Je vais les appeler pour vérifier. Définissons nos priorités.

Frazer griffonna sur un post-it et le colla sur un côté du billot de cuisine.

ADN.

Mac pensa à toutes les preuves qu'ils avaient recueillies et qu'ils passaient au crible. Les preuves finiraient par désigner les criminels, mais il serait peut-être trop tard. Il passa une main dans ses cheveux.

— Quelqu'un a mis la main sur mes douilles au stand de

tir. Ça ne peut être qu'à Quantico ou au QG.

— Ils ont planifié ça depuis longtemps, mais les informations sur ton travail sous couverture au Kodiak Compound n'ont fait surface que cette semaine et l'équipe n'a été formée que mardi, dit Frazer en fronçant les sourcils. Je pense que les douilles doivent provenir du QG.

Mac sentit une boule dans sa gorge.

— Qu'est-ce qui vous rend si sûrs que je n'ai pas tué mon ex ?

— Seul un crétin utiliserait sa propre arme pour tirer sur son ex-femme, laisserait les douilles avec ses empreintes dessus, puis appellerait les flics, marmonna Parker. Deux fois.

Les lèvres de Mac tressaillirent.

— Donc pas pour mes traits de caractère et ma force morale ? C'est bon à savoir.

Il mit ses poings sur ses hanches.

— Ça m'énerve que les flics me prennent pour un idiot.

Frazer sourit tristement.

— C'est le fait que quelqu'un t'ait pris pour cible qui devrait t'énerver. Beaucoup d'innocents sont morts cette semaine, y compris ton ex-femme.

Frazer écrivit « douilles » sur un autre post-it et le colla sur le comptoir.

— Tu as probablement vu le visage du suspect, dit-il calmement.

Mac acquiesça.

— Mais j'ai vu beaucoup de visages cette semaine. Jessop était impliqué et savait qui c'était.

Il ajouta le nom à la liste de Frazer.

— Quand il a su que j'étais un Fédéral, il a brûlé sa maison plutôt que de révéler des indices qui pourraient les trahir.

Parker hocha la tête.

— Je me suis heurté à un mur de briques avec Jessop.

— Je pensais que tu pouvais trouver n'importe quoi en ligne, se moqua Frazer.

Parker leva les mains comme pour dire « *Que voulez-vous ?* »

— Pas quand ça a été complètement effacé des registres. Le FBI devrait consulter les dossiers papier originaux en Idaho.

— Encore un indice que c'est quelqu'un de chez nous. Il ou elle a pris soin d'effacer ses liens avec Jessop. Pas besoin de mentir à ce sujet en rejoignant le FBI. Il suffisait d'effacer les preuves après coup.

— On peut donc supposer que la personne qu'on cherche a des compétences en informatique.

Frazer remplit d'autres post-its.

Mac ajouta le fait que l'arme du crime provenait probablement de Kodiak Compound et que la date du premier meurtre coïncidait avec l'anniversaire de David Hines.

— Je pense que c'est une femme, dit Mac en fixant les carrés de papier aux couleurs vives. J'y ai réfléchi pendant que j'étais assis dans cette salle d'interrogatoire. Je pense que cette espionne est la fille de Jessop. Elle a rejoint le Bureau et a planifié ça en silence pendant des années. Elle m'a ciblé quand Tess et moi nous sommes retrouvés impliqués dans la mort de son père.

— Tu penses qu'elle est au QG maintenant ?

Mac acquiesça.

Frazer hocha la tête, pensif.

— Ça élimine beaucoup de suspects. Il reste encore beaucoup de monde, mais ça nous donne un âge approximatif de quoi, trente ans ?

— Jessop avait soixante-dix ans. Sa fille peut avoir entre 25 et 55 ans, répondit Mac en haussant les épaules.

— Pourquoi aurait-elle sacrifié sa vie entière pour la cause de David Hines ? Un homme qu'elle n'avait jamais rencontré ? Surtout maintenant que son père est mort ?

— Qui a dit qu'elle n'avait jamais rencontré David Hines ? rétorqua Mac, exprimant le reste de ses pensées.

Soudain, l'hypothèse de Tess selon laquelle son père avait une petite amie déboucha sur l'illumination qu'il avait habituellement au stand de tir.

— Hines était un beau garçon, charismatique, charmant. Tess a mentionné qu'elle pensait qu'il avait une petite amie. Il est mort il y a vingt ans en août, donc on peut supposer que sa petite amie avait au moins seize ans à l'époque. Elle doit avoir entre 35 et 40 ans maintenant.

Le téléphone de Frazer sonna.

— C'est Harm, leur dit Frazer en décrochant. La police de Washington lui a envoyé les douilles et ton arme de service hier soir pour te relier aux meurtres de Washington.

Mac leva les yeux au ciel.

— Mon alibi pour la plupart des meurtres est de m'être trouvé au QG du FBI quand ils ont été commis.

Frazer répondit et écouta son interlocuteur pendant un moment, puis sourit.

— C'est officiel alors ? Je t'en dois une.

Frazer raccrocha.

— Tu n'es plus suspecté. Harm a travaillé toute la nuit. Les douilles trouvées sur la scène de crime de ton ex-femme correspondent à ton arme de service.

— Ce n'est pas une bonne nouvelle.

Parker était toujours en train de taper sur le clavier, et ne prit pas la peine de lever les yeux.

Mac croisa les bras sur sa poitrine.

Frazer poursuivit.

— Harm a passé le résidu de l'intérieur de la douille dans un chromatographe. Les douilles de la scène de crime contenaient à l'origine des balles désintégrantes.

Qui pouvaient faire mal, mais ne tueraient probablement personne. Elles se désintégraient à l'impact.

Mac sourit.

— Je lui dois une bière.

— Tu lui dois un pack de bières, corrigea Parker.

— On a donc confirmation que les douilles provenaient du QG. Les instructeurs voulaient écouler les stocks de munitions désintégrantes avant de passer aux nouveaux neuf millimètres. Je réintègre l'équipe ? demanda Mac en sortant son portable et en consultant ses messages.

Rien.

Officiellement, Mac était toujours relégué au travail de bureau. *Merde.*

Frazer haussa les épaules.

— Harm n'en savait rien. Il a juste dit qu'il avait expliqué à la police que tu étais victime d'un coup monté, car ces balles auraient pu aveugler quelqu'un, mais n'auraient pas provoqué ces blessures chez ton ex-femme.

Mac ferma les yeux en s'autorisant à penser à la pauvre Heather. Tout ce qu'elle voulait vraiment, c'était être le centre d'attention de quelqu'un. Il pensa à Tess dans l'autre pièce. Elle n'avait jamais voulu être le centre d'attention. Ces deux femmes n'auraient pas pu être plus différentes.

Parker poussa un juron.

— Ça va demander plus de puissance que ce que j'ai ici,

admit-il en fermant son ordinateur portable. Je peux l'envoyer par e-mail à un de mes gars ? Mon équipe peut y consacrer plus de ressources, en espérant trouver qui l'a compilé.

— Je suis plus inquiet d'une éventuelle attaque terroriste que de me faire poursuivre par les tribunaux, déclara Mac. Même si le département de la Justice ne le verrait pas de cette façon.

Frazer avait dû décider la même chose.

— Tant que c'est sécurisé.

Parker lui jeta un regard.

Les preuves avaient été retirées de la maison de Cole par Tess et ne pourraient pas être utilisées au tribunal pour condamner Cole Fallon. La seule personne contre qui on pouvait vraiment les utiliser était Tess elle-même. Peut-être le savait-elle. C'était peut-être pour ça qu'elle les avait prises. Pour protéger quelqu'un qui ne le méritait pas.

Après quelques instants, Parker éjecta la clé USB et la lança à Frazer qui la mit dans sa poche.

— Ton *prodige* a retrouvé les utilisateurs du site One-Drop-2-Many ?

— Non, mais il y travaille. Il a un don pour ce genre de choses. On va retrouver les utilisateurs, mais ça ne se fera pas du jour au lendemain.

Le site avait été fermé. Quelqu'un avait réalisé que Jessop était compromis.

— D'après les captures d'écran qu'on a obtenues avant qu'ils ne ferment, je pense que c'est le principal outil de communication de ce groupe. Ce sera une mine d'or quand on pourra y accéder.

— On a déjà un tas de preuves en cours de traitement. Ce n'est qu'une question de temps avant qu'on trouve la bonne personne.

Mac se frotta la nuque. Il ne parvenait pas à chasser ce sentiment de malheur imminent qui planait au-dessus de sa tête.

— Ils se sont débarrassés du chef d'équipe dans le but de ralentir les forces de l'ordre et de plonger l'enquête dans le chaos, dit Frazer en fronçant les sourcils.

Mac consulta l'heure et regarda par la fenêtre l'édifice en béton qui avait abrité l'un des plus grands scandales de Washington.

— C'est bientôt le week-end. Si vous voulez vous en prendre au gouvernement, il faut le faire avant 16 heures le vendredi.

— Sinon, il n'y a personne, convint Parker.

Il était presque onze heures du matin. Mac fit glisser le dossier de Tess sur la surface en marbre.

— Tu dois appeler l'ASC Gerald et lui demander d'avertir les personnes de la liste qu'elles pourraient être prises pour cibles. Ne lui dis pas où tu as eu l'information. Pas encore.

Frazer passa en revue les noms.

— Est-ce qu'on amène Cole Fallon pour l'interroger ? demanda Parker, vérifiant son arme d'une manière qui ne laissait planer aucun doute. Mac savait qu'il était capable de l'utiliser.

Mac secoua la tête.

— Si la taupe découvre que j'ai été libéré et qu'on est sur leurs traces, il ou elle pourrait s'enfuir. Je veux d'abord découvrir son identité. Surveillons Fallon. Où est Cole ?

Parker ouvrit un logiciel, puis le regarda avec méfiance.

— Le FBI a un mandat pour obtenir cette information ou c'est notre petit secret ?

Mac leva les mains et se détourna.

— Je n'ai rien vu.

Il devait aller parler à Tess avant de partir. Car la nuit précédente, ils avaient commis une énorme erreur et même s'il en avait apprécié chaque instant, il n'y avait pas d'avenir pour eux. Pas après les mensonges de Tess. Le sentiment de corrosion dans son cœur était le regret d'avoir franchi cette ligne et fait cette erreur.

Mais bien sûr.

Mais il était toujours possible qu'elle soit de mèche avec ces gens et qu'elle l'ait séduit exprès. Il avait besoin de lui parler, mais il devait la considérer non pas comme une femme pour laquelle il avait des sentiments, mais comme une suspecte. Il ne pouvait pas se permettre d'autres erreurs stupides avec Tess Fallon.

CHAPITRE VINGT-NEUF

COLE SORTIT DE son cours magistral et chercha Joseph, mais il était introuvable. Il avait probablement encore eu de la compagnie la nuit précédente. Cole connaissait ce sentiment. Il sourit.

— Salut, mec.

Cole repéra Dave qui se dirigeait vers lui, se faufilant parmi la foule des étudiants qui sortaient de classe.

— Quoi de neuf ?

— Il faut que tu parles avec ta sœur, mec, dit Dave en se frottant les yeux et en bâillant. Elle a débarqué en plein milieu de la nuit, bouleversée, mais faisant comme si de rien n'était.

Les yeux de Dave furent détournés du visage de Cole par une blonde portant un minishort.

Cole passa une main dans ses cheveux. Tess devait sortir de sa vie. Il avait besoin d'un peu d'espace. Ils commencèrent à marcher, Dave suivant la blonde, Cole se dirigeant vers le métro.

— Je vais lui parler.

Dave acquiesça.

— Tu as récupéré l'alcool pour la fête de Joe demain ?

Et merde. Cole avait complètement oublié la fête qu'ils organisaient. Il hocha la tête. Sa fausse carte d'identité était plus réaliste que certaines vraies.

— J'irai la chercher demain matin.

Dave sourit.

— Tu vas amener ta nouvelle petite amie ?

Cole leva les yeux au ciel. Amener une belle femme mûre à une fête d'étudiants ? Bon sang, non. Il haussa les épaules. C'était plus facile de mentir.

— Peut-être. Tu as quelqu'un pour la soirée ?

Dave regarda la blonde.

— Pas encore. Mais je vais y remédier. Je voulais juste te dire que ta sœur flippait et te rappeler de ramener la bière.

— Pas de problème.

Cole ajouta un rappel à son calendrier. Au pire des cas, il commanderait en gros au magasin d'alcool avec la carte de crédit de Tess. Il la rembourserait.

— À plus tard.

Il se demandait quand le fossé s'était creusé avec ses amis. Il leur annoncerait qu'il déménageait la semaine prochaine. Il ne voulait pas gâcher l'anniversaire de Joseph.

Ce n'était pas comme s'il ne les reverrait jamais, mais les choses seraient différentes. Il avait dépassé le stade des fêtes étudiantes. Il ne savait même pas pourquoi il essayait d'obtenir un diplôme alors qu'il pouvait gagner beaucoup d'argent en programmant des logiciels.

Son téléphone sonna et il sourit.

— Qu'est-ce que je peux faire pour toi, ma jolie ?

— Si seulement, fit-elle en riant. Tu as réussi à suivre ton cours d'éthique ?

— J'aurais préféré être au lit avec toi.

— Oui, bienvenue dans la réalité.

Sa voix changea, devenant plus grave.

— Bien que je puisse trouver un moment pour toi pendant

le déjeuner.

Sa bite se mit au garde-à-vous.

— Mon ami Trent m'a téléphoné il y a cinq minutes, ajouta-t-elle.

Cole détestait ce mystérieux « Trent ».

— Le fourgon est dans mon garage avec les clés dedans. J'ai ma pause déjeuner dans une heure et j'avais prévu de transporter le premier chargement au nouvel appartement…

— Je vais t'aider.

— Je ne veux pas te forcer.

— Tu ne me forces jamais. Je te retrouve à l'appartement ?

— Hmm…

Ce bruit caressa ses sens comme une main confiante.

— Pourquoi tu n'irais pas chercher le fourgon et me récupérer au travail ? Comme ça je n'aurais pas à rentrer à l'appartement avec ces stupides talons.

— J'adore ces talons.

Il pouvait encore sentir leur marque sur son cul.

Elle lui avait demandé de venir la chercher au travail. Elle commençait enfin à croire en lui. En eux.

— Gare-toi près de l'entrée des visiteurs et envoie-moi un message quand tu y seras. Je ferai en sorte que ça en vaille la peine, c'est promis. Je dois y aller. Je t'aime, dit-elle si faiblement qu'il l'entendit à peine.

— Je t'aime aussi, chuchota-t-il.

Il sauta dans l'escalator qui le conduisait à la ligne de métro.

———————

ASSISE AU BORD du lit double, Tess fixait la porte. Elle avait pris une douche rapide, fait disparaître les preuves de sa nuit torride avec Mac même si elle n'avait pu effacer le souvenir de sa colossale erreur. Ses cheveux tressés descendaient en une natte épaisse dans son dos, et la laine rouge de son pull la grattait. Elle ignora la sensation de froid et d'inconfort qui s'infiltra le long de sa colonne vertébrale.

Elle devait savoir ce qui se passait. Malgré le fait qu'Alex Parker l'avait traitée avec considération, elle se sentait comme une prisonnière. Pourquoi n'aurait-elle pas pu tomber amoureuse d'un type sympa comme Parker, plutôt que de l'imbécile du Montana à la voix douce et irritante ?

Elle serrait les poings à s'en faire mal, et s'obligea à relâcher sa prise et à faire glisser ses doigts le long de ses cuisses. Elle savait qu'elle avait fait une erreur en ne parlant pas des dossiers à Mac plus tôt. Ses raisons lui avaient semblé justifiées à l'époque, mais elle avait eu tort.

Mais elle ne croyait toujours pas que Cole était un tueur.

La porte s'ouvrit et Mac entra. Elle le regarda avec méfiance. Son regard bleu-vert, habituellement iridescent, était réservé. Elle ouvrit la bouche pour lui dire combien elle était désolée, mais il la coupa.

— Y a-t-il autre chose que tu ne m'as pas dit ?

Il ne la regardait pas en parlant. Comme s'il ne pouvait s'y résoudre. Comme s'il avait aussi honte de ce qu'ils avaient fait.

Elle serra les dents et leva le menton.

— Non.

— Quelque chose à propos de Cole que je devrais savoir ?

Il était habillé de façon décontractée, avec un jean et un pull bleu marine, mais l'agent fédéral était de retour en force. Plus d'ami ou d'amant.

— Est-ce qu'il a une arme ?

Elle cligna des yeux, puis se leva et se dirigea vers la fenêtre, regardant les voitures qui roulaient en contrebas, les gens qui vaquaient à leurs occupations quotidiennes. Sa vie tombait en ruines. Ses préoccupations concernant son entreprise n'étaient rien comparées à son inquiétude de voir son frère mourir ou au fait que son cœur se fendait comme du bois sec sous une lourde hache.

Son doigt traça une ligne sur le rebord de la fenêtre.

— Cole n'aime pas les armes à feu. Je ne pense pas qu'il ait jamais tiré avec une arme, encore moins qu'il en ait une.

Elle pressa une main sur son estomac. Les fédéraux allaient s'en prendre à son petit frère, armes au poing. Ils pensaient qu'il était impliqué dans ces meurtres.

Mac fit un pas de plus dans la pièce, sans fermer la porte derrière lui.

C'était ironique que ce soit elle qui ait des problèmes de confiance.

Elle ricana avec mépris en le regardant par-dessus son épaule.

— Tu penses réellement que je pourrais être de mèche avec ces gens ?

Sa voix se brisa, montrant à quel point elle était proche de la rupture.

L'incertitude balaya le visage de Mac. Il évitait son regard, sans chercher à maquiller son incertitude.

— Quel mobile pourrais-je avoir ? demanda-t-elle. Tu sais ce que je pense de ma famille.

— Je ne peux pas commenter une enquête en cours.

— C'est un peu tard pour respecter les règles maintenant, non ?

Il plissa les yeux et elle observa le jeu de lumière sur ses traits. Son front large et son menton têtu. Un duvet parsemait sa mâchoire et son cou. Une partie d'elle aurait voulu toucher sa peau rugueuse, passer sa paume sur sa chair. La sentir entre ses cuisses.

Mais il devrait chasser ces pensées et les classer dans la catégorie des « expériences uniques ».

Elle reporta son attention sur la fenêtre. De lourds nuages s'amoncelaient dans le ciel bleu. Des gouttes de pluie commençaient à frapper la vitre.

Ses émotions menaçaient de la broyer, mais elle refusait d'abandonner. Elle ne laisserait pas paraître la moindre faiblesse. Pas devant Steve McKenzie. Ni personne d'autre. Elle ne lui montrerait pas à quel point il l'avait blessée.

— Au fait, je n'ai pas dit à la police qu'on avait fait l'amour. Juste pour que tu le saches. Même si ton ami très sympathique, l'agent Walsh, ne m'a pas crue.

Il fronça les sourcils alors qu'ils se regardaient dans le reflet du verre.

— Je leur ai dit que tu m'avais demandé plus de détails sur Eddie et l'endroit où il pourrait se cacher.

Elle peinait à respirer, sa gorge rétrécissait.

— Ton boulot est sauf, sauf si tu as confessé tes péchés, ce dont je doute fort.

La bouche de Mac se crispa.

Elle eut un sourire sinistre. Elle pouvait voir à son expression qu'il n'en avait pas soufflé mot. Il pensait probablement qu'elle allait le faire chanter à ce sujet dans le futur.

— Donc ce qui s'est passé entre nous est notre petit secret et je n'admettrai jamais avoir fait une erreur de jugement aussi grosse.

La douleur traversa les traits de Mac, puis disparut. Était-il contrarié qu'elle ne le considère plus comme son héros ? Il serait plus contrarié si elle lui disait l'horrible vérité, le fait qu'elle était tombée amoureuse de lui.

En dessous d'elle, un taxi coupa la route à une limousine qui klaxonna. La vie continuait comme si de rien n'était alors que son monde béant exposait tous les secrets et toutes les douleurs qu'elle portait dans son cœur fragile. Eh bien, le monde n'aurait pas ce secret-là.

Un muscle de la mâchoire de Mac se contracta.

— Je ne t'ai jamais demandé de mentir pour moi.

Elle eut un rire amer.

— Je suis au courant.

— Mon travail est important pour moi.

Il avait l'air soudain sur la défensive.

— Crois-moi, s'il y a une personne au monde qui sait que tu es défini par les lettres de ton badge, c'est bien moi.

— La nuit dernière était une erreur.

Ces mots la frappèrent comme un coup de fusil et elle posa sa main sur le rebord de la fenêtre pour se stabiliser alors qu'elle s'efforçait de garder son masque malgré la douleur.

Elle n'avait pas réalisé à quel point elle avait baissé la garde devant lui. Et ce qu'elle ressentait maintenant était mille fois pire que la trahison de Jason et Julie. Cette fois, elle avait été assez stupide pour commencer à faire confiance à Mac, pas seulement en lui confiant son corps et ses secrets, mais aussi son cœur.

Elle ne croyait plus en l'amour. Plus maintenant. Cette illusion bon marché était pour les idiots, les fous et les chasseurs de licornes. C'était un mythe. Un mensonge. Un stratagème marketing de Disney.

Elle vint se poster face à lui. En haussant un sourcil.

— Oui, c'est vrai. Je l'ai réalisé au moment où tu m'as laissée nue sur le sol de la cuisine dès que ton ex-femme a claqué des doigts. Autre chose ?

Il leva le menton, les yeux brillants. Mais que pouvait-il ajouter ?

— Je vous souhaite d'avoir une belle vie, ASAC McKenzie. J'espère que ta promotion en vaudra la peine. Et ne t'avise pas de faire du mal à mon frère.

———

MAC SORTIT DE la chambre. Apparemment, la seule chose dont Tess se souciait était son frère sans valeur.

Il ne savait pas pourquoi il se sentait si énervé – oh, oui, quelqu'un avait assassiné son ex-femme et avait essayé de le faire accuser, et il avait presque foutu sa carrière en l'air en couchant avec une femme qu'il n'aurait pas dû approcher à moins d'un kilomètre. Peu importait que quelqu'un se balade en ville et tue des gens en raison de leur couleur, de leur croyance et de leur sexualité, et que le coupable ait probable-ment prévu d'autres atrocités.

Le regard de trahison sur le visage de Tess l'avait détruit, mais c'était de sa faute. Il avait été stupide de la laisser l'atteindre. Il n'était pas un adolescent naïf. Il avait connu plus d'une fois des relations amoureuses difficiles, raison pour laquelle il les avait évitées pendant si longtemps. Il aurait dû retenir la leçon. Peut-être qu'un blâme serait le coup de pied au cul dont il aurait besoin pour enfin garder la tête froide. Son cœur aurait dû être impénétrable, mais apparemment, une belle brune avec le signe pi tatoué autour du bras avait réussi à déjouer sa garde.

Mais son travail était la seule chose qui comptait vraiment dans sa vie. La seule chose qui lui avait permis de ressentir une certaine fierté et une certaine importance. Il se disait que ce qu'il faisait était important. Que ce qu'il avait fait de sa vie comptait.

Fidélité. Bravoure. Intégrité.

Tout à fait lui.

Au FBI, les apparences faisaient tout. Les règles étaient reines.

Il y avait de fortes chances pour que le frère de Tess soit arrêté pour conspiration de meurtre et l'une des rares choses qui pourraient sauver la carrière de Mac était de faire parler Cole Fallon avant que quelqu'un d'autre ne meure et de rassembler toutes les personnes impliquées.

Tess n'allait pas être très contente. Bon sang, elle pourrait bien être accusée d'obstruction à la justice pour ne pas leur avoir parlé de ce dossier plus tôt. Et c'était en supposant qu'elle était innocente.

Il retrouva Frazer dans le couloir.

— Prêt ?

L'homme hocha la tête.

— J'ai la localisation du portable de Cole Fallon. Il se dirige vers l'est, vers Capitol Hill.

Bon sang.

Parker les rejoignit et tendit à Mac un Glock-22. Mac afficha une mine appréciatrice en vérifiant l'arme.

— Qu'est-ce qu'on fait d'elle ? fit Mac en désignant la chambre de la tête.

— Tess ? demanda Frazer d'un air nonchalant.

Il avait le don de se comporter comme un connard avec un seul mot.

— Oui, grinça Mac. *Tess*.

— Je viens avec vous.

— Certainement pas.

Mac ne se retourna même pas vers elle.

— Elle peut monter avec moi, suggéra Parker. C'est une bonne idée de prendre deux voitures au cas où on devrait se séparer. Après avoir localisé Cole, je pourrai déposer Tess à sa voiture. En supposant que la presse se soit dispersée.

Mac croisa le regard de Parker. Il avait besoin que Tess soit protégée. Qu'elle soit en sécurité. Mais tout le monde se foutait de ce dont il avait besoin.

— Je ne veux pas m'imposer. Je ne mettrai pas votre opération en péril, mais je peux peut-être vous aider. Avec Cole.

Des larmes brillaient dans ses yeux.

Mac sentit sa lèvre supérieure se retrousser.

Le putain de petit frère, encore. Quand allait-elle voir que Cole était un adulte, responsable de ses propres actes ? Mac se retourna sans rien dire et ouvrit la voie vers le parking. Peut-être que c'était ce qu'il fallait pour convaincre Tess que Cole n'était plus un enfant innocent. Et peut-être que c'était exactement ce qu'il fallait pour tracer une ligne entre eux. Elle ne lui pardonnerait pas d'avoir arrêté son petit frère.

Mais il n'aimait pas l'idée qu'elle soit prise entre deux feux. Pas une nouvelle fois.

Il ne la regarda pas quand il monta dans la Lexus de Frazer et qu'ils démarrèrent. La distance entre eux augmentait de manière exponentielle à chaque seconde de cette enquête, à chaque mot qu'il laissait en suspens. Et il devait en être ainsi, même si ce qu'il voulait, c'était la prendre dans ses bras et lui dire que tout allait bien se passer.

Ce n'était pas le cas.

Il était temps qu'il se ressaisisse et prouve sa loyauté. Il était temps de tenir les promesses qu'il avait faites lorsqu'il avait juré fidélité aux États-Unis d'Amérique. Temps d'arrêter ces salauds. Temps d'oublier ses sentiments pour Tess.

CHAPITRE TRENTE

T ESS MONTA DANS une Audi basse et s'assit sur le siège sans regarder Mac qui s'éloignait dans la Lexus avec l'autre agent.

Alex Parker plaça son téléphone sur un support du tableau de bord, l'écran affichant une carte avec un point rouge. Ce point rouge était Cole.

Le cœur de Tess battait comme une proie sentant un prédateur, même si Cole était celui qu'ils traquaient.

Parker glissa un ordinateur portable derrière son siège.

— Tout va bien ?

— Seulement si la sensation de nausée est normale. Vous avez de la famille, M. Parker ?

Il tenait le volant d'une main souple, mais compétente. Il prit son temps pour remonter la rue. Il lui permettait de prendre de la distance par rapport à Mac. Un espace dont elle avait désespérément besoin.

Il la regarda avec un sourire indéchiffrable.

— Je n'en ai pas eu pendant de nombreuses années… Maintenant, oui.

Elle vit dans ses yeux que la famille était tout.

La panique en elle ne cessait de croître et menaçait de l'étouffer.

— À l'exception de ma mère adoptive qui est décédée

l'année dernière, Cole est la seule vraie famille que j'ai eue depuis l'âge de dix ans.

Elle frotta ses mains l'une contre l'autre, pour essayer de générer un peu de chaleur.

— J'ai consacré ma vie à prendre soin de lui.

— Il a grandi maintenant.

— Je sais. Et je sais qu'il est responsable de ses actes. S'il est impliqué dans ces meurtres ou dans un complot, il doit être tenu pour responsable, fit-elle en inspirant laborieusement. Il doit aller en prison.

— Mais vous ne croyez pas à son implication.

Parker se faufila dans le trafic, jetant un œil sur le point. Tess se crispa en le regardant, elle aussi. Cole résisterait-il à l'arrestation ? Probablement. C'était un jeune homme belliqueux. Allaient-ils lui tirer dessus ? Son estomac se retourna à cette idée.

Il était à environ 1,5 km. À cette heure, un vendredi matin, la circulation était calme.

— Vous ne pensez pas que Cole pourrait tirer sur quelqu'un ? demanda-t-il.

Elle se rongea l'ongle du pouce jusqu'à la peau et grimaça de douleur.

— Je sais qu'il ne le ferait pas.

— Parfois, les gens ont des secrets.

Tess faillit éclater de rire. Elle était experte en la matière.

— Ils cachent leur vraie nature, même aux gens qu'ils aiment.

Parker resta silencieux pendant un moment.

— Il n'est pas inhabituel d'avoir du mal à se faire à l'idée que quelqu'un puisse tuer un autre être humain…

— Je ne suis pas naïve, M. Parker. J'ai grandi dans un

camp de suprématistes blancs. Mon père voulait massacrer des innocents et faire sauter le gouvernement. Ils tabassaient ou tuaient tous ceux qui n'étaient pas d'accord avec leurs idéaux, et mariaient leurs filles à des pervers pour cacher des crimes sexuels. Je ne suis pas une de ces femmes qui voient le monde à travers des lunettes roses, ou alors ce sont des roses rouge sang et épineuses.

Parker lui jeta un autre regard réfléchi.

— Appelez-moi Alex. Et que Cole soit coupable ou non, la garde à vue est peut-être l'endroit le plus sûr pour lui, pour le moment.

Il marqua une pause, réfléchissant.

— Si l'assassin s'appuie sur la doctrine de votre père pour essayer de déclencher une guerre contre le gouvernement fédéral, qui vous dit qu'il ne vous utilisera pas, votre frère et vous, pour servir sa cause, avec ou sans votre consentement ?

Elle n'avait pas vu les choses ainsi. Elle fronça les sourcils en lisant les noms des rues qu'ils traversaient, un souvenir tiraillant son subconscient.

— C'est étrange que je vive ici maintenant. Les seuls livres que j'avais le droit de lire quand j'étais petite étaient la *Bible* et les *Carnets de Turner*, qui se déroulent en partie à Washington. Vous l'avez déjà lu ?

Parker secoua la tête.

La bouche de Tess devint soudain sèche et son cœur se mit à battre la chamade.

— C'est un torchon rempli de haine. Les soi-disant héros du livre attaquent le QG du FBI.

Alex soutint son regard pendant une bonne seconde et elle crut qu'ils allaient avoir un accident. Puis il enfonça l'accélérateur.

Tess s'accrocha. Il conduisait si vite qu'elle était terrifiée à l'idée de mourir dans une collision frontale alors qu'il roulait du mauvais côté de la grande avenue qui portait le nom du grand État de Pennsylvanie. Le bâtiment du Capitole se dressait telle une sentinelle au loin.

Elle le vit exactement au même moment que Parker.

— Merde.

Il serra le frein à main et parvint à immobiliser sa voiture en travers de la route, bloquant deux des quatre voies de circulation en direction du nord. Il bondit et courut vers un policier en patrouille, lui criant d'arrêter le trafic. Tess sauta du siège passager et, alors que Parker avait le dos tourné, elle commença à sprinter vers la camionnette blanche qui était garée devant l'entrée des visiteurs du FBI.

———

MAC ET FRAZER venaient de tourner de la 9e Avenue vers Pennsylvania Avenue, espérant apercevoir Cole Fallon quand chaque molécule de salive s'évapora de la bouche de Mac.

Un fourgon de déménagement blanc se trouvait juste devant l'entrée sud du bâtiment J. Edgar Hoover. Le point rouge du téléphone portable de Cole clignotait sur l'écran de Frazer à cette position exacte. Mac appela Walsh au SIOC.

— Possible fourgon piégé au siège du FBI sur Pennsylvania Avenue. Demande à la sécurité de faire venir l'équipe de déminage dès que possible et de déplacer les gens vers le nord du bâtiment.

Frazer était au téléphone avec Parker et demandait la mise en place de brouilleurs de signaux. Mac sortit de la Lexus et regarda autour de lui. Les touristes parsemaient le trottoir. Les lieux n'étaient pas bondés, mais il y avait assez de monde pour faire un bain de sang. Le quartier général avait été conçu pour résister à l'explosion d'une bombe, mais avec suffisamment d'explosifs, un aspirant McVeigh pourrait infliger de sérieux dégâts.

C'était comme l'attentat d'Oklahoma City. Dans les *Carnets de Turner*, l'enfoiré de héros attaquait ce même bâtiment. Copier ce récit cancéreux était le moyen parfait pour ces connards d'essayer de lancer leur révolution.

Il aurait dû s'en douter.

Il aperçut un éclair rouge et son cœur s'arrêta de battre. Tess courait vers le véhicule. Pendant une fraction de seconde, il se demanda s'il n'avait pas eu tort pendant tout ce temps de penser qu'elle n'était pas impliquée. Puis il arrêta de penser et commença à courir.

Frazer était à son niveau. Tous deux avaient l'arme au poing. Les civils se dispersèrent en courant. Tess cria le nom de son frère. Puis, quand elle fut à une vingtaine de mètres du fourgon, Parker la plaqua au sol. Elle était toujours à portée de tir.

Mac était en sueur et sa bouche était aussi sèche que dans un four. L'idée que Tess puisse être blessée ou mourir était suffisante pour le faire trembler jusqu'à la moelle.

Elle criait le nom de son frère, le suppliant de ne pas faire de bêtises. Ce train avait quitté la gare il y avait bien longtemps.

Parker lança à Mac son porte-clés et il l'attrapa d'une main. La lumière rouge était allumée et Mac se souvint de ce que le type avait dit à propos du blocage des signaux électroniques dans un petit rayon. Mac plaça la télécommande sur le pare-chocs arrière et dit une petite prière alors que Frazer et lui s'approchaient de la porte côté conducteur.

Peu importait votre religion ou votre entraînement, face à un engin explosif improvisé potentiel, vous adressiez quand même quelques prières à l'homme là-haut.

Il pointa son arme sur le conducteur. Cole Fallon, bouche bée, le regardait. Seul le fait que Mac pouvait voir ses deux mains l'empêcha de mettre une balle directement entre les yeux du jeune homme.

Mac ouvrit la porte et le tira de son siège. Heureusement, il n'y avait pas de détonateur en vue. Mais la peur ne disparut pas.

Si les explosifs étaient liés à une minuterie, ils étaient quand même tous baisés.

— Cole, qu'est-ce que tu as fait ? cria Tess.

Parker remit Tess sur ses pieds et l'entraîna loin du danger. Mac n'osa pas la regarder.

Frazer menotta Cole pendant que Mac braquait une arme sur lui. Puis ils remirent Cole sur pieds.

— Qu'est-ce que vous foutez, bordel ? cria Cole.

— Comme si tu ne le savais pas, marmonna Mac.

— Je vais vous faire accuser de brutalité policière. Les gens sont en train de filmer.

Mac jeta un coup d'œil autour de lui. Bien sûr, il y avait des touristes qui filmaient le spectacle sans se soucier du danger qu'ils pouvaient courir. *Merde.* Les fédéraux devaient s'en occuper sans attendre. Dégager les rues. Arrêter les vidéos. Contenir la foule.

D'abord, ils devaient s'assurer que la bombe était désamorcée.

Frazer prit le portable du type et les clés dans sa poche. Puis Mac poussa Cole vers l'arrière du fourgon. Les techniciens de l'équipe de déminage se précipitèrent hors du bâtiment. Il n'aurait pas fait leur travail pour tout l'argent de la Réserve fédérale.

— Nous avons des raisons de croire qu'il y a une bombe à l'intérieur, dit Mac au technicien.

La mâchoire de Cole se décrocha.

— Un expert en sécurité a mis en place un brouilleur de signaux. Ouvrez. On veut voir ce qu'il y a à l'intérieur pour savoir à quoi on a affaire, dit Frazer avec impatience.

— Et dépêchons-nous au cas où il y aurait une minuterie, ajouta Mac.

Le démineur jeta un regard méprisant à Mac et Frazer.

— Bien sûr. Comme ça, on meurt tous. Reculez, je vais regarder à l'intérieur.

Mac voulut rétorquer qu'il restait, mais il n'avait pas le choix. Il recula et entraîna Cole avec lui. Tess fut évacuée dans la direction opposée et chaque mètre qui les séparait semblait être un trou noir qui s'ouvrait entre eux.

— Vous allez vous sentir comme des putains de crétins quand ce type ouvrira ce fourgon. Ce sont les meubles de ma copine. Appelez-la. Carolyn Martin. Elle travaille ici. J'étais sur le point de lui envoyer un texto pour lui dire que j'étais là pour la récupérer.

Cole riait, mais sa voix était tendue.

— J'espère que la presse a filmé votre humiliation, trous du cul.

Il avait l'air de croire ce qu'il disait. Si Mac n'avait pas eu d'autres informations, il aurait pu croire Cole.

Mac et Frazer s'abritèrent derrière la voiture de Frazer et attirèrent Cole à leurs côtés. Après quelques minutes, le technicien ouvrit lentement l'arrière du fourgon et poussa un sifflement.

Ils jetèrent tous un coup d'œil et le cœur de Mac s'arrêta de battre. Il y avait assez de barils de carburant et d'engrais pour détruire un bloc entier. Assez pour tuer et mutiler toute personne à proximité.

— Qu'est-ce que… ? chuchota Cole.

Sa peau prit un éclat laiteux. Il vacilla.

Mac fixa le frère de Tess et sut qu'ils étaient tous les deux sur le point de lui briser le cœur. Mais au moins, elle était en vie. Au moins, ce connard n'avait pas fait exploser le fourgon et sa sœur avec. Les tripes de Mac se serrèrent à l'idée que Tess ait pu se retrouver au milieu. Il aurait voulu frapper Cole pour avoir craché sur tous les privilèges qu'il avait eus en grandissant, mais il fit quelque chose de plus satisfaisant.

— Cole Fallon, je vous arrête pour possession d'une arme de destruction massive…

CHAPITRE TRENTE ET UN

ELLE CONSULTA SA montre et leva nerveusement les yeux de son terminal informatique. Il était midi moins dix. Où était Cole ? Il aurait déjà dû lui envoyer un message. Puis elle entendit un murmure d'excitation courir dans le bâtiment.

— Qu'est-ce qui se passe ? demanda-t-elle à un technicien qui passait derrière elle.

— Rapports contradictoires sur une possible alerte à la bombe dans la rue.

— Une alerte à la bombe ?

— Un fourgon piégé.

Et merde.

— On doit évacuer ?

— On nous a dit de nous abriter sur place. Le SIOC a été conçu pour résister à ce genre d'explosion. On devrait s'en sortir.

Un frisson d'excitation la traversa. Elle fouilla dans la poche de sa sacoche en cuir pour récupérer son tout nouveau téléphone portable. Avec révérence, elle composa le numéro du téléphone relié aux 2 200 kg d'explosifs placés à l'arrière de ce fourgon – exactement la même quantité que McVeigh avait utilisée en Oklahoma. Elle attendit que l'appel aboutisse, se préparant à l'explosion même si elle devrait être en sécurité. Elle n'avait jamais eu l'intention de mourir pour la cause. Elle ne pouvait pas diriger depuis la tombe ni depuis une cellule de prison.

Elle regrettait que Cole meure, mais il s'était avéré que sa ressemblance avec son père n'allait pas plus loin que sa bonne mine. Cole avait été corrompu. Mais il mourrait en honorant la mémoire de son père, l'homme qu'elle avait tant aimé.

Elle serra les lèvres et recomposa le numéro. Elle s'attendait à ressentir une explosion, mais rien ne se produisit. *Bon sang.* Elle appela une troisième fois. Puis encore. Rien.

Cet idiot avait-il merdé en fabriquant la bombe ? Trent était un fermier de Virginie qui était pour le rétablissement de l'esclavage. Ce n'était pas le plus malin du lot. Elle aurait dû savoir qu'il était le maillon faible de la chaîne, mais cela était-il si difficile d'accomplir sa mission ? Elle remit le portable dans son sac et le ferma. On n'était jamais mieux servi que par soi-même.

— Le spectacle est terminé, cria leur chef de section à travers la pièce. La bombe a été désamorcée.

Elle applaudit comme tous les autres employés sans cervelle.

— Qui est le responsable ? cria quelqu'un.

— Un jeune gars. Lié à ce groupe nationaliste blanc, les Pionniers.

— Ils l'ont tué ?

— Non, ils l'ont sorti du fourgon et ils l'ont arrêté. Ils l'ont amené pour l'interroger.

Et merde. C'était la fin.

Elle avait échoué.

Tout ce qu'elle avait fait. Tout ce pour quoi elle avait travaillé. Tout ça pour rien.

Elle se leva et étira son dos. Cole ne connaissait peut-être pas son vrai nom, mais ce n'était qu'une question de temps avant qu'on ne lui montre des photos et qu'il ne l'identifie comme son amante. Elle devait disparaître avant qu'ils ne la trouvent.

Elle sentit de l'agitation près de la porte principale. Le directeur du FBI et le procureur général des États-Unis se rendaient dans leur salle de briefing. Elle consulta sa montre. Ils étaient en retard, mais peut-être étaient-ils là à cause de l'alerte à la bombe. L'excitation se mit à bouillonner dans son sang, lui donnant presque le vertige.

Leur attentat à la bombe avait certes échoué, mais elle pourrait peut-être faire mieux. Tuer le directeur du FBI et le procureur général en plein cœur du bâtiment Hoover enverrait un message qui traverserait les siècles.

Sur les écrans de la salle des médias, elle pouvait voir des images du fourgon garé à l'avant. Les coyotes des médias allaient grogner pour avoir plus d'informations, une histoire à raconter. Ses camarades patriotes de tout le pays attendaient, prêts à se lever et à agir dès qu'ils verraient un signal clair que la révolution avait commencé.

Cela pourrait fonctionner.

Elle commença à se diriger vers la salle de réunion où se mêlaient certains des assistants. Elle mit sa main sur son arme. Tout le monde parlait avec excitation. Personne ne la remarqua. Puis le directeur et le procureur général entrèrent dans la petite salle de briefing privée et fermèrent la porte. L'homme qui se tenait devant la porte croisa son regard et la fixa durement. Sa main s'éloigna de son arme. Elle continua à marcher et tourna à droite, se dirigeant vers le couloir extérieur. Elle alla aux toilettes pour se ressaisir.

Patience, se dit-elle. Elle avait déjà attendu près de vingt ans. Elle pouvait attendre quelques minutes de plus.

———————

DES FRISSONS SECOUAIENT son corps si violemment que Tess ne pouvait pas se lever. Elle était blottie dans l'Audi de Parker, sonnée par l'énormité de ce qu'elle venait de voir.

Son petit frère avait été traîné hors d'une camionnette qui était apparemment pleine d'explosifs. Voir Cole dans ce fourgon l'avait terrifiée et rendue honteuse à parts égales. Qu'est-ce qui n'allait pas avec l'ADN de sa famille ? Pourquoi ressentaient-ils tous le besoin de haïr et de détruire ?

L'idée que Cole et Mac aient pu être tués lui donnait envie de se mettre en boule et de ne plus bouger. Tout aurait été de sa faute. La révélation de son amour pour l'agent fédéral l'avait frappée avec une férocité renouvelée face à la possibilité de sa mort imminente.

Elle aurait dû lui confier les informations qu'elle avait sur son frère. Le FBI aurait pu arrêter Cole sans mettre autant de vies en danger.

Elle n'arrêtait pas d'imaginer Mac courant vers ce fourgon et tirant son frère sur la route. Elle aimait Cole. Mais elle aimait aussi Steve McKenzie. Il était agaçant et exaspérant et brave et courageux. Elle avait l'horrible sentiment qu'elle l'avait toujours aimé et qu'elle l'aimerait toujours. Elle ne pouvait plus ignorer ses sentiments, mais quelle différence cela faisait-il ? Il n'y avait aucun futur possible pour eux. Aucune rédemption après ce désastre.

Parker se glissa sur le siège conducteur à côté d'elle.

— C'était vraiment une bombe ? lui demanda-t-elle doucement.

Il hocha la tête, l'air complètement imperturbable.

— Les démineurs ont sécurisé le périmètre.

Son cœur se tordit. Son frère était un terroriste national. Mais… quelque chose clochait.

— Vous allez penser que je suis folle, mais j'ai grandi avec ce genre de personnes, dit-elle en frottant ses bras gelés. Mon frère ne correspond pas au profil.

Le regard de Parker devint perplexe.

— Vous doutez toujours qu'il soit impliqué ?

— Ils ont bien essayé de piéger Mac pour le meurtre de son ex-femme, fit-elle remarquer. Pourquoi pas essayer de piéger Cole aussi ?

— Hmm… il était au volant d'un fourgon piégé garé devant le QG du FBI et a été pris sur le fait…

— Mais il était assis là ! Sans bouger ! Cole n'est pas stupide et il n'est pas suicidaire. Écoutez…

Les pièces du puzzle commençaient à s'imbriquer.

— Il a récemment commencé à sortir avec une femme beaucoup plus âgée que lui. Il a été très secret à son sujet, il a refusé de nous la présenter. Je l'ai suivi mardi et il l'a retrouvée pour déjeuner non loin de cet endroit. Elle est peut-être impliquée. Elle l'a peut-être piégée ?

Les yeux d'Alex se dirigèrent vers l'énorme bâtiment du FBI et il fronça les sourcils.

— Ce serait une supercherie assez élaborée.

— Ils ont planifié ça depuis vingt ans, Alex. Je pense qu'ils ont eu le temps d'y réfléchir.

Son regard devint encore plus acéré.

— Personne ne va me croire si je dis quoi que ce soit. Surtout pas Mac.

Quelqu'un ouvrit sa porte et s'accroupit à côté d'elle. Elle se prépara à affronter Mac, mais c'était l'agent Walsh. Son estomac reprit son horrible barattage.

— J'ai besoin que vous entriez et que vous fassiez une déposition.

Walsh commença à la traîner hors de la voiture et elle cria quand il saisit son bras assez fort pour lui faire mal.

— Hé. Attention.

Mac apparut soudain à côté d'elle, écartant le gars d'un coup de coude.

Mac tendit la main et Tess prit la sienne à contrecœur. Il serra les doigts, mais il n'y avait aucun réconfort dans ses yeux.

Elle se dégagea dès qu'elle fut sur le trottoir, et croisa les bras. Quels que soient ses sentiments pour cet homme, elle ne pouvait pas se permettre de baisser ma garde. La seule chose qui lui restait était sa dignité, et elle était en lambeaux.

— Je dois l'emmener pour l'interroger, insista Walsh.

— Tu veux dire, pour qu'elle fasse une déposition ? fit Mac en fronçant les sourcils.

Walsh roula des yeux en poussant un profond soupir.

— Elle pourrait être impliquée, Mac. Tu le réalises forcément ?

— Elle n'a rien à voir avec ça, dit Mac de manière catégorique. J'ai été avec elle pendant presque toute la semaine dernière.

Il ne mentionna pas les dossiers, et Tess se surprit à observer son visage en essayant de savoir quand cette information allait lui tomber sur la tête et exploser.

— On a demandé à nos gars d'analyser son activité sur Internet, ses e-mails et ses appels téléphoniques.

Elle prit enfin conscience de la chose, même si Parker l'avait mentionné plus tôt. Mac avait utilisé leur attirance mutuelle pour se rapprocher d'elle pendant qu'ils vérifiaient son passé. Elle ne lui avait pas compliqué la tâche. Une autre raison de le mépriser et de se mépriser elle-même.

— Rien ne suggère qu'elle ait quelque chose à voir avec ces meurtres ou ce complot. Je suis prêt à miser ma carrière là-dessus.

— Quelle carrière ? murmura quelqu'un.

Tess releva la tête. Qu'est-ce que cela signifiait ? Ses yeux cherchaient le visage de Mac, mais il refusait de croiser son regard.

— Je dois faire mon travail, Mac, dit Walsh. Tu n'es plus sur l'affaire, tu te rappelles ?

— Tu es au courant qu'ils m'ont innocenté du meurtre de mon ex-femme, non ? fit Mac avec impatience.

— C'est pour ça que je te laisse emmener Cole Fallon pour l'interroger.

Tess avait la nausée.

— Tu n'as jamais pensé qu'ils avaient peut-être piégé Cole de la même façon que toi ?

Elle soutint le regard de Mac malgré le doute terrible qu'elle y voyait.

Rien de ce qu'elle dirait ne ferait la moindre différence. Elle inspira profondément.

— Finissons-en, dit-elle en tendant les poignets.

Walsh sortit ses menottes de sa poche.

— C'est une blague ? s'emporta Mac.

— C'est un peu tard pour la galanterie, cracha-t-elle. Tu enquêtes sur moi depuis le début, ne prétends pas le contraire. Tous ces voyages dans le passé pour essayer de savoir ce que je savais ? J'espère que tu as trouvé toutes les informations dont tu avais besoin.

Il haussa les sourcils. Ce n'était pas ce qui s'était passé entre eux. Tess lui offrait une porte de sortie et elle espérait qu'il était assez intelligent pour la prendre. Sa vie à elle était ruinée. Elle avait besoin de recommencer à zéro. Mais au moins, elle pourrait sauver sa carrière à lui.

Mac la regarda fixement, ses yeux bleu vert sombres d'agacement.

— Crois-moi, la galanterie est la dernière chose que j'ai en tête en ce moment.

Il avait l'air prêt à tuer quelqu'un.

Parker se pencha vers l'oreille de Tess et murmura :

— Ne dites pas un mot dans la salle d'interrogatoire. Je vais appeler mon avocat. C'est le meilleur de Washington.

— Je ne peux pas me le payer, Alex. Ne lui faites pas perdre son temps.

Il lui serra l'épaule.

— Laissez-moi m'occuper de ses honoraires. Mac ne fait que son travail. Ne le lui reprochez pas.

Ce n'était pas le cas. Vraiment. Tess hocha la tête, mais elle se sentait terriblement mal.

— Dites-lui ce que je vous ai dit sur la petite amie, insista-t-elle auprès de Parker.

Personne ne l'écouterait maintenant.

Walsh fit claquer les bracelets en métal dur et l'homme dont elle était tombée amoureuse resta là, à la regarder. C'était comme la nuit de la descente, quand Mac l'avait laissée se débrouiller seule. Puis elle traversa la grande avenue, entourée d'un groupe d'agents qui semblaient tous avoir attrapé l'une des personnes les plus recherchées par le FBI.

Elle n'arrivait pas à croire qu'elle était escortée au QG du FBI, menottée comme une vulgaire criminelle. Ses parents auraient été tellement fiers.

———————

MAC REGAGNA LE bâtiment du FBI où l'attendait Frazer. Il prit Cole par le bras et l'emmena sur un chemin différent de celui que Walsh avait choisi pour Tess.

— J'ai vérifié. Il n'y a personne du nom de Carolyn Martin qui travaille ici. Il va falloir faire mieux, gamin.

Mac était inquiet. Il devait attraper la taupe, mais il devait aussi assurer la sécurité des autres agents.

— C'est ridicule. Vous vous trompez. Elle travaille ici. Vérifiez mon téléphone portable.

— Oh, on vérifie ton portable, mon grand.

Mac l'avait passé à Alex sans que personne ne le voie.

— Arrêtez de me traiter comme un putain de gamin, hurla Cole.

Un agent de sécurité du FBI s'approcha d'eux, inquiet, mais Mac lui fit signe de s'éloigner. Frazer le suivit pendant qu'ils traversaient la cour et se dirigeaient vers les ascenseurs.

— Alors, arrête de nous raconter des histoires.

Mac essayait de ne pas penser à Walsh emmenant Tess menottée. Il ferma les yeux pendant un moment. Quand il l'avait vue courir vers le fourgon, il avait eu l'impression que quelqu'un avait arraché le sol sous ses pieds, et à l'instant, elle avait essayé de le protéger. Officiellement, il s'était rapproché d'elle pour l'utiliser – ce qu'il pensait à l'époque, mais il savait maintenant qu'il s'était menti à lui-même.

Il s'était rapproché d'elle parce qu'il ne supportait pas de rester à l'écart. Il avait couché avec elle parce qu'il n'aurait pas pu s'éloigner même si sa vie en avait dépendu.

— À quoi elle ressemble, cette supposée petite amie ? insista Mac.

Cole se tut.

— Tu réalises que si ce que tu dis est vrai, elle t'a piégé ? Hein ? se moqua Mac.

Il poussa Cole dans l'ascenseur, laissant transparaître son incrédulité.

— Elle t'a laissé assez d'engrais pour faire exploser un bloc entier. On n'aurait même pas pu t'identifier.

Il se planta devant le visage de Cole.

— Tu aurais été un putain d'aérosol, tête de nœud, et pourtant, je suis censé croire que tu es assez bête pour la protéger ?

Cole plissa les yeux.

— Maintenant, tu ressembles vraiment à ton papa. Tel père, tel fils, hein ? Quel était le plan ? Tu voulais mourir en martyr pour la cause ?

Cole secoua la tête et détourna le regard.

— Je ne sais pas ce qui se passe. Je n'ai pas de cause.

Il voulut lever les mains, mais les menottes l'en empêchèrent. Il fronça les sourcils comme si un alien avait pris possession de son corps.

— Carolyn m'a demandé de l'aider à déménager aujourd'hui. Elle a dit que son ami Trent avait rempli la camionnette de déménagement avec les premiers cartons, et elle a suggéré que je prenne le fourgon et que je vienne la chercher au travail pour qu'on puisse déposer le premier chargement.

Le visage de Cole s'illumina.

— C'est ce type, Trent, que vous cherchez. Il devait savoir qu'elle travaillait ici et l'a piégée.

Conneries.

— À quoi elle ressemble ? répéta Mac.

— Mince. Cheveux bruns raides. Yeux bleus.

— Tu as une photo ? demanda Mac.

— Elle n'aimait pas être prise en photo, répondit Cole, qui avait l'air moins sûr de lui à présent. Elle est plus âgée que moi et elle disait que les photos lui rappelaient cette différence. Mais elle n'a pas l'air plus âgée. Elle est sexy.

Son explication manquait de conviction, comme s'il commençait à voir les trous dans son histoire.

— Oui, si elle est celle que je pense, elle est assez vieille pour avoir baisé ton vrai père, aussi.

Mac jaugea la réaction de Cole à cette information.

— Je parie qu'elle a éprouvé un réel plaisir à coucher avec toi alors que tu ressemblais tant à David.

Cole parut se décomposer.

— Je ne crois pas un mot de tout ça.

— Tu ferais mieux de le croire, et si tu veux revoir l'extérieur d'une cellule de prison, tu ferais mieux de nous aider à la trouver.

Des larmes remplirent les yeux de Cole et roulèrent sur ses joues.

— Ce n'est pas possible.

Puis il jeta sur Mac un regard furieux.

— Pourquoi ils ont menotté Tess ? Elle a des problèmes ?

Mac lui adressa un petit sourire.

— C'est moi qui pose les questions.

Sauf que ce n'était pas vraiment le cas. Il devait le livrer au SIOC et l'équipe prendrait le relais. Il avait été mis sur la touche. Le meurtre de son ex et son implication avec Tess signifiaient qu'il y avait trop de conflits d'intérêts. *Bon sang.* Il devait trouver la taupe au plus vite. Cole pouvait ou non dire la vérité, mais Mac était sûr qu'il y avait un infiltré.

Ils sortirent de l'ascenseur, mais le couloir était vide. Dieu merci.

— Donc cette femme, Carolyn, t'a dit qu'elle était un agent du FBI ?

— Oui.

— Et tu l'as crue, se moqua Mac.

— Elle avait un pistolet, un badge. Pourquoi je ne l'aurais pas crue ?

— Pourquoi tu avais un dossier sur les victimes des meurtres sous ton matelas ?

Cole fronça les sourcils.

— Mais de quoi vous parlez ?

Sa confusion semblait réelle. Mac échangea un regard avec Frazer.

— Tu penses à ce que je pense ? demanda Frazer.

Que peut-être Tess avait raison. Peut-être que le gamin avait été piégé de la même façon que Mac. Il hocha la tête.

— C'est possible.

— S'il dit la vérité, tu vas devoir ramper devant Tess et tu cracheras de la terre pendant une semaine, lui dit Frazer.

Cole se retourna.

— Comment ça ?

Frazer rit et Mac lui lança un regard furieux.

— Ce type est amoureux de ta sœur.

— Ne sois pas un putain de connard, murmura Mac, mais il avait l'impression que quelqu'un avait enroulé des griffes autour de son cœur et le serrait.

Bien sûr qu'il était amoureux de Tess. Et il avait arrêté la personne à laquelle elle tenait le plus au monde. La seule personne à laquelle elle tenait. Elle allait le détester.

Même s'il ne perdait pas sa carrière suite à ce merdier, Tess ne serait jamais acceptée par ses collègues, et le FBI était une famille avant tout.

Rien de tout cela n'avait d'importance pour le moment. Il devait découvrir qui était la taupe. Il se souvint soudain de quelque chose et sortit son portable pour passer un appel.

— Miki ? Faites une recherche pour moi sur les agents du FBI et le personnel administratif qui étaient basés dans tous les bureaux régionaux où des meurtres avec un mode opératoire similaire ont eu lieu et rappelez-moi.

Il raccrocha.

— Elle serait toujours là ? demanda Frazer, sceptique.

Mac serra les dents de frustration.

— J'en doute. Je suis sûr qu'on vient de saborder ses plans d'une grande manifestation antigouvernementale. Elle sait qu'on est sur ses traces. Elle doit être furieuse.

CHAPITRE TRENTE-DEUX

WALSH NE FIT preuve d'aucune brutalité tandis qu'il traînait Tess le long de kilomètres de couloirs blancs et lumineux.

— Je suis en état d'arrestation ? lui demanda-t-elle.

— Pas encore.

Il n'avait pas l'air très amical.

— Vous pensez que je suis impliquée.

— Je ne sais pas si vous êtes impliquée ou non, c'est pour ça que j'aimerais que vous répondiez à quelques questions, grogna-t-il. Je pense que vous avez gâché la carrière d'un très bon agent fédéral et d'un bon ami à moi.

— Il n'a rien fait de mal. Il a renoué avec une vieille connaissance afin de faire avancer l'enquête. J'aurais pensé qu'il aurait le droit à des éloges.

Walsh serra la mâchoire.

— Que va-t-il arriver à mon frère ?

— Des tas et des tas de questions. Et probablement la prison à vie. Quant à vous… fit-il en la balayant de la tête aux pieds, les yeux brillants de mépris. Je suppose qu'on ne tardera pas à le découvrir.

Elle frissonna. Durant toutes ces années, elle avait fui son passé, mais cela avait abouti au même résultat. Menottée par le FBI. Ce devait être sa destinée. Elle releva le menton et pinça les lèvres. Elle ferait bien de se souvenir du conseil de Parker et de se taire jusqu'à l'arrivée de son avocat. Elle ne voulait pas finir en prison.

Ils arrivèrent devant une porte et Walsh utilisa son badge pour les faire entrer.

Ils pénétrèrent dans une petite salle de conférence bondée et Tess se retrouva face à son pire cauchemar.

Devant eux, Mac et Frazer encadraient Cole, qui portait des menottes tout comme elle.

Un grand homme noir désigna un côté de la pièce avec un regard dur.

— Attendez là jusqu'à ce qu'une pièce sécurisée soit disponible.

Elle voulait parler à son frère, mais savait qu'en le faisant, elle ne ferait qu'empirer les choses.

Mac regarda par-dessus son épaule comme s'il sentait sa présence et leurs yeux se croisèrent. Ce court moment de communication silencieuse témoignait de chaque once de regret et de culpabilité.

La porte principale derrière eux s'ouvrit au même moment qu'une autre sur la droite. Un petit groupe d'hommes et de femmes en costume se déversait d'une salle de réunion.

Walsh l'attira contre le mur.

Cole jeta un coup d'œil par-dessus son épaule. Il croisa son regard et son expression était si confuse et misérable que le cœur de Tess se serra pour lui. Puis ses yeux s'élargirent et Tess se retourna pour voir ce qu'il fixait. Une femme tenait un porte-bloc devant elle, mais depuis sa position latérale ; Tess aperçut une arme. La femme leva son pistolet pour viser les personnes qui quittaient la salle de réunion.

Pas le temps pour un avertissement verbal. Tess donna un

coup de pied à la femme pour la déstabiliser, mais la garce ne lâcha pas son arme.

— Elle a voulu me prendre mon arme ! cria la femme.

— Carolyn ! cria Cole depuis l'autre bout de la pièce.

Tout le monde se mit à bouger en même temps.

Walsh essaya de retenir Tess, mais elle savait que la femme mentait. Elle savait aussi qu'il devait s'agir de la « petite amie » de Cole qui avait mené son frère en bateau, l'avait piégé et avait essayé de le tuer.

L'arme était toujours là et Tess vit les agents réagir presque au ralenti. Elle savait qu'ils penseraient qu'*elle* était la menace et le temps qu'ils comprennent la vérité, quelqu'un risquait de mourir. Elle ne voulait pas que ce soit Mac ou Cole.

Dix-huit ans de pratique des arts martiaux permirent à Tess de se défaire de l'emprise de Walsh. Ses menottes l'entravaient toujours, mais elle repoussa le porte-bloc pour rendre visibles les mains de la femme. Tout le monde avait toujours une fraction de retard sur elle en temps de réaction et Tess n'avait pas le temps de penser ; elle devait agir. Elle se précipita sur la femme, la plaquant contre le mur. La détonation d'une arme de poing explosa dans le chaos et une douleur fulgurante naquit sur son côté comme un tisonnier chauffé à blanc s'enfonçant dans sa chair.

PAULA CRIA DE frustration alors que la salope de sœur de Cole venait ruiner ses plans de vengeance. Vingt ans de planification et de préparation détruits et pour quoi ?

Elle n'avait pas pu viser le directeur. Elle éloigna l'arme de Tess et tira un autre coup, mais le directeur et le procureur général retournèrent dans leur bulle de protection, tandis que ses collègues se bousculaient pour essayer de comprendre ce qui se passait.

Les imbéciles. Les idiots. Les crétins !

Paula soutint Tess de son bras gauche et plaqua le Smith et Wesson que David lui avait donné contre le front de sa fille.

La pièce devint silencieuse et Tess, qui s'appuyait lourdement sur Paula, se crispa. Un faux mouvement et elle serait heureuse de tirer à nouveau sur cette chienne.

L'agent Walsh était à terre, en sang.

— Paula ?

L'ASAC Steve McKenzie s'approcha, l'arme dégainée, ne quittant pas son visage des yeux, même si elle savait qu'il voyait tout ce qui l'entourait, de son pote Walsh qui se vidait de son sang sur le sol, à Tess, son bouclier humain.

— Est-ce que tu l'aimes, McKenzie ? fit-elle d'une voix éraillée. Ou tu l'as juste baisée pour avoir des informations ?

— Je l'aime.

Les mots de Mac la surprirent par leur honnêteté. Elle ne l'avait pas cru capable d'autant de sincérité.

— Si vous avez vraiment aimé David, vous laisserez partir sa fille.

Elle sourit avec amertume. Steve McKenzie était la dernière personne qui aurait dû être autorisée à prononcer le nom de David. Il était la raison pour laquelle l'homme qu'elle aimait était mort.

Puis elle réalisa soudain quelque chose. Elle pouvait encore prendre sa revanche.

— Je vous ai regardés tous les deux baiser comme des lapins en manque. Je me suis dit que vous seriez occupés sur la table de la cuisine assez longtemps pour que je tue ta satanée ex. Les flics ont été assez stupides pour tomber dans le panneau et le FBI a suivi docilement.

Tess essaya de se débattre, mais Paula resserra sa prise. Les gens autour d'eux ne semblaient pas réaliser que Tess avait pris une balle et se vidait lentement de son sang.

— Reste tranquille si tu veux que ton frère vive, siffla-t-elle à l'oreille de Tess.

Paula regarda Cole, choqué, le visage blême. Pauvre enfant. Il n'avait aucune chance en ayant été élevé dans un environnement aussi pollué.

— Carolyn ? fit Cole en déglutissant bruyamment. Qu'est-ce que tu fais ?

Elle pinça les lèvres et secoua la tête.

— Ce n'est pas Carolyn, mon amour. C'est Paula. Carolyn était une couverture que j'utilisais à l'occasion.

Elle vit son front se plisser de confusion.

— J'ai fait ce que ton père voulait que je fasse, Cole. Ça ne voulait pas dire que je ne t'aimais pas.

Tess était lourdement appuyée contre elle à présent. Paula sentait le sang chaud et glissant s'infiltrer dans son costume.

Mac se rapprocha. Paula savait qu'il était doué avec un pistolet. Elle l'avait observé attentivement au stand de tir. Elle voulait qu'il utilise cette arme pour lui offrir la fin spectaculaire qu'elle méritait. Elle espérait juste retarder l'inévitable assez longtemps pour emporter la femme qu'il aimait avec elle.

— Vous êtes la fille d'Henry Jessop ? demanda-t-il.

Une nouvelle vague de haine l'envahit, mais plus elle faisait durer leur échange, plus elle avait de chances de faire pleurer Steve McKenzie.

Elle savait combien il était difficile de perdre la personne que l'on aimait.

Il pencha la tête sur le côté.

— Je ne me rappelle pas vous avoir vue au camp.

— La salope de femme de David nous soupçonnait, alors je n'ai jamais mis les pieds au camp. On se retrouvait à la vieille cabane ou en ville.

Les souvenirs obstruaient la gorge de Paula.

— Vous étiez amie avec Brandy Jordan ? demanda-t-il.

Paula sourit.

— Oui, j'ai entendu dire que vous la cherchiez. Elle ne vous aurait jamais rien dit.

Enfin, elle était libérée des mensonges et des tromperies. Elle n'avait plus à faire semblant d'être une petite salope d'employée modèle.

— Brandy m'a traînée au bar un jour pour retrouver Eddie et son frère. David était là aussi.

Cela avait été un coup du destin – beau et capricieux. Malgré toute la douleur qui avait suivi, elle n'aurait échangé cette année magique pour rien au monde.

— Vous étiez jeune et impressionnable. Il se servait de vous pour le sexe, mais il n'aurait jamais quitté Francis pour vous.

Elle vit de la pitié dans les yeux de Mac. Elle aurait voulu appuyer sur la gâchette et faire éclater le crâne de Tess Fallon rien que pour ça. Assister à la destruction de tous les espoirs et les rêves de Mac. Mais il y avait mieux à faire. La tactique classique du négociateur, qui consistait à ralentir et à faire parler le preneur d'otages, allait coûter la vie à Tess. Paula était plus intelligente que lui. Elle était plus intelligente qu'eux tous.

— Il *allait* la quitter, mais elle est tombée enceinte de Cole.

Elle leva les yeux vers le jeune homme qu'elle avait séduit.

— Ta mère était vraiment une salope.

Mac l'ignora.

— Alors vous avez épousé un certain Rice ou c'est encore une fausse identité ?

Elle haussa les épaules et plaça le lourd poids de Tess contre sa poitrine. Cela n'avait plus d'importance.

— C'était un des ouvriers du ranch de mon père. Au terme d'une transaction financière, il a eu le privilège d'être mon mari. Il était inoffensif.

Elle n'avait même pas couché avec lui. Le seul homme avec qui elle avait couché depuis David était Cole. Leur relation n'avait rien à voir avec le sexe. Il s'agissait d'amour.

— Qu'est-il arrivé à votre fils, Paula ?

Un froid glacial l'envahit. Comment savait-il qu'elle avait eu un enfant ?

— Henry l'a élevé, mais il…

Sa voix se brisa.

— Il est mort dans un accident à la ferme quand il avait 15 ans.

Mac se déplaçait vers sa droite où elle était plus à découvert. Combien de temps avant qu'il ne repère le sang maculant le flanc de Tess ? Mais il ne quitta pas son regard des yeux.

— C'est fini, Paula. Laissez Tess partir et vous pourrez avoir votre moment de gloire au tribunal. Vous pourrez vous vanter de la facilité avec laquelle vous nous avez fait passer pour des idiots. Vous pourrez vous vanter de tout ce que vous avez accompli. Comment vous avez infiltré le FBI.

— Non.

Paula gardait son bouclier en place. C'était tentant, mais la prison n'était pas le plan.

— Vous allez être trop occupés à vous battre pour poursuivre qui que ce soit. Les tribunaux n'existeront même plus.

Il rit.

— Vous pensez que vos collègues antigouvernementaux vont se soulever maintenant ? Parce que vous avez garé un fourgon devant le bâtiment ? Laissez-moi rire.

— C'est déjà le cas et vous le savez, siffla-t-elle.

Tess devint complètement molle dans ses bras. Paula peinait à la maintenir debout, mais ne retira pas son doigt de la gâchette. Cette salope était-elle déjà morte ? Ou juste évanouie ? Paula fit un pas le long du mur. Il n'y avait nulle part où aller.

— Ils verront le fourgon piégé aux informations…

— Nous l'avons déjà présenté comme un exercice d'entraînement, coupa Mac.

Un autre homme qui ne tenait pas compte de ses opinions, de sa valeur.

— Les médias ne seront pas dupes, lança-t-elle. Tout comme les autres qui pensent de la même façon que moi.

Mac eut un rire méprisant :

— Ils ne feront rien du tout et vous le savez. Ce sont des trouillards. Vous avez gâché votre vie pour assouvir une vengeance inutile et quand nous les aurons rassemblés, ils couineront comme des bébés et iront droit en prison.

— Vous ne les trouverez jamais tous. Ils sont partout, fit-elle en souriant d'un air mauvais. Dans toutes les forces de l'ordre, dans tous les départements du gouvernement. Même parmi les élus. La révolution vient de commencer et vous ne pouvez pas l'arrêter. Plus maintenant.

Mac secouait la tête comme s'il en savait plus qu'elle. Mon Dieu, elle le détestait. Elle détestait son arrogance hautaine et son excès de confiance en soi alors que sa petite amie mourait dans ses bras.

— Nous avons récupéré leurs noms et adresses IP depuis le site One-Drop-2-Many.

— Menteur.

Ils ne pouvaient pas décrypter ces informations.

— Un jeune diplômé du secondaire a piraté le site. Les fédéraux frappent aux portes en ce moment même.

Mac sourit et elle pointa l'arme vers lui, déterminée à effacer le sourire de son beau visage.

MAC VISA ENTRE les yeux bleu marine de Paula Rice et appuya doucement sur la gâchette.

Elle s'effondra sur le sol, plus aucune connerie révolutionnaire ne suintant de ses lèvres. Tess s'écroula comme un poids mort sur elle. Il ne l'avait pas touchée – Dieu merci. Qu'est-ce qui n'allait pas ? S'était-elle évanouie ?

D'autres agents s'approchèrent, lui masquant la vue, éloignant l'arme de Paula de son corps d'un coup de pied. Quelqu'un souleva Tess et l'allongea sur le sol. Trois agents s'occupaient de Walsh qui était en piteux état. Mac passa devant Eban Winters qui vérifiait le pouls de Paula.

— Elle est morte, déclara-t-il en croisant le regard de Mac. Joli tir.

Un joli tir, trois centimètres à gauche du crâne de Tess avec une arme qu'il n'avait jamais utilisée. Il avait placé sa confiance dans le professionnalisme d'Alex Parker.

Bon sang. Il avait la nausée. Pourquoi Tess ne bougeait-elle pas ? Qu'est-ce qui n'allait pas ?

Il s'agenouilla à côté d'elle sur le sol. Il écarta les cheveux de son visage.

— Elle s'est évanouie ?

Il chercha son pouls. Puis il regarda plus bas et vit une mare de sang sur le haut de son jean. Il déchira son pull cramoisi et vit une blessure par balle juste au-dessus de sa hanche.

— Faites venir les médecins, rugit-il.

— Appliquez une pression sur la blessure, ordonna Eban en s'approchant de lui.

La sueur jaillit de ses pores. Mac arracha son propre pull, le plia plusieurs fois et le pressa sur la blessure. Eban vérifia à nouveau son pouls. Frazer faisait un massage cardiaque à Walsh. *Et merde.* Comment Rice avait-il pu en arriver là ?

— Est-ce qu'elle respire ? demanda Mac à Eban, retenant un cri de peur et de frustration.

— Tess ?

Le cri d'angoisse de Cole résonna derrière lui. Il ne voulait pas imaginer ce que le gamin traversait. Il était tombé amoureux d'une femme qui n'existait pas, qui l'avait utilisé et qui avait peut-être tué sa sœur.

— Ne me lâche pas, Tess. Tu n'as pas à intérêt à me lâcher. J'ai beaucoup de choses à rattraper.

— Elle ne respire plus. Son pouls est faible.

Eban commença à insuffler de l'air ses poumons et Mac sentit l'espoir quitter son corps à chaque goutte de sang de Tess qui s'infiltrait dans le tapis.

— Où sont les putains de médecins ? cria-t-il.

Il sentit une main sur son épaule et leva les yeux au ciel. C'était le directeur.

— Y a-t-il des preuves qui suggèrent qu'elle est impliquée dans ce complot ? demanda le directeur.

— Non, monsieur. Nous avons vérifié toutes ses activités

bancaires, ses communications en ligne, tous ses associés connus. Il n'y a aucune preuve qu'elle soit impliquée.

— Alors, enlevez-lui ces menottes.

Eban obéit. Mac ne comptait pas retirer ses mains de la blessure de Tess pour quoi que ce soit ou qui que ce soit.

Finalement, il entendit des pas précipités et des médecins firent irruption dans la pièce.

Cole s'agenouilla à côté de sa sœur. Le visage de Tess était d'un blanc tirant sur le bleu et la dernière fois que Mac avait vu quelqu'un d'aussi pâle, c'était à la morgue.

Les médecins l'écartèrent de leur chemin et entreprirent de retirer les vêtements de Tess. Cole poussa un juron quand il vit le sang suinter du trou laissé par la balle.

Mac, fou de rage, aurait voulu hurler, mais il devait se concentrer.

— Nous allons traquer jusqu'à la dernière de ces personnes qui pensaient pouvoir s'en prendre au cœur du FBI.

Le directeur lui parlait, mais Mac ne quittait pas Tess des yeux.

— Frazer, je veux que l'ASAC McKenzie et vous vous occupiez de ces gens. Éliminez tout signe de ce soi-disant soulèvement.

Mac acquiesça. Oui. Les forces de l'ordre devaient s'assurer qu'elles avaient arrêté tous les fous impliqués dans cette affaire avant que quelqu'un d'autre n'ait une illumination. Les urgentistes mirent Tess sur un brancard et la soulevèrent. Ils commencèrent à courir vers les portes.

Le directeur partit gérer les répercussions.

Frazer lui serra le bras.

— C'est un de ces moments qui nous définit pour le reste de notre vie.

Mac sortit de son état second. Il se mit à marcher. Puis à courir. Pas question qu'il laisse Tess hors de sa vue. Son travail semblait soudain sans importance comparé à l'idée de la perdre. Les urgentistes étaient sur le point de fermer la porte de l'ambulance quand il arriva à leur niveau.

— Vous ne pouvez pas entrer, dit un type.

Il s'assit au bout de la civière de Tess et serra son pied.

— Essayez de m'en empêcher.

CHAPITRE TRENTE-TROIS

MAC CREUSAIT UN sillon dans le sol de la salle d'attente. Un jeune homme faisait les cent pas dans une autre pièce de l'autre côté du couloir. Des larmes coulaient sur son visage. Mac se demandait qui il était venu voir.

L'agent Makimi avait pris la tête de l'équipe et confirmé que Paula Rice avait été affectée à chacun des bureaux régionaux où des crimes haineux similaires avaient été commis.

Des agents s'étaient rendus à son appartement avec une équipe de déminage, mais il n'y avait pas d'explosifs. Son poste de travail, son domicile, son véhicule étaient passés au crible. Carter avait laissé un message disant qu'ils avaient trouvé l'original du manifeste de David Hines dans le tiroir de son bureau. Alex Parker lui avait dit que son équipe avait identifié les adresses IP de plus de cent utilisateurs du groupe de discussion One-Drop-2-Many. Les forces de l'ordre vérifiaient toutes les adresses et secouaient tous ceux qui leur tombaient sous la main.

Les informations diffusaient en boucle les images du fourgon garé devant le QG du FBI et les montraient, Frazer et lui, sortant Cole du véhicule et le mettant à terre. Mac était quasiment sûr que Cole était innocent, mais ils devaient l'interroger longuement et fouiller son appartement et son ordinateur pour être sûrs de ne rien manquer.

Si Mac se concentrait sur l'affaire, il pourrait faire abstraction du bruit du moniteur indiquant que Tess faisant un malaise cardiaque dans l'ambulance ou des cris des médecins disant qu'ils la perdaient à nouveau alors qu'ils lui faisaient franchir ces larges portes doubles. Il n'aurait pas à se rappeler d'avoir vu l'un de ses meilleurs amis, pâle et ensanglanté, allongé sur le brancard alors qu'il était transporté dans le bloc opératoire adjacent.

Frazer entra dans la salle d'attente en tenant la main d'une femme aux cheveux blond vénitien. Mac ne la reconnut pas.

Elle lui fit un signe de tête, puis retira sa main et alla s'asseoir sur une chaise vide.

Tess n'avait personne d'autre que Cole sur la liste de personnes à contacter en cas d'urgence. Il regarda la pièce vide et se rendit compte à quel point elle était seule, à quel point elle l'avait toujours été à cause de sa foutue famille.

La boule dans sa gorge grandit quand Frazer l'enlaça virilement. Ce n'était pas le genre à faire des câlins et à montrer ses sentiments. Mac n'avait pas réalisé qu'il avait pleuré.

— Tu l'as vue s'en prendre à une femme armée dans une pièce remplie d'agents fédéraux entraînés ? Avec des menottes ?

Frazer acquiesça.

— Elle ne me pardonnera jamais.

Frazer lui serra le bras avant de le lâcher.

— Est-ce que tu l'aimes ?

Mac ferma les yeux.

— Oui. Je pense.

— Alors, rampe et supplie-la jusqu'à ce qu'elle te pardonne. Bon sang, si elle survit, dis-lui que tu changeras et que tu seras un homme meilleur, même si ce n'est pas vrai.

Mac s'accrochait malgré le déchirement qu'il ressentait.

— Tu me présentes ton amie ?

— C'est Izzy. Mais ne faisons pas de présentation en bonne et due forme, dit Frazer. Pas aujourd'hui. Pas ici.

Mac acquiesça.

— Des nouvelles ? demanda Frazer.

— Pas encore.

Les portes s'ouvrirent et un homme en blouse verte regarda autour de lui. Il ouvrit la porte de la salle d'attente et, aussi anxieux que Mac fût d'avoir des nouvelles de Tess, une autre partie de lui aurait voulu s'enfuir. Si elle était morte, Mac savait qu'il ne s'en remettrait jamais.

Était-ce pour cela que son père s'était saoulé jusqu'à en mourir ? Le chagrin ? Mac n'avait jamais envisagé les choses sous cet angle auparavant, mais peut-être que son père était mort le même jour que sa mère, ça avait juste pris plus de temps à se manifester. Pour la première fois, Mac ressentit une once de sympathie pour son vieux père.

— Comment vont-ils, Doc ?

— Je cherche la famille de M. Walsh…

— Ses parents sont en route. Ils sont à deux heures d'ici. Je suis son ASAC. Il va s'en sortir ? demanda Mac.

— La balle a entaillé la rate de M. Walsh et nous avons dû la retirer. Il a perdu beaucoup de sang, mais la situation est sous contrôle. Il s'en est fallu de peu.

Mac réalisa qu'Izzy venait de se placer à côté de lui.

— Et Tess ? demanda Frazer, car chaque fois que Mac essayait d'ouvrir la bouche, sa langue refusait de fonctionner.

Le chirurgien inspira bruyamment et secoua légèrement la tête. Les genoux de Mac manquèrent de flancher et il sentit un bras lui saisir la taille. La petite amie de Frazer semblait le retenir.

— Elle est vivante, mais…

Le chirurgien regarda lui comme s'il attendait quelqu'un d'autre.

— Vous êtes de la famille ?

Mac se redressa.

— Oui. Je suis son fiancé.

Ça ne lui semblait pas être un mensonge.

Le chirurgien hocha la tête.

— La balle a touché son pelvis et s'est fragmentée. Ses ovaires ont été particulièrement touchés.

Il afficha une mine désolée.

— J'ai bien peur que nous n'ayons dû pratiquer une salpingo-ovariectomie unilatérale d'urgence.

— C'est quand ils retirent un ovaire avec sa trompe de Fallope, expliqua Izzy.

— Vous êtes médecin ? lui demanda le chirurgien.

Elle hocha la tête et ils échangèrent du charabia pendant une autre minute.

Puis elle serra le bras de Mac à nouveau.

— Elle a traversé beaucoup d'épreuves et aura une longue convalescence. Elle pourra probablement encore avoir des enfants si elle le souhaite, mais sa fertilité peut être affectée.

Mac continuait à avaler et à déglutir, mais il avait perdu la capacité de parler.

— Mais elle est vivante ? D'autres dommages ? demanda Frazer.

Le chirurgien hocha la tête.

— Son bassin était cassé et nous avons dû mettre une plaque et des vis pour le réparer. Les deux patients ont beaucoup de chance d'être en vie. Ils sont aux soins intensifs. Je vais envoyer une infirmière dès que vous pourrez les voir.

Mac inspira profondément quand le chirurgien partit. Le type traversa le couloir et s'adressa au jeune homme qui se trouvait là. Le bloc opératoire devait être sacrément occupé un vendredi soir.

— Je dois retourner au QG, lui dit Frazer. Le directeur m'a donné un ordre, et je ferais mieux de le suivre, même si ce n'est pas mon équipe.

Frazer aimait être utile. Il était comme Mac à cet égard.

— Nous avons établi que Rice avait rencontré chacune des victimes dans le cadre de son travail. Elle a témoigné devant le tribunal du juge Thomas, a parlé à Sonja Shiraz et au rabbin Zingel au téléphone lorsqu'ils ont porté plainte. Je ne sais pas si elle connaissait personnellement Trettorri ou si elle l'a juste choisi en raison de sa notoriété. Il est en haut dans une chambre privée, en train de récupérer. Nous l'interrogerons quand il se sentira mieux.

Mac acquiesça.

Le directeur lui avait donné un ordre, à lui aussi. Mais s'il devait choisir entre son travail et Tess, il choisirait Tess. Pour une fois dans sa vie, elle méritait d'être la priorité de quelqu'un. Ce qui se passerait à son réveil serait toutefois sujet à débat. Obtenir son pardon n'allait pas être facile et elle pourrait bien ne jamais l'absoudre de ses péchés. Mais il préférait tout risquer pour qu'elle l'aime, plutôt que de lui tourner le dos à nouveau.

———————

TESS ENTROUVRIT LES paupières et tenta de percer les ténèbres.

Elle savait qu'elle était à l'hôpital, mais elle ne se souvenait pas pourquoi.

Ses lèvres étaient déchirées et craquelées, sa bouche sèche, sa gorge douloureuse. Des bips retentissaient à proximité, l'aidant à sortir de l'obscurité. Un bruit constant. D'une stabilité rassurante. Les battements de son cœur.

Elle se rappela avoir senti le pouls de Mac après qu'ils avaient fait l'amour. Son rythme fort et régulier. La chaleur de sa chair. L'odeur de sa peau. Puis elle se souvint de tout ce qui s'était passé ensuite et les battements perdirent leur régularité.

Elle déglutit péniblement. C'était donc à ça que ressemblait un cœur brisé.

Elle essaya de bouger et la douleur envahit son corps alors que de nouveaux détails lui revenaient. On lui avait tiré dessus. Qu'était-il arrivé à l'agent infiltrée dans le bâtiment du FBI ? Mac était-il en sécurité ? Et Cole ? Ces criminels avaient-ils réussi à mener à bien leur plan fou ?

Une ombre se déplaça autour du lit et elle cligna des yeux, essayant d'y voir plus clair.

— Joseph ? Qu'est-ce que tu fais là ?

Sa voix était rocailleuse.

Il s'assit lourdement sur une chaise à côté de son lit et prit sa main dans la sienne. Elle réalisa qu'il avait pleuré.

Son cœur se mit à battre plus vite.

— C'est Cole ?

Allait-il bien ? Était-il en vie ?

Joseph serra sa main, mais il accrocha accidentellement sa perfusion et elle ressentit une vive douleur.

Elle inspira laborieusement. Il leva les yeux et quelque chose changea dans son regard. Il déplaça délibérément l'intraveineuse, l'aiguille s'enfonçant dans son bras.

— Aïe ! Joseph, qu'est-ce que tu fais ?

Il lâcha sa main et passa ses doigts dans ses cheveux.

— Désolé. Je ne sais plus ce que je fais.

Il se leva et sortit de son champ de vision, fixant le moniteur de fréquence cardiaque comme s'il était fasciné.

— C'est mon anniversaire demain, déclara-t-il.

Elle fronça les sourcils, confuse. Pourquoi lui disait-il ça ? On lui avait tiré dessus. Elle n'était pas en état de faire la fête.

— Je sais. Je suis désolée que Cole ne soit pas là pour t'aider à fêter ça. Je suis sûre qu'il se rattrapera.

Les fédéraux devraient le libérer, pas vrai ? Mais il avait amené une bombe au quartier général, même s'il ne s'en était pas rendu compte. Que se passerait-il s'ils ne croyaient pas à son innocence ?

— Les anniversaires ont toujours été un peu bizarres. En fait, je suis né le vingt-neuf février et, la plupart du temps, je ne sais jamais s'il faut fêter le vingt-huit ou le premier mars. Je t'ai déjà parlé de mes parents ?

— Non.

Elle aurait aimé pouvoir boire un verre d'eau. Elle regarda autour d'elle pour trouver le bouton d'appel. Elle ne savait même pas ce que Joseph faisait là.

— Je n'ai jamais connu mon papa.

Il se leva pour appuyer sur un bouton de la machine et les bips se calmèrent.

— Je suis désolée.

Elle essaya de changer de position. La douleur la traversa à nouveau, comme si elle avait été frappée par la foudre. Son front se couvrit de sueur. Elle allait bien tant qu'elle ne bougeait pas, mais ne pas bouger s'avérait difficile.

— Ça fait mal ?

Il revint vers le lit et s'assit à côté d'elle.

Elle acquiesça. Où était Mac ? Elle voulait savoir ce qui s'était passé. Elle ne se souvenait pas de grand-chose après s'être fait tirer dessus. Que faisait Joseph à son chevet ? Pourquoi les infirmiers l'avaient-ils laissé entrer ?

— Tu as parlé à Cole ?

Il secoua la tête.

— J'étais au téléphone avec Zane quand le FBI est arrivé à la maison. Je les ai entendus arrêter Zane et Dave. Que s'est-il passé ? demanda-t-il.

Elle fit rouler sa tête sur l'oreiller alors que l'inconfort s'intensifiait.

— Une tarée m'a tiré dessus.

Il hocha la tête en silence, comme si des gens se faisaient tirer dessus tous les jours. Elle supposait que c'était le cas, en effet, mais ça ne rendait pas la chose moins traumatisante ou douloureuse.

Elle le regarda pendant qu'il insérait une carte SIM dans un téléphone, puis la batterie.

— Je ne pense pas qu'on soit autorisé à utiliser des téléphones portables ici, Joseph.

Il hocha la tête comme s'il étudiait ses paroles, puis composa un numéro et posa le téléphone sur une étagère à côté de son lit.

— Je t'ai déjà parlé de l'endroit où j'ai grandi, Tess ? Ou peut-être que devrais-je t'appeler Theresa Jane ?

Les yeux de Tess sortirent de leurs orbites. Son cœur s'arrêta.

— Je pense que tu connais la région. En fait, j'ai cru comprendre que tu avais fait la connaissance de mon grand-père dans l'Idaho cette semaine ?

Il émit un bruit appréciateur avec ses lèvres.

— Sa cuisine me manque vraiment.

Les lèvres de Tess semblaient quant à elles vouloir rester scellées.

— Henry Jessop était ton grand-père ?

Elle savait que c'était vrai, et la peur remonta le long de sa colonne vertébrale et de tous ses nerfs. Elle était complètement impuissante, allongée dans ce lit. Les pièces du puzzle s'imbriquaient enfin.

— C'était toi l'intrus la nuit dernière. Tu as utilisé le double de la clé de Cole.

— Cole n'est pas très doué niveau sécurité. Tu aurais pu le remarquer.

Joseph lui adressa un sourire qui n'atteignit pas ses yeux bleu foncé.

— Je cherchais une clé USB à moi, tu ne l'aurais pas prise par hasard ?

Elle resta bouche bée.

Puis il haussa les épaules.

— Ça n'a plus d'importance. Tous ces grands projets sont tombés à l'eau. J'ai essayé de leur dire que ça ne marcherait pas, que nous devrions nous concentrer sur leur sabotage via la cyberguerre, mais ils voulaient du sang. Je pense que ma mère voulait juste se venger des Fédéraux qui ont tué son David adoré.

Il la regarda.

— Tu savais que le nom « Joseph » signifie « fils de David » ?

Et la dernière pièce se mit en place.

Joseph fit la moue. Il avait les lèvres de son père.

— Ça y est, tu as compris, ma chère Tess ?

— Tu es mon demi-frère… Oh, mon Dieu. Tu m'as fait du rentre-dedans !

— Ma mère disait toujours que les MacAfee étaient consanguins, mais je pense que c'étaient les Hines qui étaient les pervers.

Le nom de jeune fille de la mère de Tess était MacAfee.

— Mais je t'aurais bien mis le grappin dessus si j'en avais eu l'occasion.

Joseph sourit tristement.

Tess refusait de croire qu'il y avait un gène de l'inceste. Elle pensa à Cole et elle. Ils étaient tous les deux des personnes décentes.

— Joseph, tu n'as pas à être comme eux…

Un rire affreux s'échappa de ses lèvres.

— Trop tard.

Une autre larme roula sur son menton.

— Tu peux aller voir les flics. Leur expliquer que tu as subi un lavage de cerveau.

Il baissa la tête.

— J'ai commis trop de crimes pour être libre un jour.

— Donne-leur les noms des autres personnes impliquées. Ils pourraient t'accorder l'immunité en échange.

Où était le bouton d'appel de l'infirmière ? Où étaient-ils tous passés ?

Elle le regarda retirer le moniteur de rythme cardiaque de son doigt et le glisser sur le sien.

— Ça aurait pu marcher pour une conspiration, mais pas pour avoir appuyé sur la gâchette.

Sa lèvre inférieure tremblotait.

— Que dit ce proverbe déjà ? Tu peux choisir tes amis, mais pas ta famille ? Désolé, Tess. Pas sûr que tu puisses échapper au destin cette fois-ci.

Le cœur de Tess battait si fort qu'il n'accéléra pas quand il prit l'oreiller de derrière sa tête.

— Cette tarée qui t'a tiré dessus aujourd'hui ? C'était ma mère.

Joseph pressa doucement l'oreiller spongieux sur son visage.

Tess essaya de se débattre, mais la douleur dans son bassin était si forte qu'elle faillit s'évanouir. L'incapacité à respirer semait la panique dans tous ses neurones. Le manque d'oxygène faisait hurler ses poumons. Quelqu'un allait sûrement la sauver ? Mais aucune des alarmes ne s'était déclenchée, alors pourquoi quelqu'un interviendrait-il ?

L'oreiller se resserra autour de son visage, le coton frais en contradiction avec la matière dense et étouffante. Alors qu'elle haletait et luttait pour respirer, les points de suture de son abdomen se déchirèrent et commencèrent à saigner. Des points noirs dansaient dans son champ de vision et l'abîme lui criait d'abandonner et de laisser tomber. Plus de douleur. Plus de souffrance. Plus de haine.

———

FRAZER ET IZZY partirent en promettant de revenir plus tard. Mac se dirigea vers la cafétéria pour prendre un café afin d'essayer de garder les yeux ouverts pendant les heures qui suivraient. Il n'avait pas dormi la nuit précédente. À part cette nuit-là dans le motel avec Tess, il n'avait quasiment pas dormi de la semaine.

Il ferma les yeux. Douze heures plus tôt, il faisait l'amour avec Tess. À présent, elle gisait dans un lit d'hôpital, touchée par une blessure par balle.

Elle ne lui pardonnerait jamais ce qu'il avait fait à son frère. Jamais. Mais il devait lui dire qu'il l'aimait, même si elle ne pourrait jamais se résoudre à l'aimer en retour. Il devait lui dire la vérité, être honnête avec elle. Il devait lui dire qu'il se fichait de son passé, de sa famille ou des secrets qu'elle lui avait cachés durant la semaine. Il comprenait. Vraiment. Elle aimait son frère, et elle avait probablement raison de dire qu'il était innocent. Et il ne l'avait pas crue. La confiance était le plus gros problème de Tess. Démontrer qu'il était un bon agent du FBI était le sien. Peut-être qu'au lieu d'essayer d'être un bon agent du FBI, Mac devrait essayer d'être un homme meilleur.

Il n'était plus un cas social. Il n'avait plus rien à prouver.

Et si elle ne voulait pas de lui ?

Il secoua la tête. Pourquoi voudrait-elle de lui après ce fiasco ? Ce n'était pas juste un léger malentendu. C'était une question de vie ou de mort.

Son téléphone sonna. Makimi. Il aurait voulu ignorer l'appel, mais elle avait rejoint l'équipe parce qu'il l'avait demandé. Il lui était redevable.

— McKenzie.

— On vient de recevoir l'ADN des ongles de Trettorri.

— Très bien.

Mac hocha la tête. Il devrait rendre visite à Trettorri, voir si le gars était réveillé et se souvenait de quelque chose.

— On a aussi reçu les résultats de la scène de crime de votre ex.

— Ils correspondent à Paula Rice ?

— Son ADN n'a pas encore été analysé, c'est trop tôt pour le dire. L'arme qu'elle a sortie au SIOC aujourd'hui correspondait à la marque de celle utilisée pour le meurtre du rabbin et la fusillade de Trettorri, mais…

Il aurait voulu qu'elle crache le morceau, mais elle avait aussi travaillé sans arrêt pendant des jours. Il ne pouvait pas laisser son impatience affecter la façon dont il traitait les personnes avec lesquelles il travaillait.

— Voilà le truc, les ADN des deux crimes ne correspondaient pas totalement.

— Comment ça ?

Son cerveau ne semblait plus vouloir fonctionner.

— L'ADN trouvé lors du meurtre de votre ex-femme n'était pas le même que celui de la fusillade de Trettorri, mais il y avait un lien du côté maternel. Autre élément intéressant qui est apparu : David Hines était probablement le père de la personne qui a tué votre ex.

Mac serra sa nuque pendant qu'il digérait ces informations.

— Donc Paula Rice a menti sur la mort de son fils. Elle le protégeait.

— Probablement. Désolée, je n'en sais pas plus.

— Merci, Miki. Merci beaucoup. Tu es la meilleure. Le gamin se planque probablement.

— Oui, je sais. Je voulais juste vous le dire. J'aurais aimé le savoir, dit-elle doucement.

Et on critiquait ses aspérités ? Makimi avait un cœur d'or.

— Vous avez réussi à rassembler ces soi-disant révolutionnaires ? lui demanda-t-il.

Elle renifla.

— Le FBI procède à des arrestations, mais fait attention pour éviter toute prise d'otage. Jusqu'à présent, ils nient tous. Il y a quelques personnes qu'on observe. Des gens dans des endroits stratégiques.

— Le département de la justice ferait mieux de mettre ces trous du cul à l'ombre.

Ils se dirent au revoir et raccrochèrent. Il se retourna et vit le chirurgien de Tess faisant la queue pour prendre un café.

L'homme lui fit un signe de tête.

— Je viens de parler avec le frère de Tess et je lui ai dit qu'il pouvait s'asseoir avec elle un moment.

Mac fronça les sourcils, confus.

— Son frère ?

— Oui, il était dans l'autre salle d'attente. Vous ne vous connaissez pas ?

Le chirurgien semblait confus.

Le cœur de Mac s'arrêta.

— Ce n'était pas le frère de Tess.

Et merde.

— Où sont les soins intensifs ? demanda-t-il, la main sur son arme.

Le chirurgien parut réaliser que c'était une urgence.

— Suivez-moi.

Puis le téléphone portable de Mac se mit à sonner – encore cette chanson de MC Hammer – et il eut l'impression d'être enterré vivant dans un blizzard du Montana.

L'ENTRAINEMENT DE MAC lui revint quand ils arrivèrent aux soins intensifs. Même si chaque fibre de son être lui criait de se précipiter pour sauver Tess, il savait qu'il devait réfléchir. Il calma sa respiration et attrapa le bras du chirurgien avant que l'homme ne fonce dans la chambre de Tess.

Le bâtard de Paula Rice l'attendait. Mac n'avait pas

l'intention d'être un fédéral sacrificiel.

— Y a-t-il un autre moyen d'entrer dans la pièce ?

Le médecin hocha la tête et retourna à côté. Walsh était endormi dans le lit et Mac espérait que personne d'autre ne se ferait tirer dessus ce jour-là.

Mac colla son oreille à une porte adjacente, se rappelant soudain quand Tess essayait d'écouter le ménage à trois dans ce motel de Salt Lake City.

L'idée de la perdre brouillait le peu qu'il lui restait de cerveau.

Tout était calme, à l'exception des bips des moniteurs de Walsh. Par des signes de la main, Mac indiqua au chirurgien de dégager la zone. Si quelqu'un d'autre était blessé, il ne se le pardonnerait jamais, mais il n'avait pas le temps d'attendre les renforts. Tess était en danger.

Il ouvrit la porte et se précipita à l'intérieur de la pièce faiblement éclairée. Un jeune homme était assis sur une chaise à côté du lit. Mac fronça les sourcils. Il ne vit aucune arme. Le gars était juste assis là, souriant.

Tess était allongée dans le lit d'hôpital, inerte. Puis Mac réalisa ce qui n'allait pas dans la pièce. Le calme. Contrairement à la chambre de Walsh, à côté, il n'y avait pas de bips ou d'autres sons intrusifs.

Tess était allongée inerte sur le lit. Les draps ne se soulevaient pas.

Il attrapa le gamin et le plaqua au sol, le genou au milieu du dos, tandis qu'il lui passait les menottes.

— Docteur ! cria Mac. Venez ! Vous ne craignez rien.

Du moins, il l'espérait. Il y eut un brouhaha et des bruits de pas.

Mac ne pouvait même pas se résoudre à regarder Tess.

Cet étudiant, qui était encore un enfant, avait probablement tué son ex la veille au soir. Et il avait fait plus que tuer Heather, il avait pris son pied. Ce type était un malade et le prouva en riant aux éclats.

S'il avait tué Tess, aussi, Mac lui mettrait une balle dans la tête. Carrière ou pas.

Mac observa le médecin et l'infirmière qui essayaient de ranimer la femme qu'il aimait. Tout ce qu'il voulait, c'était être avec elle, mais, une fois de plus, à cause de son travail, il ne le pouvait pas. Il était coincé à garder cette ordure.

L'immobilité totale de Tess et l'inertie électronique de ces putains de machines lui enfonçaient des pieux dans le cœur, en parfaite synchronisation avec son rythme cardiaque.

Puis soudain, il y eut un bip solitaire, puis un autre, et encore un autre.

— On l'a récupérée, s'écria le chirurgien. Trouvez-moi de l'adhésif pour refermer la plaie.

Le médecin lui sourit.

— Elle a arraché quelques points de suture. Elle va s'en sortir.

Mac remit sur pied l'ordure qui avait essayé de tuer Tess et le tourna pour faire face à la femme qui gisait dans le lit, luttant toujours, résistant toujours au mal qui infectait tant de ses proches. C'était une lumière brillante de bonté. Ce type était de la fange.

— Mac ? croassa-t-elle en ouvrant les yeux.

Mac tenait fermement le jeune psychopathe qui avait enfin arrêté de rire et jurait furieusement.

Mac capta le regard de Tess.

— Oui, ma chérie ?

Sa voix était faible et cassante, mais la force de sa volonté transparaissait.

— Je t'aime, Mac.

Le soulagement lui donna un coup dans l'estomac.

— Je t'aime aussi. Sois sage maintenant et dors jusqu'à mon retour. Plus d'excitation, d'accord ? Je dois boucler ce type pour qu'on puisse continuer à vivre tranquillement.

Une vie qui impliquerait forcément Tess.

CHAPITRE TRENTE-QUATRE

MAC RANGEA SON bureau et se dit qu'il ne pouvait plus retarder ce moment. Il souleva le lourd sac qui contenait toute sa paperasse et se dirigea vers l'étage du SIOC. Il tomba sur Libby Hernandez devant le bureau de l'ASC Gerald.

— Vous allez quelque part ? demanda-t-elle.

— C'est mon dernier jour, aujourd'hui.

— Ah ah, elle est bien bonne ! dit-elle en posant une main sur son cœur. Vous avez failli m'avoir pendant un moment.

Mac se souvint de la date.

— Eh bien… Je sais qu'on est le premier avril, mais ce n'est pas une plaisanterie.

Le dossier qu'elle tenait dans sa main se froissa lorsqu'elle resserra sa prise.

— Mais vous venez juste de commencer.

Elle semblait bouleversée. Il ne s'était pas attendu à une telle réaction.

En vérité, il avait l'impression d'être là depuis mille ans déjà. Tess sortait de l'hôpital cette semaine. Cela faisait un mois qu'on lui avait tiré dessus et qu'elle avait failli mourir. Ils n'avaient pas parlé de l'avenir, mais il avait une bague dans sa poche et il avait l'intention d'être là pour elle à chaque étape.

Libby semblait sincèrement horrifiée.

— Mais vous ne pouvez pas partir maintenant…

— Hernandez !

Elle fut interrompue par Gerald qui ouvrit sa porte.

L'ASC Gerald était la seule personne sur place à connaître la décision de Mac et ce dernier lui avait demandé à Gerald de ne pas le dire aux autres.

Frazer et Parker étaient au courant. Parker lui avait offert un poste s'il le voulait, mais Mac n'avait pas encore réfléchi à son avenir. Il voulait juste être avec Tess.

L'enquête sur l'infiltration de Paula Rice au sein du FBI et sur les dégâts qu'elle avait causés suivait son cours. Makimi faisait un sacré bon boulot en identifiant les extrémistes qui avaient participé à des actes de sédition contre le gouvernement américain, sans parler de meurtres. Quelques-uns s'étaient mis à jacasser comme des perroquets et le château de cartes tout entier s'était écroulé dans le tsunami qui en avait résulté.

Makimi allait aller loin et Mac était ravi pour elle.

Gerald sortit de son bureau pour serrer la main de Mac.

— Le directeur voudrait vous dire quelque chose…

Le directeur sortit du bureau de Gerald et Mac cligna des yeux, surpris. Il n'avait pas besoin de discours. Mac remua, mal à l'aise. Il aurait dû s'éclipser sans que personne ne le remarque.

Le directeur lui tendit la main.

— Vous avez fait du bon travail sur HQBOMB, McKenzie.

HQBOMB était le nom de l'enquête sur les événements qui avaient précédé et entouré la tentative d'attentat à la bombe contre le quartier général. Le FBI aimait les acronymes et celui-ci semblait approprié.

Mac sourit poliment.

— Pas vraiment, monsieur.

L'homme garda sa main dans la sienne et la serra un peu plus fort.

— Je pense que vous avez oublié la partie où l'ASAC Frazer et vous avez couru vers un véhicule que vous soupçonniez d'être chargé d'explosifs, avez arrêté le suspect, et avez réussi à neutraliser la menace sans que personne ne soit blessé.

— Nous avons quand même manqué la principale coupable.

Cole Fallon avait été libéré et Mac avait passé beaucoup de temps avec le gamin dernièrement alors qu'ils tenaient compagnie à Tess. Cole était jeune et malléable, mais semblait être un bon gars qui avait vécu l'enfer. Il avait découvert que la femme qu'il aimait l'avait piégé pour le faire accuser de terrorisme. Il avait aussi vu cette même femme tirer sur sa sœur avant que Mac ne lui mette une balle entre les yeux.

Paula Rice méritait de mourir. Au moment de la descente, vingt ans plus tôt, Paula était enceinte de trois mois de son fils, Joseph.

Cela avait été un moment difficile, mais Cole s'était rallié à sa sœur et avait coopéré dans tous les aspects de l'enquête. Il n'avait aucune idée que l'un de ses meilleurs amis était en fait son demi-frère, ou qu'il couchait avec la mère de Joseph. Il avait été ciblé et utilisé par les deux.

— Vous avez sauvé des vies ce jour-là. Peut-être la mienne.

Les yeux marron du directeur étaient rivés sur les siens.

— Tess a sauvé des vies. Nous avons eu de la chance.

Mac refusait de penser à ce qui aurait pu se passer si cette bombe avait explosé, ou si Tess n'avait pas arrêté Paula. C'était déjà assez grave que Walsh et Tess aient pris une balle.

— Une bonne formation et un bon instinct y sont pour beaucoup.

Le directeur fit un pas en arrière.

— J'ai une proposition pour vous.

— Désolé, fit Mac en secouant la tête.

Le directeur éclata de rire.

— Vous ne savez pas encore ce que c'est. L'agent spécial en charge du bureau de Washington prend sa retraite pour des raisons de santé. Je veux que vous acceptiez le poste.

L'émotion nouait la gorge de Mac. Il était incapable de parler. C'était tout ce qu'il avait toujours voulu, mais il voulait encore plus Tess.

— Je suis vraiment honoré par cette offre, monsieur. Le FBI a été toute ma vie, fit-il en déglutissant brutalement. Mais j'espère pouvoir persuader Tess Fallon d'être ma femme dès qu'elle remarchera.

— Je ne vois pas en quoi ces choses seraient mutuellement exclusives.

Le directeur souleva le menton et inclina son visage vers le bureau de Gerald.

— Mlle Fallon. Qu'en pensez-vous ?

Mac écarquilla les yeux quand Frazer ouvrit en grand la porte de Gerald. Il aperçut alors Tess. Qui marchait de nouveau. Ses cheveux bruns bouclés, qui l'agaçaient tant, étaient ramenés en arrière en une tresse lâche. Elle portait une jolie robe enveloppante, car enfiler un pantalon demandait trop d'efforts.

Ses yeux étaient souriants, sa peau pâle, mais il y avait une touche de couleur sur ses joues. Frazer lui tenait le bras.

— Vous aviez quelque chose à demander à la dame ? fit Frazer alors que Mac restait planté là comme un mannequin.

C'était une embuscade, mais Tess était là, debout, souriante, et c'était tout ce qui comptait.

Il posa ses sacs sur le bureau de la secrétaire, et passa devant Gerald et le directeur. Peut-être que maintenant, elle comprendrait enfin ce qu'elle représentait pour lui.

Il s'agenouilla devant elle.

— Tess Fallon, me ferais-tu l'immense honneur de laisser cet ancien agent du FBI, triste et solitaire, devenir ton mari ?

— Non.

Elle croisa les bras et il cligna des yeux, abasourdi.

— Être un agent du FBI n'est pas seulement ton métier, Mac, c'est ce que tu es. Si tu démissionnes à cause de moi, tu finiras par me détester pour ça.

— Non.

Elle souffla.

— Si, ça arrivera.

— Première dispute, dit le directeur à voix basse à Gerald.

— Il vaut mieux s'y habituer et faire ce qu'elle lui dit, convint Gerald.

Mac jeta un regard furieux aux hommes qui l'avaient interrompu.

Frazer soupira.

— Si tu avais vraiment fait foirer l'enquête, je serais d'accord pour que tu démissionnes, Mac. Mais personne ne te reproche ce qui s'est passé avec Paula Rice. Le FBI tout entier est passé à côté des signes. On a tous fait les mêmes erreurs. Sans toi, nous n'aurions pas résolu cette affaire, d'autres personnes auraient été assassinées et d'autres agents seraient morts.

Même si Frazer lui parlait, Mac ne pouvait détacher son regard de Tess. Il essayait de déchiffrer ses yeux noisette et sa bouche pleine.

Il l'observa attentivement.

— Alors, envisagerais-tu d'épouser un agent du FBI *en activité*, triste et solitaire ?

Elle sourit.

— Oui.

Des larmes brillèrent dans les yeux de Tess quand il sortit une bague de sa poche.

— Quel boy scout, marmonna Frazer, clairement dégoûté.

— Toujours prêt, marmonna Mac en retour.

— Pas toujours, dit doucement Tess.

Les joues de Mac s'empourprèrent et Frazer toussa dans son poing.

Mac glissa le diamant rose serti de platine à son doigt, heureux qu'il lui aille.

— On peut l'échanger si tu veux.

Il avait choisi cette bague parce qu'elle était délicate et féminine, mais aussi solide et durable. Et la pierre rose lui rappelait ses lèvres.

Elle fixa la bague pendant un long moment, puis le regarda, lui.

— Je ne veux pas l'échanger. Elle est parfaite. Merci.

Mac se leva, passa doucement sa main sur sa joue et se pencha très lentement pour l'embrasser. Elle lui rendit son baiser, ses mains montant jusqu'à ses épaules et s'y accrochant.

Il recula, la laissant reposer sa tête sur sa poitrine. Tess se remettait bien, mais elle avait subi une terrible blessure et elle l'avait fait pour protéger une bande de personnes lourdement armées et hautement entraînées qui l'avaient auparavant vilipendée.

Il jeta un coup d'œil par-dessus son épaule.

— Peut-être que je vais réfléchir à ma démission.

Gerald fit la grimace.

— Heureusement que je n'ai pas rempli la paperasse alors.

— Sérieusement ?

Mac passa son bras autour du dos de Tess, la soutenant, et se tourna vers son patron. Tess s'appuya contre lui, déjà fatiguée par ses efforts.

— Que comptiez-vous faire si j'étais parti aujourd'hui ?

Gerald parut embarrassé.

— Faire don de mes jours de vacances et espérer que ma femme ne le remarque pas.

La bouche de Mac devint sèche.

— J'apprécie votre confiance, monsieur.

Mac reporta son attention sur le directeur.

— Même si j'aimerais beaucoup avoir le poste au bureau régional, je n'ai pas l'impression de l'avoir mérité – pas encore. J'aimerais rester à mon poste ici si possible. Il y a encore beaucoup à faire. Beaucoup de choses à apprendre.

— Est-ce que c'est une pénitence pour les erreurs que vous pensez avoir commises ? demanda le directeur. Vous avez plus que mérité cette affectation.

— Merci.

Mac aurait aimé pouvoir parler à Tess seule.

— Pendant tout ce temps, je poursuivais le mauvais rêve. Je me fixais sur la destination au lieu de me concentrer sur le voyage.

Il embrassa le sommet du crâne de Tess et elle posa sa main sur son cœur.

— Je veux profiter du voyage encore un peu.

Le directeur hocha la tête.

— Très bien.

Puis il serra la main de Mac.

— Content que vous ayez changé d'avis, et félicitations.

Il se pencha et embrassa Tess sur la joue.

— Merci encore, Tess. Vous avez sauvé des vies ce jour-là et vous serez toujours la bienvenue ici.

Le directeur lui fit un clin d'œil.

— Et j'attends une invitation. Ma femme adore les mariages.

Gerald leur tint la porte.

— Je vais vous laisser un peu d'intimité pendant quelques minutes.

Frazer fit également mine de quitter la pièce.

— C'est mon signal pour partir, je suppose. Dis-moi si tu as besoin d'acheter un nouveau smoking. J'ai des relations.

Il eut un grand sourire.

— Félicitations.

Enfin, il ne restait plus que Mac et Tess.

Il caressa une mèche de cheveux indisciplinée et la glissa derrière son oreille.

— Tu es fatiguée ?

Elle fit non de la tête, mais la pâleur de ses lèvres la trahissait.

Il la conduisit vers un siège et s'agenouilla devant elle.

Elle sourit en examinant sa bague.

— Alors je vais encore changer mon nom, hein ?

Mac posa les mains à l'extérieur de ses cuisses.

— Si tu le veux.

— Je le veux.

Elle prit une profonde inspiration.

— Je veux un nouveau départ. Une nouvelle maison. Un nouveau nom.

— Tant que je suis la seule constante dans ta vie, le reste m'est égal. On commencera à chercher une maison dès que tu te sentiras mieux.

— Quand j'étais petite, je rêvais de t'épouser.

Elle regarda ses genoux, timidement.

— C'est fou que ça se réalise, hein ?

— Non. Ce n'est pas fou du tout. Mais j'ai l'impression que c'était il y a un million d'années.

Elle semblait pensive.

— Qu'est-ce qu'il y a ?

— J'ai compris quelques trucs.

Il savait qu'elle avait beaucoup réfléchi.

— Je veux écrire un livre sur mes expériences. Je veux faire don des recettes en l'honneur d'Ellie à une organisation qui se bat pour mettre fin au mariage des enfants en Amérique.

La voix de Mac était rauque quand il répondit :

— Je trouve que c'est une excellente idée.

— Et j'ai parlé à Cole. On voudrait faire don du terrain à une bonne cause, mais on n'a pas encore trouvé laquelle. J'aimerais être libérée de toutes ces attaches, fit-elle en frissonnant.

Mac acquiesça.

— Que va faire Cole maintenant ?

Mac n'avait pas révélé l'existence du dossier et de la clé USB. Parker l'avait examiné et, bien entendu, leurs projets étaient cryptés sur la clé, mais les documents appartenaient à Joseph. Le plan était de piéger Cole pour que lui et sa mère puissent s'en tirer et commencer leur révolution. Cole n'avait été qu'un pion. Joseph était en prison en attendant son procès. Il y avait des chances qu'il meure derrière les barreaux. Eddie était à nouveau sous les verrous et la gardienne qui l'avait aidé à s'échapper avait été poursuivie.

Mac espérait qu'Eddie appréciait les privilèges réduits de la sécurité maximale.

Tess sourit et Mac toucha la douce courbure de ses lèvres.

— Il m'a dit qu'il allait suivre des cours de justice pénale à l'université. Il a dit que les gentils avaient besoin de plus de geeks.

Mac était d'accord, et ne signala pas que c'était sa suggestion.

— Je pourrais aussi vouloir des enfants. Un jour.

Le regard de Tess devint pensif.

— Il n'y a rien de tel que d'apprendre que vous ne pourrez peut-être pas avoir d'enfants pour vous faire réévaluer cette priorité.

Mac inspira profondément. L'idée de fonder une famille avec Tess fit naître une boule dans sa gorge.

— Laissons-nous un peu de temps. Si tu veux toujours des enfants, on pourra essayer à l'avenir. Ou on pourra adopter.

Il la regarda fixement dans les yeux.

— Il y a plein d'enfants qui ont besoin d'un bon foyer.

Les larmes coulèrent et les mains de Tess commencèrent à trembler.

— Je dois te remettre au lit, dit Mac.

Elle souffla.

— J'aimerais bien.

— Le docteur a dit pas de sexe avant un mois.

Il passa une main sur sa joue.

— Ça ne veut pas dire qu'on ne peut pas être inventifs en attendant.

Elle rougit en caressant sa lèvre inférieure de son pouce.

— Dieu du sexe.

— Exactement. Rentrons à la maison et commençons à travailler là-dessus, d'accord ? Je pense que j'ai mérité un jour de congé.

Il la mit avec précaution sur ses pieds et se pencha pour la soulever dans ses bras.

Il ouvrit la porte et s'arrêta net lorsqu'une foule de personnes commença à l'acclamer. Sa gorge se noua sous l'effet de l'émotion. *Et merde.*

— Surprise, lui chuchota Tess à l'oreille.

— Ça veut dire que je vais devoir attendre pour te remettre au lit ? murmura-t-il à son tour.

— Patience. Nous avons tout le temps du monde maintenant.

Il remit prudemment Tess sur ses pieds et Frazer rapprocha un fauteuil roulant qu'il avait dû apporter de l'hôpital. Tess n'était pas ravie d'être assise dedans, mais Mac ne la quittait pas d'une semelle.

Tous les membres du SIOC étaient venus célébrer leurs fiançailles, et témoigner à Tess leur amour et leur gratitude. Walsh était présent, lui aussi en fauteuil roulant. Il était aussi frustré que Tess par la lenteur de leur convalescence. Ils étaient en compétition pour savoir qui récupérait le plus vite. Comme tous ceux qui avaient passé du temps avec Tess, Walsh était tombé sous le charme.

— Tu es fatiguée ? lui demanda Mac après trente minutes de gâteau, de champagne et de félicitations.

Tout le monde avait besoin d'un peu de détente après ce qu'ils avaient vécu. Ils célébraient l'une des rares bonnes choses à être sorties d'une période difficile.

Elle sourit.

— Je n'aurais jamais imaginé être ici, au QG du FBI, en

train de me fiancer avec quelqu'un d'aussi merveilleux que toi. J'ai tellement de chance.

Mac fronça les sourcils en la regardant.

— Tu as tout faux, ma chérie. C'est moi qui ai de la chance.

Il essuya une larme qui avait glissé sur sa joue.

— Et je suis assez intelligent pour le savoir.

— Fidélité. Bravoure. Intégrité, souligna-t-elle.

— Ou « Foutus Benêts Incompétents » selon la personne à qui vous parlez.

— Je préfère ma version, répondit-elle à voix basse.

Mais ses lèvres étaient pincées. Il était probablement temps de prendre un autre antidouleur.

Il prit les poignées du fauteuil roulant et se dirigea vers la porte.

— Dis au revoir. C'est l'heure de rentrer à la maison.

Elle tendit le bras et lui toucha la main.

— Ça sonne bien, je trouve.

— Moi aussi, ma chérie. Moi aussi.

Merci d'avoir lu *Obscurantisme*. J'espère que vous avez aimé les aventures de Mac et Tess ! Je ne sais pas si Mac a ramé autant qu'il l'aurait dû étant donné les circonstances… j'écrirai peut-être une scène bonus pour me rattraper un jour.

Le prochain tome de la série, *Une ombre au tableau*, est la novella du mariage entre Alex Parker et Mallory Rooney (techniquement, c'est un peu plus long qu'une novella, parce que c'est plus qu'une simple histoire de mariage !). Vous y retrouverez de nombreux personnages des tomes précédents et l'introduction du prochain tome de la série, *De sang-froid*. Ne vous inquiétez pas, toutes ces histoires peuvent être lues indépendamment des autres !

En pleins préparatifs de mariage, une ombre ressurgit du passé d'Alex Parker et menace la joie qu'il a trouvée auprès de Mallory Rooney.

Il y a quatre ans, l'ex-mari puissant de Jane Sander a enlevé leur fille et Jane ne l'a plus jamais revue. Maintenant, elle a enfin une piste et connaît l'homme qui pourrait l'aider à ramener sa fille. L'ennui, c'est que c'est un assassin. Et il la terrorise.

Même si le mariage approche à grands pas, Alex accepte de l'aider, mais cette opération de routine ne tarde pas à se compliquer atrocement, prenant une envergure mondiale. L'ancien assassin rentrera-t-il à temps pour épouser la femme qu'il aime ou son passé sombre détruira-t-il tout espoir d'avenir ?

Commandez *Une ombre au tableau* (tome 9) ici.

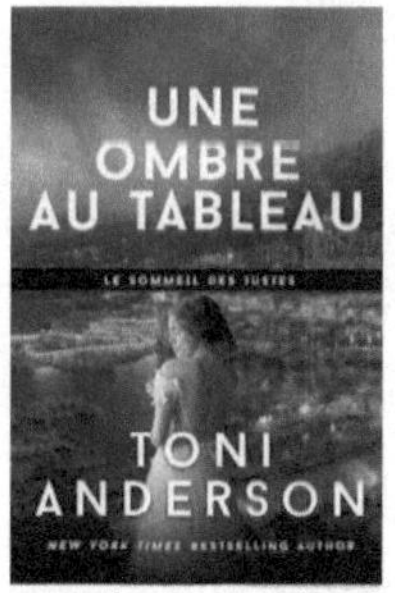

Inscrivez-vous à la newsletter anglaise de Toni Anderson pour recevoir les dates des nouvelles parutions, des scènes bonus et un exemplaire gratuit de The Killing Game :
www.toniandersonauthor.com/newsletter-signup
en française :
view.flodesk.com/pages/61e751f54cfe7529d668b362

DEFINITIONS UTILES DE QUELQUES ACRONYMES UTILISES DANS LES LIVRES DE TONI

PG : procureur général

ASAC (Assistant Special-Agent-in-Charge) : agent spécial adjoint responsable

ATF (Alcohol, Tobacco, and Firearms) : alcool, tabac et armes à feu

DSC : département des sciences du comportement

BOLO (Be On the Look-Out) : avis de recherche

BUCAR (Bureau, Car) : voiture du FBI

CIRG (Critical Incident Response Group) : groupe de réaction aux incidents critiques

CMU (Crisis Management Unit) : cellule de gestion de crise

CN (Crisis Negotiator) : négociateur de crise

CNU (Crisis Negotiation Unit) : cellule de négociation de crise

CODIS (Combined DNA Index System) : banque de données qui répertorie les profils ADN

PC : poste de commandement

DEA (Drug Enforcement Administration) : administration pour le contrôle des drogues

DDN : date de naissance

DOJ (Department of Justice) : département de la Justice

EMT (Emergency Medical Technician) : urgentiste

ERT (Evidence Response Team) : (police) scientifique

FOA (First-Office Assignment) : première affectation

FBI (Federal Bureau of Investigation) : bureau fédéral d'enquête

FO (Field Office) : bureau régional

IC (Incident Commander) : commandant des interventions

HRT (Hostage Rescue Team) : équipe de libération d'otages

HT (Hostage-Taker) : preneur d'otages

LAPD (Los Angeles Police Department) : département de police de Los Angeles

LEO (Law Enforcement Officer) : agent des forces de l'ordre

ML : médecin légiste

MO : mode opératoire

NAT (New Agent Trainee) : nouvel agent stagiaire

NCAVC (National Center for Analysis of Violent Crime) : centre national pour l'analyse des crimes violents

NCIC (National Crime Information Center) : centre national d'information sur la criminalité

NYFO (New York Field Office) : bureau local de New York

CO : crime organisé

OCU (Organized Crime Unit) : unité de lutte contre le crime organisé

OPR (Office of Professional Responsibility) : bureau de la responsabilité professionnelle

POTUS (President of the United States) : président des États-Unis

RA (Resident Agency) : agence locale

SA (Special Agent) : agent spécial

SAC (Special Agent-in-Charge) : agent spécial en charge

SAS (Special Air Squadron) : forces spéciales aériennes

SIOC (Strategic Information & Operations) : informations et opérations stratégiques

SSA (Supervisory Special Agent) : agent spécial superviseur

SWAT (Special Weapons and Tactics) : armes et tactiques spéciales

TC (Tactical Commander) : tacticien

TOD (Time of Death) : heure du décès

UNSUB (Unknown Subject) : sujet inconnu, suspect

ViCAP (Violent Criminal Apprehension Program) : programme d'arrestation pour actes criminels violents

WFO (Washington Field Office) : bureau régional de Washington

REMERCIEMENTS

Merci, comme toujours, à ma merveilleuse partenaire critique, Kathy Altman, qui lit les premières versions catastrophiques de mes histoires et continue à croire en moi malgré tout. Et merci à Rachel Grant qui a fait une excellente bêta-lecture de ce manuscrit et m'a aidée à résoudre quelques problèmes avec mon héros.

Merci à mes relectrices, Alicia Dean et Joan Turner de JRT Editing, pour les couches supplémentaires de polissage. Et à Paul Salvette (BB eBooks) qui met en forme mes ebooks avec tant de soin, ainsi qu'à toute l'équipe de Createspace qui s'occupe de l'intérieur de mes livres imprimés.

Je remercie tout particulièrement Angela Bell, du bureau des affaires publiques du FBI, d'avoir organisé une visite du centre d'information et d'opérations stratégiques (SIOC) au siège du FBI à Washington, et pour avoir répondu à toutes mes questions bizarres. Merci infiniment. Et désolée pour la fin ! Toute erreur qui aurait pu se glisser dans ce livre est de mon fait, et je mise sur le concept de licence artistique pour me faire pardonner.

Je veux surtout remercier mon mari d'être l'amour de ma vie, et mes enfants d'être géniaux.

Merci à Diane Garo et Laure de Valentin Translation pour leur travail de traduction de ces titres en français.

DECOUVREZ L'UNIVERS DE LA SERIE COLD JUSTICE (EN ANGLAIS)

COLD JUSTICE
A Cold Dark Place (tome #1)
Cold Pursuit (tome #2)
Cold Light of Day (tome #3)
Cold Fear (tome #4)
Cold In The Shadows (tome #5)
Cold Hearted (tome #6)
Cold Secrets (tome #7)
Cold Malice (tome #8)
A Cold Dark Promise (tome #9 ~ nouvelle de mariage)
Cold Blooded (tome #10)

COLD JUSTICE – THE NEGOTIATORS
Cold & Deadly (tome #1)
Colder Than Sin (tome #2)
Cold Wicked Lies (tome #3)
Cold Cruel Kiss (tome #4)
Cold As Ice (tome #5)

COLD JUSTICE – MOST WANTED
Cold Silence

La série *Cold Justice* en anglais est également disponible en audiolivres interprétés par Eric G. Dove, et dans de nombreuses collections et coffrets.

Surveillez les nouvelles parutions de Toni sur son site web (www.toniandersonauthor.com/books).

À PROPOS DE L'AUTEURE

Toni Anderson est une auteure de best-sellers classés par le *New York Times* et *USA Today*, finaliste de RITA®, accro aux sciences, touriste professionnelle, amoureuse des chiens, jardinière et maman. Originaire d'une petite ville d'Angleterre, Toni a étudié la biologie marine à l'Université de Liverpool (B.Sc.) et l'Université de St. Andrews (Ph.D.) avec l'intention de ne jamais s'éloigner de l'océan. Jusqu'à ce que ce plan vole en éclats et qu'elle atterrisse dans les prairies canadiennes avec son mari, professeur de biologie, deux enfants, un chien rescapé et un gecko léopard nonchalant. Ses plus belles réussites sont d'avoir compris le fonctionnement du métro de Tokyo, gravi le mont Ben Lomond, plongé dans la Grande Barrière de corail et survécu à de nombreux hivers à Winnipeg. Elle adore voyager à des fins de recherche et elle a eu la chance de visiter le centre des opérations et de l'information stratégique au quartier général du FBI à Washington en 2016. Elle a également réussi l'exploit notoire de déclencher une sortie de route lors de sa formation en course-poursuite à l'académie de police pour écrivains, dans le Wisconsin. Chaud devant, le monde, j'arrive !

Inscrivez-vous à la newsletter de Toni Anderson en anglais : www.toniandersonauthor.com/newsletter-signup

Inscrivez-vous à la newsletter de Toni Anderson en française : view.flodesk.com/pages/61e751f54cfe7529d668b362

Suivez Toni Anderson sur Facebook : facebook.com/toniandersonauthor

Découvrez la bibliographie de Toni Anderson : www.toniandersonauthor.com/books-2

Suivez Toni Anderson sur Instagram : instagram.com/toni_anderson_author

www.ingramcontent.com/pod-product-compliance
Lightning Source LLC
Chambersburg PA
CBHW051307190726
48290CB00001B/42